COLÈRE BLANCHE

DES MÊMES AUTEURS

Marée d'équinoxe
Seuil, 2014
et « Points » n° 4008, 2015

Cinq Lames d'acier
Seuil, 2016

Cilla et Rolf Börjlind

COLÈRE BLANCHE

TRADUIT DU SUÉDOIS
PAR SOPHIE REFLE

ÉDITIONS DU SEUIL
*25, bd Romain Rolland, Paris XIVe*

Ce livre est édité par Marie-Caroline Aubert

Titre original : *Svart Gryning*
Éditeur original : Norstedts

ISBN original : 978-91-1-305969-3

ISBN 978-2-02-109394-0

www.seuil.com

cachée
dans la foule
cette racine de cheveux du mal

Bruno K. Öijer,
Noir comme l'argent

Hôtel Sheraton, Stockholm, 2005

Le barman repéra les quatre hommes dès leur arrivée, comme un barman expérimenté sait le faire, surtout lorsque l'attitude de ses clients l'étonne. C'était leur cas.

Ce n'était pas leur habillement parfaitement correct – costumes sombres, chemises blanches, cravates –, mais quelque chose d'autre.

Peut-être la cohésion de leur groupe : les quatre hommes se déplaçaient presque comme en formation, à proximité les uns des autres, avec les mêmes mouvements contrôlés. Des policiers du service de la sûreté de l'État, la Säpo ? Ce n'était pas impossible, pensa-t-il, ils avaient tous les cheveux courts et l'air très suédois.

Ils s'installèrent dans un box au fond de la pièce.

Il était un peu plus de vingt et une heures, il n'y avait pas beaucoup de monde, les mélodies entraînantes du pianiste mettaient une sourdine sur les conversations feutrées. Personne ne parlait fort, les clients appelaient le serveur en levant l'index, l'ambiance était anonyme, comme elle l'est généralement dans les bars d'hôtels.

Dehors, il bruinait.

Le barman indiqua le box d'un regard au serveur, un homme grand et mince qui lui répondit d'un léger hochement de tête – il n'aimait pas qu'on lui dise ce qu'il devait faire, la salle lui appartenait, c'était lui qui décidait à quel moment s'approcher des nouveaux venus. Il frotta du doigt l'anneau d'or qu'il portait à l'oreille et se dirigea vers eux d'un pas nonchalant. Arrivé près du groupe, il sortit de sa poche le briquet dont il se servait pour allumer les petites bougies placées sur les tables.

– Que désirez-vous ? demanda-t-il d'une voix peu chaleureuse.

Ces quatre hommes n'étaient pas du genre à bavarder avec lui, il ne les intéressait aucunement.

– Quatre whiskys sans glace. Du Glenfiddich, dit l'un des deux hommes.

L'espace d'une seconde, le serveur hésita. Devait-il s'enquérir de la quantité de centilitres qu'ils voulaient, ou leur apporter la dose habituelle ? Il décida que ce n'était pas nécessaire.

– Vous désirez des cacahuètes ?

– Non.

Le serveur s'inclina légèrement et les quatre hommes le regardèrent repartir vers le comptoir.

– Un pédé, lâcha l'un d'eux.

Ses compagnons ne firent pas d'autres commentaires. Celui qui avait commandé sortit quatre morceaux de papier blanc de sa poche et les étala sur la table devant lui. Il les fit ensuite tourner d'une main, comme pour les mélanger.

– Un nom sur chacun ?

– Oui.

Ils en saisirent chacun un et les retournèrent pour lire ce qui y était écrit, avant de les brûler à la flamme de la bougie. Cela ne prit que le temps que le serveur revienne et pose les quatre verres sur la table.

Lorsqu'il se fut éloigné, les quatre hommes levèrent leurs verres et dirent l'un après l'autre, sur le même ton et en baissant la voix :

– Gloire.

– Hiérarchie.

– Discipline.

– Foi.

Ils trinquèrent et burent une gorgée de whisky. L'un d'entre eux sortit une feuille de la poche intérieure de son veston, la déplia sur la table et rapprocha un peu la bougie.

– C'est un projet, dit-il.

Ses compagnons se penchèrent et l'un d'eux s'assura du regard que le garçon se trouvait à l'autre bout du bar. L'homme se racla la gorge avant de commencer à lire le texte qu'il avait devant lui.

– « Lignes directrices pour le nouveau Royaume. »

– C'est le titre ?

– Oui, en tout cas une proposition.

– Bien.

L'homme baissa à nouveau les yeux vers la feuille.

– « La révolution nationale-socialiste en Suède se fera par la rééducation avec le peuple. Cela… »

– Du.

– Du ?

– La rééducation du peuple, et non avec le peuple.

L'auteur du projet sortit un stylo-bille de la poche de sa veste et corrigea. Puis il reprit :

– « La révolution nationale-socialiste en Suède se fera par la rééducation du peuple. Elle se réalisera grâce à des hommes forts et disciplinés. Notre propre mouvement se transformera en un ordre dominant, une garde nationale. Notre objectif est un État libre que nous dirigerons. »

L'homme continua à lire quelques minutes et conclut par ces mots :

– « Ce que nous proposons est la seule voie de salut pour la Suède. »

Il releva les yeux.

– Ça vous paraît bien ?

– Oui. Sur le plan théorique. Toute la question est de rendre ce message populaire et de le formuler de telle manière que tous les Suédois comprennent que c'est indispensable.

– Il suffit de dire les choses comme elles sont : notre peuple est en train de sombrer, notre race est menacée d'extinction, ce qui compte le plus pour nous est en passe d'être déshonoré.

– Et anéanti.

– Exactement. Ça, tout le monde peut le comprendre, parce que c'est évident, non ?

– Oui. Maintenant que cet Åkesson[1] qui est glissant comme une anguille est entré au Parlement, il n'a qu'à commencer à tout nettoyer et à nous défendre. S'il arrive à mettre le pied dans la porte, elle s'ouvrira d'ici quelques années.

– Le texte doit-il être plus concret ? Préciser ce qui menace notre existence ?

– Je ne crois pas, tout le monde en est déjà conscient. Les nègres. Les juifs. Les Roms.

– Les immigrés.

– Les pédés.

Deux des quatre hommes tournèrent les yeux vers le serveur. Il s'en rendit compte mais comprit que ce n'était pas pour le faire venir. Leurs regards exprimaient autre chose.

– Les clients du box, dit-il au barman.

– Oui ?

– Ils sont antipathiques.

– Ce sont des clients.

Le barman s'éloigna en emportant quelques verres sales. Il était d'accord avec lui, les hommes du box n'étaient pas avenants et dégageaient quelque chose qu'il aurait été bien en peine de définir, mais il n'avait pas l'intention de le dire à son collègue. Il préférait garder ce genre de réflexion pour lui.

Cela valait mieux dans la plupart des cas.

Les hommes vêtus de noir passèrent encore deux heures dans le box, commandant de temps à autre une tournée de whisky. La quantité d'alcool qu'ils consommèrent aurait dû faire augmenter leur volume sonore, mais ce ne fut pas le cas. Ce dont ils discutèrent autour de la table resta entre eux. Vers minuit, l'un sortit un paquet de sa poche et le poussa vers l'homme assis en face de lui.

– C'est pour moi ?

– Oui, c'est ton anniversaire aujourd'hui. Voici notre cadeau.

– Merci.

1. Jimmie Åkesson, chef du parti politique nationaliste et anti-immigration les Démocrates de Suède, élu au Parlement suédois pour la première fois en septembre 2010 avec dix-neuf autres membres de son parti. (Toutes les notes sont de la traductrice.)

L'homme remit ses lunettes d'aplomb et déballa le paquet qui contenait une boîte rouge. Il en souleva le couvercle et vit une carte en plastique, la clé d'une chambre à l'hôtel Continental, à une rue de là. Il regarda ses compagnons. Ils souriaient.

– Chambre 304, au troisième étage, dit l'un d'eux.

– Tu n'as pas baisé depuis six mois.

L'homme sourit à son tour et se leva. Les autres ne bougèrent pas. Ils trinquèrent après son départ.

– On parie ?

– Sur le temps qu'il lui faudra ?

– Oui.

– Une demi-heure.

– Max.

Pour la première fois, les hommes rirent assez fort pour que le barman les entende. Il vit que l'un d'eux brandissait un verre vide. Il tapota le comptoir du doigt pour attirer l'attention du garçon. Ils savaient tous les deux maintenant ce qu'ils voulaient : une nouvelle tournée de la même chose.

L'homme dont c'était l'anniversaire était assis depuis quelques minutes à la fenêtre de la chambre du troisième étage. Il était nu. La lumière des feux tricolores colorait son visage, tantôt de rouge, tantôt de vert, et il observait un petit cafard marron clair qui courait le long de la plinthe du plancher. Une branche de ses lunettes posées sur ses genoux était cassée, la moquette de l'hôtel moutonnait sous ses orteils.

Il se leva.

Les hommes assis dans le box avaient presque fini leur nouvelle tournée lorsque l'un d'eux dit, avec un sourire :

– Le voilà.

Ils virent entrer leur compagnon parti trois quarts d'heure plus tôt, et non pas une demi-heure. La différence était minime. Il reprit sa place. La pluie avait mouillé ses cheveux. Ses camarades remarquèrent que son front luisait et que ses lunettes étaient un peu de travers.

– Qu’est-ce qui est arrivé à tes lunettes ? demanda l’un d’entre eux.

– Une des branches s’est cassée. À mon tour de vous donner un cadeau.

L’homme posa la boîte rouge au milieu de la table, près de la bougie. L’un de ses compagnons l’ouvrit. Il regarda le contenu pendant quelques secondes.

– Putain, c’est dégueulasse, lâcha-t-il en repoussant la boîte loin de lui. Mais qu’est-ce que tu as fait, bon Dieu ?

L’homme aux lunettes se pencha en avant et souffla la bougie.

Höganäs, Scanie, 2013

Son trajet à vélo était toujours le même : elle partait des abords de Nyhamnsläge et se dirigeait vers la réserve naturelle de Kullaberg, puis elle prenait le chemin communal de Björkeröd et le suivait jusqu'au bout. Les jours où elle n'était pas en forme, elle faisait une courte pause, buvait de l'eau et rentrait. Les jours où elle l'était, elle allait aussi se promener dans la forêt.

C'était l'intention d'Olivia Rönning ce matin-là.

Elle pédalait sans forcer : il était à peine plus de sept heures, son service commençait à dix heures, elle avait le temps. Le ciel était gris, il y avait de la pluie dans l'air, comme toujours à cette époque de l'année où le soleil était rare. Les yeux fixés sur le bord du fossé, elle se laissa aller à ses pensées. Ces promenades matinales à bicyclette lui stimulaient le cerveau. L'oxygène et le mouvement éveillaient ce qui était d'ordinaire en sommeil en elle et permettaient à des idées autres que celles concernant son travail d'émerger. Ce matin-là, elle pensait à Ove Gardman. Elle s'était fait muter ici pour lui, en tant qu'agent de police à Höganäs où elle était en poste pour six mois. Elle avait demandé Strömstad, car il vivait sur l'île de Nordkoster, mais elle avait obtenu Höganäs. « Tu es quand même du bon côté de la Suède », l'avait consolée Ove. Deux mois plus tard, il avait reçu une proposition pour un poste de chercheur au Costa Rica qu'il n'avait pas pu refuser.

Elle avait encore quatre mois à tirer ici.

Höganäs n'était pas pour elle une affectation de rêve, au contraire. Elle ne s'était pas fait d'amis, ses collègues étaient les seules personnes avec qui elle était en contact, et elle avait avec eux des rapports superficiels et déplaisants. Il n'y avait quasiment que des hommes au commissariat et leurs commentaires machos lui pesaient.

Olivia n'avait pas l'habitude de dissimuler ses opinions. Les premiers temps, elle avait consacré plus d'énergie à se battre contre leurs préjugés vis-à-vis des immigrés qu'à faire un vrai travail de police. Cela lui avait valu un isolement tacite, pas au point d'être exclue, mais ils ne l'invitaient presque jamais quand ils allaient boire une bière. Elle n'en souffrait d'ailleurs pas, n'ayant aucun mal à imaginer comment l'alcool pouvait modifier leur perception de « ceux qui ne sont pas comme nous », l'expression qu'ils utilisaient en général pour éviter de dire franchement ce qu'ils avaient en tête.

Elle quitta l'allée Kockenhus pour prendre le chemin communal. L'habitat était plus dispersé, avec quelques grosses fermes ici et là, et elle ne croisa presque personne. Elle cala son vélo contre un grand sapin. Une bonne promenade lui ferait du bien. Elle enleva son chouchou vert, l'accrocha au guidon, secoua ses longs cheveux noirs, et entra dans la forêt.

Elle y était déjà venue plusieurs fois et savait qu'elle avait le choix entre plusieurs sentiers dont elle avait essayé la plupart. Elle prit celui qui partait vers la droite. La marche dans cette forêt dense, interrompue par des arêtes rocheuses, des pentes et des plats, lui plaisait. Elle y croisait souvent d'autres promeneurs, mais ce ne fut pas le cas ce matin-là. Sans doute à cause de la pluie qui menaçait ou de l'heure matinale.

Elle trouva rapidement son rythme et arriva plus vite que d'habitude à un embranchement. Le chemin de droite menait à une saillie pentue, celui de gauche, à la côte. Je pourrais aller jeter un coup d'œil sur cette célèbre œuvre d'art, Nimis, ce parc de sculptures près des rochers de Håle, se dit-elle.

Elle se dirigea vers la mer.

Le sol, marécageux par endroits, couvert de broussailles épineuses à d'autres, ralentit sa progression, et elle était à bout de souffle quand elle aperçut la mer. Comme elle ne savait pas exactement où se trouvait Nimis, elle longea la côte abrupte un moment, vers l'ouest, parce qu'elle était convaincue d'être dans la bonne direction. Puis elle entrevit les flèches de deux étranges tours en bois et supposa que c'était là. Elle continua jusqu'au bord de l'escarpement et distingua un sentier bien marqué qui menait à la mer, très raide, presque vertical. Il paraissait peu praticable, mais elle ne vit pas d'autre moyen d'accéder au parc de sculptures.

Elle le descendit tout en s'agrippant et glissant sur les fesses, et arriva en haut d'un long escalier en bois à moitié couvert, fait de bouts de planches et de branches, qui devait être l'entrée. Elle se souvint de ce qu'elle avait lu à propos de Nimis. L'artiste Lars Vilks avait créé là son propre royaume qu'il avait baptisé Ladonia. Aujourd'hui, il était plus connu pour avoir représenté le prophète Mahomet sous la forme d'un chien, ce qui avait contraint la Säpo à lui assurer une protection policière vingt-quatre heures sur vingt-quatre.

Ici sur la presqu'île de Kulla.

Olivia descendit les marches et arriva sur la plage où l'attendait un paysage fantomatique. L'artiste avait bâti de gigantesques tours pleines de couloirs et de salles avec le bois qu'il avait ramassé au bord de la mer pendant trente-cinq ans. La plus haute s'élevait à vingt-cinq mètres au-dessus du sol. Un morceau de tissu noir réduit en lambeaux par les bourrasques flottait sur une autre. L'ensemble gris, hérissé de pointes, formé par ces constructions qui s'étendaient sur plus de cent mètres, était la chose la plus bizarre qu'elle ait jamais vue.

Elle progressa prudemment parmi elles. Le vent hurlait entre les tours et faisait voleter ses cheveux autour de son visage. Les vagues déferlaient sur les rochers. Soudain, elle eut envie de quitter cet endroit hostile qui lui semblait dégager une sensation de froid et de mort. Elle repartit vers la tour la plus imposante pour rejoindre le long escalier de bois qui remontait dans la forêt. En y entrant, elle crut distinguer un mouvement dans les planches au loin et s'immobilisa.

– Il y a quelqu'un ?

Seuls le sifflement du vent et les craquements du bois sous ses pas lui répondirent. Elle demeura quelques secondes sur place sans rien voir d'autre, mais elle perçut une vague odeur de cigarette. Elle se retourna. L'escalier était à moins d'un mètre d'elle. Elle le gravit aussi vite qu'elle put. Il était si étroit que son tee-shirt se prit dans une branche qui dépassait. Quand elle tira dessus pour se dégager, il se déchira. Un peu plus haut, son pied se coinça sous une planche. Elle dut prendre appui sur ses mains pour la dernière partie de l'escalier couvert. Elle monta ensuite le sentier abrupt avec peine et se laissa tomber sur le sol une fois en haut. Son pied était douloureux. Elle contempla le paysage fantomatique en se demandant quelle mouche l'avait piquée d'aller là-bas. La seule chose qui bougeait était le drapeau en lambeaux au sommet d'une des tours.

Elle se releva, se remit en route en boitillant et dut s'arrêter au bout de quelques minutes pour reprendre son souffle, appuyée à un arbre aux longues branches torturées. Elle tourna tout à coup la tête avec le sentiment qu'elle n'était pas seule, qu'il y avait quelqu'un dans la forêt, mais ne vit que des arbres et des rochers sombres au loin. Elle repartit en marchant aussi vite qu'elle le pouvait. Elle ne retrouva pas le sentier qu'elle avait quitté en arrivant sur la côte, celui qui menait au chemin communal. Mais il y en avait beaucoup d'autres dans le bois, elle finirait bien par se repérer.

Cela lui prit une vingtaine de minutes. Marcher sur la surface plane était plus facile et elle accéléra un peu l'allure, les yeux fixés au-delà des branches et des buissons agités par le vent. Soudain, elle aperçut son vélo posé contre le grand sapin, là où elle l'avait laissé. Elle couvrit en claudiquant la distance qui l'en séparait. Elle allait l'enfourcher quand elle vit un papier par terre qu'elle ramassa. C'était un fragment de carte, et elle le fourra dans sa poche. Elle se mit en selle et commença à pédaler sans se retourner.

Elle ne se rendit compte de la disparition de son chouchou vert qu'une fois arrivée près de Mölle.

Si seulement elle avait aperçu l'ombre ou entendu le craquement de la branche derrière la haute haie ! Mais elle était concentrée sur son jeu avec Emelie dans le bac à sable, au milieu de la pelouse.

Elles jouaient au crocodile.

Allongée sur le ventre, Emelie rampait en se tortillant, ce qui faisait rire Judith, sa grand-mère. Elle chérissait ces moments passés avec sa petite-fille, pendant lesquels elle s'autorisait à redevenir enfant. Ils étaient plutôt rares, même si Emelie, qui avait trois ans et fréquentait la crèche, n'habitait pas loin de chez elle. Le soir, ses parents s'occupaient d'elle, et ils l'emmenaient souvent en excursion le week-end avec d'autres familles qui avaient des enfants. Parfois, ils sollicitaient Judith pour la garder, comme aujourd'hui. La mère d'Emelie était en voyage, et son père, Sebastian, avait préféré qu'elle n'aille pas à la crèche car elle paraissait fatiguée. Judith avait volontiers accepté. Elle avait trouvé quelqu'un pour la remplacer pendant quelques heures dans le café qu'elle tenait dans son jardin maraîcher. Cela lui avait permis de venir passer du temps avec sa petite-fille à Arild. Les nuages lourds de pluie du matin avaient disparu, le soleil n'était pas aussi brillant qu'en été, mais il réchauffait quand même.

– Crocodile ! À Mamie d'être crocodile ! lança Emelie.

La fillette voulait que sa grand-mère âgée de soixante-deux ans se couche sur le ventre dans le sable et commence à ramper comme une anguille, mais Judith décida que c'était trop lui demander. Elle s'agenouilla en relevant sa robe bleu clair en batik.

– Je suis un hippopotame !

La fillette se mit à rire, et les fossettes de ses joues brunes donnèrent envie à sa grand-mère de la prendre dans ses bras. Que cette enfant était mignonne !

Le téléphone sonna à nouveau dans la cuisine.

Judith n'avait pas pris la peine de répondre la première fois, quelques instants plus tôt. Mais elle se dit que c'était peut-être Sebastian qui appelait.

Elle se releva et fit tomber le sable de sa robe.

– Reste ici, je reviens tout de suite.

Elle marcha jusqu'au perron et entra dans la cuisine. Elle décrocha et entendit la voix d'un télévendeur à qui elle expliqua le plus aimablement possible que l'échangeur d'air chaud qui, selon son interlocuteur, réduirait de onze pour cent ses frais de chauffage ne l'intéressait pas.

– Je suis désolée, mais je ne suis pas chez moi. Vous feriez mieux de rappeler un autre jour, réussit-elle à glisser lorsqu'il s'interrompit pour reprendre son souffle.

Elle raccrocha, quitta la cuisine et descendit l'escalier. Sebastian, le père d'Emelie, était debout à côté du bac à sable.

– Bonjour ! lui cria-t-elle. Tu es rentré plus tôt ?

Les yeux baissés vers sa fille dans le bac à sable, Sebastian ne lui répondit pas. Emelie gisait sur le ventre, comme si elle continuait à faire le crocodile, mais sa tête était tournée vers son père qu'elle regardait de ses yeux morts grands ouverts.

*

Même s'il cachait mal les préjugés qu'il avait au sujet de choses et d'autres, Frans Jönsson n'était pas malintentionné. Il était avant tout le produit de son milieu et ne réfléchissait peut-être pas assez. Âgé d'un peu plus de trente ans, il était joli garçon, avec de beaux yeux bruns, des formes athlétiques, et des lèvres un tantinet trop minces pour plaire à Olivia, mais ce n'était pas vraiment de sa faute, contrairement au fait qu'il parlait sans cesse, de tout et de rien. Cela peut devenir assez irritant au bout d'une heure ou deux quand on fait équipe dans une voiture de police, surtout si les sujets abordés ne présentent aucun intérêt pour celui qui se tait. Il discourait en ce moment de la mauvaise image de la police auprès du public.

– C'est pourtant bien nous et personne d'autre qui nous occupons des merdes, nous qu'on appelle pour intervenir dans une rixe au couteau ou maîtriser un homme qui bat sa femme, non ?

Olivia hocha la tête.

– Et on nous remercie comment ? Par des reproches, des reproches et encore des reproches. J'en ai vraiment ma claque. Pas toi ?

Il détourna un instant les yeux de la route pour regarder Olivia. Elle haussa les épaules. Ils venaient de terminer un contrôle de vitesse à proximité de Jonstorp, totalement inutile selon lui. Il faisait chaud dans l'habitacle, elle avait déboutonné la veste de son uniforme, et elle sentit à nouveau son regard sur elle. Celui que les hommes avaient toujours eu pour elle, incertain, languissant, comme s'ils essayaient de voir quelque chose qui leur était caché.

– Prends par exemple ce foutu registre des Tziganes. Le débat à ce sujet a été incroyablement biaisé. Ce qu'on a pu se faire critiquer ! Et pour quoi ? De tout temps, il y a eu des registres sur les délinquants, non ? Comment aurait-on travaillé sans ?

Il secoua la tête, et une de ses boucles brunes tomba sur son front.

– Par-dessus le marché, ce serait mieux qu'on ait d'autres registres de ce genre.

« Par-dessus le marché » ? Frans avait la manie de pimenter ses phrases d'expressions désuètes.

– Tu n'es pas d'accord ?

– Si, tout à fait. On devrait aussi pouvoir tenir un registre des personnes intellectuellement déficientes, et un autre des homosexuels. On pourrait les croiser avec le registre des Roms et peut-être tomber sur un pédé tzigane déficient intellectuel qui a fauché des fruits dans une supérette. Ça serait sans doute un plus.

Frans rigola.

– Ce n'est pas une mauvaise idée !

– Tu trouves ?

Elle le vit perdre confiance en moins de deux secondes. Elle posa la main sur son bras en riant à son tour.

La radio émit alors une alerte.

Elle venait d'Arild.

« Une petite fille de trois ans a été retrouvée morte. »

Aditi regarda les femmes assises face à elle.

– Maintenant, vous allez inspirer profondément, dit-elle. Gardez les yeux fermés et faites lentement pivoter votre main devant vous. Sentez votre cœur qui bat.

Assise dans la position du lotus, paupières closes, Liv Andersson entendit la voix douce d'Aditi soutenue par les inspirations profondes des autres adeptes.

– Ayez confiance en vous. Vous avez tant de force. Si vous ne fermez pas votre cœur, vous pourrez vous guérir vous-mêmes et aussi les autres.

Dans la belle salle sobrement décorée de l'ashram d'Aditi à Chiang Rai dans le nord de la Thaïlande, le calme et la concentration étaient complets.

– Maintenant, ouvrez lentement les yeux et sentez la force que vous apporte le chakra Anahata. Respirez à nouveau et sentez l'énergie et l'amour qui circulent dans votre cœur.

Aditi joignit les mains sur sa poitrine.

– *Namasté !*

Liv ouvrit doucement les yeux. Elle éprouvait une grande sérénité, un sentiment neuf, d'harmonie, de pureté, exactement ce qu'elle était venue chercher ici.

Les autres femmes commencèrent à se lever posément et à rouler les nattes sur lesquelles elles s'étaient assises avant de quitter la salle en silence. Liv ne les imita pas tout de suite, car elle avait envie de prolonger la sensation présente. Sa directrice spirituelle parlait à voix basse avec quelques femmes. Aditi était aujourd'hui vêtue de vert, la couleur d'Anahata, le chakra du cœur. Ses cheveux blonds étaient coiffés en un élégant chignon, et seules quelques fines rides autour de ses yeux verts trahissaient son âge.

Aditi était belle. Elle rayonnait d'amour et d'harmonie.

Liv espérait être comme elle quand elle aussi aurait la cinquantaine. Pourvu qu'elle puisse conserver l'équilibre qu'elle avait trouvé pendant ce séjour grâce à Aditi. Elle redressa le dos, décroisa ses jambes de la posture du lotus et se releva lentement au moment où Aditi venait vers elle, un sourire chaleureux aux lèvres.

– Comment te sens-tu, Liv ?

– Très bien.

Aditi la prit par la taille.

– Parfait. Emporte ce sentiment avec toi, et ça aussi, dit-elle en lui tendant une bouteille d'eau que Liv accepta avec gratitude. Va dans le jardin, absorbe ses couleurs et ses parfums, jouis de la sérénité et de l'amour qui sont en toi.

Une porte s'ouvrit soudain, et l'assistante d'Aditi entra dans la pièce avec des mouvements un peu trop vifs pour cet ashram où régnaient le calme et l'harmonie. Liv sentit le bras d'Aditi se raidir autour de sa taille. Aditi s'écarta d'elle et alla à la rencontre de Sirikit. Les deux femmes échangèrent quelques mots en thaï. Liv remarqua le coup d'œil que lui adressa Sirikit par-dessus l'épaule d'Aditi et se demanda si elles parlaient d'elle. Puis Aditi se retourna vers elle, avec une expression que Liv ne comprit pas. Était-il arrivé quelque chose ?

– Liv.

Aditi saisit délicatement ses deux mains entre les siennes et les pressa fermement.

– Oui ?

– Il faut que tu appelles chez toi.

– Mais nous n'avons pas le droit d'utiliser nos téléphones pendant…

Aditi ne la laissa pas finir.

– Nous allons faire une exception, ça a l'air grave.

Grave ? Que s'était-il passé ? Liv sentit que cela perturbait l'équilibre qu'elle avait atteint. Un membre de sa famille était tombé malade, s'était blessé ? Sa mère avait-elle dégringolé de cette maudite échelle instable ?

– Tu ne sais pas de quoi il s'agit ?

– Non, mais tu n'as qu'à te servir de mon téléphone. Viens.

Aditi la conduisit en douceur hors de la pièce puis dans la galerie qui faisait le tour de la maison. Liv perçut le parfum des guirlandes de jasmin accrochées aux statues de Bouddha. Leur odeur pénétrante qu'elle aimait d'ordinaire lui parut soudain entêtante, presque oppressante.

Aditi referma la porte derrière elles. Liv s'avança jusqu'au bureau et s'assit dans le confortable fauteuil orange. L'harmonie en elle était rompue. Elle composa le numéro d'une main tremblante.

La voix qui lui répondit, qui lui dit l'épouvantable, n'était pas celle de Sebastian. Il était arrivé ce qui ne devait ni ne pouvait se produire. Aucune harmonie au monde n'aurait pu empêcher le corps de Liv de réagir à ce qu'elle entendit.

Elle vomit sur les deux petits bouddahs dorés qui encadraient le téléphone sur la belle table en bois sombre. D'un bond, Aditi la rejoignit et l'étreignit vigoureusement, comme pour l'empêcher de se briser. La porte s'ouvrit, Sirikit entra, le visage déformé par la peur. Liv se mit à hurler, un cri primitif venu du tréfonds de son être. Sans relâcher son étreinte, Aditi la berça d'avant en arrière.

Liv se vida de ses forces. Son corps tendu se décontracta, son hurlement se transforma en sanglots.

Les deux femmes restèrent longtemps assises à se balancer ensemble. Sirikit quitta discrètement la pièce. Au bout d'un moment, Aditi se redressa et souleva doucement les cheveux qui collaient au visage de Liv.

– Ma chère, ma très chère Liv, que s'est-il passé ? Il est arrivé quelque chose à Judith ?

Liv s'efforça de respirer profondément, pour avoir la force de prononcer ces mots qui lui paraissaient si irréels.

– Non, c'est Emelie. Elle est morte.

Arild se trouve dans la commune de Brunnby, au bord de la mer. En été, ce vieux village de pêcheurs, avec sa grande jetée et ses nombreuses maisons à colombages le long de ses petites rues, est un lieu de villégiature apprécié, mais en hiver il ne compte qu'environ cinq cents habitants.

C'est ici qu'Emelie Andersson avait été tuée.

Des groupes de curieux s'étaient formés devant les rubalises tendues autour de la maison des Andersson. La rumeur sur ce qui était arrivé s'était infiltrée dans les moindres recoins du village. Ici, tout le monde se connaissait d'une manière ou d'une autre. Encore sous le choc, les habitants se parlaient à mi-voix, et certains pointaient discrètement du doigt la maison. Les plus audacieux avaient posé des questions aux policiers qui leur avaient tous fourni la même réponse :

– Nous ne pouvons rien dire.

Des techniciens scientifiques sécurisaient d'éventuels indices. Sebastian Andersson, le père d'Emelie, avait été conduit à l'hôpital par les ambulanciers. Olivia et Frans avaient en vain essayé de l'interroger avant qu'il ne s'effondre. Sa belle-mère était assise sur un banc en bois adossé à un vieux pommier noueux à côté d'un homme corpulent qui avait passé un bras autour de ses épaules.

Olivia retourna au petit bac à sable au milieu de la pelouse. Un technicien de la police scientifique était en train de le photographier sous tous les angles possibles. Le corps d'Emelie avait été emporté. Elle observa la scène en pensant qu'une mare de sang sur l'asphalte mouillé convenait bien mieux à une victime de meurtre qu'un bac à sable rempli de jouets jaunes sous un beau soleil. Surtout quand il s'agissait d'un petit enfant avec la tête à l'envers.

Frans et elle étaient arrivés sur place à peu près en même temps qu'une autre voiture de police. Ils avaient tous hésité avant de pousser le portail, comme si personne ne voulait être le premier à entrer, puis ils s'étaient lentement avancés jusqu'au bac à sable où Sebastian, assis à même le sol, berçait sa fille dans ses bras. Debout derrière lui, Judith tremblait de tout son corps. Olivia nota le silence de la scène ; une tragédie pétrifiée. Seul le rugissement rauque et désespéré de Sebastian, qui transforma la vision macabre en une scène de crime avec une victime et ses proches, fit reprendre conscience aux policiers de ce qu'ils avaient à faire.

Olivia s'éloigna du bac à sable. Elle marcha jusqu'au banc et s'assit sur ses talons en face de Judith prostrée. On lui avait administré un calmant car elle avait refusé d'être emmenée à l'hôpital. Elle jeta un regard éperdu à Olivia, les yeux gonflés de larmes, comme en quête d'une explication. La jeune femme se taisait. Que peut-on dire à une personne dont la petite-fille vient d'être assassinée ?

– Je peux vous ramener chez vous en voiture si vous le désirez.

Judith se tourna vers le bac à sable où elle avait laissé Emelie quelques minutes sans surveillance pour aller répondre au téléphone. L'homme corpulent à côté d'elle, son ami Curre, se pencha vers Olivia.

– Bonne idée. Je suis venu à moto. Vous savez où Judith habite ?

– Non.

– Mais moi je sais, déclara soudain Judith en se levant.

Curre l'imita et la prit par les épaules.

– Tu n'as qu'à venir avec nous en voiture, ajouta-t-elle.

Il acquiesça et Olivia leur montra le chemin de la main. Elle passa le portail la première et leur tint la porte. Judith se retourna avant de le franchir et regarda à nouveau le bac à sable. Un léger tremblement la saisit.

– Viens, Judith, dit Curre, en la dirigeant vers la voiture de police.

La pluie se mit à tomber juste avant qu'ils ne montent à bord. Pour une fois, elle parut bienvenue à Olivia. Le soleil et la peine ne font pas bon ménage.

Judith Boelsdotter habitait à Stora Görslöv, où se trouvaient son jardin maraîcher et son café. Le trajet depuis Arild n'était pas long mais personne ne parla pendant les premières minutes. Dans le rétroviseur, Olivia regarda plusieurs fois Judith, assise à l'arrière près de Curre qui la tenait par les épaules, en se demandant si elle pouvait lui poser les questions qu'elle savait nécessaires. Il est parfois essentiel d'obtenir des déclarations le plus vite possible, avant que d'autres choses ne viennent occuper l'esprit et occulter le reste, mais elle n'était pas sûre que Judith ait la force de lui répondre.

– Liv est en Thaïlande.

Judith fut la première à rompre le silence, d'une voix à peine audible, sans qu'Olivia comprenne s'il s'agissait d'un constat ou d'une information qui lui était destinée.

Mais elle se lança.

– C'est votre fille ?

Elle n'eut pas de réponse. La mère d'Emelie s'appelait Liv, Olivia le savait, mais elle ignorait qu'elle se trouvait en Thaïlande.

– Elle a été informée ?

Olivia remarqua la tournure impersonnelle qu'elle venait d'utiliser. Était-ce une façon de se cacher elle-même ? De ne pas s'impliquer ?

– Oui, on l'a mise au courant, répondit Curre.

– Tu te rends compte à quel point cela a dû être épouvantable pour elle d'apprendre cette horreur alors qu'elle est si loin d'ici ? Presque de l'autre côté de la terre ! Qu'est-ce que j'ai fait ?

– Tu n'as rien fait, dit Curre.

– Mais c'est moi qui étais responsable d'Emelie ! Je la gardais !

Il serra Judith contre lui et caressa sa joue mouillée de larmes. Olivia comprenait la réaction de Judith. Elle pouvait aussi se représenter le choc subi par la mère de l'enfant. Non, peut-être en était-elle incapable. Il y a des limites à ce que l'on peut imaginer, et concevoir ce que ressent une mère en apprenant que son enfant a été assassiné était probablement impossible.

– Que fait-elle en Thaïlande ?

Olivia posa cette question avant tout dans le but de continuer la conversation. Dans le rétroviseur, elle vit Judith s'essuyer la figure de la manche de sa robe.

– Elle est dans un ashram qu'une de mes amies dirige là-bas. Liv s'intéresse à la méditation et au yoga, murmura-t-elle d'une voix à nouveau éteinte.

– Elle a un emploi ?

– Elle s'occupe du jardin avec moi.

– Je vois. Et Sebastian ?

Judith appuya la tête contre la poitrine de Curre.

– Il travaille dans un camp de réfugiés à Hässleholm, expliqua celui-ci.

– Sa famille a-t-elle été menacée, de quelque manière que ce soit ?

C'était dit. Elle avait posé à Judith cette question qui pouvait conduire à d'autres, encore plus utiles. Avait-elle remarqué quelqu'un près de la maison, ou une voiture inhabituelle garée dans la rue ? Pendant combien de temps Emelie était-elle restée sans surveillance ? Judith avait-elle vu Sebastian arriver ? Olivia savait que les enquêteurs lui demanderaient tout cela plus tard, mais elle aurait aimé avoir les réponses tout de suite.

– Vous feriez mieux de parler à Sebastian, dit Curre.

Olivia hocha la tête et prit à droite vers Stora Görslöv. Ils étaient presque chez Judith quand celle-ci ne lui laissa pas le temps de poser une autre question.

– Pourquoi tue-t-on un enfant ? s'interrogea-t-elle presque dans un murmure.

Le médecin, âgé d'environ trente-cinq ans, portait de fines lunettes ovales et avait un bouton de fièvre sur la lèvre inférieure. La femme assise en face de lui était Mette Olsäter, commissaire à la Criminelle. Elle n'était plus très loin de la retraite et avait récemment perdu dix-sept de ses quatre-vingt-seize kilos, non par choix mais parce qu'elle souffrait de diabète de type 2.

Elle avait été conduite dans cet hôpital quatre mois auparavant quand elle avait perdu connaissance pendant une réunion de direction. Les examens avaient révélé une glycémie trop élevée, causée par une carence massive d'insuline. Le médecin qui lui souriait de l'autre côté du bureau lui avait alors prescrit du Metformin, un médicament qui renforçait la production d'insuline, ainsi qu'un strict régime alimentaire. Le traitement agissait. Ses taux s'étaient stabilisés et elle avait perdu beaucoup de poids.

Le médecin enleva ses lunettes et regarda Mette.

– Comment vous sentez-vous ?

– Bien. Je fais pipi tout le temps, j'ai des problèmes de vision le soir, et je me fatigue dès que je me sens mieux.

– Mais vous perdez du poids, dit le médecin en souriant.

– Non, je fonds. J'ai perdu du poids, c'est une bonne chose, mais ce n'est pas facile.

– Sur le plan alimentaire ?

– Mon mari adore tout ce qui m'est interdit. En fait, nous n'avons plus qu'un seul dénominateur commun à table aujourd'hui.

– Lequel ?

– L'alcool et le vin.

Il n'avait pas échappé à l'attention de Mette que l'alcool et le vin en quantité raisonnable faisaient baisser la glycémie. Son mari, Mårten, un hédoniste qui souffrait du régime spartiate de son épouse, trouvait cela très bien. Un peu d'alcool allégeait les mortifications qu'il la voyait subir. Il avait en outre un avantage psychologique dès qu'ils commençaient à parler de son diabète. Pendant de longues années, Mårten avait tenté de persuader sa femme de ralentir, de ne plus charger comme un bulldozer dans chaque nouvelle affaire. En vain. Mette était comme elle était. Cela lui avait assuré un statut quasi légendaire dans la police, et provoqué son diabète, qui, tout au moins de l'avis de l'homme aimable assis en face d'elle, était dû au stress.

– Il peut aussi être héréditaire, mais le stress en est la cause la plus fréquente, avait-il affirmé.

Étant donné qu'il n'y avait aucun diabétique dans la famille de Mette, elle avait dû accepter que le stress fût responsable de sa maladie. Mais elle avait essayé d'éviter de le mentionner quand elle avait expliqué à son mari ce dont elle souffrait et les causes de cette pathologie.

– Le médecin ne les connaît pas exactement, lui avait-elle dit.

– Donc ce n'était pas le stress ?

– Pourquoi ça serait le stress ?

– Parce que c'est une cause assez habituelle lorsque ce n'est pas héréditaire.

– J'ignorais que tu étais médecin.

La discussion n'était pas allée plus loin. Mais elle savait qu'il n'était pas dupe, et cela la dérangeait.

« Je te l'avais bien dit » était une phrase qu'elle ne supportait pas d'entendre.

Pour l'instant, en tout cas, elle n'avait pas à affronter son mari. Elle revenait de l'aéroport d'Arlanda, où il avait pris l'avion pour Marrakech avec Jolene, leur plus jeune fille, et Abbas el Fassi, un ami de la famille. Elle serait enfin seule avec son abstinence pendant quelques jours, et Mårten allait pouvoir se régaler de tout ce qu'elle devait éviter, à l'abri du regard de la personne plus mince mais plus ennuyeuse qu'elle était devenue, jalouse de chaque tranche de pomme de terre rôtie à l'ail qui franchissait les lèvres de son époux.

– Eh bien, je vous souhaite bonne chance ! dit le médecin en se levant et lui tendant la main.

Mette la prit en se demandant de quoi il parlait.

– Vous voulez dire avec le régime ?

– Oui. Plus vous réussirez à vous y tenir, plus votre poids diminuera et meilleurs seront vos taux. Tout est lié !

Quel cliché, pensa-t-elle.

Il pleuvait quand elle quitta l'hôpital par la porte tournante en verre. Elle jeta un coup d'œil vers le parking sans trop savoir ce qu'elle allait faire. Six mois plus tôt, elle aurait foncé au marché couvert de Hötorget pour remplir deux cabas de délices venus du monde entier et surprendre son mari dans la grande cuisine de leur maison de Kummelnäs. Aujourd'hui, il n'était pas là et elle souffrait de diabète.

Son portable sonna.

C'était un collègue, Oskar Molin. Il voulait savoir si elle avait entendu parler de ce terrible meurtre d'enfant à Arild, en Scanie. Elle n'était pas au courant parce qu'elle avait passé la matinée à l'aéroport d'Arlanda et à l'hôpital Söder. Debout sous la pluie dans un parking, elle venait de voir sur son pare-brise une contravention de sept cents couronnes.

– J'ai l'impression qu'on va nous mettre sur l'affaire.

– Pourquoi donc ?

– Une intuition.

Mette raccrocha et pensa à Olivia. Arild, c'était dans sa circonscription ?

Lorsque Olivia revint au commissariat de Höganäs, la nuit était déjà tombée, et avec elle la lourde obscurité caractéristique de la Scanie. Elle se gara et vit qu'il y avait bien plus de voitures que d'ordinaire. Sans doute celles des collègues appelés en renfort pour l'enquête de voisinage, les recherches, les témoignages. Elle monta l'escalier et jeta un coup d'œil dans la cuisine remplie de monde, exclusivement des hommes. Elle prit une profonde inspiration et passa devant.

Elle alla dans la pièce qu'elle partageait avec Frans un peu plus loin, sans croiser personne en route. Tout le service était apparemment dans la cuisine. Le bureau était vide, sa table couverte de papiers et de magazines, celle de Frans d'une propreté clinique. Elle s'assit, indécise. Devait-elle écrire un rapport tout de suite ou attendre ? Elle ignorait la forme que prendrait l'enquête. Elle avait envie d'un café, et dut aller dans la cuisine.

– Comment ça s'est passé pour toi ? lui demanda Frans quand elle y pénétra.

– Je les ai raccompagnés chez eux et j'ai fait un tour ensuite.

– Où ça ?

Olivia ne lui répondit pas. Elle alla à la machine à café. La cuisine, relativement grande, était remplie d'hommes assis sur les chaises, les tables, les comptoirs. Beaucoup d'entre eux étaient en tee-shirt gris, l'air empestait la sueur et le tabac à chiquer. Elle se servit un café en sentant des regards sur son dos, avec le sentiment que les conversations s'étaient interrompues depuis qu'elle y était entrée.

Elle se trompait.

Elle comprit vite que le silence n'avait rien à voir avec elle et qu'il relevait de la consternation générale. Peu de gens parlaient, et ceux qui le faisaient exprimaient leur détresse. Plusieurs d'entre eux connaissaient personnellement la famille Andersson, l'un faisait du *bandy*[1] avec Sebastian, un autre avait été au lycée avec Liv, tous étaient émus.

Olivia constata qu'il n'y avait pas de lait. Elle détestait le café noir mais ce n'était pas très grave. Le gobelet à la main, elle hésitait à retourner dans son bureau. L'ambiance dans la pièce la retint. Elle était pesante, tous ses collègues savaient pourquoi ils étaient là et avaient conscience de ce qu'ils avaient à faire.

– Les enquêteurs vont arriver quand ? demanda quelqu'un.

– Ils sont en route.

– Ils viennent d'Helsingborg ?

– Non, ceux d'Helsingborg étaient déjà occupés ailleurs, ce sera Malmö.

– Qui va diriger l'enquête ?

– Sven Svensson. Il est bon mais très politiquement correct.

– Comment ça ?

– Il ne nous a pas soutenus dans la controverse sur le foutu registre.

Peut-être parce qu'il le trouvait abusif, pensa Olivia tout en se rendant compte que ce n'était pas le moment d'en discuter. Pas ici, pas dans cette situation, pas avec ce groupe d'hommes.

– J'ai déjà bossé avec Svensson, fit un policier blond habillé en civil. Il est spécial.

– Comment ça ?

– Il est un peu excentrique. Chaque fois qu'il doit donner une conférence de presse, il met le même vieux gilet sans manches jaune.

– Et il est marié à une Danoise, non ?

Tu parles d'une excentricité ! pensa Olivia, qui saisissait cependant que discuter du meurtre d'une petite fille de trois ans était trop difficile et qu'il valait mieux dire n'importe quoi d'autre. Elle pouvait le comprendre.

1. Sport collectif qui se pratique sur des terrains de football couverts de glace.

Lorsque la conversation se tarit, elle quitta la cuisine et retourna dans son bureau. Elle avait décidé de rédiger son rapport plus tard, mais elle relut les notes de son carnet, noms, âges, heures. La dernière chose qu'elle avait écrite était qu'Emelie Andersson avait été adoptée au Ghana en 2011.

Elle ouvrit la fenêtre et versa la plus grande partie de son café dehors.

– Tu vas partir ? demanda Frans debout à la porte.

– Oui.

– À vélo ?

– Oui. Pourquoi ?

– Je peux te raccompagner.

– Pourquoi ?

– Il y a un meurtrier à l'esprit dérangé dans les parages !

– Nous n'en savons rien.

– Comment ça, nous n'en savons rien ?

– Nous ignorons s'il est encore dans le coin. À cette heure-ci, il peut être à Copenhague ou à Stockholm.

– Ou pas.

Olivia haussa les épaules et se dirigea vers la porte. Frans la laissa passer. Il la suivit quand elle rejoignit la cour arrière du commissariat où sa bicyclette était garée. Une fois en selle, elle vit Frans debout sur le perron.

– Il fait sombre là où tu habites.

– Oui.

– Et tu es seule dans ta petite maison, n'est-ce pas ?

– Oui, mais ce n'est pas un problème. Merci quand même. Salut !

Elle boutonna sa veste, pédala énergiquement et disparut de la cour. Frans ne l'avait pas quittée des yeux.

« Ce n'est pas un problème. »

Elle l'avait dit d'un ton détaché, avant tout pour en remontrer à Frans, lui faire voir qu'elle n'avait pas froid aux yeux. Seule sur son vélo dans la campagne, elle se rendait compte qu'il avait raison. Le meurtrier d'Emelie pouvait être n'importe où. Son identité et son sexe étaient inconnus, et on ne savait pas non plus si c'était quelqu'un du coin ou d'ailleurs. Olivia scruta l'obscurité au bord de la route. Pendant la journée, elle avait réussi à chasser ce qu'elle avait ressenti ce matin à Kullaberg, à oublier le mouvement qu'elle avait cru apercevoir dans une des tours en bois, et cette légère angoisse dans la forêt, mais elle n'y arrivait plus. Y avait-il eu quelqu'un là-bas ? Elle appuya plus fort sur les pédales en s'efforçant de penser à autre chose. Sa mémoire visuelle la ramena au bac à sable, au père désespéré qui tenait dans ses bras son enfant à la nuque brisée, au silence si particulier qui régnait à leur arrivée dans le jardin. Où était le meurtrier ? À proximité ?

Elle continua à pédaler.

Plus l'espace entre les réverbères augmentait, plus son pouls s'accélérait. Pendant le dernier kilomètre qu'elle fit contre le vent, seul le petit faisceau vacillant du phare de son vélo troua l'obscurité devant elle. Elle se retourna après un virage. Une voiture roulait derrière elle, à bonne distance, mais en avançant à la même allure qu'elle. Elle n'était plus très loin de chez elle, mais vent debout, il allait lui falloir encore un quart d'heure. Quelqu'un la suivrait ? Pourquoi ? Elle aperçut deux grands piliers en pierre, tourna vers eux, et se cacha derrière l'un d'eux. La voiture se rapprochait. Elle se baissa pour ne pas être visible dans la lumière des phares. La voiture la dépassa. Il s'agissait de celle de Frans, et il était au volant. Quelqu'un était assis à côté de lui. Était-il en train de ramener cette personne chez elle ? Mais pourquoi roulait-il si lentement ? Elle attendit qu'il s'éloigne et ne revint sur la route que quand ses feux arrière eurent disparu. Elle poussa son vélo sur quelques mètres avant de l'enfourcher à nouveau pour rejoindre son domicile.

Le gîte qu'elle louait lui convenait parfaitement, deux pièces et une cuisine, au fond du jardin entouré d'une haute haie d'une demeure en pierres grises du début du XXe siècle, dont les propriétaires, actuellement en voyage en Espagne, l'avaient chargée de relever leur courrier.

Elle jeta un coup d'œil dans la boîte aux lettres vide, referma la grille derrière elle et appuya son vélo contre le mur. Les spots à minuterie installés çà et là répandaient leur lumière sourde sur la pelouse. Olivia sortit sa clé. Elle ne put s'empêcher de se retourner pour scruter la haie sombre, la voix de Frans résonnant dans ses oreilles : « Et tu habites toute seule dans ta petite maison, hein ? » Elle ouvrit la porte et entra.

À cet instant, elle se rappela ce qu'elle avait oublié.

*

La vieille bâtisse peinte en vert était l'une des plus imposantes de Kummelnäs, non seulement par son architecture, ses décorations en bois, mais aussi par son emplacement. Située sur une hauteur, à quelques pas d'un ponton pour la baignade et d'un port de plaisance, elle offrait une vue sur toute l'embouchure qui mène à Stockholm.

La famille Olsäter l'aimait pour une autre raison, son plan original. Rien n'était d'équerre : de petites pièces hexagonales côtoyaient des salles ayant trois mètres de hauteur sous plafond, des corridors serpentaient entre des escaliers et des recoins, la cuisine abritait une profusion de bois sculptés et de carreaux de faïence. Cette excentricité avait donné aux occupants l'envie de rapporter de nombreux souvenirs de leurs voyages à travers le monde. Ils trouvaient toujours un endroit où les installer dans la maison qui s'était transformée au fil du temps en un capharnaüm d'objets exotiques. Quatre des cinq enfants qui y étaient nés étaient eux-mêmes parents aujourd'hui, et leurs propres enfants continuaient à considérer cette maison comme la leur. Pendant de longues périodes, ils y avaient tous été accueillis, renforçant ainsi leur sentiment d'appartenir à une tribu.

L'absence de Mårten et le silence prirent Mette au dépourvu. C'était si inhabituel. Du plus loin qu'elle se souvienne, Mårten avait constamment été présent, comme si la maison était son habitat naturel. Depuis qu'ils étaient mariés, il n'était parti qu'une ou deux fois en voyage sans elle, mais il y avait toujours eu des enfants chez eux, et la vieille mère de son mari, qui était morte depuis. Mårten était à l'étranger avec Jolene, et Mette était seule. Elle ne savait pas exactement où se trouvaient ses autres enfants et petits-enfants, et ce sentiment de solitude lui paraissait très étrange.

Elle alla d'une pièce à l'autre, en essayant de se persuader que le vide et le silence lui plaisaient, mais ne réussit à s'en convaincre que pendant quelques minutes. Lorsqu'elle arriva dans la cuisine, elle eut l'impression d'avoir été abandonnée. Elle alluma la lampe au-dessus du plan de travail, sortit une souris morte d'un piège sous l'évier, la jeta à la poubelle et se versa un verre de vin. Son régime le lui autorisait.

Assise à la table en bois poli, elle pensa aux maigres victuailles que contenait son cabas et faillit se mettre à pleurer. C'était cela, la solitude ? Et si Mårten mourait ? Et si Jolene partait de la maison ? Âgée de vingt ans, elle était trisomique. Ces derniers temps, ils avaient discuté de son désir d'habiter seule dans un foyer-logement adapté à son handicap, un sujet fort traumatisant pour Mette. Elle comprenait Jolene et voulait son bonheur, cela allait sans dire, mais la médaille avait un revers : Jolene n'aurait plus besoin de sa mère, ou en tout cas plus de la même façon que pendant ces vingt dernières années. Des années qui avaient défini d'une manière extrêmement claire ce rôle qu'elle allait peut-être devoir abandonner. À qui serait-elle alors indispensable ? Mårten ? Elle ne lui était pas nécessaire de la même façon qu'à Jolene. C'était son mari, pas son enfant.

Et il pouvait mourir. Il avait presque soixante-dix ans. Comment ferait-elle sans lui ? Passerait-elle ses journées à vieillir dans la cuisine en pénitence, avec une bouteille de vin et des repas surgelés sans sucre ? « Au pire, cela peut aboutir à la perte de la vue. » C'était ce que lui avait annoncé le médecin quand elle l'avait pressé de questions à propos du diabète de type 2. Elle deviendrait peut-être aveugle et tituberait dans cette maison impossible, une canne blanche à la main, à la recherche des toilettes pour la dix-septième fois de la journée.

Elle commença soudain à rire.

Mette était une personne très rationnelle, à l'esprit analytique, et tombait rarement dans l'autoapitoiement. Dans sa vie professionnelle, elle avait une faculté impressionnante à porter un regard clinique sur les problèmes qu'elle avait à traiter. Dans sa vie privée, elle était plus fragile.

Elle finit par rire aux éclats.

*

Comment avait-elle pu oublier le morceau de carte qu'elle avait fourré dans sa poche avant d'enfourcher sa bicyclette sur la presqu'île de Kulla ? Parce qu'il s'était produit beaucoup de choses entre-temps, se dit-elle en allant chercher sa veste pendue au portemanteau de l'entrée. Le papier y était encore. Dans le petit salon, elle alluma un lampadaire, s'assit dans le confortable fauteuil que les propriétaires avaient placé là pour elle, et le déplia. C'était un fragment d'une carte très détaillée d'une partie de la presqu'île. Une seule habitation était encerclée au stylo bleu, celle de Judith Boelsdotter à Stora Görslöv.

Olivia se mit à réfléchir. Qui avait perdu cette carte là-bas ? Pourquoi la maison de Judith, la grand-mère de la fillette tuée, avait-elle été sélectionnée ? Était-ce un hasard ? Elle se rendit compte que cette carte pouvait avoir de l'importance pour l'enquête et se reprocha de l'avoir touchée. Elle la glissa dans une pochette en plastique qu'elle posa sur la table. Puis elle regarda par la fenêtre. Les lumières automatiques sur la pelouse s'étaient arrêtées, elle ne voyait plus la haie. Elle alla éteindre le lampadaire et retourna à la fenêtre. Maintenant je ne suis plus aussi visible, pensa-t-elle en se demandant si elle avait fermé la porte à clé. Elle partit s'en assurer et tira aussi le verrou au-dessus de la serrure. Puis elle se posta à nouveau derrière la vitre où elle resta longtemps, absorbée dans ses pensées. Une sonnerie aiguë la fit sursauter, et elle faillit renverser une plante en pot.

C'était son portable qu'elle avait laissé dans la cuisine.

Elle le prit et vit le nom de Mette Olsäter. Elle tombe vraiment bien, pensa-t-elle.

– Bonsoir. Quelle chance que tu appelles !

– Pourquoi donc ?

– J'ai besoin de parler à quelqu'un.

– Moi aussi.

– Ah bon ? Il s'est passé quelque chose ?

– Non, et c'est bien pour ça. Tu travailles sur cet épouvantable meurtre d'enfant ?

– Oui.

Olivia revint dans le séjour et s'assit dans le fauteuil sans rallumer le lampadaire. Entendre la voix de Mette la calmait déjà.

– En fait, je ne travaille pas vraiment sur cette affaire, des enquêteurs vont venir de Malmö, je fais partie de la piétaille.

– Quel gâchis.

Olivia savait que Mette ne voyait pas d'un bon œil son poste à Höganäs. Elle aurait préféré qu'Olivia atterrisse sous son aile à Stockholm. Mais les choses étaient ainsi.

– Ça se présente comment ?

– Pour l'instant, on ne sait rien du tout, aucune trace du meurtrier, les techniciens ont fait un rapport, mais il sera adressé directement au groupe d'enquête.

– Qui est dirigé par qui ?

– Un certain Sven Svensson.

– Le Concombre ?

– C'est son surnom ?

– C'était son surnom autrefois. Tom et moi avons beaucoup travaillé avec lui à une époque. Il est bon. Salue-le de ma part.

Mais je ferais sans doute mieux de ne pas utiliser son surnom, se dit Olivia. La hiérarchie était probablement aussi importante ici qu'ailleurs.

– Et ton instinct te dit quoi ? demanda Mette.

Elle avait un grand respect pour l'instinct ou l'intuition d'Olivia qui les avait mis sur la bonne piste par le passé, lorsqu'elles avaient collaboré sur une enquête. La jeune femme ne trouva pas sa question bizarre.

– Je ne sais pas. Pour l'instant, j'ai l'impression qu'il s'agit d'un psychopathe.

– Pourquoi ?

– Qui d'autre pourrait tuer une fillette de trois ans ?

– Cela pourrait être un meurtre commandité, ou une vengeance.

– Afin de venger quoi ?

Réflexion purement rhétorique, bien sûr. Mette ne pouvait pas avoir d'idée là-dessus.

– La famille te paraît comment ?

– On vient juste de commencer à s'y intéresser. La mère de l'enfant rentre de Thaïlande en ce moment.

– Donc tu penses à un psychopathe.

Olivia ne répondit pas immédiatement. Devait-elle parler de ce qui lui avait traversé l'esprit quand elle était seule dans la voiture de police l'après-midi ? Mais c'était Mette qu'elle avait au bout du fil.

– Ou alors il pourrait s'agir de tout autre chose, dit-elle.

– Comme quoi ?

– J'ai plutôt le sentiment que l'ambiance par ici n'est pas particulièrement favorable aux immigrés.

– Non. Et alors ?

– Emelie Andersson a été adoptée au Ghana, et son père travaille dans un camp d'accueil pour réfugiés.

– Tu veux dire qu'il pourrait y avoir un mobile raciste derrière son meurtre ?

– Je n'ai aucun argument pour le justifier.

– Sinon ton intuition.

Oui, c'était ça, une intuition qui lui était venue cet après-midi, en passant devant plusieurs maisons sur lesquelles flottait le drapeau de Scanie, une croix jaune sur fond rouge, le symbole de l'indépendance de cette région. Cela lui avait rappelé le fort soutien dont bénéficiaient les Démocrates de Suède dans le coin, et le fait que la Scanie était un des bastions du mouvement néonazi Résistance aryenne suédoise. Voilà d'où venait son impression.

– Oui, ce n'est que mon intuition, répondit Olivia.

– D'accord. Tu sais que nous fournirons toute l'aide nécessaire en cas de besoin.

– Je ne crois pas que les policiers locaux aient envie d'avoir l'aide de la Criminelle.

– Ils ne l'ont quasiment jamais. Et ils sont encore moins contents quand on résout ce qu'ils auraient dû résoudre.

Olivia rit.

– Et toi, comment vas-tu ? C'est toi qui m'as appelée.

– Je vais superbien. Mårten et Jolene sont à Marrakech avec Abbas, mais tu étais au courant, non ?

– Ils sont partis aujourd'hui, n'est-ce pas ?

– Oui.

Elles se turent quelques secondes.

– Bon, disons à moitié superbien, reprit Mette.

– Il n'y a que toi à la maison ?

– Oui.

– Je comprends.

Elle n'en dit pas plus, devinant que Mette se sentait seule, sinon elle n'aurait pas téléphoné. Mais Mette parlait rarement d'elle et c'était pour cela qu'elle s'était concentrée sur le meurtre. Elle est parfois assez transparente, pensa Olivia qui lui était pourtant reconnaissante de cette discussion. Ses pensées sur ce qui pouvait se cacher dans la haie ou arriver à pas de loup sur la pelouse ténébreuse s'étaient dissipées.

– Tu as des nouvelles de Tom ? demanda Mette.

– On s'est parlé hier, il compte chercher du travail.

– Comme policier ?

– Non, comme gardien d'immeuble.

Le gardien d'immeuble potentiel était adossé à un arbre de Katarina Bangatan à Stockholm. Il était déjà tard, et seuls quelques propriétaires de chiens s'étaient résolus à affronter le vent glacé. Tom Stilton observait une femme d'âge moyen, visiblement éméchée, qui essayait de mettre dans un sac plastique noir une crotte de chien importune. Voilà où nous en sommes, se dit-il en tournant les yeux vers la façade de l'autre côté de la rue. Il y avait plusieurs boutiques au rez-de-chaussée, toutes éteintes sauf une, celle du bouquiniste surnommé Ronny Redlös[1]. À travers la vitrine, Stilton vit que l'échoppe remplie d'étagères et de tables couvertes de livres était pleine de sans-abri. Il en reconnut plusieurs, des gens qu'il avait rencontrés à l'époque où il vivait dans la rue, notamment Benseman et Arvo Pärt, mais il vit aussi de nouveaux visages. Il fut ému en apercevant Muriel, la jeune droguée de Bagarmossen ; plus si jeune d'ailleurs, mais encore en vie.

Il connaissait la raison de leur présence.

Quelques mois auparavant, Ronny avait lancé un projet qu'il avait baptisé « Nourrir le corps et l'esprit ». Il offrait à boire et à manger aux SDF à condition qu'ils l'écoutent d'abord lire pendant une demi-heure des textes qu'il considérait comme faisant partie de la littérature essentielle. Persuadé de la force rédemptrice des grandes œuvres littéraires, il espérait de ce repas, servi en échange d'une imprégnation momentanée des mots et des idées d'auteurs renom-

1. « Ronny Sans-limite. »

més, qu'il change la vie de ceux qui y participaient. Les sans-abri présents ne partageaient pas nécessairement cette conviction, mais les sandwichs au fromage et au jambon accompagnés de boissons – café, thé ou verre de vin, au choix – avaient assuré le succès du projet. Bien que l'on n'ait pas le droit de commencer à manger tant que Ronny lisait.

Assis dans un profond fauteuil à oreillettes, éclairé par un vieux lampadaire, Ronny connaissait ses ouailles et avait choisi un extrait du premier roman de Lars Ahlin, *Tåbb med manifestet*[1]. Il avait presque fini.

> Soudain elle comprit la critique que Tåbb faisait de la société patriarcalo-capitaliste. Qu'était-elle, sinon un genre de fruit mâle monstrueux ? Il n'y avait rien d'étrange à ce que sa civilisation soit devenue si mécanisée, technique et guerrière. Un être humain naît de la coopération entre un homme et une femme. La création culturelle ne devrait-elle pas elle aussi résulter de ce genre de collaboration ? La culture et la civilisation qui sont exclusivement masculines ne devraient-elles pas être remplacées par quelque chose de plus humain, quelque chose qui associe indissociablement le masculin et le féminin ?

Ronny referma le livre et leva les yeux vers l'assistance muette.

– Alors, vous en pensez quoi ?

Il n'eut pas plus de réponse que d'ordinaire. Certains guettaient le signe qu'ils pouvaient se jeter sur la nourriture, d'autres tentaient de trouver une façon de formuler leur opinion. Ronny attendit. Ces derniers temps, il arrivait de plus en plus souvent que de timides dialogues naissent après sa lecture, dans lesquels l'un des sans-abri présents établissait un rapport entre ses propres expériences et le texte qu'il venait d'entendre, un deuxième essayait de le comprendre, ou un troisième se lançait dans un raisonnement philosophique particulier.

Ronny se réjouissait de tout.

1. « Tåbb et le manifeste », ouvrage non traduit en français.

Le silence se poursuivit plus longtemps que d'habitude cette fois-ci. Arvo Pärt finit par le rompre.

– Tåbb, d'où vient ce drôle de nom ?

– Le héros s'appelle Tobias, expliqua Ronny.

Si Pärt avait été plus attentif, il s'en serait rendu compte, mais Ronny n'y fit aucune allusion. Pärt avait rompu le silence.

– Que veut-il dire en parlant d'un fruit monstrueux ? fit la voix fluette de Muriel.

Elle avait perdu une de ses incisives supérieures et s'efforçait de dissimuler le trou avec sa lèvre. Sa vie n'était pas facile, toute l'assistance le savait. Elle vendait son corps en échange de l'argent nécessaire pour acheter ce qui lui permettait d'oublier la raison pour laquelle elle devait le faire. C'était une spirale sans fin.

– Il veut dire que la société dans laquelle nous vivons a été créée par des hommes, et qu'elle serait meilleure si elle avait été construite par des hommes et des femmes.

– Il parle d'égalité entre les sexes ? demanda Arvo Pärt.

– Oui, mais il était un précurseur puisqu'il a écrit ça en 1943.

– Les gens comprenaient ce qu'il voulait dire ?

– Je n'en sais rien, mais ce livre a été lu par presque cent mille travailleurs suédois à l'époque. Aujourd'hui, ils regardent le tirage de la loterie à la télévision.

Ronny ne put s'empêcher de faire ce commentaire, qui, même s'il était déplacé et exagéré, reflétait son désarroi d'amoureux des livres face à l'appauvrissement littéraire actuel.

Stilton continuait à attendre dans la rue. Il ne voulait pas se montrer, d'abord parce qu'il en avait fini avec sa vie de sans-abri, mais aussi parce qu'il ne voulait pas déranger. Il savait que son apparition détournerait l'attention de la lecture de Ronny. Il avait déjà été à part quand il était SDF, puisqu'il était un ancien commissaire de la Criminelle, et l'était devenu encore plus lorsqu'il avait quitté la rue et réussi à remettre de l'ordre dans sa vie.

Il était malheureusement une exception.

Il resta donc dans l'obscurité pendant que la boutique du bouquiniste se vidait lentement. Le dernier à sortir fut Benseman, un grand

Nordique, ancien bibliothécaire, qui avait failli mourir d'un passage à tabac quelques années auparavant. Actuellement, il travaillait quelques heures par semaine chez Ronny, mais personne ne savait ce qu'il faisait le reste du temps. Stilton le lui demanderait un jour.

Mais pas aujourd'hui.

Dès que Benseman eut tourné le coin de la rue, Stilton entra chez le bouquiniste et referma la porte derrière lui. Ronny était en train de ranger.

– Il y avait du monde ce soir, dit Stilton.

Ronny se retourna et acquiesça de la tête.

– Tu pourrais peut-être venir un de ces jours, non ? À quand remonte la dernière fois que tu as lu quelque chose de bien ?

– Quelque chose de bien, c'est quoi ?

– Des mots qui ont un sens, des idées que tu n'aurais pas eues toi-même. Tu n'en as jamais envie ?

– Non.

Ronny secoua la tête et versa un peu de vin dans un grand gobelet en plastique.

– Tu sais que j'ai eu ces gobelets gratuitement au Coop d'Östgötagatan ?

– Comment ça se fait ?

– C'est une sorte de parrainage dissimulé. Le gérant du magasin a de l'estime pour mon projet.

Stilton s'appuya prudemment sur une table couverte de livres. Il mesurait près de deux mètres et avait repris du poids depuis qu'il était en bonne forme physique. Mais la table ne s'effondra pas.

– Tu voulais me montrer quelque chose.

– Assieds-toi.

Stilton s'installa dans le fauteuil désigné par Ronny, qui prit un gros livre sur une étagère.

– Regarde ce que j'ai trouvé il y a déjà quelque temps.

Stilton prit le volume. Intitulé *Le Moine,* il avait été écrit par un certain Matthew Lewis, un auteur anglais du XVIIIe siècle.

– Qu'est-ce qu'il a de particulier ? Il faut que je le lise ?

– Tu pourrais, mais tu n'as pas l'air plus curieux que cela. Ouvre-le, et tu changeras peut-être d'avis.

Stilton le fit, et constata que le livre contenait des bouts de papier disséminés ici et là entre les pages. Il en préleva un. C'était un article de journal. Il le déplia et le lut. Ronny observa sa réaction et n'en fut pas surpris.

– Toutes les coupures parlent de la même chose, ajouta-t-il.

*

Olivia était allongée dans sa chambre aux murs blancs passés à la chaux. Elle avait éteint la lampe de chevet et s'efforçait de se détendre pour pouvoir s'endormir. Au bord de l'assoupissement, elle n'avait presque plus conscience de son corps, lorsque le chouchou lui revint brusquement à l'esprit, le chouchou vert accroché au guidon de son vélo. Il avait disparu et soudain elle ne pensait plus qu'à ça. Elle était sûre de l'avoir glissé sur son guidon, elle le faisait toujours, il n'avait pas pu tomber, mais il n'était plus là quand elle était repartie. Pourquoi le lui avait-on volé ? Un chouchou tout bête. Elle se releva, certaine qu'elle ne trouverait pas le sommeil. Bien souvent, ce genre d'interrogation idiote lui venait à l'esprit quand elle allait se coucher – certains soirs, elle aurait aimé avoir des somnifères pour l'aider à lâcher prise. Mais elle se contentait d'un verre d'eau froide.

Parfois, cela marchait, parfois cela ne servait à rien. Changer de place pouvait aussi être efficace. Elle retourna dans la chambre, prit la couette et le matelas et les emporta dans le séjour. Elle posa le matelas par terre et se pelotonna sous l'édredon.

Après un moment, le sommeil la prit. La dernière chose qui lui traversa l'esprit était une voix qui murmurait tout bas : « Pourquoi tue-t-on un enfant ? »

*

Le gros livre à la main, Stilton jeta un coup d'œil vers la péniche rouge, la péniche de Luna, *Sara la Kali,* de l'autre côté du canal. Il se trouvait sur Söder Mälarstrand tout près du pont de Pålsund et hésitait. Il n'y avait pas de lumière sur la péniche. Il sortit son téléphone, appela Luna, tomba sur le répondeur et raccrocha. Ou elle n'était pas là, ou elle dormait. Il regarda les voitures qui passaient sur le quai. Je n'ai pas vraiment le choix, pensa-t-il, je n'arriverai pas à rentrer à Rödlöga ce soir. Il traversa le pont et se dirigea vers la péniche. La passerelle grinça sous ses pas. Il descendit au niveau inférieur où se trouvait sa cabine. La porte était fermée à clé, et il avait laissé la sienne à Rödlöga car il n'avait pas eu l'intention de revenir ici. Il continua sur la coursive et glissa la main sous le bastingage. Il savait que l'étui en bois rangé là contenait en principe une clé de secours.

C'était le cas.

Il la prit et déverrouilla la porte. L'obscurité régnait, mais il connaissait les lieux. Il alla jusqu'à sa cabine et l'ouvrit. Elle était vide. Il s'y attendait, sans pour autant en être certain. Il tâtonna dans le salon et alluma une des appliques. Il n'y avait rien sur la table ovale au milieu de la pièce, aucun verre, aucun journal. Il jeta un coup d'œil vers le couloir qui menait à la cabine de Luna et se demanda si elle était là.

Soit je vais maintenant frapper à la porte, soit je verrai ce qui se passe demain, si tant est qu'elle dorme ici, pensa-t-il.

Il opta pour la deuxième solution.

Il s'assit à la table ovale et ouvrit le gros livre dont il retira l'une après l'autre les coupures de journaux qu'il contenait, et il les étala. Quand il eut terminé, la table en était recouverte.

La nuit va être longue, se dit-il.

L'assassinat brutal d'Emelie Andersson fit naître la peur au sein de la population locale.

Une excursion prévue par la crèche de Mölle fut annulée, les parents emmenèrent eux-mêmes leurs enfants à l'école à Viken et à Jonstorp, même ceux qui habitaient juste à côté, et les enseignants d'Allerum reçurent l'ordre de rester dans la cour avec les élèves pendant les récréations. Le choc du crime d'Arild s'était propagé à l'ensemble de la presqu'île de Kulla et à toute la Suède.

La foule inhabituelle présente à la conférence de presse convoquée en urgence au commissariat de Höganäs en était un autre signe. Des journalistes de tous les médias s'entassèrent dans la salle de réunion. Assis derrière une table en teck, Sven Svensson, le responsable de l'enquête, portait son vieux gilet jaune sans manches. Olivia s'était faufilée au dernier rang et dut se hausser sur la pointe des pieds pour l'apercevoir. Elle lui trouva l'apparence typique de l'enquêteur criminel, un peu âgé, un peu gris, pas très sportif, calme et expérimenté.

Svensson répondit de son mieux à toutes les questions posées par des voix dont les accents indiquaient qu'elles venaient de l'ensemble du pays, mais il n'avait pas grand-chose à dire.

– Comment a été tuée la fillette ?

– Nous ne le savons pas encore.

– A-t-elle été étranglée ?

– Je viens de vous le dire, nous ne le savons pas encore. On vous tiendra au courant.

– Quand ?

– Quand nous jugerons que nous pourrons le divulguer.
– Avez-vous un suspect ?
– Non.
– Est-il exact que la victime a été découverte par son père ?
– Oui.

Olivia remarqua le petit harmonica que Svensson triturait entre ses doigts pendant tout cet échange. Avait-il l'intention de clore la conférence en jouant une mélodie ? Il ne le fit pas, mais sa conclusion débuta par ces mots :

– À ce stade de l'enquête, nous avons besoin de toute l'aide que nous pouvons recevoir du public…

Seule dans son beau séjour lumineux, Judith Boelsdotter regardait la conférence de presse retransmise par une chaîne locale. La caméra montra Sven Svensson en gros plan quand il conclut :

– Les parents doivent surveiller leurs enfants.

Judith éteignit la télévision et se tordit les mains. Elle avait le sentiment que la phrase lui était personnellement adressée. Elle n'avait pas surveillé Emelie. Si elle l'avait fait, Emelie ne serait pas morte. Elle se leva, ouvrit une fenêtre et emplit ses poumons d'air frais, plusieurs fois, une main tremblante sur la poignée. Elle regrettait d'avoir regardé la retransmission qui avait débuté sur une photo d'Emelie en train de rire, un bandeau bleu dans ses cheveux bruns frisés. « A-t-elle été étranglée ? » Judith referma la fenêtre et appuya son front contre la vitre froide. Elle n'avait pas dormi de la nuit, à part quelques courts moments où elle avait somnolé. Allongé à ses côtés, Curre avait serré fort sa main jusqu'à ce qu'il s'endorme.

Ensuite, elle avait été seule.

Elle s'était levée à l'aube pour aller dans la serre, en robe de chambre et en pantoufles. Elle avait l'habitude de chercher du réconfort auprès de ses plantes quand il lui arrivait des choses pénibles, de leur parler, de se décharger sur elles, mais cela ne lui avait été d'aucun secours.

*

Le médecin légiste prit un squelette d'enfant en plastique qu'il plaça devant le groupe présent dans la pièce, six hommes et deux femmes, dont Olivia. Sven Svensson l'avait convoquée et elle soupçonnait Mette d'y être pour quelque chose. Le médecin voulait établir la rapidité avec laquelle le meurtre avait été commis afin qu'ils puissent déterminer le temps que le coupable avait passé dans le jardin. Il leur démontra, à l'aide du crâne miniature, que quelques minutes avaient suffi. La torsion rapide et violente subie par la tête de la petite fille lui avait instantanément brisé la nuque.

– Elle est morte sur le coup.

Le groupe absorba l'information.

– Le meurtrier est allé trouver directement la gamine sur la pelouse, l'a tuée et a disparu ?

– On peut le penser.

Ils en tirèrent tous la même conclusion : l'acte avait été commis avec un sang-froid absolu. L'assassin avait disposé de deux minutes au maximum. La petite-fille avait été hors du champ de vision de sa grand-mère trois ou quatre minutes, pendant lesquelles son père était arrivé dans le jardin par l'autre côté. Le meurtrier avait dû se dissimuler dans la haie qui bordait la pelouse. De là, il n'y avait que quelques mètres jusqu'au bac à sable où se trouvait l'enfant.

– Il se cachait dans la haie et attendait de voir si l'occasion se présentait ?

– Il ou elle.

Les deux étaient envisageables, même si l'idée qu'une femme brise la nuque d'un enfant paraissait un peu plus incroyable.

– Si la grand-mère n'avait pas reçu cet appel d'un télévendeur, le papa serait arrivé et le meurtrier n'aurait pu accomplir son crime.

– C'est possible.

Olivia ne put s'empêcher de penser à cette impression qu'elle avait eue à Kullaberg, cette sensation qu'il y avait quelqu'un derrière elle, caché dans les arbres.

Mais elle n'en dit rien.

Elle pédalait vers Höganäs, l'image du petit squelette ne la quittait pas lorsque son téléphone sonna dans sa poche. Elle y répondit sans vérifier qui l'appelait.

– Olivia Rönning, bonjour.

– Que tu es formelle ! Ce n'est que moi.

Lenni ! Son amie qui lui manquait tant ! Exactement la voix qu'elle avait besoin d'entendre pour chasser le légiste de son esprit.

– Rönning ? reprit Lenni. Je croyais que tu voulais t'appeler Rivera, comme ta mère ? Tu as changé d'idée ?

– En fin de compte, je n'ai pas envoyé la demande de changement de nom.

– C'est bien.

– Comment ça ? Tu trouvais Rivera super, non ?

– Si, mais ton seul but en changeant de nom était de punir ta mère adoptive, qui ne le mérite pas, selon moi.

Brutalement honnête, comme à son habitude. En plus, elle n'avait pas tort, même si Olivia estimait que ce n'était pas sa seule raison.

– Ce n'était pas que ça, se défendit-elle.

– Non, mais ça comptait pour beaucoup. Tu t'es sentie trahie parce que ni elle ni Arne ne t'avaient dit que tu étais adoptée, et tu voulais leur rendre la pareille en prenant le nom de ta mère morte. Ce n'est pas la peine de feinter avec moi. Tu avais besoin de passer par cette phase.

– C'est possible.

– Comment ça, c'est possible ? Maintenant, tu t'appelles Rönning et tu as repris ton travail de policier. Tu vois autre chose que « phase » pour décrire ce qui s'est passé ?

Olivia rit.

– D'accord. Tu as raison.

– Comme d'habitude. Tu as l'air essoufflée.

– Je suis sur mon vélo.

– Toujours aussi sportive. Tu as des nouvelles d'Ove ?

– Assez peu, pour tout dire. Le portable passe mal, et il n'a pas accès à internet.

– Il est dans la jungle ?

– Je te rappelle qu'il est biologiste marin.

– Et alors ?

– Un biologiste marin passe peu de temps dans la jungle.

– Pourtant il y a des cours d'eau dans la jungle, non ?

– En ce moment, il est sur un bateau pour établir des cartes sur la disparition des coraux.

– Et tu en penses quoi ?

– De quoi ? De nous deux ?

Lenni s'esclaffa.

– Non, de la disparition des coraux. De vous deux, bien sûr !

– Je ne sais pas. On verra. On est constamment loin l'un de l'autre, ce n'est pas facile.

– Surtout quand on rend les choses difficiles.

– Et toi ?

– Pas de nouveau mec en vue, si c'est ce à quoi tu penses. Devine ce que j'ai fait aujourd'hui.

– Je donne ma langue au chat.

– J'ai fait une demande d'inscription en droit.

– Quoi ?

Olivia se mit à zigzaguer. Elle entendit Lenni rire.

– Je parie que tu as failli te retrouver dans le fossé.

– Oui. J'ignorais que tu t'intéressais au droit.

– Je suis pleine de surprises, c'est pour ça que tu m'aimes tant. Je ne sais pas si je serai acceptée, mais j'ai passé l'examen d'entrée et ça a superbien marché. Fais gaffe, dans quelques années, je serai ton chef.

Olivia sourit. Lenni, son chef ? Ça lui plairait. Et ça plairait à d'autres, elle en était sûre.

– Je croise les doigts. Tu ne peux pas savoir à quel point tu me manques, Lenni.

– Et à moi donc. Je ne comprends pas ce que tu fais en Scanie, à courir après des voleurs de poules, alors qu'ici tu pourrais te battre contre les gangsters qui font du trafic de cocaïne.

– Malheureusement, il n'y a pas que des voleurs de poules ici. Tu as entendu parler du meurtre de cette petite fille, j'imagine ?

– Emelie. Oui, bien sûr. Que je suis bête, je n'y avais même pas pensé. Tu t'en occupes ?

– Oui, un peu.
– Oh là là, c'est du lourd.
– Oui.

Olivia n'était plus loin du commissariat. Elle ralentit et descendit du vélo qu'elle poussa vers l'abri. Frans arriva de l'autre côté, un hamburger à la main.

– Écoute, je vais te laisser. J'ai une réunion. Je te rappelle plus tard.
– N'oublie pas ! Et tu sais, Olivia…
– Quoi ?
– Rönning, ça me plaît aussi.

Olivia sourit et raccrocha. Elle tourna les yeux vers Frans qui lui fit signe de sa main libre.

Me voilà de retour à Höganäs, se dit-elle.

*

Il était presque midi. Sven Svensson avait convoqué tout le monde dans la salle de réunion du commissariat, où il ne restait aucun journaliste. Il voulait rassembler toutes les informations, observations et idées. Il commença par un récapitulatif sur l'enquête, d'une manière qui impressionna Olivia. Sa voix, son ton direct, son langage corporel faisaient sentir son autorité et lui inspiraient confiance.

– Au moins deux personnes ont vu un joggeur avec un sac à dos bleu dans le quartier à l'heure où Emelie a été tuée. Elles ne le connaissaient pas, il n'habite donc pas le coin. Il va falloir le vérifier. Nous savons aussi que la scène de crime n'a rien livré aux techniciens. Je vous propose de réfléchir au mobile du tueur. Pourquoi tue-t-on un enfant ? Si quelqu'un a une idée, qu'il l'expose.
– C'est sûrement un psychopathe.

Le silence se fit. Envisager un psychopathe paraissait raisonnable. Mais Olivia n'avait pas oublié ce qu'avait lancé Mette la veille au soir.

– Cela pourrait être un meurtre commandité, dit-elle.
– Le meurtre commandité d'une petite fille de trois ans ?

Olivia entendit à quel point cela semblait absurde.

– Oui. Il pourrait s'agir d'une forme de vengeance pour une chose ou une autre.

Sa suggestion fut notée, mais rien de plus.

Svensson passa ensuite au crime lui-même, au temps incroyablement bref dont avait disposé le meurtrier, et cela conduisit au père de l'enfant, Sebastian Andersson. S'il avait commis le crime, la plage horaire était un peu moins étonnante. Mais cela impliquait d'autres invraisemblances. Olivia mentionna la première qui venait à l'esprit.

– Pourquoi aurait-il tué sa propre fille ?

– Ce n'était pas sa vraie fille.

L'auteur de ce commentaire des plus étranges était Frans.

– Que veux-tu dire par là ?

– Juste qu'elle était adoptée.

– Ça fait quoi comme différence ?

– Une petite différence.

Olivia eut un sursaut de dégoût. Svensson reprit la parole.

– Étant donné que nous n'avons aucune idée du mobile du meurtrier, je pense qu'il vaut mieux nous en tenir aux faits que nous connaissons. Premièrement, il était seul. Deuxièmement, personne n'a vu le père arriver dans le jardin, et personne n'a vu quelqu'un en partir. Troisièmement, le papa était à côté de sa fille morte quand sa belle-mère est revenue dans le jardin en passant par la véranda. C'est tout ce que nous avons pour l'instant. L'enquête déterminera si c'est le père qui a commis le crime.

– Il a été interrogé ?

– Très brièvement. Il est toujours sous le choc, mais il affirme n'avoir vu personne ni près du bac à sable ni à proximité, à part sa belle-mère.

– Et les techniciens ? Ils ont quelque chose ?

– Rien d'intéressant. Nous aurons leur rapport complet avant la fin de la journée. D'autres idées ?

Olivia montra une pochette en plastique qui contenait un papier.

– J'ai trouvé ça hier matin.

– C'est quoi ?

– Un morceau d'une carte sur laquelle quelqu'un a encerclé l'endroit où habite Judith Boelsdotter, la grand-mère d'Emelie.

Svensson prit la pochette.

– Où l'avez-vous trouvé ?

– À Kullaberg, près de la ferme de Himmelstorp. J'étais allée me promener à vélo là-bas.

– Vous avez vu quelqu'un sur place ?

– Non.

Devinant que cela conduirait à des questions oiseuses, Olivia décida de ne mentionner ni le sentiment désagréable qu'elle avait eu dans la forêt ni le chouchou disparu. Pour le moment, la seule chose qui comptait était qu'elle n'avait vu personne.

– Étrange coïncidence, dit Svensson. Et c'est précisément l'emplacement de la maison de la grand-mère d'Emelie ?

Il avait toujours le morceau de carte sous les yeux.

– Si c'est le meurtrier qui l'a perdu on peut se demander pourquoi il a fait un cercle autour de cette habitation.

– Il y est peut-être allé et a ensuite suivi Judith chez les Andersson. Quand elle est partie garder sa petite-fille, dit Olivia.

– Et pourquoi serait-il allé chez Judith, si c'était la fillette qu'il pensait tuer ? Elle se trouvait à Arild, elle.

Frans leva la main.

– Judith Boelsdotter tient un café attenant à sa maison, non ?

– Si.

– C'est peut-être pour ce café que le cercle a été tracé.

La carte fut envoyée aux techniciens.

*

L'annonce mentionnait un poste de gardien à temps partiel pour différents immeubles de la société coopérative d'habitation HSB dans le quartier de Söder à Stockholm. Stilton ne savait pas exactement en quoi consistait le travail, mais il estimait avoir les qualifications nécessaires. Vingt-cinq ans dans la police et six dans la rue l'avaient sans doute bien préparé. Gardien d'immeuble. Il n'envisageait pas cela comme une fin en soi, mais plutôt comme une manière d'avoir un revenu et d'occuper son temps pour le moment.

La femme assise en face de lui s'était présentée comme appartenant au service des ressources humaines. La pièce dans laquelle avait lieu l'entretien ressemblait à un bureau, avec quelques étagères remplies de dossiers, des stores gris aux fenêtres, et des affiches de l'association d'art de l'entreprise punaisées aux murs. Elle rappelait à Stilton certaines de celles qu'il avait occupées quand il était dans la police, et dont il n'avait pas gardé que de bons souvenirs.

Il répondit cependant aussi directement qu'il le put aux questions posées, avec le sentiment de ne pas trop mal s'en tirer. Sa seule inquiétude était sa mémoire des chiffres qui avait souffert des années passées dans la rue.

Mais le sujet ne serait peut-être pas abordé.

– Vous avez une bonne mémoire des chiffres ? lui demanda-t-elle.

– Excellente.

– Vous avez appelé ici ce matin, non ?

– Oui.

– À quel numéro ?

– 118 118.

Ils échangèrent un regard. Stilton sentit qu'il était mal parti. La femme se leva et lui tendit une main qu'il trouva molle.

– Nous vous téléphonerons si nous avons besoin de vous.

– Et dans le cas contraire ?

– Nous ne vous appellerons pas.

– Et combien de temps pensez-vous que cela prendra ?

La femme sourit, sans raison aucune, et se dirigea vers la porte.

– Le poste doit être pourvu dans la semaine.

– Je vois.

Elle lui ouvrit la porte et il passa devant elle. Elle continuait à sourire.

Une fois dehors, il se demanda pourquoi il s'était présenté. Gardien d'immeuble ? Lui qui avait été un des meilleurs éléments de la Criminelle, animé par une véritable passion, et doté d'un instinct qui lui permettait de découvrir la vérité dans des affaires complexes ? Comment était-il arrivé ici ? Le métier de gardien d'immeuble n'était certes pas sans valeur, il fallait des gens pour le faire, mais peut-être pas lui. Stilton secoua légèrement la tête et se dirigea vers la station de métro de Medborgarplatsen. Il allait devoir trouver quelque chose de plus constructif. Ces derniers temps, il avait senti l'impatience le gagner sur l'île de Rödlöga. Le calme monotone de la vie insulaire avait rempli sa fonction, mais il n'en avait plus besoin. Il lui fallait aller de l'avant.

Il était conscient d'éviter ce dont il voulait en réalité s'occuper, à savoir ce que contenait le gros livre que Ronny lui avait remis la veille. Cela pourrait le faire repartir. Mais il devrait pour cela effectuer une plongée dans des milieux et des zones qu'il préférait fuir, parce qu'ils le répugnaient, lui rappelant ce passé qu'il avait tenté d'effacer pendant tant de nuits dans des locaux à poubelles et autres cabanes. Il ne voulait pas y retourner.

Mais que pouvait-il faire ? « Vous avez une bonne mémoire des chiffres ? »

Il descendit dans la station de métro et regarda son téléphone. Luna ne lui avait toujours pas répondu. Était-elle en voyage ? En approchant du tourniquet, il vit une mendiante, la tête couverte d'un châle, qui avait posé un gobelet devant elle. Il chercha en vain de la monnaie dans ses poches et franchit le tourniquet. Il prit sa décision sur l'escalator qui menait au quai. Il n'aurait su dire si c'était lié à la vision de la mendiante ou à autre chose.

Il se plongerait dans ce qui le dégoûtait.

Normalement, son mari aurait dû venir l'accueillir à l'aéroport d'Ängelholm, mais il avait bu. De plus, la police souhaitait parler au plus vite à Liv Andersson. Elle avait pris une correspondance à Arlanda en arrivant de Thaïlande. Svensson demanda à Frans et à Olivia d'aller la chercher et de l'amener au commissariat si elle se sentait prête à répondre à leurs questions, et sinon, à l'endroit qu'elle leur indiquerait.

Elle ne voulut pas venir au commissariat.

– Je veux retrouver ma mère chez elle à Stora Görslöv, mon mari y est.

Elle était trop légèrement vêtue pour ici, mais c'était le cadet de ses soucis. Olivia lui demanda si elle voulait s'asseoir devant ou derrière pendant que Frans déposait sa valise grise dans le coffre. Liv choisit la banquette arrière, et Olivia referma la portière quand elle y fut installée. Compte tenu de ce qu'elle vient de vivre, après plus de quinze heures de vol, seule avec ses pensées et son anxiété, elle a l'air d'aller bien, s'étonna Olivia. Peut-être avait-elle pris des calmants avant de partir.

Olivia s'assit au volant et jeta un coup d'œil à la femme mince aux longs cheveux clairs. Ses yeux mornes et affreusement tristes détonnaient dans son visage bronzé. Son teint éclatant accentuait encore leur tristesse. Ils lui rappelaient ceux d'une jeune fille qui était dans sa cuisine environ un an plus tôt. Après avoir quitté l'appartement d'Olivia, elle était allée mettre fin à ses jours chez sa tante. J'espère que vous surmonterez cette épreuve, pensa Olivia en s'engageant sur la nationale.

Frans garda le silence tant qu'elle et Liv se taisaient. Il ne manque pas complètement de sensibilité, se dit-elle en réfléchissant à la manière d'amorcer la conversation. Vingt-quatre heures plus tôt, elle s'était posé la même question dans la même voiture, aux côtés de la mère de Liv, et le problème s'était résolu de lui-même. Mais, aujourd'hui, Olivia finit par prendre la parole.

– Nous n'avons pas encore pu parler à votre mari et nous savons très peu de choses sur votre famille. Vous sentez-vous la force de nous en dire quelques mots ?

– Non.

Une réponse quasi immédiate, formulée doucement, sans aucune agressivité. Frans dévisagea brièvement Olivia puis se retourna vers Liv.

– J'ai pas mal pensé à Roland, commença-t-il. Blomqvist. Je n'ai rien dit à mes collègues, je voulais d'abord vous en parler.

Olivia n'avait pas la moindre idée de ce à quoi il faisait allusion. Qui était Roland Blomqvist ?

Frans continua.

– Je suis un peu au courant de ce qui s'est passé.

Dans le rétroviseur, Olivia vit Liv hocher la tête. Elle comprenait de quoi il s'agissait. Olivia faillit poser une question, mais elle se retint.

– C'est la première chose qui m'est venue à l'esprit quand j'ai appris ce qui était arrivé, répondit Liv d'une voix égale. Je me suis dit que Roland était impliqué.

– Croyez-vous que cela puisse être le cas ? demanda Frans.

– Je ne sais pas. Il n'a jamais été violent de cette manière.

– Mais il est spécial.

– Oui.

C'en était trop pour Olivia.

– Qui est Roland Blomqvist ?

Frans regarda Liv.

– Je peux le lui dire ?

Liv hocha la tête. Frans se tourna vers Olivia.

– Roland est un garçon avec qui Liv a vécu il y a plusieurs années, avant sa rencontre avec Sebastian. Il habite à Lerhamn. Il n'était pas facile, n'est-ce pas ?

La question adressée à Liv recherchait la confirmation de ce qu'il savait déjà.

– Il était maladivement jaloux. Il m'a harcelée quand je l'ai quitté.

– De quelle manière ? demanda Olivia.

– De diverses manières. Quand j'ai commencé à sortir avec Sebastian, il nous espionnait. Le soir, il se postait devant chez nous, ou venait me raconter des horreurs pendant que je faisais mes courses. Sebastian en a eu assez quand il l'a vu nous épier, caché derrière des buissons, un jour où nous étions à la plage, et ils ont failli en venir aux mains. Ensuite, il a arrêté de nous suivre et s'est mis à m'envoyer des mails.

– De quel genre ?

– Des mails de malade. Il menaçait de se suicider ou disait qu'il ferait tout pour me pourrir la vie.

– Vous avez porté plainte ?

– Non.

– Pourquoi ?

– Parce qu'il a fini par se calmer.

Olivia la vit baisser la tête et sentit que cela suffisait pour l'instant. Grâce à Frans, le nom de Roland Blomqvist était apparu.

Judith les attendait à l'entrée du jardin. Olivia resta dans la voiture lorsque Liv en descendit. Elle ne voulait pas perturber leurs retrouvailles et observa l'étreinte entre la mère et la fille, enfermées dans la même tragédie, entendant leurs sanglots par la portière que Frans n'avait pas complètement refermée. Elles se redressèrent quand il leur apporta la valise. Liv la prit et regarda Judith.

– Sebastian est là ?

– Oui. Il a bu.

– Le pauvre.

Liv se retourna et fit un geste vers Olivia, comme pour la remercier de l'avoir accompagnée, avant de franchir le portail avec Judith. Frans remonta en voiture et Olivia et lui échangèrent un regard.

– Roland Blomqvist, dit-elle en sortant son téléphone.

Elle appela le commissariat et demanda à parler à Sven Svensson. En réalité, Frans aurait dû lui communiquer le nom de Roland Blomqvist, mais Olivia, fidèle à elle-même, débordait de zèle. Elle résuma brièvement la conversation entre Liv et Frans.

– Un harceleur ? fit Svensson.

– Ça y ressemble.

– On va vérifier.

Olivia raccrocha et démarra au moment où Frans plaçait sous sa lèvre supérieure une bonne dose de tabac à priser.

– Tu as très bien agi, dit-elle.

– Merci. Nous, les policiers, nous avons besoin de toute la reconnaissance que…

– Tu connais bien ce Blomqvist ? l'interrompit Olivia.

– Pas plus que ça, mais il est d'ici, et les gens parlent de lui, il est un peu différent.

– Un immigré ?

– Non.

Frans ne perçut pas l'ironie. Roland Blomqvist était né en Scanie et il avait grandi dans la ferme où il vivait encore avec ses parents. Il travaillait dans un atelier de mécanique de Höganäs. Frans n'en savait pas plus.

– Il a quel âge ?

– Notre âge, je crois.

– Le tien ou le mien ?

Étant donné que Frans avait six ans de plus qu'Olivia, dire « notre âge » n'était pas assez précis.

– Le mien.

– D'accord. Et il est bizarre ?

– Oui.

– Tu crois que ça peut être lui ?

– Peut-être. Qui sait ce qui peut se passer quand ce genre de harceleur craque ?

Personne ne le sait, pensa Oliva à qui cela rappela autre chose.

– À propos, dit-elle, pourquoi m'as-tu suivie en voiture hier ?

– Moi ?

– Oui, quand je suis rentrée à vélo du commissariat.

– Je ne t'ai pas suivie.

– Tu me suivais de loin quand je pédalais contre le vent. Ta voiture avait un problème ?

Frans rit et s'octroya une autre prise de tabac.

Pour se donner le temps de réfléchir, se dit-elle.

– Je raccompagnais un copain qui habite du même côté que toi. Nous avons parlé de l'affaire, de ce meurtrier qui pouvait se cacher n'importe où, et nous avons décidé de rouler lentement pour vérifier qu'on ne le voyait pas.

– Qui était ce copain ?

– Comment ça ?

Svensson rappela au même moment. Frans prit le téléphone d'Olivia et répondit.

– Roland Blomqvist a un casier, entre autres pour violences. Où êtes-vous ?

– On est en train de rentrer de Stora Görslöv.

– Vous pouvez passer par Lerhamn et le ramener ?

– Il travaille à Höganäs.

– Faites comme vous voulez, mais je veux le voir.

Frans raccrocha et Olivia eut le sentiment, plus qu'elle ne le vit, qu'il se redressait fièrement.

Il le mérite, se dit-elle.

*

Dans ce qui tenait lieu de salle d'interrogatoire, au commissariat de Höganäs, Bernt Werner, un collaborateur de Svensson, auditionnait Roland Blomqvist ; grand, une longue queue-de-cheval sombre maintenue par un chouchou, un visage maigre et boutonneux avec d'épais sourcils et des lèvres fines. Il portait un bleu de travail sali, car Frans et Olivia étaient allés le chercher dans son atelier.

Werner remarqua que les doigts de sa main droite étaient jaunis par la nicotine. Ce qui était plutôt rare de nos jours.

– Que voulez-vous savoir ? demanda Roland.

Werner avait enclenché le magnétophone depuis quelque temps. Il avait déjà liquidé les formalités et informé Blomqvist qu'il était entendu dans le cadre de l'enquête sur le meurtre d'Emelie Andersson à Arild.

– Où étiez-vous au matin du 17 octobre ?

– C'était quand ?

– Jeudi.

– À l'atelier.

– À l'atelier, ils nous ont dit que vous n'étiez pas là. Vous aviez pris la journée pour raisons de santé.

– Ah oui, ce jour-là. J'étais malade.

– Vous étiez chez vous à Lerhamn ? Vous habitez chez vos parents ?

– Oui.

– Vous étiez chez vous ?

– Vous l'avez déjà vérifié, j'imagine.

– Ce n'est pas une réponse à ma question.

– Non, je n'étais pas là.

– Où étiez-vous ?

– Ailleurs.

– Vous pourriez être un peu plus précis ? Où ça ?

– J'étais allé me promener.

– Mais vous étiez malade.

– Pas malade comme ça.

Werner regarda Blomqvist et nota quelque chose sur la feuille devant lui.

– Qu'est-ce que vous écrivez ? demanda Blomqvist.

– Vous avez l'habitude de courir ?

– Ça m'arrive. Pourquoi ?

– Vous avez couru jeudi ?

– Pas que je me souvienne.

– Vous n'avez à aucun moment été près d'Arild ?

– Non.

– Vous chaussez du combien ?

– Du 43.

Roland Blomqvist quitta le commissariat peu après. Olivia le vit partir. Sa longue queue-de-cheval lui fit penser à son chouchou vert.

Elle y songeait encore lorsque Werner présenta dans la salle de réunion les résultats de son audition de Blomqvist et mentionna le fait que celui-ci était sans doute un fumeur invétéré, étant donné ses doigts jaunis. Olivia le nota parce qu'elle n'avait pas oublié l'odeur de cigarette qui flottait à proximité de la tour à Nimis.

– Quelle est sa pointure ? demanda Svensson.

– Du 43.

– Pourquoi voulez-vous le savoir ? s'étonna Olivia.

Avant de lui répondre, Werner regarda Svensson qui hocha la tête en signe d'assentiment.

– Les techniciens ont trouvé une trace de chaussure dans la haie non loin du bac à sable où gisait Emeliel. Du 43.

Cette information suscita une brève discussion.

– On peut donc éliminer Sebastian Andersson ?

– À moins qu'il ne se soit caché dans la haie.

– Pourquoi l'aurait-il fait ?

– En tout cas, on peut exclure la possibilité que le meurtrier soit une femme.

Olivia, qui savait que Mette Olsäter chaussait au moins du 43, estima cette conclusion un peu rapide.

Après la réunion, elle retourna dans le bureau qu'elle partageait avec Frans. Il n'y était pas. Elle étala sur la table les nombreuses photos de la scène de crime qu'elle avait apportées. Les clichés de cette fillette noire dans sa salopette jaune étaient insoutenables, entre autres parce qu'ils montraient combien la vie était fragile. Olivia ne savait pas pourquoi elle voulait regarder ces images. Peut-être pour tenter d'avoir une idée du mobile, de la raison pour laquelle la vie de cette petite fille s'était terminée ainsi dans ce bac à sable, mais elle n'en était pas sûre. Pendant la réunion du matin, elle avait failli exprimer son impression – l'enfant pouvait avoir été la victime d'un crime de haine. Elle n'aurait pas hésité dans un milieu où elle se sentait plus en confiance, avec des gens comme Mette ou Tom. Mais ce n'était pas le cas ici, et elle n'avait pas un assez bon contact avec le responsable de l'enquête pour lui faire part de son idée. Pour l'instant en tout cas. Elle rassembla lentement les photos, et pensa à Liv, au vide de son regard.

*

Le soleil s'était couché sur Stora Görslöv. Coupées du reste du monde, les deux femmes assises l'une à côté de l'autre dans le séjour de Judith Boelsdotter n'en avaient cure. La plus âgée serrait les mains de la plus jeune dans les siennes. Elles avaient évoqué l'épouvantable avec des mots simples, il n'y avait pas grand-chose à en dire. En parler était impossible.

Judith caressa la joue de sa fille.

– Aditi m'a chargée de te transmettre son bonjour, dit Liv.

– Merci. Elle va bien ?

– Oui. C'est quelqu'un d'extraordinaire, elle dégage une telle énergie.

– Il en émane de toi aussi, tu sais.

Liv esquissa un sourire et mit sa main sur celle que Judith avait posée sur sa joue. Son équilibre était fragile, sa mère le savait, et elle avait décidé de faire un séjour dans l'ashram pour y trouver la force intérieure qui lui manquait. Tout s'était effondré au moment où elle était en train de l'acquérir.

Mais elle ne voulait pas le dire à sa mère.

Il y eut un bruit dans la cuisine, celui d'un verre se brisant sur le sol carrelé. Elle détacha sa main de celle de sa mère.

– Merde !

Sebastian était complètement soûl. Ils ne s'étaient pas beaucoup parlé depuis son retour. Il avait pleuré en la voyant. Elle l'avait senti absent quand elle l'avait pris dans ses bras. Elle pouvait le comprendre, elle aussi se serait isolée du monde en se noyant dans l'alcool si elle avait cru que cela l'aiderait. Mais elle savait que cela ne servirait à rien, sinon à intensifier son chagrin. Elle aurait besoin de s'étourdir à nouveau, et elle ne voulait pas tomber dans cette spirale. Elle se retourna. Debout à l'entrée de la cuisine, Sebastian s'agrippait au chambranle en balançant la tête.

– Tu devrais aller t'allonger un moment, lui dit-elle.

Il ne lui répondit pas.

– Le lit est fait dans la chambre d'amis, dit Judith. Tu peux y aller si…

– Bon Dieu, comment as-tu pu faire ça ?

La question formulée par Sebastian d'une voix basse et pâteuse était adressée à Judith.

– Que veux-tu dire ? demanda Liv.

– Ce que je veux dire ? C'est pourtant assez clair, non ? répliqua-t-il en haussant le ton.

Il fit un pas dans la pièce en pointant Judith du doigt.

– Comment a-t-elle pu laisser Emelie toute seule, putain de merde !

– Sebastian !

– C'est de sa faute à elle !

Liv se leva et posa les mains sur les bras de son mari.

– Allez viens, tu as trop bu. On rentre à la maison.

Elle se retourna vers Judith.

– Je peux emprunter la voiture de Curre ?

Judith acquiesça. Tout son corps s'était raidi, et elle se tenait à deux mains au fauteuil. Liv prit Sebastian par le coude et le conduisit vers la porte de la cuisine : la voiture était garée derrière la maison. Il prit appui sur le chambranle et regarda Judith.

– Comment as-tu pu faire ça ?

Liv le poussa dehors et ils disparurent. Judith entendit la porte du fond se refermer. Elle resta immobile, comme en transe.

– Il était soûl, dit Curre.

Debout devant la porte d'entrée, une pelle à la main, il observait Judith.

– Judith ?

Elle ne réagit pas. Il posa la pelle contre le mur et s'approcha d'elle.

– J'ai entendu ce qu'il a dit, il était soûl. Oublie-le.

– Mais c'est la vérité.

La voix de Judith était presque inaudible, comme si elle se parlait à elle-même.

– Je l'ai laissée seule.

Curre vint s'asseoir à côté d'elle et passa un bras autour de ses épaules.

– Tu n'as rien fait de mal, et nous le savons tous. Il est de mauvaise foi, c'est tout. Et je trouve que ça ne lui donne pas le droit de jeter des cailloux dans la serre.

Judith réussit à sortir de sa transe. Elle le regarda.

– Il y a des gens qui pensent que c'est lui le coupable, dit-il.

– Sebastian ?

– Les gens parlent. Ce matin, sur le port dans le hangar à poissons, j'ai entendu deux personnes dire : « Imagine, si c'était le père. »

Judith dévisagea Curre en essayant d'assimiler ces paroles. Sebastian ? L'idée lui parut parfaitement absurde.

Mais la semence du doute était plantée. Elle ne pouvait que grandir, que Judith le veuille ou non.

Sebastian ?

*

Parfois, Olivia avait envie, même si c'était plutôt rare, d'une bière ou plus exactement de passer du temps dans un bar pour éviter la solitude qui l'attendait chez elle. De se sentir bien quelque part, de se détendre.

Comme ce soir.

Elle poussa la porte du Glöd, un bistrot situé près du commissariat. Il y avait du monde, comme chaque fois qu'elle y était venue. Un endroit qui plaît aux gens d'ici, se dit-elle en s'approchant du bar. Elle voulait chasser les images insupportables du bac à sable.

– Une bière forte, dit-elle.

– Pression ?

– Oui.

Le barman hocha la tête et commença à remplir un verre. Olivia se retourna et vit un homme seul à une table contre le mur. Sven Svensson ? Il est ici ? Pourquoi pas, se dit-elle, il est loin de chez lui, et il ne se plaît peut-être pas à l'hôtel où lui et les autres enquêteurs sont logés. Était-ce le Köpmansgården ?

Elle prit son verre et but une gorgée. Elle se retourna encore une fois et remarqua que Svensson la regardait. Elle le salua de la tête et il fit un geste de la main qu'elle interpréta comme signifiant qu'elle était bienvenue à sa table. Elle y alla.

Svensson, qui portait une veste vert foncé, était assis devant un verre de vin blanc à moitié vide. Ils trinquèrent.

– Olivia Rönning, dit-il avec un sourire.

– Oui ?

– L'affaire de Nordkoster.

Olivia fut prise au dépourvu.

– Vous êtes au courant ?

– Oui.

Olivia se demanda s'il savait que sa mère était morte alors qu'elle était enceinte d'elle ? Aucun détail n'avait filtré dans la presse, mais il était policier et avait accès à d'autres sources. Ou peut-être n'avait-il appris que le meurtre, et ignorait qui était l'enfant dans le ventre de la femme qui avait été tuée.

– Mette Olsäter m'a appelé ce matin, dit-il.

– Ah bon. Vous vous connaissez, non ?

– Oui. J'ai travaillé avec elle et Tom Stilton sur plusieurs affaires autrefois.

– Et que voulait-elle ?

– Vous connaissez bien Mette ?

Comment ça, « connaître » ? Lui demandait-il s'il savait quel genre de personne était Mette ? Elles étaient suffisamment intimes pour qu'Olivia soit certaine que Mette n'était pas une commère.

– Elle voulait savoir où en était l'enquête ?

– Entre autres.

Elle remarqua qu'il pinçait légèrement les lèvres, comme s'il était en train de mener une audition. Cela lui déplut.

– L'harmonica, dit-elle.

– L'harmonica ?

Troubler un interlocuteur avec une question inattendue était une technique d'interrogatoire qu'elle avait vu Mette utiliser avec succès. Elle fonctionnait même dans ce genre de situation.

– Vous en aviez un entre les mains pendant toute la conférence de presse.

– C'est une habitude que j'ai.

– Et vous portiez un gilet jaune sans manches.

– Oui. Je suis un peu superstitieux, comme les sportifs qui mettent toujours une chaussette rouge au pied gauche pour la finale. Si je porte ce gilet jaune, je réussis en général à trouver le coupable.

– Vous allez y arriver dans cette affaire ?

– Je n'en sais rien.

De l'accablement apparut sur le visage de Svensson. Il fit le tour de la salle des yeux avant de vider son verre. Olivia attendit.

– Tout donne à penser qu'il s'agit d'un psychopathe, finit-il par dire, sans la regarder.

– Vous croyez que Roland Blomqvist en est un ?

– Je n'en sais rien.

– Il a menacé par mail de détruire la vie de la mère de la petite fille.

– Je suis au courant, mais les menaces se traduisent rarement par des actes.

– Cela pourrait être le cas cette fois-ci.

– Peut-être. Excusez-moi, je vais chercher un autre verre de vin.

Il se leva et partit vers le bar. Le verre d'Olivia était à moitié plein.

Elle était satisfaite d'avoir détourné la conversation, et plus encore de pouvoir discuter avec une personne qui ne voyait pas le monde à travers le filtre de ses préjugés. Elle espéra qu'il n'allait pas changer de sujet, car elle voulait lui parler d'une chose précise, mais il fallait attendre le bon moment.

– Le fait que la petite fille était noire peut-il avoir une importance ? demanda Svensson quand il revint.

Il n'avait pas perdu le fil.

– Comment ça ?

– Il y a beaucoup de racistes dans cette partie du pays.

– Vous voulez dire que vous envisagez la possibilité que le racisme soit le mobile du crime ? lança-t-elle en s'efforçant de dissimuler son excitation.

Elle avait eu la même idée sans rien pour l'étayer. Et maintenant, le responsable de l'enquête évoquait cette piste.

– Le père travaille dans un camp de réfugiés, dit Svensson. Il y a quelque temps, quand il a défendu des demandeurs d'asile accusés de vol, il a été au cœur d'une controverse dont on a beaucoup parlé ici. Les esprits se sont échauffés.

– Et cela exclut Roland Blomqvist ?

– Non.

– Il est peut-être raciste ?

– En tout cas, il n'appartient pas à la Résistance aryenne suédoise, nous l'avons vérifié.

– Tous les racistes n'affichent pas leurs opinions.

– C'est vrai.

Olivia eut le sentiment de se rapprocher du moment où elle pourrait lui confier ce qu'elle voulait lui dire.

*

Luna Johansson arriva à la péniche bien plus tard qu'elle ne l'avait prévu. La circulation avait été paralysée pendant plus d'une heure sur la route qu'elle avait prise pour revenir de Nynäshamn. Elle y était partie la veille pour aller voir son père Justus. Le foyer-logement où il vivait allait être rénové. Aucune des propositions de relogement temporaire ne convenait à Justus ni à sa fille, et elle avait fini par se quereller avec les responsables. Les travaux commenceraient la semaine suivante, et Luna était à bout. Au pire, je ramènerai Justus à la péniche et il n'aura qu'à vivre ici jusqu'à ce que le foyer soit habitable, se dit-elle, c'est un ancien capitaine, après tout.

Elle ne s'était pas encore remise de son irritation quand elle parvint à la porte du pont supérieur et découvrit qu'elle n'était pas fermée à clé. Elle jeta un coup d'œil autour d'elle. Tout était éteint. Elle s'avança jusqu'au bastingage et chercha la clé de secours. Elle n'était pas là. Luna avait écouté les messages de Stilton et devina ce qui était arrivé.

Elle descendit dans le salon, son sac en cuir à la main. Elle alluma et vit que la table était couverte de coupures de journaux. Elle se penchait pour les lire quand elle entendit la porte d'une cabine s'ouvrir derrière elle. Elle se redressa sans se retourner.

– Bonjour.

C'était bien la voix de Stilton.

– Je t'ai appelée plusieurs fois, mais tu n'as pas répondu.

Luna laissa glisser son sac sur le sol, enleva son bonnet et alla jusqu'à la petite armoire murale. Stilton la suivit des yeux. Ses cheveux blonds tombaient sur ses larges épaules, son jean noir moulait ses longues jambes.

Cela ne va pas être facile, pensa-t-il.

Elle prit un verre et se servit un fond de whisky, alla jusqu'à la banquette accrochée au mur, s'y assit et tourna la tête vers Stilton debout dans l'entrée de la coursive, en tee-shirt blanc et caleçon à rayures.

Luna but une gorgée de whisky sans le quitter des yeux.

– Le 27 novembre dernier, je me suis réveillée et j'ai trouvé ton message sur mon répondeur, dit-elle. « C'est Tom. Je vais aller habiter Rödlöga pendant quelque temps. Salut. » Je t'ai appelé deux fois ce jour-là. Le lendemain, je t'ai appelé encore une fois. Ensuite, il me semble que j'ai laissé passer trois ou quatre semaines avant de recommencer. Je n'ai jamais eu de nouvelles. Ça fait presque un an.

– J'ai payé le loyer tous les mois.

– Et ça justifie ton silence ?

– Non.

Luna se tut. Stilton s'assit à la table et commença à replier une des coupures de presse. Elle remarqua que ses mains étaient gercées – elles avaient été trop exposées à l'eau salée, mais elles ne tremblaient pas.

Peut-être va-t-il me donner une explication. Quelque chose d'idiot, comme : « Je suis le fils d'un chasseur de phoques, et j'ai besoin de solitude. » Elle s'attendait à tout.

Sauf à ce qu'il lui dit.

– C'est à cause de ton tatouage, déclara-t-il sans la regarder, en repliant un autre article.

Luna ne se rendit pas compte du geste qu'elle fit en portant une main à son cou, vers la liane bleu foncé qui montait presque jusqu'à son oreille. Son tatouage ? Son esprit tenta désespérément de trouver une issue, une faille où se cacher.

– Qu'est-ce qu'il a, mon tatouage ? demanda-t-elle, sur ses gardes.

Stilton continua à s'occuper des coupures de journaux.

– Il y a presque vingt ans, j'ai interpellé un certain Tommy Brand dans une affaire d'homicide consécutif à un vol. Nous avons mis du temps à l'attraper, mais nous y sommes arrivés, et il a été condamné à une longue peine de prison.

Stilton fit une pause, comme pour s'assurer que ce qu'il était sur le point de dire serait bien entendu.

– Mais une chose me troublait. Tu sais de quoi je parle ? reprit-il sans lever les yeux des coupures de presse.

Luna ne répondit pas.

– Il n'était pas seul au moment du vol. L'épouse de la victime avait vu qu'une femme attendait dans une voiture devant la maison. Je n'ai malheureusement jamais réussi à l'identifier. Tommy Brand est mort d'une hémorragie cérébrale en prison deux ou trois ans après sa condamnation. Il a toujours affirmé avoir été seul, mais je savais qu'il mentait.

Stilton se leva, prit la bouteille de whisky et en remplit un verre à ras bord. Il en but une lampée avant de revenir à la table.

– Tommy Brand avait exactement le même tatouage que toi. Je m'en suis rendu compte voilà presque un an quand je l'ai vu en entier, un soir où tu te rinçais les cheveux dehors sur le pont.

Il prit une autre gorgée et baissa la tête. Quand il se remit à parler, il s'adressait autant à lui-même qu'à la femme debout près du mur.

– Les premiers jours, j'ai essayé de penser qu'il y avait une autre explication. Mais je n'ai pu croire à un hasard, ce tatouage est bien trop particulier pour cela, et le sien était exactement au même endroit que le tien, juste sous l'oreille. En plus, les initiales LJ apparaissaient dans un petit cercle sous celui de Tommy. Sous le tien, au même endroit, il y a TB. À la fin, il ne restait qu'une seule explication raisonnable. Tu étais avec Tommy au moment du cambriolage. C'est toi qui étais assise dans la voiture.

Il marqua une courte pause.

– Cette découverte ne m'a pas plu du tout, dit-il avant de vider son verre. Je suis parti m'installer à Rödlöga. Il fallait que je digère tout ça. Le crime lui-même était résolu depuis longtemps, Tommy avait commis le meurtre, mais ce n'était pas le problème.

– C'était quoi, alors ? demanda Luna sans le regarder, les yeux baissés vers le plancher.

– Toi, dit Stilton en se tournant vers elle.

Elle releva la tête et considéra l'homme debout près de la table. Que voulait-il dire ?

– Des sentiments que j'ai pour toi. Je savais ce que tu avais fait, mais pas comment m'en débrouiller. Il m'a fallu jusqu'à maintenant pour arriver à une décision, pour admettre que tu me touches d'une façon que je ne peux pas ignorer.

Il détourna les yeux, remit la dernière coupure dans le livre et se leva.

– J'aimerais dormir ici quelques jours, si tu peux l'accepter.

Luna fit oui de la tête, presque imperceptiblement, et le regarda disparaître dans la coursive. Elle vida son verre.

Stilton ferma le verrou, posa le livre sur la table sous la ventilation, se glissa sur sa couchette et éteignit la lumière. Maintenant, c'est dit, pensa-t-il, je m'en suis libéré. Il sentit que la tension avait quitté son corps et il s'abandonna à l'obscurité, si bien qu'il entendit à peine frapper doucement à sa porte. Il tourna la tête. Quelques secondes passèrent avant que cela ne se reproduise. Il continua à se taire, immobile.

– J'étais là pendant le vol.

Luna ne parlait pas fort, mais assez pour que Stilton la comprenne. Il se cacha le visage de la main.

– Tommy croyait que la maison était vide. Il n'avait pas l'intention d'y rester longtemps. J'attendais dans la voiture. Je ne savais pas qu'il avait un couteau sur lui.

Il y eut un silence.

L'homme qui habitait la maison était descendu au rez-de-chaussée parce qu'un bruit l'avait réveillé, sa femme l'avait raconté. Il était tombé sur Tommy qui lui avait planté son couteau dans le ventre. Stilton ignorait où se trouvait Luna pendant ce temps, mais il supposait qu'elle l'attendait dans la voiture dehors.

– Je suis partie en Inde quand Tommy a été arrêté, poursuivit Luna, de l'autre côté de la porte. Je l'avais appris, et je me suis mise à l'abri à l'étranger pendant deux ou trois ans.

Elle se tut, mais Stilton sentit qu'elle luttait contre elle-même. Il se leva et débloqua le verrou. Des larmes coulaient sur les joues de Luna, adossée contre le mur en face. Il tendit une main vers elle et l'attira à lui. Elle nicha son visage dans son cou et il lui caressa doucement les cheveux. Ils restèrent longtemps dans cette position. Pour finir, Luna se détacha de lui et le fixa. Il ne baissa pas les yeux.

– Je n'avais que dix-neuf ans.

Il ne la quitta pas des yeux quand elle partit vers le salon. Elle se retourna à nouveau quand elle passa à côté de la table, et leurs regards se croisèrent.

Luna alla dans le cabinet de toilette et se déshabilla. Elle tira le rideau transparent de la douche et fit couler l'eau, d'abord froide puis tiède, sur ses cheveux, ses épaules et sa poitrine, puis sur ses cuisses et ses mollets, comme pour se purifier de tout ce qu'elle avait caché depuis vingt ans. Les cloisons de plastique se couvrirent de buée. Elle prit le savon liquide, s'en enduisit le corps puis se rinça. Puis elle ferma les robinets et saisit une serviette bleue qu'elle enroula en turban autour de sa tête avant de sortir de la douche.

Debout à un mètre d'elle, en tee-shirt et caleçon, Stilton la dévisagea.

Luna fit un pas vers lui, lui toucha les épaules. Elle perçut la tension de ses muscles. Il posa les mains sur ses hanches, laissa l'une d'elles remonter jusqu'à sa taille et à un de ses seins. Elle se colla à lui en sentant une pression sur son pubis.

*

Comme il pleuvait, Olivia et Svensson partagèrent un taxi qui passa d'abord par Nyhamnsläge. Cela représentait un détour considérable pour Svensson, mais il n'était pas pressé de retourner dans sa chambre au Köpmansgården. Dans le taxi, Olivia lui parla un peu de son année sabbatique après l'école de police, de son voyage en Amérique centrale, sans en mentionner la véritable raison. Svensson, lui, évoqua ses précédents contacts avec Mette Olsäter et Tom Stilton. Ils avaient collaboré sur plusieurs affaires autrefois, et il avait beaucoup de respect pour eux.

– Vous savez que Stilton a quitté la police ?

– Oui. J'ai aussi entendu dire que ça s'est mal passé pour lui.

– Oui pendant quelques années, mais il s'est repris. Nous nous parlons régulièrement.

– Donnez-lui le bonjour.

– De la part du Concombre ?

Elle posa la question presque comme un test, une manière de voir si le moment qu'elle attendait était arrivé.

Svensson rit. C'était le cas.

– Je dois vous parler d'une chose, dit-elle. Mais pas ici.

Quand la voiture s'arrêta devant son portail, Svensson, qui avait demandé au chauffeur de l'attendre, en descendit avec Olivia.

– Je ne sais pas si ça a un rapport avec l'enquête, mais je voulais vous mettre au courant.

Svensson la regarda calmement. Mette lui avait dit le matin même, en quelques phrases courtes, que la jeune femme avait une intuition développée.

– Je vous écoute.

– Ça s'est passé là où j'ai trouvé le bout de carte annoté, mais un peu plus tôt, lors de ma promenade, quand je suis arrivée à ces bizarres sculptures en bois sur la plage.

– Nimis.

– Oui. Au moment où j'ai décidé de repartir, j'ai cru voir quelque chose dans une des tours, peut-être quelqu'un. J'ai regardé de nouveau, mais je n'ai vu personne. L'endroit était sinistre et je voulais m'en aller. C'est alors que j'ai senti une légère odeur de fumée de cigarette.

– De fumée de cigarette ?

– Oui. Ensuite, alors que je marchais dans la forêt, j'ai eu tout à coup l'impression de ne pas être seule, qu'il y avait quelqu'un qui se cachait. Ce n'était qu'une sensation, mais sur le moment, elle était intense.

– Vous n'avez vu personne ?

– Non. Mais plus tard, quand j'ai entendu le collègue qui avait interrogé Blomqvist dire qu'il avait les doigts jaunis par la nicotine, et qu'il devait être un gros fumeur, j'ai repensé à cette odeur de cigarette.

– Ce serait lui qui se serait caché dans la tour et la forêt ?

– Oui. En plus, il avait de longs cheveux retenus par un chouchou.

Olivia lui parla de son chouchou vert, celui qu'elle avait accroché au guidon et qui n'y était plus lorsqu'elle était repartie.

– Quelqu'un l'a pris.

– Vous en êtes sûre ?

– Oui.

Svensson pencha la tête.

– Cela mérite d'être considéré.

Olivia n'espérait rien de plus. Elle lui avait tout raconté, libre à lui d'en faire ce qu'il voulait. C'est lui qui dirigeait l'enquête.

– Merci pour cette soirée, dit-il en serrant le bras d'Olivia.

– Merci à vous.

Svensson tourna les talons. Au bout de quelques pas, il se retourna vers elle.

– Demain, je vais organiser une confrontation entre Blomqvist et les témoins.

Il monta ensuite dans le taxi.

Olivia franchit le portail. Elle savait où elle irait à vélo à son réveil le lendemain.

Stilton tendit le bras, regarda sa montre : il était juste six heures. Luna n'était pas dans sa cabine. Il se leva, se frotta les yeux et perçut une odeur de café. Pourquoi était-elle debout si tôt ? Il enroula une couverture autour de sa taille et sortit dans le couloir.

Luna était dans le salon en manteau. Stilton la salua de la tête.

– Tu pars ?

– Oui.

– Pour le cimetière ?

– Oui.

Il s'approcha d'elle. Au moment où il allait la prendre dans ses bras, elle se déroba et se dirigea vers l'escalier.

– Que se passe-t-il ?

– Le petit-déjeuner est dans le frigo.

Elle disparut sans se retourner.

Arrivée sur le pont, Luna ferma la porte. Le vent soufflait fort et rabattit ses cheveux sur son visage. Elle mit son bonnet gris et marcha jusqu'au bastingage. Elle n'était pas pressée, son travail ne commençait qu'à neuf heures, mais elle n'avait aucune envie de rester sur la péniche, aucune envie de parler.

Elle ne se sentait pas bien.

Ils s'étaient aimés, deux fois, la première dans la douche, et la deuxième plus tard dans sa cabine. Ils l'avaient fait sans parler, sinon avec leurs corps, et cela lui avait rappelé à quel point l'amour physique pouvait être fantastique.

Ce n'était pas pour cette raison qu'elle n'allait pas bien.

Stilton s'était endormi le premier. Elle était restée longtemps éveillée. Elle s'était remémoré en détail ce qu'il lui avait dit dans le salon à propos de Tommy Brand et de son rôle de complice. Et des tourments que cela lui avait occasionnés quand il était à Rödlöga, jusqu'à ce qu'il se décide à en parler. Elle le touchait, c'était ce qui avait pesé le plus lourd.

C'était pour cela qu'elle se sentait mal.

Elle comprenait qu'elle était en situation d'infériorité sur le plan psychologique. Il avait choisi de revenir en partie parce qu'il l'avait « absoute », et qu'il souhaitait avoir une relation avec elle malgré tout. Bien qu'elle ait été « complice ».

Elle ne voulait pas de cela.

*

Assis dans sa voiture, l'homme observait le petit garçon qui portait un casque sur les oreilles. Il était sorti d'un immeuble, accompagné de sa mère. Ils firent un bout du trajet la main dans la main, puis elle se pencha vers l'enfant et le serra dans ses bras avant de partir dans la direction opposée. Il continua vers l'école qui n'était pas très loin. Deux chemins y menaient : le plus direct suivait une allée goudronnée, l'autre traversait un petit bois. Ce jour-là, il prit le premier.

Demain, ce serait peut-être l'autre.

L'homme regarda sa montre et vit qu'il était en retard. Il jeta un dernier coup d'œil vers l'enfant qui était presque arrivé à l'école.

De la mauvaise herbe, pensa-t-il.

*

Il lui avait fallu se forcer, mais elle était revenue. Il était tôt, le ciel était couvert, le vent soufflait, et son nez coulait. Elle l'essuya de la main et entama l'ascension de la grande tour sombre de Nimis. Elle arriva à l'endroit où elle se tenait quand elle avait perçu un mouvement et grimpa dans cette direction. S'il y avait quelqu'un là-bas, c'est de là aussi qu'est venue l'odeur de fumée, pensa-t-elle. Si c'était de la fumée de cigarette, il y aurait peut-être des mégots.

D'où son retour ici aujourd'hui. Elle voulait en avoir le cœur net.

Elle en trouva deux, l'un court et l'autre plus long, des cigarettes Blend jaunes.

Maintenant se posait une autre question : Quelles cigarettes fumait Roland Blomqvist ?

Une heure plus tard, la possibilité d'une réponse se présenta. Frans et Olivia étaient en planque dans leur voiture pour surveiller l'atelier de mécanique où travaillait Blomqvist, près de Höganäs. Frans ne comprenait pas exactement pourquoi ils étaient là.

– Ils croient qu'il va faire quoi ? S'enfuir ?

– Ils veulent le tenir à l'œil, dit Olivia. Il y aura une confrontation aujourd'hui.

– Vraiment ? Comment le sais-tu ?

– Svensson me l'a dit.

– Quand ça ?

– Hier. Après le pub.

– Tu es allée au pub avec Svensson ?

– Non. Je suis allée au pub, et Svensson y était aussi.

– Mais vous vous êtes parlé ?

– Pourquoi ne l'aurait-on pas fait ?

L'idée de discuter dans le bistrot local avec un supérieur responsable d'une enquête sur un meurtre paraissait étrange à Frans. Pour lui, le poids de la hiérarchie obligeait à fréquenter des gens du même niveau que le sien pendant ses loisirs. Elle l'entendit au ton qu'il prit pour lui demander :

– Vous vous êtes bien amusés ?

Il recommence avec ses insinuations, se dit Olivia. Comment avait-il réussi à faire l'école de police ?

Blomqvist sortit de l'atelier au même moment, vêtu d'une salopette tachée d'huile, les cheveux dénoués. Il s'appuya contre un tracteur rouillé et alluma une cigarette.

Olivia sortit de petites jumelles vertes. La distance était assez grande, elle eut du mal à les régler. Elle essaya en vain de voir son paquet de cigarettes.

Blomqvist écrasa son mégot contre le capot du tracteur et retourna dans l'atelier.

Olivia envisagea d'aller le ramasser, mais elle se dit que cela ne correspondait pas tout à fait à sa mission. De plus, Frans ne manquerait pas de lui poser des questions auxquelles elle n'avait pas envie de répondre.

Il reçut alors un appel de Svensson qui leur ordonna de ramener immédiatement Blomqvist au commissariat.

La confrontation entre Blomqvist et les témoins ainsi que l'interrogatoire qui suivrait se feraient sans la participation d'Olivia ni de Frans, c'était le travail du groupe d'enquête. Frans en profita pour déjeuner tôt, Olivia, pour emprunter la voiture. Elle devait s'entretenir avec Liv Andersson à Arild.

*

Liv ratissait son jardin. Elle portait une veste matelassée et ses gestes étaient lents. Il n'y avait pas encore beaucoup de feuilles mortes, mais elle avait formé deux petits tas aux couleurs de l'automne. Elle s'interrompit lorsque Olivia poussa le portail.

– Bonjour, dit-elle.

– Bonjour. Je vous dérange ?

– Pas du tout.

– Sebastian est là ?

– Non.

Liv n'en dit pas plus. Olivia n'insista pas. Elle était là pour parler à Liv. Elle s'approcha d'elle et vit que ses yeux avaient la même expression que la veille.

– Que voulez-vous ?

– Pouvons-nous nous asseoir ? demanda Olivia en montrant un banc en bois un peu plus loin.

Liv posa son râteau contre un pommier et se dirigea vers le banc, suivie par Olivia qui s'installa à côté d'elle.

– Je voulais simplement vous tenir au courant de ce que nous faisons, car nous oublions parfois d'informer les familles.

– Et que faites-vous ?

– Étant donné ce que vous nous aviez dit de Roland, nous l'avons interrogé. Il a été convoqué au commissariat pour une confrontation avec des témoins. Vous savez ce que c'est ?

– Oui. Il y a des gens qui l'ont vu ici ?

– Nous l'ignorons, mais deux personnes ont aperçu un joggeur au moment des faits, un homme avec un sac à dos bleu. Roland en a-t-il un ?

– Je n'en ai pas la moindre idée. Je ne l'ai pas revu depuis le jour où Sebastian et lui ont failli en venir aux mains sur la plage.

– Depuis, vous n'avez reçu que des mails de lui ?

– Oui.

– Auriez-vous gardé certains de ces mails ?

– Oui, quelques-uns. Vous voulez les voir ?

– Volontiers.

Liv se leva, et Olivia hésita à la suivre avant de choisir d'attendre. Pendant ces quelques minutes, elle regarda le jardin et se remémora la scène gravée dans son cerveau, quand elle et ses collègues étaient entrés et avaient vu, assis dans le bac à sable à quelques mètres d'eux, le père avec sa fille morte dans ses bras. Les jouets jaunes avaient disparu.

Elle n'oublierait sans doute jamais cet instant.

– Voilà.

Liv revint vers elle, une pochette en plastique à la main. Olivia la prit.

– Je peux vous les emprunter ?

Liv haussa légèrement les épaules, ce qu'Olivia interpréta comme un accord.

– Merci, dit-elle. Il est possible que nous en ayons besoin plus tard. Nous devrons peut-être…

– Vous croyez que c'est Roland ? demanda-t-elle en la regardant droit dans les yeux.

Olivia savait qu'il était presque toujours impossible de répondre à ce genre de questions que posaient si souvent les proches.

– Je ne peux rien vous dire.

– Vous pourriez me dire ce que vous en pensez.

– Si c'est lui, j'espère que nous arriverons à le faire avouer le plus vite possible.

Ce n'était pas une réponse, mais elle ne pouvait lui en dire plus sans éveiller de faux espoirs.

– Sebastian est au bar de l'hôtel Rusthållargården, dit Liv en se levant pour reprendre le râteau.

*

Dès son entrée dans la salle de réunion, Olivia remarqua l'ambiance particulière qui y régnait, un mélange d'excitation et de soulagement. Elle en comprit la raison dès que Svensson, qui portait ce jour-là son gilet jaune sans manches, prit la parole.

– Il y a une heure, deux témoins ont désigné Roland Blomqvist comme étant le joggeur vu à Arild quand Emelie a été tuée. Ses parents ont par ailleurs confirmé qu'il possède un sac à dos bleu. Nous l'avons ensuite interrogé, et il a reconnu d'une part s'être trouvé à Arild au moment du meurtre, et d'autre part avoir menti quand nous l'avons entendu hier. Il a fourni l'explication habituelle, à savoir qu'il ne voulait pas être mêlé à cette histoire. Nous n'avons rien de concret le reliant à la scène du crime, mais il a la même pointure que les empreintes de chaussure relevées dans la haie. Elles sont malheureusement peu nettes, nous allons voir ce que nous pouvons en tirer. Il nie avoir commis le meurtre, cela va sans dire, mais on l'a quand même mis en garde à vue. Je vous serais reconnaissant de ne pas ébruiter ce nouveau développement pour l'instant.

– Et il se trouve où, actuellement ? demanda Olivia.

– En cellule.

– Laquelle ?

– La cellule de dégrisement.

Elle se leva.

*

Stilton appela en vain Luna dans la journée. Il ne savait pas si elle était occupée ou si, comme il le craignait, elle préférait ne pas lui répondre. Assis devant quelques coupures de journaux, seul dans le salon de la péniche, il avait passé en revue les événements de la veille en se rendant compte qu'il avait du mal à se concentrer. J'aurais peut-être dû dire les choses autrement, pensa-t-il, y aller plus doucement. Mais à quoi cela aurait-il servi ? Luna s'était toujours montrée directe, et il avait voulu l'être aussi. Les faits étaient les faits, ce qui était arrivé était arrivé. Cela modifiait bien sûr leur relation. Elle avait un passé criminel, et lui, un passé de commissaire, deux choses indéniablement contradictoires, mais ils avaient tous les deux quitté ces mondes et n'avaient aucune intention d'y revenir. Le passé était le passé, ils n'étaient plus aujourd'hui ce qu'ils étaient autrefois.

Il croyait lui avoir fait comprendre la veille qu'il voulait aller de l'avant, fort des sentiments qu'il avait pour elle.

« Le petit-déjeuner est dans le frigo. »

Elle lui avait dit ça sur un ton qu'elle n'avait même pas utilisé les premiers jours après son installation sur la péniche. Un ton neutre, sans un regard pour lui.

Pourquoi ?

Il y songeait encore quand il entendit des pas dans l'escalier. Il ne se leva pas du canapé. Luna ôta son bonnet de laine en entrant dans le salon.

– Bonjour, dit-elle.

– Tu as faim ?

Stilton était sorti et avait fait quelques courses pour le dîner, des légumes et des aliments moins sains qu'il savait que Luna appréciait, dans l'espoir de détendre l'atmosphère.

– J'ai déjà mangé.

– Ah bon. Tu veux du café ?

Elle enleva sa veste et le regarda.

– Tu comptes aussi me parler du temps ?

– Oui, parlons-en.

Elle accrocha sa veste à un clou. Elle avait passé dix heures à entretenir des monuments funéraires et des jardins du souvenir, deux de plus que nécessaire, parce qu'elle n'avait pas envie de rentrer chez elle. Cela lui avait laissé le temps de réfléchir.

– Je veux que tu t'en ailles.

– Pourquoi ?

– Il faut que je donne une raison ?

– Oui.

– Tu ne m'en as pas donné quand tu es retourné à Rödlöga pendant un an.

– Je te l'ai expliqué hier.

– Je t'en donnerai une dans un an.

Elle alla dans la cuisine et en rapporta une bouteille de bière. Ce n'était pas pour Stilton. Elle prit un verre sur l'étagère et s'assit à la table ovale.

– Mais comme je ne suis pas comme toi, je vais te l'expliquer dès maintenant.

– Merci.

– Je n'aime pas être en position d'infériorité.

Elle s'interrompit pour boire une gorgée de bière.

– Je n'aime pas devoir quelque chose à quelqu'un, reprit-elle. Et encore moins dans une relation. Ce qui s'est passé hier est arrivé trop vite. Ce n'était pas bien.

– D'avoir couché ensemble ?

Luna ne répondit pas. Stilton comprenait de quoi il s'agissait. Il y avait pensé sans trouver le moyen de l'éviter. Ce n'était pas lui qui avait été le complice de Tommy Brand.

– Tu m'as intéressée dès que tu as mis le pied sur la péniche, continua Luna. Pour plusieurs raisons. Tout d'abord à cause de ce que tu dégageais, une sorte d'intégrité obstinée, et ensuite à cause de ce que tu voulais.

– Et c'était quoi ?

– Beaucoup de choses, de bonnes choses, bonnes pour les autres, pas pour toi. Cela a fait naître en moi du respect pour toi, et tu as pris de l'importance à mes yeux. Petit à petit, j'ai compris ton point de vue sur l'existence, qui me paraissait parfois puéril et limité, mais avant tout honnête. Tu étais qui tu étais.

– Et ce n'est plus vrai maintenant ?

– Le fait que tu t'en ailles sans rien me dire a tout changé. Je l'ai vécu comme un abandon, même si je sais à présent pourquoi tu as agi de cette façon. Tu m'as trahie. Tu aurais dû être plus direct et me parler de mon tatouage quand tu as compris ce qu'il signifiait, au lieu de disparaître et de revenir un an plus tard pour me dire que tu me pardonnais et que tu voulais que nous ayons une relation.

– J'ai dit ça ?

– Ce n'est pas ce que tu veux ?

– Si.

Luna le regarda. Elle savait qu'il saisissait ce qu'elle venait de lui dire, car il était bien plus ouvert qu'il ne le laissait paraître. Il avait aussi parfois du mal à accepter les conséquences de ce qu'il comprenait, quand cela exigeait un peu trop de sa part.

– Et que veux-tu que je fasse ? Te prier de pardonner mon départ ?

– Non. Mais je ne veux pas que tu habites ici pour l'instant.

– Ça change quoi ?

– Ça m'aide.

– De quelle façon ?

Ils n'arriveraient pas à aller plus loin, elle avait dit ce qu'elle avait à lui dire et lui avait demandé de partir. Soit il le ferait, soit elle installerait une nouvelle serrure. Elle but une autre gorgée de bière et montra les coupures de presse sur la table de la bouteille.

– C'est quoi, ça ?

Stilton comprit qu'elle en avait fini. Elle voulait qu'il s'en aille et lui avait expliqué pourquoi. Maintenant, elle voulait parler d'autre chose. Cela lui convenait.

– De vieilles coupures de presse.

– À quel sujet ?

– Au sujet d'horreurs.

Luna s'assit à côté de lui et en prit une.

*

Olivia était assise à sa table de travail dans le bureau qu'elle partageait avec Frans. Il était déjà rentré chez lui, ou parti ailleurs. Elle avait pour sa part lu les mails que lui avait remis Liv. La lecture des messages haineux de Roland Blomqvist, rédigés dans une langue pauvre, faite d'invectives primaires et de pensées égarées, n'avait pas été une partie de plaisir. Leur auteur était clairement déséquilibré, à plus d'un égard. Olivia comprenait à quel point cela avait dû être désagréable pour Liv de recevoir ce genre d'insultes de quelqu'un avec qui elle avait eu une relation. Liv Andersson et Roland Blomqvist ? Elle n'arrivait pas à les imaginer ensemble, mais c'était de l'histoire ancienne. On pouvait supposer qu'il avait alors une autre attitude. Mais une jalousie excessive se traduit souvent par de la violence et du harcèlement, cela n'avait rien d'exceptionnel, et le nombre de femmes bénéficiant d'une identité protégée avait beaucoup augmenté en Suède ces dernières années.

Elle replaça les mails dans la pochette en plastique. Ils pourraient peut-être servir à une plainte pour harcèlement, un mot qui l'amena à d'autres idées, liées à la presqu'île de Kulla et à la forêt là-bas. Elle vit à sa montre qu'il était presque dix heures. Elle se leva, prit les mails de menaces et éteignit la lumière dans le bureau.

Son intention était d'aller déposer la pochette sur la table de Svensson dans la salle de réunion, mais elle changea d'avis une fois dans le couloir et se dirigea vers la cellule de détention. Un agent de la police locale, un homme aux larges épaules, se tenait devant sa porte.

– Il faut que je pose une question à Blomqvist, dit-elle.

– Svensson est au courant ?

– Oui, mentit-elle.

Il ouvrit la porte et Olivia entra. La cellule servait d'habitude pour des jeunes qui avaient abusé de la bouteille, s'étaient battus et avaient besoin de se dégriser. Assis sur un bat-flanc, Roland Blomqvist ne réagit pas lorsqu'elle referma la porte, elle l'avait conduit au commissariat à deux reprises ces derniers jours, il savait qui elle était. Il rejeta ses longs cheveux en arrière. Olivia se mit devant le mur opposé où flottait une odeur aigre.

– Vous fumez quoi comme cigarettes ?

– Des Blend jaunes. Pourquoi ?

Elle avait sa réponse.

C'était une marque très courante. Blomqvist se leva au moment où elle voulait partir et lui barra la route. Il était plus grand qu'elle, et il baissa les yeux pour lui demander :

– Vous connaissez Liv ? Andersson ?

– Non.

– Vous l'avez rencontrée ?

– Oui.

Olivia perçut sa mauvaise haleine sur son visage quand elle essaya de se glisser jusqu'à la porte. Elle n'y arriva pas car Blomqvist tendit un bras pour l'empêcher de passer. Elle hésita. Un policier solidement bâti se trouvait de l'autre côté, elle pouvait l'appeler si elle le voulait. Elle revit soudain le légiste tordre la tête du petit squelette d'un seul mouvement.

– Vous pouvez enlever votre bras ?

– Elle est triste ?

– Qui ?

– Liv.

Il avait une voix rauque de fumeur. Olivia ne dit rien et essaya de se dégager.

– Si vous me répondez, je vous raconterai un secret.

Sa bouche s'étira, comme s'il esquissait un sourire. Olivia ne resta pas indifférente à sa promesse. Quel secret ? Avait-il l'intention d'avouer ?

– Oui, elle est très triste. Sa fille a été tuée.

– Je voulais que sa vie soit anéantie.

– Je le sais.

– Comment ça ?

– J'ai lu les horribles mails que vous lui avez envoyés.

Blomqvist fronça les sourcils. Olivia remarqua que sa pomme d'Adam montait et descendait.

– Je voulais qu'elle souffre.

– Pourquoi ?

Il ne répondit pas et Olivia le vit lentement fermer les yeux. Elle attendit quelques secondes avant de lui dire :

– C'est quoi ce secret que vous alliez me raconter ?

Il retira soudain son bras et se laissa tomber sur le bat-flanc. Il tira ses cheveux en arrière en la regardant dans les yeux.

Lorsque le policier aux larges épaules verrouilla la cellule derrière elle, elle n'était déjà plus là. La pochette en plastique à la main, elle marcha à grands pas vers la cuisine où elle alla se servir un verre d'eau glacée qu'elle vida d'un trait pour se calmer. Puis elle repartit vers son bureau. Voyant de la lumière à travers la vitre dépolie de la porte de la salle de réunion, elle se ressaisit et la poussa. Sven Svensson était assis à sa table, devant un dossier ouvert.

– Vous êtes encore là ?

– Visiblement, répondit-il. Qu'êtes-vous allée faire dans la cellule de détention ?

Olivia ne sut que dire. Le policier aux larges épaules avait dû l'en informer. Donc, il n'aurait pas été là si elle avait eu besoin de lui.

– J'avais une question à poser à Blomqvist.

– Et vous avez dit que j'avais donné mon accord.

– Oui. Je vous prie de m'excuser, j'aurais dû vous demander votre autorisation, mais je croyais que vous étiez parti. J'ai ça sur moi, d'ailleurs, dit-elle.

Elle lui tendit la pochette en plastique en espérant que cela ferait oublier son mensonge.

– Je préférerais que cela ne se reproduise pas.

Elle ne s'en tirerait pas à si bon compte.

– Je vous le promets.

– Pour votre bien. Blomqvist peut être dangereux.

– Je le sais.

– Qu'y a-t-il dans cette pochette ?

Olivia le lui expliqua brièvement.

– Bien, cela pourra peut-être nous servir. Que vouliez-vous demander à Blomqvist ?

Elle lui parla des mégots dans la tour et ajouta qu'il fumait la même marque de cigarettes.

– Il n'y a pas que lui. Ma femme en fume aussi, et elle n'était pas là-bas.

– Non. Je ne vais pas insister, mais je voulais en avoir le cœur net.

Svensson referma le dossier et se leva.

– On a quand même progressé aujourd'hui. Avec Blomqvist.

– Oui. Vous croyez qu'on peut le coincer ?

– Pas avec ce qu'on a pour l'instant. Mais on l'interrogera encore demain, et on verra bien. Vous allez partir aussi ?

– Bientôt.

Svensson hocha la tête et se dirigea vers la porte. Olivia faillit le retenir. Peut-être l'aurait-elle fait si elle n'avait pas dit qu'elle en resterait là.

*

Stilton regardait les coupures de presse étalées sur la table. Luna s'était assise à côté de lui. Il s'efforçait de garder un ton neutre, analytique, pour ne pas se laisser troubler par ce qu'il ressentait.

Luna s'en rendait compte.

– Ça remonte à quand ? demanda-t-elle.

– Fin novembre 2005. Le meurtrier avait réservé une chambre à l'hôtel Continental près de la gare centrale. Il y avait donné rendez-vous à une femme qui est arrivée à l'heure convenue, le personnel de la réception l'a confirmé. Ils l'ont vue replier son parapluie quand elle se dirigeait vers l'ascenseur, il pleuvait ce soir-là. Nous ne savons pas exactement ce qui s'est ensuite passé dans la chambre, et d'une certaine manière, nous préférions ne pas le savoir.

Luna se demanda pourquoi, mais elle ne voulut pas l'interrompre.

– Le lendemain matin, une femme de ménage l'a trouvée morte dans le lit double.

Il baissa les yeux vers le mur en face de lui, comme s'il s'était transporté sur le lieu du crime.

– Comment est-elle morte ?

– Étranglée. Elle a ensuite subi de terribles outrages.

– Quels outrages ?

– Ses mamelons avaient été sectionnés, des morceaux de son vagin…

– Tom !

Luna leva une main, cela suffisait, elle ne voulait pas en savoir plus. Stilton était encore sur les lieux du crime, devant le corps mutilé. Les parties amputées n'avaient jamais été retrouvées.

– C'était un meurtre particulièrement horrible, dit-il.

Luna dut se lever. Elle alla dans la cuisine et en revint avec deux bières. Ils en avaient bien besoin. Il avait tellement parlé qu'il avait la gorge sèche. Elle posa les bouteilles sur la table entre les coupures de journaux et en saisit une précautionneusement. Elle regarda la photo. Une belle femme noire, avec de longs cheveux, un petit anneau en argent dans une narine et un collier brillant autour du cou.

– Elle avait quel âge ?

– Vingt-trois ans. Elle était enceinte de trois mois.

Luna continuait à fixer la photo.

– Et elle travaillait comme escort-girl ?

– Oui, comme prostituée.

– Et vous n'avez jamais retrouvé le meurtrier ?

– Non.

Stilton ouvrit sa bouteille de bière et regarda l'article que tenait Luna à propos de cette jeune femme assassinée et mutilée dans une chambre d'hôtel. Stilton savait qu'il existait d'autres images, bien plus violentes, de la scène de crime et de l'autopsie, comme celles qu'il avait punaisées dans son bureau. Il s'était démené pour résoudre l'énigme, mais n'y était pas arrivé, en partie parce que c'était compliqué, mais surtout parce qu'il avait été déchargé de l'enquête au moment où il approchait du but.

– C'est une des deux affaires que je n'ai jamais élucidées, dit-il.

– Quelle était l'autre ?

– Nordkoster. Elle a été résolue depuis.

– Par Olivia ?

– Oui.

– Donc c'est l'enquête dont tu as été déchargé ? Par ce... Quel était son nom déjà ?

– Rune Forss. Oui, c'est celle-là. J'ai approché des personnes sensibles de trop près.

Luna regarda à nouveau la photo.

– Comment s'appelait-elle ?

– Jill Engberg[1].

Elle but une gorgée de bière et observa ses mains quand il souleva une des coupures. Même s'il avait quitté la police, il n'avait pas oublié ce crime. Elle comprenait ce qu'il devait ressentir.

– Quelles conclusions en tires-tu ?

– De quoi ?

– De ce livre rempli d'articles qui parlent de ce meurtre.

– Ah… Mes conclusions ? Je ne sais pas, c'est peut-être le meurtrier qui les a rassemblés. Ou quelqu'un qui connaissait Jill Engberg.

– Le livre vient d'où ?

– Je ne sais pas. Ronny, un copain bouquiniste, me l'a donné.

– Et comment est-il arrivé chez lui ?

Stilton s'était posé la question à de nombreuses reprises. Il savait que s'il décidait de se replonger dans cette affaire, il devrait essayer de trouver la réponse. Et il le ferait.

Il replia les coupures de journaux et vida son verre, avec l'impression que le dossier Jill lui avait permis de rétablir le contact avec Luna.

C'était absurde.

– Je peux dormir ici ce soir ?

*

Olivia remonta la couverture jusqu'à son menton. Elle n'avait pas encore éteint. Elle était épuisée et espérait s'endormir rapidement. Il fallait absolument qu'elle efface de sa mémoire ce qui s'était passé dans la cellule de détention après que Roland Blomqvist s'était affalé sur le bat-flanc et lui avait révélé son secret en la fixant bien en face.

– Je me suis branlé.

– Branlé ?

– Je te regardais te promener dans ces drôles de constructions depuis l'intérieur de la tour en bois, et je me suis branlé en fumant des cigarettes. Deux fois. À cause de tes cheveux. Ils sont tellement excitants.

1. Cf. *Marée d'équinoxe,* des mêmes auteurs.

Il fallait qu'elle oublie ces mots.

Elle éteignit la lampe et tourna les yeux vers la fenêtre au pied de son lit. Les rideaux étaient tirés. J'espère qu'ils arriveront à le faire parler demain, se dit-elle.

Sinon, je me couperai les cheveux.

L'arrivée du matin avait révélé un demi-jour brumeux, avec encore des pans de brouillard autour des arbres. Le petit garçon marchait sur un sentier couvert de feuilles mortes, brunes et humides, sur lesquelles il s'élançait comme s'il patinait. Sa plus longue glissade fut de deux mètres. Son sac à dos rouge contenait ses manuels scolaires, et il écoutait de la musique dans ses écouteurs blancs. Il prenait parfois l'allée goudronnée pour aller à l'école, mais il savait qu'il pouvait y faire de mauvaises rencontres, des grands qui l'embêtaient. Il les évitait en passant par le petit bois. Aujourd'hui, il avait aperçu ces garçons de deux ou trois ans plus âgés que lui, qui le tourmentaient dès qu'ils le voyaient, sans qu'il comprenne vraiment pourquoi. Sa maman disait qu'ils étaient bêtes. Pour sa part, il croyait que c'était à cause de son prénom, Aram, et parce que sa maman venait d'un autre pays, de la partie kurde de l'Iran. Les idiots de grands qui l'embêtaient ne savaient même pas où cela se trouvait.

Aram se lança dans un nouveau dérapage sur les feuilles humides et faillit tomber. Quand il retrouva l'équilibre, il vit un homme de haute stature devant lui.

Une des deux voitures n'avait pas freiné à temps lorsque l'autre avait pilé pour éviter un bus, mais la collision était sans gravité. Debout au bord de la route, les deux conducteurs, un homme jeune et une femme un peu plus âgée, étaient d'accord sur la responsabilité de chacun et sur le fait que les dommages étaient mineurs. Ils étaient sur le point d'échanger leurs numéros de téléphone quand une voix les fit se retourner.

– Hé ! vous là-bas !

L'homme qui les appelait, vêtu d'un pardessus gris, venait de sortir du petit bois en bordure de route. Il courait vers eux.

– Au secours !

Il agitait frénétiquement le bras, pris de panique.

– Venez !

Les deux conducteurs se jetèrent un regard et s'élancèrent vers lui. Lorsqu'ils arrivèrent à sa hauteur, l'homme repartit dans le sous-bois. Ils le suivirent sur le chemin couvert de feuilles mortes. Ils aperçurent d'autres personnes qui marchaient un peu plus loin. L'homme agité s'arrêta à quelques mètres d'eux et tendit le doigt.

– Là-bas !

Les deux automobilistes s'approchèrent et regardèrent ce qu'il leur montrait. Un enfant était allongé sur le ventre, au bord du sentier, au pied d'une souche à moitié pourrie. Il portait un sac à dos rouge.

– Il est tombé ? demanda la femme qui s'avança jusqu'à l'enfant.

Le cri aigu qu'elle poussa fit comprendre que ce n'était pas le cas. La tête tournée selon un angle bizarre, le petit garçon la fixait de ses yeux morts.

*

Dans la pièce se trouvaient sept personnes en civil, cinq hommes et deux femmes, tous enquêteurs criminels, dont Bosse Thyrén et Lisa Hedqvist. Ils attendaient l'arrivée de la huitième, Mette Olsäter.

Au même moment, celle-ci fonçait, malgré sa corpulence encore imposante, dans un des mornes couloirs des bureaux de la Criminelle, à un rythme que son cœur lui reprocherait. Elle courait parce qu'elle avait appris une vingtaine de minutes plus tôt l'assassinat d'un petit garçon de sept ans, Aram Mellberg.

Depuis presque trente ans, elle était informée de meurtres quasi quotidiennement sans que cela l'émeuve, mais celui-ci était différent. Le mode opératoire était en effet le même que pour Emelie Andersson. Les deux enfants avaient eu la nuque brisée.

Cette fois-ci, cela ne s'était pas passé en Scanie, mais dans le quartier de Gustavsberg à Värmdö, dans la banlieue de Stockholm.

– C'est la même personne ? lui demanda Bosse Thyrén après qu'elle eut repris son souffle.

Ses collègues et lui étaient au courant et ils étaient tendus.

– C'est notre hypothèse de travail. J'ai informé la direction de la police judiciaire de Scanie que nous avons été mis sur l'affaire. Sven Svensson dirige l'enquête là-bas. Il veillera à ce que nous recevions tout ce qu'ils ont au plus vite. Vous avez des questions ?

– Y a-t-il d'autres éléments que le mode opératoire qui rappellent le meurtre en Scanie ?

– Dans les deux cas, les victimes sont des enfants. À nous de découvrir les autres points communs et d'abord de vérifier s'il existe un lien entre les deux familles. Nous sommes en train de recueillir des témoignages à Gustavsberg. Plusieurs personnes étaient à proximité du lieu du crime, tout près de l'école d'Ösby. Bosse et Lisa, je veux que vous vous occupiez de l'homme qui a trouvé le corps, un certain Erik Adolfsson.

Bosse Thyrén et Lisa Hedqvist quittèrent la pièce.

*

Erik Adolfsson avait enlevé son pardessus gris et l'avait posé sur une chaise à côté de lui. Bosse et Lisa lui faisaient face. Il portait une veste en tweed sur une chemise blanche sans cravate. Ses fins cheveux clairs étaient bien peignés. Il ressemble au légendaire entraîneur de football Sven-Göran Eriksson, en plus jeune, pensa Bosse.

Adolfsson venait de leur expliquer en détail comment il avait découvert Aram Mellberg, et sa voix avait tremblé quand il avait essayé de décrire la scène. Les deux policiers le comprenaient parfaitement : il avait dû être choqué.

– Vous vous êtes approché du corps avant de courir chercher de l'aide ?

– Non. Enfin, j'étais tout près, à un ou deux mètres de lui, mais j'ai tout de suite vu qu'il s'était passé quelque chose de grave, il ne bougeait plus et sa tête était…

Il s'interrompit et regarda ses mains.

– Donc vous n'avez pas touché au corps ? s'enquit Lisa.

– Non.

– Et que faisiez-vous là ?

– Là ?

– À cet endroit. Dans le sous-bois.

– J'étais en chemin pour la grande place d'Ösby, enfin pour une agence immobilière qui s'y trouve, je veux acheter une résidence secondaire dans la commune de Värmdö.

– Vous avez vu quelqu'un d'autre avant que vous ne vous mettiez à courir pour chercher des secours ? reprit Lisa.

– Oui, j'ai vu d'autres gens, mais ils étaient loin, près de l'école, et il y a aussi eu un joggeur qui est passé tout près.

– À quel moment ?

– Quand je suis arrivé sur le sentier.

– Il venait de quelle direction ?

– Euh… De la direction où se trouvait l'enfant, il me semble.

– Et c'était juste avant que vous n'arriviez sur les lieux ? demanda Bosse.

– Oui.

– Vous pouvez le décrire ?

– Vous voulez dire ses vêtements ?

– Oui, par exemple.

– Euh… Il faut que je réfléchisse, je crois qu'il avait un genre de survêtement vert.

– Il n'avait rien sur la tête ?

– Non, je ne crois pas.

– Il avait quel âge ?

– Oh là là… Tout s'est passé si vite. Peut-être mon âge, la quarantaine, mais en fait je ne sais pas.

– Il n'était pas jeune, en tout cas.

– Non.

– Pourriez-vous décrire son visage ? Nous aimerions beaucoup pouvoir parler à cet homme, et cela nous aiderait de savoir à quoi il ressemble.

Adolfsson s'exécuta et Lisa se dit que la présence d'un dessinateur de la police aurait été bienvenue. Bosse se leva en disant qu'ils le recontacteraient s'ils avaient besoin de plus d'informations. Adolfsson leur laissa son nom et un numéro de téléphone où il pouvait être joint. Il allait sortir de la pièce lorsque Lisa lui posa la question qu'elle savait inévitable.

– Où étiez-vous jeudi 17 octobre ?

Adolfsson la dévisagea.

– Pourquoi me demandez-vous ça ?

– Répondez, s'il vous plaît.

Quelques secondes suffirent à Adolfsson pour comprendre.

– Il faut que je vous donne un alibi ?

– Où étiez-vous ?

Adolfsson se décomposa soudain. Elle devina pourquoi. Il venait de voir la chose la plus terrifiante de sa vie, et le choc se manifestait à présent.

– Mais c'est moi qui ai trouvé ce pauvre enfant ! C'est moi qui ai averti les autres ! Et maintenant vous m'accusez ?

Il porta une main à son visage et Lisa vit qu'il avait les larmes aux yeux. Il renifla.

– J'étais à Åland, répondit-il.

Il quitta la pièce en claquant la porte.

Lisa esquissa un geste d'excuse vis-à-vis de Bosse.

– Tu n'avais pas le choix, dit-il. Et nous allons vérifier si c'est exact.

*

Le meurtre d'Aram Mellberg à Stockholm perturba l'enquête à Höganäs, parce que la Criminelle y était maintenant associée, mais aussi parce que Roland Blomqvist était en garde à vue au moment où le deuxième meurtre avait été commis. S'il s'agissait du même meurtrier, ce ne pouvait être lui. La plupart des enquêteurs étaient déçus. Et Olivia aussi.

En partie pour des raisons très personnelles, mais plus encore pour Liv et Sebastian. Si Blomqvist avait été le meurtrier, l'affaire aurait été terminée pour eux aussi. Mais ce n'était pas le cas. L'identité de la personne à l'origine de la tragédie qui les avait frappés restait inconnue, tout comme son mobile.

– Que va-t-il se passer maintenant ?

La question venait d'Olivia qui attendait une réponse de Svensson. Assis à son bureau dans la salle de réunion, il triturait son harmonica.

– Je ne sais pas exactement. Des collègues de la Criminelle vont peut-être venir travailler avec nous, ou nous continuerons notre boulot tout en échangeant nos informations.

– Est-on certain que ce soit le même homme ? Il pourrait s'agir d'un *copycat,* un imitateur.

Svensson ne put s'empêcher de faire la moue. La même idée lui avait traversé l'esprit.

– Cette probabilité me paraît minime, pour dire les choses clairement. Nous n'avons jamais précisé publiquement la manière dont Emelie Andersson avait été tuée.

– Pourtant c'était sur le forum Flashback[1] le soir même.

– Le fait que le meurtrier lui avait tordu le cou ?

– Oui. Enfin, il s'agissait d'une spéculation, mais quand même.

Svensson hocha légèrement la tête.

– Je déteste ces réseaux dits « sociaux ». Pour moi, ils sont totalement asociaux, et ce sont de véritables poubelles où le genre humain déverse ce qu'il a de pire.

Il savait qu'il manquait de professionnalisme en exprimant cette opinion personnelle. Il avait conscience de l'importance des réseaux sociaux et des forums pour la police. Mais il pensait ce qu'il venait de dire.

– Et que va-t-il se passer pour Blomqvist maintenant ? demanda Olivia.

– Il va être remis en liberté.

– Et ses mails de menaces ?

– Nous ne pouvons rien faire tant que Liv Andersson ne porte pas plainte contre lui. En a-t-elle l'intention ?

1. Flashback est un forum suédois où s'expriment des opinions racistes et nationalistes.

– Je ne crois pas.

Olivia se dirigea vers la porte. Une fois dans le couloir, elle tourna les yeux vers la cellule de dégrisement. Il ne s'était écoulé que quelques heures depuis qu'elle en était sortie précipitamment en sentant sur elle le regard lubrique de Blomqvist. Il allait être libéré et elle devait rester encore quatre mois dans cette petite ville de Höganäs où il vivait et travaillait. Elle passa la main dans ses longs cheveux noirs.

*

Au volant d'une voiture noire de la police, Mette s'apprêtait à rendre visite aux parents d'Aram Mellberg à Gustavsberg, tenaillée par une angoisse qui lui était familière et ne diminuait pas avec les années. Autrefois, rien ne lui pesait, elle était capable de rester impassible dans ce genre de situation, mais aujourd'hui, elle n'y arrivait plus. Rencontrer la famille d'une victime était toujours difficile, surtout lorsqu'il s'agissait d'un enfant. Le besoin de la police d'avoir des informations très rapidement était incompatible avec le chagrin des proches. Parfois, le choc pouvait rendre bavards ceux qui le subissaient, mais le plus souvent, il était impossible d'établir un contact avec eux. Dans ces cas-là, la police mettait beaucoup de temps à obtenir des éléments indispensables. Mette ignorait ce qu'il en serait avec les parents d'Aram.

Et cela lui pesait.

Jian et Ola Mellberg habitaient dans un appartement neuf, lumineux et bien protégé des regards extérieurs, qu'ils avaient acheté grâce à un héritage. La valeur qu'il prendrait avec les années ferait partie de ce qu'ils laisseraient à leur fils Aram.

Du moins était-ce ce qu'ils avaient prévu, dans un autre monde.

Un monde dans lequel ils formaient une famille, et qui n'existait plus aujourd'hui. Maintenant, il ne restait qu'un homme et une femme seuls dans un univers où plus rien n'avait de sens, où plus rien ne serait jamais réel.

C'était ce que Jian ressentait.

Ola vivait son chagrin d'une autre façon.

– Je suis sorti acheter à manger, avait-il répondu lorsque Mette lui avait demandé comment il allait.

Elle en avait déduit qu'elle pourrait lui parler et lui poser des questions, l'écouter. Il pourrait l'aider à apprendre ce qu'elle avait besoin de savoir. Jian en serait incapable. Allongée dans la chambre à coucher, lumière éteinte, elle dormait, ou peut-être était-elle assommée par les médicaments.

Mette ne comptait même pas essayer.

– Voulez-vous du café ? demanda Ola en se dirigeant vers la cuisine.

Mette accepta, se leva et le suivit. Il alla jusqu'à une vieille machine à café qu'il commença à manipuler avec des mouvements précis. Mette attendit quelques instants avant de lui dire :

– Nous craignons qu'Aram n'ait été tué par la même personne que celle qui a tué récemment une petite fille en Scanie.

– Emelie Andersson.

– Oui.

Ola travaillait à la rédaction d'un journal en ligne. Il avait suivi les reportages sur le meurtre d'Emelie, tout comme Jian.

– Elle avait été adoptée au Ghana, non ?

– Oui, pourquoi ?

Il plaça la verseuse au bon endroit et abaissa la grande manette en cuivre.

– Vous pensiez à quelque chose de particulier ?

– Oui.

Il servit le café dans de beaux verres bleus. Mette le regarda agir à son rythme. Elle l'observa pendant qu'il faisait mousser le lait pour l'ajouter au café, des gestes qu'il avait répétés tant de fois pour sa femme et lui. Aujourd'hui, le deuxième verre était pour Mette.

– Jian est journaliste indépendante, dit-il en s'asseyant en face d'elle à la table de la cuisine.

– Je sais.

– Savez-vous sur quoi elle a travaillé ces derniers temps ?

– Oui, elle a recensé différentes formes de réseaux aux contenus haineux.

Les collaborateurs de Mette l'avaient immédiatement découvert.

– Elle n'a pas fait que cela. Elle a aussi rendu publics les noms correspondant à un grand nombre de *haters,* les auteurs anonymes de propos malveillants sur *Avpixlat*, Exponerat et *Fria Tider*[1]. Vous connaissez ces publications en ligne ?

– Oui.

Ola hocha la tête et but une gorgée de café. Mette l'imita et le trouva délicieux. Mårten l'adorerait, se dit-elle sans pour autant cesser une seconde de se concentrer sur Ola.

– Les révélations de Jian ont fait que certaines de ces personnes ont été prises à partie dans les médias. Plusieurs d'entre elles appartenaient aux Démocrates de Suède, et d'autres à des groupes plus ou moins ouvertement nazis.

– Le Parti des Suédois[2]. La Résistance aryenne suédoise.

– Par exemple. Et plusieurs membres des Démocrates de Suède ont dû démissionner des postes qu'ils occupaient à cause de ses révélations.

Mette saisissait où il voulait en venir, ce dont il souhaitait véritablement parler et ce qu'elle cherchait à savoir.

– Et elle a subi des menaces pour cela ?

– Oui, et pas qu'un peu.

– Par mail ?

– Oui. Et par téléphone.

– Elle a porté plainte ?

– Oui.

– Quel était le contenu des menaces ?

– C'était inimaginable.

Mette n'avait pourtant aucun mal à l'imaginer, elle connaissait fort bien ce genre d'intimidations.

1. *Avpixlat* est un magazine en ligne qui a des liens étroits avec le parti des Démocrates de Suède. Exponerat est un forum qui semble inactif depuis l'été 2016. *Fria Tider* est une publication en ligne qui se décrit comme « libérale et conservatrice », mais qui est aussi proche de l'idéologie de ce parti.

2. Le Parti des Suédois (Svenskarnas Parti), un mouvement ouvertement néonazi, a réellement existé entre 2008 et 2015, date de sa dissolution par manque de succès. Le parti Résistance aryenne suédoise est fictif.

– Ces menaces étaient-elles dirigées directement contre elle ? Ou bien contre votre famille ?

– Les deux.

– Des menaces de mort ?

– Je crois.

Ola regarda au-delà de Mette, en direction de la chambre à coucher, comme pour s'assurer que Jian ne les entendait pas.

– J'ai lu une partie des mails, dit-il en baissant la voix. Mais je crois qu'il y en avait d'autres qu'elle n'a pas voulu me montrer. Qui se rapportaient à moi ou à Aram.

– Elle les a gardés ?

– Je l'ignore.

Mette hocha la tête. Elle aurait tôt ou tard une réponse de Jian à ce sujet, mais cela prendrait sans doute du temps. Elle but son excellent café et regarda Ola.

– Autrement dit, vous croyez que la haine peut être un mobile derrière l'assassinat d'Aram ?

– Que penseriez-vous à ma place ?

– La même chose que vous.

Mette ne voulait pas pour l'instant aborder l'autre meurtre, celui d'Emelie qui, à ses yeux, était lié à celui d'Aram. Si la haine en était le mobile, cela devait être aussi le cas pour le meurtre d'Arild.

Elle s'assit dans la voiture de la Criminelle et démarra. À travers les vitres fumées, elle vit les gros titres à la une des journaux qui mentionnaient tous l'effroyable meurtre d'un enfant. Elle avait demandé aux chargés de communication de la Criminelle de répondre aux questions des médias, car elle ne voulait pas avoir de contact avec les journalistes. Elle avait deviné qu'ils y verraient un crime motivé par la haine, tant à cause du travail de Jian que du climat actuel. La Suède tout entière était en passe de se cristalliser selon diverses fractures politiques, d'autant que quatre élections nationales auraient lieu l'année suivante. Si l'on mentionnait un mobile politique derrière le meurtre d'un petit garçon d'origine étrangère, cela ne pourrait que donner lieu à de longues spéculations. Si de plus le lien était établi avec la fillette originaire du Ghana tuée à Arild, ce qui ne manquerait pas d'arriver, la tension monterait d'un cran.

Mette ne voulait pas être entraînée dans cette agitation.

Elle avait autre chose à penser.

Elle demanda que tout ce qui se rapportait à la plainte déposée par Jian Mellberg soit récupéré et analysé. Elle voulait connaître la nature des menaces et être informée des mesures qui avaient été prises.

Elle appela ensuite Sven Svensson à Höganäs.

– Un crime motivé par la haine ? Tu penses que l'auteur des crimes peut appartenir aux milieux racistes ?

– Oui, répondit-elle. L'hypothèse se tient, étant donné les activités de la mère. J'ai jeté un coup d'œil sur vos éléments ce matin, mais je n'ai rien trouvé là-dessus. Y avait-il quelque chose ?

– Pas officiellement dans le groupe d'enquête. L'idée m'a effleuré l'esprit.

– Mais tu n'as rien fait à ce sujet ?

– Non. Nous nous sommes très vite intéressés à Roland Blomqvist, sûrement trop vite, et nous n'avons pas eu le temps d'envisager d'autres mobiles.

Svensson savait qu'il avait fait une erreur. Il aurait dû élargir son enquête au lieu de concentrer l'équipe sur un seul suspect.

– Tu n'es plus aussi bon qu'avant.

– Peut-être pas.

– Je n'y crois pas une minute, dit Mette. Je sais à quel point il est facile de partir un peu trop vite. Ça nous est arrivé à tous. Maintenant, tu dois reprendre la situation en main et diriger le travail collectif. N'hésite pas à solliciter Olivia, elle est bonne pour saisir les détails.

– Je vais m'y mettre immédiatement.

– C'est bien. Et puis…

– Oui ?

– J'ai entièrement confiance en toi.

Elle raccrocha. Elle n'avait rien à gagner à donner mauvaise conscience à Svensson, c'était un bon enquêteur et le soutenir était plus efficace. Elle laissa tomber sa tête en arrière et pensa à la chambre à coucher obscure dans laquelle se trouvait cette femme dévastée, Jian, la mère. Comment aurais-je réagi si cela avait été Jolene et non Aram ? Peut-être de la même façon que Jian. Elle se représenta Mårten droit comme un piquet face à la catastrophe, capable de tout gérer.

Mette avait subitement besoin de prendre de leurs nouvelles, mais Stilton l'appela.

Il était debout sur le pont de la péniche, vêtu de sa grosse veste en cuir un peu trop grande pour lui, héritée de son grand-père maternel de Rödlöga, le fameux chasseur de phoques à la carrure imposante. Elle était parfaite pour supporter le vent glacé qui soufflait.

– Tu aurais une minute ? demanda-t-il.

– Non. C'est important ?

– Oui, pour moi.

– D'accord. Mais sois bref.

Stilton connaissait bien Mette après toutes ces années passées à ses côtés à la Criminelle. Leur collaboration avait été aisée et efficace, et ils avaient même développé des relations en dehors du travail. Le ton de Mette signifiait qu'elle n'avait pas une minute à perdre.

– C'est à propos de l'affaire Jill. Le meurtre de Jill Engberg.

– Oui, et alors ?

Sa voix avait déjà changé, un soupçon d'ouverture s'y entendait. Il se hâta d'y enfourner ce qu'il avait, ce livre étrange contenant toutes ces coupures de presse sur le meurtre. Quand il se tut, il y eut un silence de quelques secondes, mais il était certain que Mette avait mordu à l'appât.

– Bizarre, dit-elle.

– Oui.

– Et tu ignores qui a apporté le livre ?

– Oui. Je vais en parler à Ronny ce soir.

– Pourquoi m'as-tu appelée ?

Mette le comprenait parfaitement, elle l'avait saisi dès l'instant où il avait prononcé le nom de Jill Engberg. Mais elle avait besoin de quelques secondes pour rassembler ses esprits.

– Je veux voir tout ce que nous avons à ce sujet, dit Stilton.

– « Nous » n'avons rien. Tout est à la Criminelle, dont tu as démissionné il y a sept ans et où tu n'as aucune intention de revenir. Tu me l'as amplement expliqué.

– Oui, mais tu y travailles.

– Oui, mais je ne suis pas chargée de l'affaire Jill Engberg. Pour le moment, je me consacre à deux effroyables meurtres d'enfants et je n'ai ni le temps ni l'envie de faire autre chose.

– Ce n'est pas non plus nécessaire. Je veux juste voir le dossier.

– Je ne peux pas te faire venir au bureau pour le regarder.

– Mais tu peux le rapporter chez toi où je peux venir le consulter.

– Je croyais que tu voulais devenir gardien d'immeuble.

Le coup était un peu bas, ils le perçurent tous les deux, mais Mette refusait de prendre position. Pas maintenant. Elle avait besoin de réfléchir.

– Je te rappellerai, conclut-elle avant de raccrocher.

Stilton regarda le canal. Il lui en avait parlé, elle avait réagi comme il s'y attendait, à part cette allusion à ce poste de gardien d'immeuble. Elle finirait par lui rendre le service qu'il lui avait demandé. Pour deux raisons, d'abord car elle comprenait l'importance de cette affaire pour lui, et ensuite, parce qu'elle voulait que ce meurtre soit élucidé, ce qui comptait le plus. Elle aussi avait été ébranlée par sa violence.

Elle le rappellerait.

Il rangea son téléphone dans sa poche et se tourna vers la porte menant aux cabines. Luna était sur le seuil. Elle portait sa veste chaude et un bonnet de laine sur la tête.

– Tu vas travailler ? demanda Stilton.

– Non, je descends à Nynäshamn.

– Pourquoi ?

– Je vais chercher mon père.

– Le capitaine ?

– Oui. Il va habiter ici pendant quelque temps.

– Ah bon.

Elle vint jusqu'au bastingage à quelques pas de lui et lui expliqua la situation, les travaux de rénovation du foyer, et le fait que ni elle ni Justus, son père, n'acceptaient les logements proposés en remplacement.

– Il a quatre-vingt-quatre ans et il est plutôt irritable. En plus, il a eu un infarctus ce printemps et je ne veux pas qu'il s'énerve à propos de ce déménagement.

– Je comprends.

– Il va s'installer ici pour le moment, et je verrai bien comment ça se passe.

– Il peut prendre ma cabine.

– Il y en a d'autres.

Stilton la regarda. Ses yeux étaient tournés vers le canal. Ils n'avaient ni l'un ni l'autre abordé le sujet de son séjour depuis la veille et il présumait qu'elle voulait toujours qu'il s'en aille.

– Bon, je vais repartir à Rödlöga, dit-il.

Luna hocha la tête et passa devant lui en allant vers la poupe.

– Écoute…

Elle se retourna. Il la regarda. Ses longs cheveux sortaient du bonnet.

– Non, rien, dit-il.

Elle disparut de sa vue.

Olivia pédalait vers le gîte dans la nuit. Elle avait quitté le commissariat plusieurs heures auparavant en disant qu'elle se sentait mal, ce qui était vrai, mais il ne s'agissait pas d'un malaise physique. Depuis, cela faisait des heures qu'elle roulait au hasard autour de Höganäs.

Elle avait besoin de s'aérer l'esprit.

Elle s'était arrêtée dans une galerie où elle avait longuement regardé des aquarelles et des objets en céramique, sans rien voir d'intéressant. Un an plus tôt, elle avait envisagé de s'inscrire en histoire de l'art, mais un suicide tragique lui avait fait prendre conscience de son désir de se consacrer à la carrière policière.

Elle n'en était plus si certaine maintenant.

Elle s'approcha du portail de la grande maison en pierre et s'arrêta net en distinguant un rai de lumière dans le jardin. Le rayon lumineux se déplaçait, et il était proche de la fenêtre du gîte. Elle posa la bicyclette devant la haie et se glissa jusqu'aux piliers du portail. Elle jeta un coup d'œil et vit une silhouette masculine devant sa fenêtre qui éclairait l'intérieur avec une torche. Roland Blomqvist est en liberté, se dit-elle, et soudain la rage la submergea. Elle courut vers son logement.

– Que fichez-vous donc ici ?

Sven Svensson se retourna, l'air stupéfait. Olivia, quant à elle, était interloquée.

– C'est vous ?

– Je suis désolé, excusez-moi. J'ai frappé à la porte, et je me suis dit que vous étiez peut-être allée vous coucher. Vous aviez dit que vous n'étiez pas bien.

– Je me sens mieux. Que voulez-vous ?

– Je peux entrer ?

Olivia passa devant lui et alluma. Les choses ne lui paraissaient pas encore claires. Pourquoi regardait-il dans sa maison ?

– Venez, dit-elle en ouvrant la porte qu'il referma derrière lui.

– Vraiment, je vous présente toutes mes excuses. J'ai essayé de vous appeler plusieurs fois.

– J'avais éteint mon téléphone. Voulez-vous boire quelque chose ?

– Que m'offrez-vous ?

– Du café ou une bière.

– Une bière, merci.

Elle alla dans la cuisine et Svensson s'assit dans le fauteuil à côté du lampadaire.

– La maison est petite, mais agréable, lui dit-il.

Olivia revint avec une bouteille de bière et deux verres. Svensson les remplit.

– Mette Olsäter m'a rappelé.

– Que voulait-elle ? demanda Olivia en s'installant sur le canapé.

Il lui expliqua l'hypothèse de Mette selon laquelle le meurtre des deux enfants pouvait avoir un mobile raciste. Elle l'écouta attentivement. Son instinct policier s'éveilla soudain, cette théorie coïncidait avec sa propre réflexion. Et aussi avec celle de Svensson.

– Nous avons commis une erreur en nous focalisant trop vite sur Blomqvist, dit-il.

– Blomqvist est une charogne, riposta-t-elle.

– C'est possible, mais il n'est sans doute pas le meurtrier que nous recherchons.

– Malheureusement.

Svensson remarqua le ton tranchant d'Olivia. S'était-il passé quelque chose entre elle et Blomqvist quand elle s'était glissée dans la cellule de dégrisement ? Il ne fit cependant aucune réflexion.

– Quoi qu'il en soit, nous devons désormais partir de l'hypothèse de Mette. Je propose que vous appeliez les Andersson au plus vite, vous avez établi un bon contact avec l'épouse.

– Tout à fait.

Olivia sortit son téléphone.

– Maintenant ? s'étonna Svensson.

Elle ne répondit pas mais ralluma son portable et choisit le numéro des Andersson. Elle l'avait enregistré quand elle était allée chercher Liv à l'aéroport d'Ängelholm. Elle but une gorgée de bière en écoutant les sonneries. Svensson l'observait.

– Personne au bout du fil ?

– Non, mais cela ne veut pas dire qu'ils ne sont pas chez eux.

Elle se leva et Svensson comprit le sens de ce qu'avait dit Mette la première fois qu'elle lui avait parlé d'Olivia : « Elle est parfois aussi rapide qu'un Scud. »

– Voulez-vous que je vous accompagne ?

– Non, buvez votre bière et tirez la porte derrière vous quand vous partez. Elle se ferme automatiquement. Au revoir.

Elle quitta le gîte. Il lui revint en la regardant s'éloigner qu'il avait oublié de lui parler du lendemain. Tout le personnel du commissariat était affecté à la surveillance du parc Tivoli à Höganäs, où la Résistance aryenne suédoise avait obtenu l'autorisation d'organiser un meeting. Cela risquait d'attirer des activistes de gauche et les choses pourraient mal tourner. Svensson sortit son téléphone et rédigea un SMS pour Olivia afin de l'en informer. Elle aussi devrait y être. Elle appartenait après tout à la police du maintien de l'ordre.

*

Sebastian se servit un autre whisky. La bouteille était à moitié vide. Il but une gorgée et reposa son verre sur l'étagère voisine. Assise sur le canapé de leur séjour à Arild, pelotonnée dans un grand châle vert, Liv regarda son mari se remettre à marcher de long en large en titubant, comme il le faisait depuis déjà une heure. Il s'arrêtait à intervalles réguliers pour remplir son verre. Les diverses bougies qu'elle avait allumées projetaient une lumière tremblotante sur les tableaux et les meubles. Ce matin, elle avait débarrassé la pièce de tous les jouets d'Emelie.

Elle voulait avoir un endroit qui ne lui rappelle pas en permanence ce qui était arrivé.

Si elle avait pu, elle aurait aussi mis Sebastian dehors. Elle n'avait pas dormi ces deux dernières nuits passées à côté de cet homme qui oscillait entre l'autoapitoiement alcoolisé et un état proche de la rage. Elle avait essayé de le consoler en lui disant des choses sages ou en le serrant dans ses bras et elle était presque à bout.

Il ne lui laissait aucune place pour son propre chagrin.

Il reprit une gorgée et se tourna vers Liv. Son visage était sans expression, son regard, incertain et il avait les cheveux sales.

– Comment peut-on agir ainsi ? bredouilla-t-il.

– Ne recommence pas, s'il te plaît, je n'en peux plus.

– Tu n'en peux plus ? Et moi, tu crois que j'y arrive ?

– Arriver à quoi ?

– À vivre avec ce qu'elle a fait ?

– Mais elle n'a rien fait, non ?

– Elle a laissé Emelie seule ! Et tu dis qu'elle n'a rien fait ?

Il fit quelques pas vers le canapé et se pencha vers elle.

– Putain, tu ne sais pas ce qu'elle a fait et pas fait ! Tu étais en Thaïlande pour ton voyage bidon ! C'est moi qui ai trouvé Emelie dans…

– Arrête !

Elle se leva d'un bond et se planta devant lui.

– Cela fait plusieurs jours que j'écoute ton discours d'ivrogne. Maintenant, j'en ai assez. Emelie est autant ma fille que la tienne. Je ne supporte plus ton attitude ! Et ne recommence pas à accuser ma mère. C'est autant ta faute que la sienne. Si tu ne t'étais pas arrêté en route pour remplir tes stupides feuilles de paris, tu serais rentré plus tôt et ce qui est arrivé ne se serait peut-être pas produit ! Tu comprends ce que je te dis ?

Sebastian s'effondra sur le canapé et fixa Liv des yeux. Il ne l'avait encore jamais vue en colère, il ne l'avait jamais entendue hausser le ton, jamais avec lui, jamais de cette façon. Il se prit le visage entre les mains et se mit à pleurer.

Elle s'accroupit près de la table et le regarda, affalé.

– Sebastian, ce qui est arrivé est épouvantable, mais ce n'est pas notre faute. La personne qui a tué Emelie est un malade. Nous n'en sommes responsables ni l'un ni l'autre. Tu le sais bien, non ?

Olivia était debout devant le portail des Andersson. Elle entendit l'explosion de colère de Liv par la fenêtre entrouverte et vit Sebastian s'asseoir sur le canapé, la tête entre les mains. La fureur de la jeune femme l'avait touchée. Elle la comprenait.

Elle aurait réagi de la même façon.

En revanche, elle hésita quelques secondes à intervenir à ce moment-là. Puis elle avança jusqu'à la porte et sonna. Liv ne lui ouvrit pas tout de suite. Olivia commença par s'excuser de la déranger si tard, sans pour autant demander si le moment était opportun. Elle savait que ce n'était pas le cas, mais ne pouvait en tenir compte.

– J'ai quelques questions à vous poser.

– Maintenant ?

– C'est assez important.

Liv jeta un regard à l'intérieur par-dessus son épaule, puis elle referma la porte d'entrée.

– Sebastian n'est pas en forme, mais on peut parler ici toutes les deux, non ?

Olivia acquiesça et Liv se dirigea vers le portail, suivie par Olivia qui remarqua que la jeune femme serrait son châle sur elle au moment de franchir la grille.

– On peut marcher un peu, non ?

– Volontiers, répondit Olivia en récupérant son vélo pour le pousser.

Elles traversèrent lentement le village, d'abord en silence comme si elles voulaient toutes les deux prendre leurs distances avec ce qui venait de se passer. Çà et là, des sentiers sombres qui menaient à la mer interrompaient l'alignement de jolis pavillons. De nombreuses fenêtres étaient éclairées, mais d'autres maisons étaient complètement obscures.

– Il y a beaucoup de résidences secondaires ici, dit Liv comme pour répondre à une question qui n'avait pas été posée à voix haute. C'est assez désert à cette époque de l'année. Surtout du côté du port.

– Mais vous aimez vivre ici ?

– Oui. Ou en tout cas j'aimais, maintenant je n'en suis plus si sûre, parfois je me dis que je voudrais partir loin d'ici, mais je ne crois pas qu'on puisse fuir de cette façon.

– Non, probablement pas.

– Vous vouliez me parler de quoi ?

– De ce qui est arrivé. Vous savez peut-être qu'un enfant a été tué à Stockholm ?

– Oui, un petit garçon.

– Nous pensons qu'il s'agit du même meurtrier.

Liv s'immobilisa. Elles venaient de tourner dans Mor Cillas, une ruelle en direction du port. L'obscurité était presque complète.

– Vraiment ?

– Oui. Nous avons relâché Roland aujourd'hui.

La jeune femme ne dit rien. Elle serra son châle autour de son cou et se remit à marcher vers le port. Une fois arrivées, elles continuèrent vers la jetée illuminée.

– C'est très bizarre, dit Liv. Cette personne aurait fait ce qu'elle a fait à Emelie et serait ensuite allée à Stockholm pour recommencer ?

– Cela paraît étrange, j'en conviens, et pour l'instant, nous essayons de comprendre le mobile du meurtrier.

– À quoi pensez-vous ?

– Nous croyons que cela peut être lié au racisme. C'est de cela dont je voulais vous entretenir. Sebastian travaille bien dans un camp de réfugiés ?

– Oui, à Hässleholm. Il y aurait un lien avec ce qui s'est passé là-bas ?

– Que s'est-il passé ?

– Vous n'êtes pas au courant ?

– J'ai entendu parler d'une dispute il y a quelque temps, mais personne ne m'a dit que c'était grave. Qu'est-il arrivé ?

– Deux jeunes demandeurs d'asile ont été accusés d'avoir cambriolé une maison pendant que les occupants, un couple âgé, y dormaient.

– Oui, ça me revient. Mais en réalité ce n'était pas eux, non ?

– Non. Mais lorsque cela s'est produit, l'ambiance a tourné vinaigre. Sebastian a pris la défense des deux jeunes et certaines personnes l'ont très mal supporté.

– Et cela s'est manifesté comment ?

– Des gens sont venus protester devant le camp avec des pancartes où ils avaient écrit qu'il aimait les cafards, en hurlant que Sebastian était un traître à la race suédoise et autres choses du même acabit. Il y a vraiment des malades, dans ce pays.

– Mais cela n'a pas été plus loin ?

– Cela n'aurait pas dû, mais Sebastian est un homme de principes.

Liv se tut et regarda la mer sombre. Olivia imagina qu'elle pensait à son mari effondré sur le canapé, à qui elle venait de reprocher, en ne mâchant pas ses mots, de s'apitoyer sur lui-même.

– Et qu'a-t-il fait ?

– Ce qui a le plus compté, c'est certainement cette interview à la télévision locale dans laquelle il a dit ce qu'il pensait des personnes qui se conduisent de cette façon. Il n'aurait probablement pas dû.

– Il s'est passé quelque chose ?

– La nuit suivante, nous nous sommes réveillés parce qu'une voiture garée dehors illuminait notre chambre de ses phares. Sebastian s'est précipité et elle est partie. C'était très désagréable. Le lendemain matin, quand je suis allée chercher le journal, j'ai trouvé un grand couteau dans la boîte aux lettres.

– Un couteau ?

– Oui.

– Comme si c'était une menace ?

– Je n'en sais rien, mais c'était choquant.

– Vous avez porté plainte ?

– Oui, mais nous n'avons pas eu l'impression d'être vraiment entendus.

Olivia hocha la tête en se demandant ce qui avait été fait à ce propos. Elle connaissait l'attitude de ses collègues au commissariat. Ils ne prenaient sans doute pas ce genre de plaintes au sérieux.

– Il y a eu autre chose ?

– Pas chez nous, mais Sebastian m'a parlé d'un détail étrange près de son travail. Un matin, il a remarqué qu'il y avait un épouvantail dans un pré juste à côté du camp de réfugiés. Il est allé y voir de plus près parce que l'épouvantail n'était pas là la veille. Il m'a raconté qu'il était fait de tissu brun et qu'il avait des cheveux crépus, comme s'il représentait un homme noir. J'ai une photo.

Elle sortit son téléphone et la chercha. Cet épouvantail paraissait à la fois étrange et absurde. Olivia secoua la tête et remarqua que Liv frissonnait.

– Vous avez froid ?

– Un peu.

– Prenez ma veste, j'ai un gros chandail.

Olivia l'enleva et la tendit à Liv qui l'enfila.

– On fait demi-tour ? demanda-t-elle.

Elles refirent le trajet lentement, chacune plongée dans ses pensées. Devant le portail de Liv, elles s'étreignirent brièvement.

– Maintenant il faut que je pense à l'enterrement, dit Liv juste avant de s'éloigner.

Olivia pédala jusque chez elle dans la nuit, en réfléchissant à sa conversation avec Liv, au mobile raciste, au couteau dans la boîte aux lettres, à cet affreux épouvantail. Il y a vraiment des détraqués parmi nous, se dit-elle. Elle ne parvenait cependant pas à comprendre le lien entre des manifestations locales de haine contre Sebastian Andersson et un crime raciste à Stockholm.

Le meurtrier aurait-il décidé de se lancer dans une expédition vengeresse à travers tout le pays ?

*

Stilton avait passé la majeure partie de la journée à Stockholm, avec dans son sac bleu le livre et toutes les coupures de presse. Il aurait dû rentrer à Rödlöga, mais n'y arrivait pas. Non parce qu'il ne se plaisait pas là-bas, mais parce qu'il avait l'impression d'y être contraint. Par Luna. Il avait failli retourner à la péniche. Il y louait une cabine et il avait payé le loyer. Elle ne pouvait quand même pas l'empêcher d'y habiter ?

Il comprenait cependant à quel point le faire serait stupide. Il ne voulait pas être en conflit avec elle et il acceptait ses sentiments. Il avait cherché ce qui lui arrivait, il ne pouvait s'en prendre qu'à lui-même. La situation s'apaiserait peut-être d'elle-même quand Luna aurait pris un peu de distance. Du moins l'espérait-il.

La nuit commençait à tomber. Il ne rentrerait pas à Rödlöga ce soir et devrait trouver un autre endroit où dormir. Pour le moment, il allait rendre visite à Ronny. Il était passé devant la boutique du bouquiniste deux heures plus tôt, mais elle était fermée. Il y retourna. Il avait des questions importantes à lui poser.

De loin, il vit que quelque chose ne collait pas en apercevant quatre personnes, trois hommes et une femme, qui en traînaient une cinquième, Ronny. Stilton comprit soudain qu'aujourd'hui était le jour où Ronny justifiait son surnom de « Sans-limite ». Une fois par an, il allait sur le port de Hammarby et s'asseyait sur le quai pour ingurgiter une bouteille de vodka, fixant des yeux l'endroit où la femme qu'il aimait s'était noyée en passant à travers la glace des années plus tôt. C'était sa manière à lui de commémorer ce jour tragique et ses amis qui connaissaient ce rituel venaient le chercher sur le quai à l'heure appropriée pour le ramener chez lui.

Ils emmenèrent Ronny à l'intérieur de la librairie et Stilton comprit qu'il lui faudrait trouver une meilleure occasion pour lui demander qui lui avait vendu *Le Moine*. Il allait repartir lorsque Benseman sortit de la boutique. Leurs regards se croisèrent et Benseman vint vers lui.

– C'est aujourd'hui, hein ? fit Stilton.

– Oui.

Originaire du nord de la Suède, Benseman, un homme grand aux longs bras, avait autrefois été un bibliothécaire érudit et respecté à Boden avant que l'alcool n'empoisonne son existence et fasse de lui un sans-abri à Stockholm. C'est là que Stilton l'avait rencontré.

– Il affirme qu'elle est passée à travers la glace, non ? Pourtant la mer n'est jamais gelée fin octobre, non ?

– C’est l’histoire qu’il raconte, répondit Benseman. On ne sait si elle s’est noyée ou suicidée en marchant sur la glace. Il cherche peut-être à enjoliver ce souvenir. Ou bien la mer avait gelé particulièrement tôt cette année-là. De quoi voulais-tu lui parler ?

– C’est à propos d’un livre qu’il m’a donné l’autre jour. *Le Moine.* Je voudrais savoir qui le lui a apporté. Tu n’es pas au courant ?

La question n’était pas si absurde car Benseman travaillait quelques heures par semaine chez Ronny, qui l’employait par bonté d’âme.

– Je crois qu’il faisait partie d’un lot de cartons, répondit-il avant de commencer à marcher dans Katarina Bangatan.

– Des cartons de livres ?

– Oui, il y en avait trois qui ne contenaient pas grand-chose d’intéressant. Enfin, à part un exemplaire d’*Amers* de Saint-John Perse, dans lequel figure le poème « Étroits sont les vaisseaux ». Tu le connais ?

Stilton lui adressa un regard sans équivoque.

– C’est une description assez emphatique d’un rapport amoureux, si ampoulée qu’elle en est quasiment illisible. La première fois que je l’ai lu…

– Sais-tu qui a apporté ces cartons ?

Stilton savait qu’il fallait arrêter Benseman avant qu’il se mette à discourir de littérature sans fin, souvent à propos d’auteurs dont personne, ou du moins pas Stilton, n’avait entendu parler.

– Non. Je n’étais pas là.

– C’était un homme ?

– C’est ce que j’ai compris. Tu n’auras qu’à demander à Ronny quand il aura dessoûlé. Ça prendra au moins un jour.

– D’accord.

– Pourquoi t’intéresses-tu à ce livre, *Le Moine* ?

– Par curiosité.

– Tu l’as lu ?

– Non.

– C’est un livre culte pour certains, un peu un précurseur de toute la littérature de l’épouvante, qui relève aussi d’un érotisme exagéré.

– Je ne m’intéresse pas au bouquin lui-même, mais à la personne qui l’a apporté.

– Ça te ressemble.

Stilton s'arrêta à quelques pas du jardin public Björns Trädgården parce qu'il n'avait pas envie de discuter du sens que Benseman attachait à cette remarque.

– Je vais par là, dit Stilton.

– Ça va bien pour toi ?

Stilton dut se dominer. Il se rendait compte que la question était liée à la vie qu'ils avaient menée tous les deux et que Benseman n'avait pas abandonnée, contrairement à lui.

Il savait aussi qu'elle venait du cœur.

– Je vais bien, répondit-il.

– Tu en es sûr ?

– Oui. Comment va Muriel ?

– Pas très bien.

– Je l'ai vue chez Ronny l'autre soir.

– Elle y vient de temps en temps, c'est une bonne chose, elle mange, on lui parle, et après elle disparaît de nouveau. Tu sais où.

– Oui.

– Prends bien soin de toi.

Stilton hocha la tête et Benseman continua vers Medborgarplatsen. Je ne lui ai même pas demandé comment il allait, pensa Stilton. Sans doute pas trop mal, car ses yeux n'étaient plus aussi vides qu'autrefois, ils n'avaient plus cette vacuité abyssale. Leur blanc jaunâtre avait quelque chose de vivant.

Ce qui ne devait pas être le cas de Muriel.

Il se souvint tout à coup de sa situation présente et de son besoin pressant d'un logement.

– Benseman !

L'homme du Nord était déjà arrivé à la hauteur du jardin public, mais il l'entendit. Il se retourna alors que Stilton venait vers lui.

– Qu'y a-t-il ?

– Tu habites où en ce moment ?

– Dans le foyer de Högbergsgatan. Pourquoi ?

*

Il est soigneux, se dit Olivia.

Elle venait de remarquer que Svensson avait lavé les deux verres et les avait posés sur l'égouttoir. Elle en prit un et sortit une bière du frigo. Elle avait besoin de se détendre, d'essayer de se préparer au sommeil. Elle avait lu le message du patron en rentrant chez elle. Une réunion en plein air de la Résistance aryenne suédoise n'était pas une partie de plaisir, mais elle s'efforça de la voir comme un moyen de travailler à son recensement des milieux racistes. Maintenant que Liv lui avait raconté ce qui s'était passé au camp de réfugiés et les menaces que cela leur avait values, elle n'excluait pas l'implication des gens du coin. Elle sirota sa bière, emporta son verre dans la chambre et commença à se déshabiller. Elle allait s'allonger dans son lit lorsque son téléphone sonna. C'était Liv Andersson.

– Vous n'êtes pas encore couchée ?

– Non.

Il y eut un silence.

– Comment va Sebastian ?

– Il dort. Il s'est assoupi sur le canapé. Je vous ai parlé de l'enterrement, n'est-ce pas ?

– Oui.

– J'ai oublié de vous dire que j'avais appelé la police aujourd'hui et…

Liv se tut à nouveau.

– Vous avez parlé à qui ?

– À un policier. Il m'a dit que cela pourrait prendre un certain temps avant qu'ils puissent nous rendre le corps.

Olivia entendit l'effort que faisait Liv pour contrôler sa voix et pensa à la manière insensible et maladroite dont les gens pouvaient s'exprimer. La mère d'une enfant assassinée demande quand elle pourra l'enterrer et on lui parle d'un « corps ».

– Je me renseignerai demain pour savoir quand ils auront fini.

– Merci. Bonne nuit.

– À vous aussi.

Olivia raccrocha et s'allongea. Elle prit son verre en pensant à Liv, cette femme douce et chaleureuse, son aînée de quelques années, qui essayait de préparer l'enterrement de l'enfant qu'elle avait perdu, à côté de son mari assommé par l'alcool.

Elle devait se sentir horriblement seule.

*

À quelques kilomètres de là, une autre femme scrutait l'obscurité. Depuis le meurtre de sa petite-fille, elle avait passé toutes ses nuits ainsi, assise sur une chaise, un verre d'eau à portée de la main. Tout était éteint, autour d'elle comme à l'intérieur d'elle-même.

Elle n'arrivait plus à penser.

Judith termina son verre et alla dans la serre. Là non plus, il n'y avait pas de lumière. Elle commença à arroser les plantes autour d'elle, au hasard, aucune n'en manquait vraiment et elle le savait. Mais elle avait besoin de ce geste mécanique qui lui faisait quitter sa chaise quelques instants. Quand elle remplit l'arrosoir au tuyau noir, une idée lui vint, la première depuis longtemps.

J'ai consacré ma vie à faire pousser des choses, à faire germer des semences, à veiller à leur croissance. Voir les plantes naître et grandir a été la joie de ma vie. Maintenant, je l'ai perdue. Maintenant, tout va faner, moi la première. Tout ce qui m'entoure va prendre une couleur brune et mourir, tout va se ratatiner. Et je resterai sur mon siège, à me dessécher, à devenir toute grise, et mes mains vont se paralyser.

L'eau ne peut pas chasser le chagrin, se dit-elle en reposant son arrosoir. Elle revint dans la maison et se rassit sur sa chaise. Dans une heure, elle retournerait dans la serre.

*

Le foyer de Högbergsgatan géré par la Stadsmission avec le soutien de la ville de Stockholm offrait trois types de logements. Benseman bénéficiait d'une chambre du dispositif d'accueil d'urgence, en attendant qu'on lui fournisse un appartement de réinsertion.

Le matelas et la couverture qu'il était allé chercher dans la pièce commune du rez-de-chaussée étaient un peu défraîchis, mais

Stilton n'était pas difficile. Quand on a passé d'innombrables nuits sur le béton froid des locaux à poubelles, un matelas sur un sol chauffé relève du luxe, encore plus quand il est posé dans une chambre qui ne pue pas le baume du tigre et le sperme. Il était allongé sous la couverture fine, à quelques centimètres du lit de Benseman.

– Comme autrefois, dit celui-ci.

– Presque.

Benseman avait allumé une applique et tenait un livre. Il lui fallait toujours lire une heure ou deux avant de trouver le sommeil.

– Tu lis quoi ?

– Un livre sur les Mayas. « Je brille d'amour pour toi avec ton corps comme un bouclier contre la vie. » C'est beau, hein ? Tu veux que je lise à haute voix ?

– Non.

Stilton se tourna de l'autre côté et tira la couverture sur sa tête. Il avait du mal à s'endormir quand il y avait de la lumière, mais il n'avait pas le choix. Il retournerait à Rödlöga demain.

– Tu dors, Tom ?

– Non.

– Je me demande si ça serait une bonne idée de me marier avec Muriel.

Stilton sortit la tête de la couverture et se tourna vers Benseman.

– Te marier ?

– Je l'aime bien. C'est quelqu'un de bien, mais elle est très seule. Si nous étions ensemble, la vie serait peut-être plus facile pour nous deux. On s'épaulerait mutuellement. Qu'en penses-tu ?

Stilton ne se considérait pas comme un expert en matière conjugale, surtout pas en ce moment, et il ne sut que dire.

– Tu as été marié, non ?

– C'était il y a longtemps, répondit Stilton.

– Mais c'était bien ?

– Oui. Mais après ça a cessé de l'être.

– Et tu as fini dans la rue ?

– À peu près.

– Mais étant donné que Muriel et moi y sommes déjà, on partira de tout en bas. On ne pourra que monter, non ? On sait comment c'est quand ça ne va pas.

– C'est vrai.

Benseman hocha la tête et reprit son livre. Stilton se retourna et tira la couverture vers le haut. Oui, il avait été marié. À Marianne Boglund. Mais c'était longtemps avant l'âge de glace et il n'avait aucune envie de raviver les souvenirs qu'il en avait.

Il ferma les yeux en essayant de se représenter le corps de Luna.

La salle de réunion était bien remplie, la plupart des enquêteurs étaient présents. Ceux qui ne l'étaient pas avaient une excuse légitime, leurs recherches sur le meurtre des enfants les avaient conduits ailleurs. Mette avait obtenu tous les moyens qu'elle avait demandés et un grand nombre de personnes participaient à l'enquête à différents niveaux.

Le groupe central, son cerveau, constitué de ceux qui avaient le plus d'expérience dans ce genre de crime, qui avaient élucidé de nombreux meurtres complexes pendant les années passées, était rassemblé ici.

Mette se sentait en confiance. Ils arriveraient à résoudre ceux-là aussi.

– Nous avons appris il y a quelques instants que de la peau a été trouvée sous les ongles du petit Aram, dit-elle. Cela indique qu'il s'est débattu, et donc que le meurtrier peut avoir des écorchures, des égratignures. Ces fragments ont été envoyés à la police scientifique. Avec de la chance, ils correspondront à quelqu'un que nous avons dans nos fichiers. Et si ce n'est pas le cas, cela nous servira pour d'éventuelles comparaisons plus tard. Vous avez tous vu ces portraits-robots ?

Elle se retourna vers le mur derrière elle où figuraient deux interprétations d'un même homme.

– C'est le joggeur aperçu par Adolfsson ?

– Oui. Les portraits-robots ont été transmis aux collègues dans tout le pays.

– Et aux médias ?

– Oui. C'est une bonne et une mauvaise chose. Ces images peuvent comme toujours correspondre à beaucoup de monde et nous allons être submergés d'appels. Mais je pense que nous avons plus à y gagner qu'à y perdre. Nous devrons vérifier toutes les informations. Il y a du neuf sur l'alibi d'Adolfsson ?

– Il se trouvait bien à Åland, répondit Bosse Thyrén.

– Nous voilà fixés. Ce serait bien de lui faire savoir qu'il ne doit pas s'absenter de Stockholm, nous aurons besoin de lui pour une confrontation si nous retrouvons ce joggeur.

– Le joggeur est suspect, n'est-ce pas ?

La question émanait d'un des enquêteurs plus âgés.

– Que veux-tu dire ?

– Eh bien, il ne peut ignorer que la police souhaiterait le rencontrer ?

– Non.

– Pourtant il ne nous a pas contactés.

– Cela peut s'expliquer. Il a peut-être des choses à cacher, et dans ce cas-là il n'a sûrement pas envie de se présenter à la police.

– C'est ce que je voulais dire. Il est donc suspect, non ?

Mette se tourna vers le tableau en pensant que continuer à discuter du joggeur n'apporterait rien de plus.

– Et là, c'est ce que nous savons de l'état du lieu du crime pour le moment, dit-elle en montrant du doigt un plan de l'endroit où Aram avait été tué.

Des croix indiquaient l'emplacement des personnes qui s'y étaient trouvées, ainsi que de celles qui étaient à proximité.

– Comme vous pouvez le voir, le nombre de gens qui ont pu comprendre ce qui s'est passé est limité. Tout a dû aller très vite. Le petit garçon a sans doute été surpris par le meurtrier. Adolfsson est arrivé à pied ici, et le joggeur qu'il a croisé venait de là.

– Il est impossible que le joggeur n'ait pas vu le corps de l'enfant s'il venait de là, remarqua le même enquêteur que précédemment.

– Probablement, répondit-elle. Mais Aram n'était pas sur le sentier, et la vieille souche le cachait en partie. Quelqu'un qui serait passé à côté en courant en pensant à autre chose aurait pu ne pas le voir.

Mette se tourna à nouveau vers le groupe.

– Avons-nous trouvé des liens entre les deux familles ?

– Non, rien du tout.

– Comment avance l'enquête en Scanie ? demanda Lisa.

– J'ai donné consigne à Svensson de travailler sur l'hypothèse d'un crime raciste et je pense qu'il m'enverra un rapport avant la fin de la journée. Autre chose ?

– Avons-nous affaire à un tueur en série ?

La question était rhétorique, mais elle exprimait la tension ressentie par tous.

– Au pire, oui, dit Mette.

*

Dans des circonstances normales, le parc Tivoli était un bel endroit. Quand il avait été créé autour du pavillon du même nom en 1855, il s'appelait Jardin du peuple. C'était un lieu où les gens aimaient se retrouver, la journée et le soir, où l'on se sentait bien.

Ce n'était pas le cas aujourd'hui.

Une estrade avait été dressée devant la grande butte du parc, une ancienne mine. Elle était encadrée de drapeaux rouge sombre portant en leur centre un triangle jaune avec une flèche blanche à l'intérieur, le symbole de la Résistance aryenne suédoise (RAS). Des hommes musclés, aux cheveux coupés court, qui agitaient chacun le même drapeau étaient alignés le long des allées menant à l'estrade devant laquelle se tenaient quelques policiers. La liberté de réunion garantie par la Constitution suédoise signifiait que chacun, néonazis compris, avait le droit d'exprimer ses opinions librement, à condition d'en avoir obtenu l'autorisation. Ce droit devait être protégé de toute attaque. D'où la présence policière.

À quelques mètres des agents se trouvaient des personnes qui brandissaient des banderoles. Ils étaient venus manifester leur dégoût pour ce qui allait se produire là. Cela aussi faisait partie de leurs droits. Dire combien d'entre eux étaient des activistes de gauche n'était pas facile. Pour le moment, personne ne dissimulait son visage derrière une cagoule ou un foulard, mais, assurément, certains ne tarderaient pas à le faire. Le Front révolutionnaire ou les antifas avaient des membres actifs partout.

C'était une autre raison de la présence policière.

Olivia en était, ainsi que Frans. Des véhicules d'intervention et des voitures de police étaient garés autour du parc. Affirmer que cela contribuait à calmer les sentiments de la foule dans le parc était difficile : cela signalait plutôt le risque de violences.

L'ambiance s'était soudain échauffée lorsque les porte-drapeaux de la RAS avaient fait leur apparition un quart d'heure auparavant. Leurs opposants avaient crié des slogans antiracistes et les huées s'étaient mêlées aux applaudissements. Les nombreux sympathisants que comptait la RAS dans la région étaient présents : une confrontation paraissait inévitable. Olivia percevait la nervosité de ses collègues dans cet environnement explosif où tout pouvait arriver. Les policiers seraient au cœur de l'action s'il se passait quelque chose.

C'était leur travail.

Olivia vit que la foule se rapprochait de l'estrade et n'était plus qu'à un mètre des policiers. Tout à coup, elle aperçut Liv Andersson qui tenait le bout d'une banderole où figurait un message sans équivoque : « NON AU RACISME ! » Elle se demanda d'abord pourquoi Liv était là et comment elle en avait trouvé la force. Puis elle ressentit une admiration sans bornes pour elle. Liv avait des convictions, elle voulait les défendre, malgré, ou peut-être à cause de ce qui lui était arrivé. Olivia chercha en vain à croiser son regard.

Au même moment, un homme d'une quarantaine d'années monta sur l'estrade. Il était aussi musclé que les porte-drapeaux, avait également les cheveux courts et portait une chemise blanche avec une cravate, noire comme son pantalon. Ses lunettes carrées cachaient en partie sa peau tavelée. Il marcha jusqu'au micro installé au bord de l'estrade. C'était lui qui présidait la réunion. Il s'appelait Måns Berntsson – Olivia l'avait lu dans la fiche d'information qu'ils avaient tous reçue avant de venir – et c'était un des dirigeants locaux de la RAS.

Il prit la parole et la foule cria de plus belle.

– Suédois, commença-t-il, vous savez pourquoi nous sommes rassemblés ici aujourd'hui. Notre peuple est en train de périr, et vous savez pourquoi. Notre race est menacée d'extinction, et vous savez pourquoi. Ce que nous respectons le plus est en passe d'être souillé et détruit, et vous savez pourquoi. Vous savez qui est responsable. Vous savez de qui je parle. Vous savez à quoi ils ressemblent et où ils habitent. Désormais, il nous faut mettre le holà ! Ici, c'est le royaume des Suédois ! Désormais, il nous faut extirper cette mauvaise herbe empoisonnée de la flore suédoise ! Désormais, la faux doit s'abattre dans tout le pays !

Les cris de la foule excitée couvraient en partie le discours de Berntsson, mais Olivia était près de lui et l'entendit en entier. Il lui parut répugnant. Elle se tourna vers Frans.

– Ce n'est pas de l'incitation à la haine raciale ? demanda-t-elle en parlant fort pour être audible.

– Dans notre démocratie, ils ont le droit d'exprimer leurs opinions.

Elle dirigea à nouveau les yeux vers la foule et vit un groupe d'hommes jeunes se frayer un chemin vers l'estrade. Soudain, ils sortirent des masques pour cacher leur visage et se ruèrent vers le podium. Les policiers réagirent et essayèrent de les repousser. Plusieurs des porteurs de drapeaux rouge sombre se jetèrent sur les contre-manifestants, des poings américains à la main. Olivia eut tout juste le temps de voir des barres de fer et des battes de baseball avant d'être prise dans une violente bagarre. Pendant quelques minutes, ce fut le chaos.

– Berntsson ! hurla un des supérieurs d'Olivia en montrant le podium du doigt.

Berntsson tentait de se protéger des coups que lui assenait un homme cagoulé. Olivia sauta sur l'estrade, empoigna l'agresseur, et réussit à le détacher de Berntsson et à le faire basculer. Agenouillé, la figure couverte de sang, Berntsson avait perdu ses lunettes qui gisaient sur le sol, brisées.

– Emmenez-le ailleurs en voiture ! cria le même supérieur.

Olivia ne sut comment réagir, mais elle vit d'autres jeunes hommes se hisser sur l'estrade et prit Berntsson par le bras.

– Venez !

Il trébucha lorsqu'elle le fit se relever pour le conduire derrière le podium. Elle aperçut au passage deux hommes masqués qui les montraient du doigt. Elle lâcha son bras et courut jusqu'à sa voiture de service garée un peu plus loin.

– Montez !

Il s'engouffra à l'intérieur, sur le siège avant. Olivia vit que les deux jeunes se rapprochaient. Elle bondit derrière le volant et démarra sur les chapeaux de roues. Elle dut klaxonner pour se frayer un passage hors du parc.

Une fois sur la route, elle jeta un coup d'œil à Berntsson. Il saignait et maintenait un mouchoir contre sa bouche.

– Vous voulez que je vous conduise à l'hôpital pour vous faire soigner ?

– Non. Guerre et blessures vont de pair.

Qualifier de « guerre » ce qui venait de se passer lui parut étrange, mais elle ne le lui dit pas. Elle comprit que cela révélait la manière dont le blessé voyait le monde.

– Où habitez-vous ?

– À Mjöhult.

Berntsson écarta le tissu de sa bouche et la regarda.

– C'est réconfortant de voir que la police est de notre côté.

La voiture roulait vers Mjöhult sur la route de Nygård. Berntsson informait diverses personnes par téléphone de ce qui lui était arrivé. Olivia se taisait, mais elle comprit qu'il était furieux d'avoir été agressé et ravi de l'intervention de la police. Quand il eut terminé, il se tourna vers elle.

– Encore une fois, merci. Que notre droit à la libre expression, garanti par la loi, puisse être attaqué de cette façon est effroyable. Cela me met hors de moi.

– La liberté d'expression est garantie par la démocratie. Vous n'êtes pas contre la démocratie ?

– Nous sommes pour un royaume nordique fondé sur des valeurs nationales-socialistes.

– Qui comprendrait la liberté d'expression ?

Il essuya le sang qui coulait de sa bouche et la dévisagea. Elle ne quitta pas la route des yeux.

– Où voulez-vous en venir ?

– Je suis curieuse, c'est tout. Nous n'avons pas les mêmes idées.

– Je ne connais pas les vôtres, mais je sais que beaucoup de policiers partagent les nôtres.

– Pas moi. « Désormais, la faux doit s'abattre dans tout le pays ! »

– C'est une métaphore.

– Une métaphore pour quoi ?

– Pour ce qui doit être fait.

Avant qu'elle puisse ajouter autre chose, Berntsson reçut un nouvel appel. Il y aurait apparemment un débriefing chez lui dans peu de temps.

– Vous croyez que tous les hommes n'ont pas la même valeur, n'est-ce pas ? lui demanda-t-elle après qu'il eut raccroché.

– Personne ne le croit. Personne ne pense qu'un pédophile ou un meurtrier vaut autant qu'un homme vertueux. Ceux qui affirment le contraire sont des hypocrites.

– Quelles sont les personnes qui ont plus de valeur que les autres ?

– Les Suédois, les Nordiques et les Européens, dans cet ordre.

– Pourquoi eux ?

– Parce qu'ils appartiennent à la race aryenne qui est unique sur terre.

Olivia sentit son pouls s'accélérer. Elle était assise à côté d'un authentique nazi.

– De quelle manière est-elle unique ?

– La race aryenne est plus intelligente, répondit Berntsson, plus créative, plus capable d'empathie et de découvertes.

D'empathie ? Il associait le nazisme à l'empathie ?

– La plupart des Suédois ne partagent pourtant pas vos opinions. Bien que, selon vous, ils appartiennent à cette race qui est plus intelligente. Comment l'expliquez-vous ?

Il fallut plusieurs secondes à Berntsson pour trouver une réponse.

– Ils sont égarés, mais nous allons les éclairer. C'est dans ce but que nous tenons nos réunions d'information.

Olivia avait le sentiment d'avoir fait le tour des opinions de Berntsson. Son analyse de la société l'oppressait, donc elle passa à des questions plus urgentes.

– J'imagine que vous êtes au courant du meurtre commis récemment à Arild, dit-elle. Celui de cette petite fille de trois ans.

– La négresse ?

– Elle était noire. Votre vocabulaire est affligeant.

Berntsson cligna des yeux, puis sourit.

– Ce qui est arrivé à Arild est triste. Mais il faudrait peut-être que les gens réfléchissent avant d'adopter n'importe quoi.

Elle sentit ses joues s'empourprer en entendant ce « n'importe quoi ».

– Je participe à l'enquête. Nous envisageons un mobile raciste derrière ce meurtre.

– Ah bon ?

Elle hésita une seconde. Devait-elle poursuivre ? Ou bien était-ce contraire au règlement ? La question qu'il lui posa la décida.

– D'où tirez-vous ça ?

– Le père de la victime travaille dans un camp de réfugiés. Il y a quelque temps, il a trouvé un couteau dans sa boîte aux lettres. Vous savez quelque chose là-dessus ?

– Pourquoi me demandez-vous ça ?

– Parce que vous appartenez à ce genre de cercles. « Désormais, il nous faut extirper cette mauvaise herbe empoisonnée de la flore suédoise. » Ce n'est pas ce que vous avez dit tout à l'heure dans le parc ?

Il la fixa assez longtemps pour qu'elle lui rende son regard, puis il se retourna vers la route.

– Vous pouvez me laisser ici, dit-il.

La voiture roulait sur une longue ligne droite bordée de prairies. Des oies sauvages se promenaient dans un fossé un peu plus loin. Olivia arrêta la voiture au bord du chemin. L'homme défit sa ceinture de sécurité. Il avait visiblement l'intention de descendre.

– Où vous trouviez-vous au moment du meurtre ? demanda-t-elle alors qu'il avait la main sur la poignée.

Il l'ouvrit, sortit puis se retourna, son téléphone à la main. Il se pencha vers elle et la prit en photo.

– Vous aimez faire du vélo, non ?

Olivia ne baissa les yeux que lorsqu'il sourit. Elle regarda alors de l'autre côté.

– Je vais rentrer à pied, dit-il en refermant la portière.

Elle se rendit directement au commissariat et alla dans son bureau où elle s'assit devant son ordinateur pour chercher des informations sur la Résistance aryenne suédoise. Ce qu'elle apprit, entre autres le fait que la Scanie était un des trois bastions du mouvement dans le pays, ne la rassura pas. La RAS était un des groupuscules néonazis les plus militants en Suède. Ses effectifs n'étaient pas connus, mais elle lut à plusieurs reprises qu'il comptait au moins deux cents militants actifs. À cela s'ajoutaient des sympathisants plus ou moins déclarés. Fronten, son site internet, faisait de la propagande pour leurs objectifs politiques.

Elle passa environ une heure en ligne en se sentant de plus en plus déprimée. Les visions de ces pronazis la troublaient au plus profond d'elle-même. Ces gens-là étaient prêts à attaquer leurs ennemis et même à les tuer pour atteindre leur but.

Elle lut aussi des informations sur l'incident qui s'était produit au camp de réfugiés de Hässleholm et tomba sur une photo sur laquelle figurait Måns Berntsson au milieu d'un groupe rassemblé devant le camp. Il tenait à la main une pancarte où il était écrit : « Ami des cafards. »

Elle rechercha ensuite Berntsson dans le casier judiciaire national. Il s'y trouvait, ayant été condamné par la Cour d'appel de Göta en 2011 pour violation de domicile et port d'armes. Avant cela, il avait aussi été jugé pour coups et blessures, incitation à la haine raciale, et port d'armes de sixième catégorie. Appuyée contre le dossier de son siège, elle se rappela le ton sur lequel Berntsson avait dit qu'il était furieux d'avoir été agressé. Pauvre petit, pensa-t-elle.

Frans arriva alors dans leur bureau.

– Bonjour. Tu n'as pas raccompagné Måns Berntsson ?

– Pas jusque chez lui.

– Non, je le sais.
– Comment ça ?
– Tu crois vraiment qu'il est mêlé au meurtre d'Emelie ?
– Pourquoi pas ?
Frans haussa les épaules.
– Svensson est au courant ?
– De quoi ?
– Du fait que tu soupçonnes Berntsson.
– Il m'a demandé de travailler sur le nouveau mobile.
– La piste raciste ?
– Oui.
Elle fixa de nouveau son écran. Frans la regarda avant de repartir vers la porte. Olivia lança :
– Tu ne m'as pas répondu.
Il se retourna vers elle.
– À quoi ?
– Comment se fait-il que tu saches ce qui s'est passé entre Berntsson et moi ?
– Il m'a appelé.
– Pourquoi ? Vous êtes copains ?
Frans quitta la pièce au moment où Svensson entrait. Celui-ci attendit que Frans soit sorti pour refermer la porte.
– Apparemment, ça a chauffé aujourd'hui. Quatre personnes du Front révolutionnaire ont été arrêtées.
– Et du côté de la RAS ?
– Ce sont eux qui ont été attaqués, non ?
Et avec raison, pensa Olivia sans le dire tout haut. La violence était contraire à la loi, d'où qu'elle vienne.
– Vous avez emmené Måns Berntsson dans votre voiture ?
– J'en ai reçu l'ordre. J'ignorais qu'agir comme chauffeur privé de nazillons figurait parmi les missions de la police.
– Moi aussi. L'ordre ne venait pas de moi.
– Non. Je m'excuse.
Olivia se calma. Elle ne voulait pas être en conflit avec Svensson qui était la seule personne qu'elle supportait au travail pour le moment. Elle le pria de s'asseoir et commença à lui raconter ce que

Liv Andersson lui avait appris la veille au soir, puis ce qui s'était passé avec Måns Berntsson.

– Vous avez perçu son commentaire sur le vélo comme une menace ? demanda-t-il quand elle eut terminé.

– Oui.

– Ces gens-là n'hésitent pas à avoir recours à la violence. Souhaitez-vous bénéficier d'une protection ?

– Non.

Svensson la regarda.

– Ce n'est pas la première fois que je fais l'objet de menaces.

*

Ola Mellberg revenait du centre commercial de Gustavsberg, où il avait fait des courses, bien qu'en réalité cela ne fût pas vraiment nécessaire. C'était une excuse pour sortir de l'appartement, quitter Jian un moment. Il avait l'impression qu'elle le tirait vers le bas, vers les ténèbres. Son chagrin était semblable à un trou noir dans lequel il refusait d'être entraîné. Il ne voulait pas perdre pied et il essayait de se concentrer sur les choses pratiques, sur ce qui lui permettait de continuer à avancer, sur la routine. La vie ne devait pas s'arrêter. Il savait qu'un jour suivrait l'autre et ainsi de suite. Peu à peu, vivre deviendrait à nouveau supportable. C'était ce qu'il pensait.

Jian n'était pas du même avis. Pour elle, il n'y avait plus d'habitudes ni de vie quotidienne, mais seulement les ténèbres et le silence qu'interrompaient parfois ses crises de larmes. Elle ne quittait pas leur chambre où elle était allongée dans le noir, presque toujours en position fœtale, hors d'atteinte. Ola essayait de la faire manger ou au moins de la faire boire, mais n'y arrivait que rarement. Chaque fois qu'il échouait, il se disait qu'elle allait devoir être hospitalisée.

Elle avait refusé toutes les propositions d'aide qu'il lui avait faites.

Ce matin, il avait voulu ouvrir un peu les rideaux pour permettre à la lumière de pénétrer.

Elle lui avait demandé de les refermer.

Il prit sa décision en entrant dans l'appartement. Il devait reprendre le contrôle de la situation, cela ne pouvait pas durer. Soit elle recommençait à vivre, soit il n'aurait d'autre choix que de la contraindre à se faire soigner.

Il posa le sac dans la cuisine. Il alla ensuite dans leur chambre où il s'assit au bord du lit et alluma la lampe de chevet. Jian sursauta et se tourna vers le mur en mettant un oreiller sur sa tête. Ola caressa lentement son dos maigre et sentit ses côtes sous le tissu fin.

– On ne peut pas continuer comme ça.

Il fit une pause.

– Nous devons trouver le meurtrier d'Aram.

Il avait longuement réfléchi à ce qu'il allait lui dire en rentrant du centre commercial. Il savait la passion qui animait Jian quand elle chassait ces gens qui semaient la haine. Il connaissait la force primordiale qu'elle cachait en elle. Pour le moment, elle l'avait perdue, sa flamme avait faibli, mais il espérait qu'elle ne s'était pas éteinte. Qu'une étincelle pourrait jaillir. Il n'en était pas sûr, mais il avait décidé de tenter sa chance. Sinon, la seule solution était l'hospitalisation d'office.

– Je sais que c'est dur d'y penser, continua-t-il. Mais le meurtrier fait peut-être partie de ceux que tu chasses sur internet, de ces gens qui haïssent et menacent.

Ola se tut, mais constata que Jian avait écarté l'oreiller de sa tête. Elle l'écoutait.

Il alla plus loin que prévu. Cela lui vint spontanément.

– Et je crois que tu as de l'avance sur la police quand il s'agit de ces gens-là, ajouta-t-il. Je pense que pour le moment tu en sais plus que les flics à leur sujet. Et si quelqu'un peut trouver le meurtrier d'Aram, c'est toi.

Il y eut un long silence. Il était sur des charbons ardents. Jian finit par se retourner vers lui pour le regarder.

– Un *hater* ? demanda-t-elle.

La flamme n'était pas éteinte.

*

Stilton était passé dans l'après-midi chez Ronny qui avait aussitôt accroché le panonceau annonçant que la librairie était fermée. Cela faisait plusieurs heures qu'ils discutaient. Bien que pas encore complètement remis de ses excès de la veille, Ronny lui avait offert un verre de vin rouge que Stilton n'avait pas fini car il devait prendre son bateau pour rentrer à Rödlöga plus tard. Les deux hommes s'appréciaient bien qu'ils n'aient pas les mêmes centres d'intérêt, la littérature dans le cas de Ronny, la survie dans celui de Stilton. Cela ne les empêchait pas d'avoir des points communs. Selon le bouquiniste, la bonne littérature traitait de survie.

– Un jour, à l'époque où je vivais sur une île grecque, j'ai attrapé un microbe intestinal épouvantable, dit-il. Je me vidais de tout, j'étais certain que j'allais mourir. Le quatrième soir, j'ai réussi à me tirer hors de mon lit et à me traîner jusqu'au village. Quelqu'un avait déposé un carton rempli de livres oubliés par les touristes devant l'un des petits hôtels de la place principale. J'ai regardé ce qu'il contenait, plus par déformation professionnelle qu'autre chose, j'étais sûr que j'étais foutu et je me suis dit que je pourrais y trouver une dernière lecture. Il y avait un recueil de nouvelles de Slas, un de mes auteurs préférés, coincé entre deux polars en allemand. J'y ai vu un signe du ciel et je l'ai emporté. J'ai passé la nuit suivante sur un châlit dans un mausolée blanchi à la chaux et j'ai lu le livre de la première à la dernière page. Le lendemain, j'étais guéri.

– Tu crois que c'était grâce au livre ?

– J'en suis convaincu.

Stilton ne l'était pas, mais il ne dit rien. Sa grand-mère lui avait répété que la foi peut déplacer les montagnes et elle avait peut-être raison. Du moins quand on a foi en des choses justes.

– Tu ne te rappelles vraiment pas à quoi ressemblait l'homme qui a apporté les cartons ?

– Non. Il me semble qu'il avait la cinquantaine, mais je n'en suis pas sûr.

– Il était habillé comment ?

– Je crois qu'il avait un manteau foncé.

Ils en avaient parlé deux heures plus tôt, mais Stilton voulait s'en assurer encore une fois. Son passé de policier refaisait surface.

– Tu ne l'avais jamais vu ?
– Pas que je me souvienne. De quoi s'agit-il ?
– D'un meurtre.
– Tu n'es plus policier, que je sache ?
– Même les civils préfèrent que les meurtres soient élucidés, non ?
– Bien sûr. Comment ça se passe sur la péniche ?
– Très mal.

Ronny rit et se frotta la bouche. Il avait deux petites moustaches de vin au coin des lèvres. Stilton comprit qu'il était temps de partir avant que son pote ne se remette à boire.

– Préviens-moi s'il revient, s'il te plaît, dit-il en se levant.
– Je n'y manquerai pas. Emporte ça.

Il lui tendait un livre. Un recueil de nouvelles de Slas, *Blå måndag*.

– C'est quoi ?
– Le livre dont je t'ai parlé. Tu en auras besoin un jour.

Stilton hocha la tête et serra la main de Ronny avant de glisser le livre dans sa poche.

Qui sait, se dit-il, je ne risque rien.

*

Olivia avait fini son travail au commissariat et n'avait aucune envie de rentrer chez elle. Sa rencontre avec Måns Berntsson l'avait secouée et l'idée de retrouver son gîte isolé dans la nuit ne l'attirait pas. Elle voulait avoir des gens autour d'elle, du bruit, de la musique, et elle décida d'aller au Glöd. S'il y avait du monde, elle s'y sentirait entourée, et si le bistrot était désert elle s'installerait au comptoir.

Deux personnes se tenaient devant le zinc et seules quelques tables étaient occupées. Olivia choisit un tabouret de bar et commanda une bière au barman ; un homme d'âge moyen avec des cheveux roux et une moustache aux extrémités relevées, un Danois du nom de Viggo, originaire de l'île de Fyn. Olivia avait eu la mauvaise idée de lui demander un jour comment il était arrivé là : sa réponse avait été si longue qu'elle en était à sa troisième bière quand il avait conclu son histoire.

– Bienvenue, lui dit-il en danois.

Il posa un verre de bière glacée devant elle et Olivia but avec plaisir la première gorgée. Elle se retourna vers la salle. Elle aperçut Frans, attablé avec trois autres hommes dont l'un était Måns Berntsson. Ils parlaient si fort qu'elle devina que cela faisait quelque temps qu'ils étaient là. Olivia leur tourna immédiatement le dos et reprit son verre en remarquant que sa main tremblait. Quelle mouche avait piqué Frans ? Elle éclusa sa bière en trois longues gorgées et fit signe à Viggo qu'elle en voulait une autre. Elle agrippa des deux mains le bord du comptoir et constata que ses jointures blanchissaient. Qu'est-ce que je vais faire, bon Dieu ? Boire et rentrer à vélo en faisant semblant de ne pas les avoir vus ?

– Et voilà le numéro deux, dit Viggo en lui apportant sa consommation.

Olivia sentit son pouls battre plus vite. Elle souleva son verre puis le reposa bruyamment. Viggo sursauta. Elle se leva et avança vers la table de Frans qui ne la vit pas car il était de dos, à la différence de Berntsson qui eut le temps de regarder Frans et d'adresser un signe de tête à Olivia.

Son collègue pivota vers elle.

– Bonsoir, dit-il.

– Tu es pote avec un nazi ? lança-t-elle à Frans d'une voix si forte que les autres clients présents se turent et se tournèrent vers elle.

Le voisin de Frans était un homme baraqué aux cheveux courts. Berntsson et un autre musculeux gonflé aux stéroïdes et aux yeux enfoncés lui faisaient face.

– Quelle plaisante manière de se saluer, lâcha Frans.

M. Muscle rit et Olivia se rendit compte que les quatre hommes étaient éméchés. Frans la dévisagea et ricana.

– Qu'est-ce qui t'amuse ? fit Olivia. Qu'est-ce qui est drôle ?

Elle le regarda dans les yeux, mais il détourna le regard.

– Vous vous êtes baladée à vélo ? demanda Berntsson avant de boire une gorgée de sa pinte.

Elle se tourna vers lui et remarqua le sparadrap qu'il avait à la lèvre supérieure.

– Tout à l'heure, vous ne m'avez pas répondu.

– C’était quoi, déjà ?

– Où vous trouviez-vous lorsque Emelie Andersson a été tuée ?

Sa question claqua comme un coup de feu dans le silence de la salle. Personne ne bougea. Frans fut le premier à réagir.

– Putain, Olivia, quand même…

– Tout va bien, l’interrompit Berntsson.

Il reposa sa chope et la regarda.

– J’étais à un marché aux puces à Ljungbyhed avec deux copains.

– Qui étaient ces copains ?

– Ces deux-là, dit-il en montrant les deux autres hommes à sa table.

– Comme ça, tu es fixée, poupée, lâcha M. Muscle.

Son compagnon s’esclaffa. Frans garda le silence.

– Dans ce cas, donnez-moi vos noms.

Frans se leva soudain et s’approcha d’elle.

– Maintenant, ça suffit, lui souffla-t-il.

– Sinon quoi ?

Ils se toisèrent. Olivia sentit tout à coup que l’homme qui se trouvait à sa droite lui mettait la main aux fesses.

– Détends-toi donc, recommanda-t-il.

La paume d’Olivia s’écrasa sur sa joue et sa tête oscilla avant que lui ou ses camarades aient le temps de réagir. L’homme bondit de sa chaise en même temps que Frans qui fit un pas en avant pour s’interposer entre Olivia et lui.

– Tire-toi d’ici ! lui dit-il. Immédiatement.

Elle resta immobile pendant deux ou trois secondes puis fit demi-tour et revint au bar. Elle entendit des voix dans son dos, dont une qui disait : « Putain de lesbienne ! »

Elle s’assit devant son verre plein. Elle avait mal à la main. Viggo l’observait en triturant nerveusement l’extrémité de sa moustache. Elle leva son verre, but une gorgée et se pencha vers lui.

– Comment s’appellent les deux hommes à la table de Måns Berntsson ?

– Je ne sais pas, répondit-il.

– Ce n’est pas vrai.

Il entortilla encore une fois la pointe de sa moustache et se retourna. Il n'aimait pas quand l'ambiance s'envenimait, il souhaitait qu'elle soit agréable et plaisante. Il commença à s'affairer sous le comptoir. Olivia finit sa bière.

– Une autre ? demanda-t-il en espérant qu'elle refuserait.

– Non, ça suffit pour aujourd'hui.

Il hocha la tête et alla à la caisse. Pendant qu'il préparait la note, elle jeta un œil vers la salle et la table. Personne ne la regardait. Viggo lui apporta l'addition, elle paya et vit que deux noms étaient écrits au revers. Elle partit en laissant un billet de cinquante couronnes sur le comptoir.

Elle pédala vite dans l'obscurité. Son corps débordait d'adrénaline, et ses oreilles étaient pleines des rires et des commentaires qu'elle venait d'entendre. Elle avait du mal à comprendre la présence de Frans avec ces hommes. Elle savait qu'il avait des préjugés, comme beaucoup d'autres ici, des préjugés naïfs et simplistes. Mais de là à être ami avec un nazi déclaré comme Måns Berntsson ? Stockholm, sa mère, Lenni, Tom et Mette lui manquèrent soudain terriblement. Elle ne voulait plus rester ici.

Elle s'assit sur le canapé et alluma son ordinateur portable. Il ne lui fallut pas longtemps pour constater que Måns Berntsson avait menti. Il y avait bien un marché aux puces à Ljungbyhed, appelé Ettan, mais il ouvrait les mercredis, samedis et dimanches. Emelie Andersson avait été tuée un jeudi.

Berntsson n'avait donc pas d'alibi pour le meurtre ou du moins pas celui qu'il lui avait donné. Elle vérifierait s'il en avait un pour le meurtre de Stockholm.

Elle referma son ordinateur en sentant sa fatigue. Elle se déshabilla, se glissa nue sous les draps et éteignit. Son niveau d'adrénaline était redevenu normal, sa paume ne lui faisait plus mal et elle n'allait pas tarder à s'endormir.

L'explosion eut lieu à ce moment précis.

Dans son demi-sommeil, elle interpréta ainsi le bruit qu'elle entendit. Elle s'assit dans son lit, le cœur battant, et regarda autour d'elle dans l'obscurité. Qu'était-il arrivé ? Elle alluma la lampe de chevet, enfila sa robe de chambre et se dirigea vers le séjour. Là, un courant d'air glacial l'accueillit et elle vit la fenêtre brisée. Des éclats de verre s'étaient répandus sur le sol jusqu'à l'autre mur. La pierre s'était arrêtée au bord de la plinthe. Elle courut à la porte d'entrée et sortit sans chaussures. La terre était détrempée sous ses pieds nus. Elle jeta un regard circulaire sur la pelouse vide et se rua jusqu'au portail. La route était déserte.

– Bande de lâches ! hurla-t-elle droit devant elle dans l'obscurité.

Elle fit le tour du jardin en serrant sa robe de chambre, sans voir rien ni personne. Elle revint dans le gîte et claqua la porte. L'air glacé s'engouffrait par la vitre brisée. Il allait très vite faire froid. Se rappelant avoir vu des panneaux d'isorel dans l'appentis du jardin, elle enfila une paire de bottes en caoutchouc et passa une veste sur sa robe de chambre.

Une lampe de poche à la main, elle alla jusqu'à la remise, près de la grande haie, et poussa la porte en bois qui fermait mal. Les panneaux d'isorel se trouvaient au fond. Elle dut déplacer plusieurs planches avant d'arriver à en attraper un. Elle referma la porte avec le panneau. Une fois dehors, elle dut reprendre son souffle. Le seul bruit était celui du vent dans les branches. Elle leva les yeux vers le ciel et vit des étoiles.

La nuit est aussi claire que la fois où j'étais sur la plage de Nordkoster, se dit-elle, l'obscurité aussi profonde, et le silence aussi complet. Là-bas, je pleurais ma mère, ici, je ne sais pas ce que je fais.

Elle chassa cette idée et souleva le panneau d'isorel. Il n'était pas lourd, mais peu maniable. Elle le porta jusqu'au gîte où elle chercha ensuite un marteau et des clous. Ce ne fut pas aisé, mais elle parvint à fixer le panneau sur la vitre brisée. Il était un peu de travers, mais bloquerait le froid.

Puis elle enleva ses bottes et sa veste. Elle balaya les éclats de verre et s'aperçut que la pierre était enveloppée d'un papier maintenu par un élastique. Elle déplia le bout de papier et lut : « En espérant que tu seras violée, espèce de pisseuse. »

Elle se laissa tomber sur le canapé, sur le point de craquer, tétanisée. Elle se redressa pour prendre son téléphone sur la table et composa le numéro de Mette.

– Tu étais déjà au lit ?

– Non. Je viens juste de rentrer. Nous travaillons vingt-quatre heures sur vingt-quatre, par roulement, et c'est à mon tour de me reposer quelques heures. Comment ça va chez toi ? Le Scud fonctionne à plein ?

Olivia garda le silence quelques secondes, assez pour que Mette comprenne et ajoute sur un ton plus doux :

– Il est arrivé quelque chose ?

– Oui.

Olivia lui raconta tout depuis sa rencontre avec Liv Andersson en passant par la présence de Berntsson dans sa voiture jusqu'à la pierre envoyée à travers la fenêtre.

– « Espèce de pisseuse » ?

– Oui.

Mette l'avait écoutée sans poser aucune question parce qu'elle ne voulait pas interrompre le récit qu'Olivia lui fit d'une voix oscillant entre l'émotion et le désespoir.

– Tu es toujours dans la maison ?

– Oui.

– Tu peux demander à quelqu'un de venir ?

– Ce n'est pas la peine, ça va maintenant.

– D'accord. Mais tu viens à Stockholm demain.

– Pourquoi ?

– Pour différentes raisons. Officiellement parce que je veux que tu racontes au groupe d'enquête ce que tu viens de me dire. Ces informations nous seront utiles et elles auront bien plus de poids si tu les exposes toi-même. N'oublie pas d'apporter ce satané papier.

– Et officieusement ?

– Parce que j'ai besoin de compagnie.

C'était la vérité, mais pas forcément la raison déterminante. Mette se rendait compte qu'Olivia n'allait pas bien et elle voulait l'éloigner de Höganäs pendant quelque temps.

– Qu'est-ce que je vais dire au commissariat ?

– La vérité. Mette Olsäter te convoque à la Criminelle.

– Très bien. Merci.

– À demain.

Olivia raccrocha. Elle partirait à Stockholm le lendemain. Elle s'en irait d'ici. Elle verrait Mette et Tom et laisserait derrière elle les nazis, les racistes et les onanistes du coin. Elle se leva, jeta un coup d'œil sur le panneau d'isorel, sur les éclats de verre, sur la pierre. Puis elle passa trois brefs appels.

Le premier à Sven Svensson, le deuxième à un hôtel à Ängelholm et le troisième à un taxi.

Elle n'avait aucune intention de rester chez elle cette nuit.

La première heure à la Criminelle fut consacrée à la présentation de différents rapports. La police avait été inondée d'informations, de la part de personnes qui étaient à proximité du lieu du crime, d'autres qui connaissaient des racistes dont elles pensaient sans raison précise qu'ils pouvaient avoir un lien avec le meurtre d'Aram, et d'autres qui avaient entendu des gens dire du mal de Jian Mellberg et de ce qu'elle faisait. Il fallait tout vérifier.

Mette n'avait pas bien dormi. Sa conversation avec Olivia la veille au soir l'avait beaucoup plus troublée qu'elle n'avait voulu le montrer. Elle savait ce qu'Olivia avait déjà eu à subir, la manière dont elle avait été enfermée dans un ascenseur avec deux malfrats qui avaient menacé de lui tordre le cou, et la découverte de son chat adoré calciné dans le moteur de sa voiture. Maintenant, quelqu'un la traitait de pisseuse et lui souhaitait d'être violée.

Mette s'était endormie à l'aube pour se réveiller deux heures plus tard. À présent, debout devant le groupe d'enquête qu'elle dirigeait, elle analysait la situation.

– Nous entrons en période électorale, avec tout ce que cela implique de surenchères de la part des différentes phalanges violentes qui existent dans notre pays. Les extrémistes de droite sont bien plus actifs, comme le montrent les presque deux mille incidents comptabilisés depuis le début de l'année. Plus les élections approcheront, plus les actes motivés par la haine raciale vont se multiplier. J'en ai parlé avec le groupe de la police de Stockholm en charge de ce type de criminalité, ils sont submergés de plaintes consécutives à l'apparition de croix gammées sur des mosquées, des écoles, des églises, des lieux de réunion, des sièges de journaux. Cela en dit long sur l'ambiance actuelle, et nous savons que les auteurs de ce type de délits appartiennent souvent à des mouvements prêts à aller jusqu'au meurtre. J'estime par conséquent raisonnable de continuer à travailler sur l'hypothèse d'un mobile lié au racisme pour les meurtres d'Aram et d'Emelie. Olivia Rönning nous rejoindra bientôt pour nous raconter les mésaventures qu'elle vient de vivre en liaison avec tout cela. En attendant, nous allons nous focaliser sur…

L'arrivée de Lisa Hedqvist dans la salle la fit s'interrompre.

– Nous avons reçu une information crédible pour le portrait-robot, dit-elle d'une voix où s'entendait son excitation. Un commerçant de Hornsgatan a cru reconnaître un de ses clients. Nous avons son nom et j'ai trouvé une photo de cette personne.

Elle afficha sur le tableau la photo de passeport agrandie qu'elle avait à la main, à côté du portrait-robot. Ses collègues s'en approchèrent et ils constatèrent que la ressemblance était frappante.

– Nous allons le faire venir ici, dit Mette, et nous contacterons Erik Adolfsson pour lui dire que nous voulons organiser une confrontation.

– D'accord.

Lisa se retourna et croisa Olivia sur le seuil de la pièce.

– Bonjour ! Je dois partir, lui dit-elle.

Olivia hocha la tête, ferma la porte, et se tourna vers les personnes présentes. Elle vit d'abord Mette, qui ne se ressemblait pas car elle avait beaucoup maigri. Mette, elle, constata qu'Olivia avait changé depuis leur dernière rencontre : ses cheveux noirs étaient coupés court. Il leur fallut quelques secondes à toutes les deux pour assimiler ces modifications. Mette présenta ensuite Olivia aux membres du groupe d'investigation. Certains l'avaient déjà croisée et d'autres savaient qui elle était. Bosse Thyrén était celui qui la connaissait le mieux. Après Mette, bien sûr.

– Olivia travaille sur l'enquête en Scanie. J'ai voulu qu'elle vienne ici pour nous dire où ils en sont, mais aussi pour qu'elle vous parle de ce qui lui est arrivé là-bas.

Mette fit signe à Olivia, qui n'avait qu'un sac en plastique blanc à la main car elle avait laissé sa valise à l'accueil, de venir s'asseoir à côté d'elle. Dans l'avion, la jeune femme avait réfléchi à la manière de présenter son récit, et elle avait terminé ses préparatifs un quart d'heure plus tôt, pendant que son amie Lenni lui coupait les cheveux.

– Sven Svensson m'a demandé de rencontrer les parents d'Emelie Andersson pour discuter de l'hypothèse d'un crime raciste, commença-t-elle.

Pendant la demi-heure qui suivit, elle expliqua en détail ce qu'elle savait, ce qu'elle devinait et ce qu'elle croyait. Consciente de son auditoire, elle prit garde à séparer les faits de ses propres spéculations. Lorsqu'elle en vint à l'altercation dans le bistrot de Höganäs, puis chez elle, son récit se fit plus personnel, mais Mette lui avait enjoint de tout raconter, de la manière la plus détaillée possible.

Elle conclut son exposé en sortant du sac en plastique la pierre grise et le papier blanc qui y était attaché.

– Ça se présentait comme ça, dit-elle.

Toute l'assistance l'écouta attentivement. Olivia maîtrisait l'art de s'exprimer en mêlant l'objectivité au vécu, et chacun comprit ce qu'elle avait ressenti au moment des faits.

– Merci, Olivia, dit Mette. Des questions ?

– Ce Måns Berntsson n'a donc pas d'alibi pour le meurtre d'Emelie ?

– Celui qu'il m'a fourni était faux, répondit-elle.

– Sait-on où il se trouvait le jour du meurtre d'Aram ?

– Non, je n'ai pas eu le temps d'en arriver là.

– Nous allons demander à Svensson de s'en charger, dit Mette.

– Berntsson a-t-il déjà été impliqué dans des violences ?

– Il a été condamné plusieurs fois pour cela, et pour incitation à la haine raciale, précisa Olivia.

– Que pensez-vous de ce policier, Frans Jönsson ?

Olivia avait anticipé cette question et réfléchi à ce qu'elle dirait.

– La seule chose dont je sois sûre est qu'il connaît Måns Berntsson.

– Un nazi.

– Oui.

– À votre avis, il a quelque chose à voir avec le meurtre ?
– Je ne veux pas faire de suppositions à ce sujet.
Au fond d'elle-même, elle n'y croyait pas, mais elle n'était pas là pour croire.

Olivia suivit Mette lorsqu'elle repartit vers son bureau en compagnie de quelques collègues. Elles ne purent aborder des questions d'ordre privé qu'une fois à l'intérieur. Olivia ferma la porte et regarda Mette.
– Tu as perdu combien de kilos ?
– Beaucoup.
– Énormément.
– Oui. Environ dix-sept.
– C'est quoi ton régime ?
– Le diabète.
Mette lui expliqua brièvement que c'était un diabète lié à l'âge, qu'elle n'avait pas besoin de piqûres d'insuline, mais devait prendre des médicaments et faire attention à son alimentation. Olivia perçut qu'à son habitude Mette ne voulait pas parler d'elle-même plus que nécessaire.
– Et toi, tu t'es coupé les cheveux !
– Oui, enfin, pas moi, mais une amie. Ce matin.
– Ça te va bien !
– Merci.
Olivia se dit qu'elle n'avait pas non plus besoin de parler inutilement d'elle-même et décida de ne pas lui expliquer pourquoi elle s'était fait couper les cheveux.
– Où est ta valise ?
– Je l'ai laissée à l'accueil, je n'ai pas encore eu le temps d'appeler ma mère et…
– Tu habiteras chez moi.
– Ah oui ?
Mette savait qu'Olivia n'avait pas pu garder l'appartement qu'elle sous-louait sur Skånegatan. Étant donné que la vaste maison de Kummelnäs serait encore vide pendant quelques jours, y accueillir

Olivia lui apparaissait comme une évidence, d'autant plus qu'elle avait besoin de compagnie.

– Tu crois que c'est une bonne idée ?

– Que veux-tu dire ?

– Rien. Je ne sais pas, mais…

– Si tu t'occupes de tes affaires, j'en ferai autant et on se retrouvera pour des orgies dans la cuisine.

– Tu n'es pas au régime ?

– Tu t'es bien débrouillée, dit Mette en évitant de répondre à cette question. Tu as été claire et concise. Que veux-tu faire maintenant ?

– J'aimerais bien parler à la mère d'Aram, comment s'appelle-t-elle déjà ?

– Jian. Pourquoi à elle et pas au père ?

– Parce que j'ai lu dans un rapport qu'elle a beaucoup travaillé sur les *haters* en ligne, et cela me paraît plus pertinent de discuter avec elle. Mais je peux aussi m'entretenir avec le père si tu le souhaites.

– En fait, Jian va très mal et nous n'avons pas encore pu l'entendre. Son mari résiste mieux. Mais tu peux aller les voir, bien sûr.

Olivia pensa instantanément à Liv et Sebastian. Dans leur cas, c'était l'inverse, Liv puisait de la rage dans son désespoir tandis que Sebastian se réfugiait dans l'alcool.

Les deux familles avaient perdu un enfant.

*

Stilton était assis dans le petit sauna qui se trouvait à côté de sa maison sur l'île de Rödlöga, à quelques mètres de la plage. Comme il n'y avait pas l'eau courante, il prenait en guise de douche des saunas suivis d'un plongeon dans la mer, comme il le faisait quand il était enfant. Il lisait *Le Moine,* ce livre dont Benseman lui avait laissé entendre, non, quasiment promis, qu'il s'agissait d'un roman d'épouvante avec une composante érotique.

Après quelques chapitres, il renonça à continuer. Le texte lui paraissait un ramassis de raisonnements religieux dénués d'intérêt et de situations érotiques niaises, auquel s'ajoutaient les convenances tortueuses de l'époque. Il n'effrayait guère, et les scènes de sexe étaient rasoir. Il le posa sur le gradin en bois. Pourquoi contenait-il toutes les coupures de journaux sur l'affaire Jill ? Était-ce un hasard ?

Il sortit du sauna, courut sur le ponton et se jeta dans l'eau. Elle était glaciale, comme il fallait s'y attendre à cette saison. Il fit quelques brasses puis remonta sur le ponton où il s'assit sur une bitte en respirant l'air qui sentait le varech. Les algues s'étaient considérablement développées l'été dernier, mais l'eau était redevenue transparente depuis et il voyait les galets du fond. « Tant que tu vois les galets, les poissons se portent bien », avait coutume de dire Grand-Stilton, son grand-père maternel. Il était mort et les galets n'étaient pas toujours visibles : les poissons ne devaient pas se porter très bien.

Stilton sortit son téléphone. Le matin, il avait écrit un message à Luna qu'il ne lui avait pas envoyé afin de ne pas la déranger : « Je suis sur Rödlöga. Tu me manques. » Il ne comprenait pas exactement pourquoi. Il pressa le numéro de Mette, mais c'est le répondeur qui se mit en route. Il dit : « C'est Tom. C'est comment pour les documents de l'affaire Jill ? » Il raccrocha et regarda la mer. Un jour qu'il était assis à cet endroit aux côtés de son grand-père, il lui avait demandé pourquoi il aimait la vie ici, alors qu'elle était dure et frugale.

– C'est lié à la vue.

– À la vue ?

– Rien ne masque l'horizon. Dès que tu es à terre, dès qu'il y a des choses autour de toi, la vue est bouchée. À la fin, tu ne vois plus que la façade d'en face. Cela diminue la vue, et toi avec. Ici, rien n'arrête la vue et tu vois aussi loin que tes yeux portent. C'est la liberté.

Stilton esquissa un sourire et laissa son regard glisser sur la mer jusqu'à l'horizon.

Pourquoi est-ce que je ne resterais pas ici ?

*

Olivia sonna trois fois. La porte finit par s'entrouvrir au moment où elle se demandait si elle allait glisser un message avec son nom et son numéro de téléphone dans la fente de la boîte aux lettres. Elle aperçut dans l'entrebâillement une jeune femme au visage ravagé, avec des yeux enfoncés et de grands cernes noirs.

– Jian Mellberg ?

– Qui êtes-vous ?

Sa voix était basse et éteinte.

– Je m'appelle Olivia Rönning et je suis de la police. Je viens d'arriver de Scanie, où je travaillais sur le meurtre d'Emelie Andersson. Auriez-vous la force de me parler quelques minutes ?

– De quoi ?

– De cette chose terrible qui s'est produite. J'essaie de comprendre et j'aurais besoin de votre aide.

Jian regarda Olivia et lui ouvrit la porte. Elles n'avaient que quelques années de différence, cela l'avait peut-être mise en confiance.

Olivia passa devant Jian pour entrer dans le vestibule. Celle-ci ferma la porte et désigna la cuisine du menton. Jian la suivit, tira une chaise et s'assit à la table. La seule chose qui y était posée était une petite voiture verte en métal. Olivia prit place en face d'elle et la regarda. Ses cheveux noirs n'étaient pas coiffés, elle serrait les lèvres, et ses yeux étaient rivés au sol.

Cela n'allait pas être facile. Pas avec cette petite voiture sur la table.

– J'aurais besoin de votre aide à propos d'une personne qui vit en Scanie et s'appelle Måns Berntsson, dit-elle.

Elle estimait que le mieux était de dire les choses clairement et sans ambiguïté, pour essayer de faire repartir cette femme frappée par le destin. Elle était au courant de ce que faisait Jian Mellberg avant qu'elle ne devienne la mère d'un enfant assassiné.

– Je pense qu'il est peut-être impliqué dans ce qui s'est passé, continua-t-elle, et je me demandais si son nom vous dirait quelque chose. Vous avez recensé les *haters* liés aux milieux extrémistes, et son nom aurait pu y apparaître.

– Måns Berntsson ? répéta Jian sans relever la tête.

– Oui. Il habite à Mjöhult.

– Son pseudonyme en ligne est Tyrruna/CB.

– Tyrruna ?

– Ça vient de Týr, le dieu nordique. Tyrruna, c'est-à-dire la rune de Týr, un emblème héraldique… Les nazis l'utilisaient du temps d'Hitler.

Olivia retint son souffle. Jian avait réagi immédiatement ! Elle connaissait le pseudonyme de Måns Berntsson !

– C'est un *hater* bien connu, ajouta Jian. Il est présent sur tous les forums racistes, entre autres *Fria Tider* et *Avpixlat,* parfois aussi sur Exponerat. Il commente en permanence sur Flashback.

– En savez-vous plus sur lui ?

Jian releva la tête pour regarder Olivia pour la première fois.

Le contact était établi.

– Vous croyez que Berntsson a quelque chose à voir avec les meurtres ?

Sa voix était un peu plus vive et plus forte, et son regard, moins morne. Sa bouche entrouverte laissait voir des dents blanches bien alignées.

– Ce n'est pas impossible, répondit Olivia. Il affiche ses opinions néonazies, il a des antécédents de violences, et je le soupçonne d'avoir menacé les parents d'Emelie Andersson d'une manière particulièrement odieuse.

– Laquelle ?

– En déposant un grand couteau dans leur boîte aux lettres.

Olivia n'avait aucune preuve de ce qu'elle avançait, mais c'était plausible. En tout cas, l'effet recherché était atteint. Jian hocha la tête.

– Moi aussi, j'ai été menacée.

– Je le sais, et c'est pour cela que j'espère que vous pourrez m'aider. Vous avez aussi été visée.

– Vous voulez dire que c'est pour ça que mon fils a été tué ?

En voyant l'expression tendue de Jian, Olivia comprit qu'elle s'était mal exprimée.

– Non, je veux dire que vous avez des connaissances spécialisées qui peuvent nous aider à arrêter le meurtrier de votre fils.

Jian tendit la main vers la petite voiture sur la table et commença à la faire rouler d'avant en arrière. Elle grinçait légèrement. Olivia sortit son bloc-notes et y écrivit son nom et son numéro de téléphone.

– Vous pouvez m'appeler quand vous voulez, dit-elle en arrachant la feuille.

Jian ne lui accorda pas un regard. Olivia se leva.

– Merci de m'avoir donné le pseudonyme de Berntsson sur la Toile.

Elle hésita à effleurer l'épaule de Jian en passant à côté d'elle, mais décida de s'en abstenir.

Le grincement aigu du jouet s'entendait jusque dans le vestibule.

*

L'homme qui était peut-être le joggeur s'appelait Lars Brendman. Ses cheveux blonds étaient coupés court, mais son corps n'était pas celui d'un sportif bien entraîné. Les traits les plus saillants de son visage étaient son collier de barbe bien taillé et ses yeux d'un bleu intense. Âgé de trente-huit ans, il ne portait aucune écorchure. Il déclara être chômeur. Son casier judiciaire était vierge, il ne figurait dans aucun registre de police, mais il avait été interrogé quelque temps auparavant en lien avec une manifestation d'homosexuels qui avait mal tourné. Ils protestaient devant les locaux d'un journal régional parce que celui-ci avait publié un article jugé méprisant pour la communauté LGBT. Brendman avait été interpellé à la suite d'escarmouches qui s'étaient produites lorsqu'un groupe de contre-manifestants avait agressé les manifestants. Il n'avait cependant pas été arrêté, car rien ne prouvait qu'il faisait partie des agresseurs même s'il avait déclaré que l'homosexualité équivalait à ses yeux à la zoophilie et à la pédophilie, une opinion certes répugnante, mais qui ne constituait pas un délit.

Son audition eut lieu à l'heure du déjeuner. L'officier de police judiciaire qui dirigeait l'interrogatoire nota qu'il n'avait pas d'alibi pour le meurtre d'Aram Mellberg. Il affirmait qu'il pêchait des truites saumonées au cap de Biskopsudden au moment de celui d'Emelie Andersson et niait sa présence à proximité du lieu du meurtre à Värmdö.

À l'issue de l'entretien, Mette décida d'organiser une confrontation avec Erik Adolfsson.

Celle-ci eut lieu plus tard dans l'après-midi. Adolfsson semblait mal à l'aise, mais les policiers lui garantirent que les personnes qu'il regarderait ne le verraient pas et ne seraient pas informées de son identité.

Il y en aurait cinq, alignées, chacune munie d'un numéro. L'odeur de renfermé du petit espace derrière la paroi vitrée où il se trouvait le rendit encore plus nerveux.

– Prenez votre temps, recommanda le policier présent à ses côtés.

– Que se passera-t-il si je ne reconnais aucun d'entre eux ?

– Ce sera notre problème. Ne dites rien si vous n'êtes pas certain.

Adolfsson observa attentivement les cinq hommes. Ils avaient à peu près tous le même âge et la même taille, mais leur habillement et leur apparence différaient.

À la fin, il se retourna vers le policier.

– C'est allé si vite, je n'ai pas vraiment eu le temps de voir son visage, mais cela pourrait être le numéro 2 ou le 5.

Avec une certaine bonne volonté, on pouvait trouver une ressemblance entre les deux hommes auxquels correspondaient ces chiffres.

Le 2 était Lars Brendman.

Le 5, un policier.

Mette se rendit compte que le témoignage d'Adolfsson n'était pas fiable. Il avait certes désigné Brendman comme possible suspect, mais cela ne leur permettait pas d'aller plus loin. Il leur en fallait davantage.

– Relâchez-le et placez-le sous surveillance.

La première chose à faire était de parler à cet ami avec qui Brendman était allé pêcher.

Mette mit fin à la réunion et attendit Olivia à la porte de la salle.

– Tu es allée chez les Mellberg ?

– Oui.

– Ça s'est passé comment ?

– Ola Mellberg n'était pas là, mais Jian m'a ouvert la porte.

– Vraiment ?

– Oui, elle l'a entrouverte, et au bout d'un moment m'a laissée entrer. J'ai réussi à lui parler.

Mette regarda la jeune femme aux cheveux courts, à nouveau frappée par sa capacité à établir le contact avec les autres, parfois négativement, parfois fructueusement. Elle venait d'y arriver avec une femme qui avait refusé de parler à la police depuis que son fils avait été assassiné.

– Cela a donné quelque chose ?

– Oui.

Olivia le lui expliqua. Concrètement, ce n'était pas grand-chose, mais elle espérait que Jian Mellberg se souviendrait de leur conversation et pousserait plus loin en utilisant ses propres moyens. Peut-être trouverait-elle une pièce du puzzle liée à Måns Berntsson, et cela ferait progresser l'enquête.

– Et il se fait appeler Tyrruna ?

– Oui. Ça en dit beaucoup.

– Certainement. Tu as bien travaillé. Maintenant, on rentre chez moi !

Olivia avait oublié qu'elle dormirait chez Mette, une perspective qui continuait à faire naître en elle des sentiments mitigés. Mais la vitre brisée cachée par le panneau d'isorel lui revint en mémoire et la vaste maison de Kummelnäs lui parut un vrai paradis.

L'homme avait son téléphone à la main. Il venait de recevoir un MMS, l'image d'une femme dans une voiture. Il agrandit avec ses doigts la photo sur l'écran. Elle était au volant, en uniforme de police, et fixait la caméra. Ses longs cheveux noirs tombaient sur ses épaules.

Il la reconnut. Il l'avait aperçue un matin par hasard, et s'était caché derrière des rochers dans la forêt pour éviter qu'elle le voie. De là, il l'avait vue entrer dans les tours de Nimis et revenir longtemps après. Entre-temps, il s'était approché de son vélo.

Il aimait les bicyclettes. Il en avait eu une belle quand il était adolescent. Sa grand-mère l'avait un jour enfermée, parce qu'il s'en était servi pour aller dans un endroit où elle ne voulait pas qu'il aille, et elle ne la lui avait jamais rendue. Le vélo de la jeune femme n'était pas aussi beau, c'était un vélo de dame. Le chouchou vert accroché au guidon lui appartenait sans doute. Il l'avait pris et glissé dans sa poche, puis s'était caché. Elle était revenue en boitant, l'air un peu affolé.

L'homme scruta la photo sur l'écran de son téléphone.

Faisait-elle partie de ceux qui le recherchaient ?

Il sortit de sa poche un chouchou vert. Peut-être devrais-je le lui rendre, pensa-t-il en regardant à nouveau la photo. Il lui manque peut-être ?

Mette fit halte au Stazione, un restaurant de Saltsjö-Duvnäs où elle avait ses habitudes. Elle n'aimait pas cuisiner, c'était le domaine de Mårten, et elle achetait des repas tout préparés les rares fois où il était absent. Ce soir-là, elle prit deux portions d'osso buco et du carpaccio comme entrée.

– Tu aimes l'osso buco ? demanda-t-elle à Olivia dans la voiture qui roulait vers Kummelnäs.

– C'est bon pour ton régime ?

– Je n'en sais rien, mais je ne suis pas une fondamentaliste. Si j'ai envie d'osso buco, j'en mange. En buvant un bon vin rouge.

Tout bien réfléchi, la perspective de cette soirée séduisait Olivia. Elle avait soif de compagnie, de chaleur, de confiance. Elle n'en avait été que trop privée, contrainte de se satisfaire d'hommes sinistres et de soirées solitaires. Un dîner dans la cuisine confortable de Mette était ce dont elle avait besoin. Et elle boirait exceptionnellement du vin rouge avec plaisir.

Son téléphone sonna au moment où la voiture quittait l'autoroute de Värmdö.

– Olivia Rönning.

– Bonsoir, je m'appelle Ola Mellberg, et je suis le mari de Jian.

– Oui ?

Elle remarqua qu'il ne parlait pas fort.

– Je voulais vous remercier.

– Pour quoi ?

– Pour être venue chez nous aujourd'hui. J'ignore ce que vous avez dit à Jian, mais elle est métamorphosée. Elle a pris une douche, elle a mangé un peu, et maintenant elle est devant son ordinateur.

– Ravie de l'apprendre !

– J'ai l'impression qu'elle a retrouvé un peu la flamme.

– Tant mieux ! Ses compétences peuvent nous être précieuses.

– Vous croyez aussi que le meurtrier peut être un de ces gens-là ?

– Ces gens-là ?

– Ceux dont elle a révélé l'identité, les *haters*.

Olivia jeta un coup d'œil vers Mette et vit qu'elle était tout ouïe.

– Nous ne pouvons en aucun cas l'exclure. Et si cela était avéré, Jian nous serait d'un grand secours. Vous pouvez le lui dire de ma part.

– Je ne le ferai pas, je ne veux pas qu'elle sache que je vous ai appelée.

– Bien sûr, je comprends. Mais nous resterons en contact.

– Oui. Au revoir.

Olivia raccrocha.

– Ola Mellberg ?

– Oui. Jian va un peu mieux.

– C'est fantastique !

Olivia était d'accord.

La première chose que fit Mette, quand elle eut allumé dans la cuisine, fut de sortir son téléphone.

– On les éteint pour le moment.

– Tu oses ?

– Oui. On m'appellera sur le fixe s'il y a une urgence.

La deuxième fut de déboucher une bouteille d'un bon ripasso. Mette le servit dans des verres ordinaires, car ceux à pied ne lui avaient jamais plu, sans doute trop fragiles pour ses grandes mains.

– À quoi penses-tu ? lui demanda Mette.

– Au plaisir d'être ici, dans ta cuisine. J'ai l'impression que cela fait si longtemps que ça ne m'est pas arrivé.

– Bienvenue !

Elles levèrent leurs verres puis Mette sortit des assiettes qu'elle avait faites elle-même. Elles étaient décorées de fleurs bizarres aux couleurs éclatantes et elle ne s'en servait que lorsqu'elle avait des invités. Les deux femmes se mirent à table.

– Quel silence dans la maison, hein ? lança soudain Mette.

– Oui.

– La première nuit, je n'ai pas réussi à dormir, je me suis relevée quinze fois pour faire le tour des pièces et écouter. Le silence me dérangeait. J'ai fini par m'endormir dans le lit de Jolene.

– Elle te manque ?

– Incroyablement. Elle a envie d'aller s'installer dans un logement adapté.

Olivia but une gorgée de vin et vit la tristesse des yeux de Mette.

– Mais ce sera bien pour elle, non ?

– Très bien.

– Mais pas pour toi ?

– Je n'aurai plus de fille à la maison, plus aucun enfant. Nous en avons eu en permanence pendant euh… presque trente-cinq ans. Et soudain il n'y aura plus personne.

– C'est le sort de tous les parents, non ?

– Certes, mais tu crois que ça m'aide ?

– Tu as toujours Mårten.

– Ce n'est pas un enfant.

– Pourtant il se conduit parfois comme s'il en était un.

Mette rit et remplit leurs verres. Elles éprouvaient toutes les deux du plaisir à ne plus avoir à se comporter en collègues et à parler de choses qui n'avaient rien à voir avec le travail, comme Tom, par exemple.

Elles finirent la première bouteille en évoquant toutes sortes de faits et de rumeurs, sans ordre précis.

– Il a toujours sa cabine sur la péniche ? demanda Olivia.

– Oui, je crois.

– Mais pourquoi est-il allé s'installer à Rödlöga ?

– Il a dû se fâcher pour une raison ou une autre.

– Se fâcher avec Luna ?

– Je n'en sais rien. Je croyais qu'ils allaient habiter ensemble. Il t'en a parlé ?

– Non, répondit Olivia. Il détourne chaque fois la conversation sur moi et sur ce que je fais.

– Il est comme ça.

– Toi aussi.

– Moi ?

Olivia se rendit compte qu'elle avait un peu trop bu. Comment allait-elle se tirer de ce commentaire superflu ?

– Tu ne parles jamais de toi, dit-elle.

– Comment ça ? Je viens de te parler de Jolene, non ?

– Oui, elle, tu en parles.

– Mais pas de moi ? Que veux-tu savoir ?

Mette ne s'aperçut pas qu'elle avait pris un ton plus réservé, mais cela n'échappa pas à l'attention d'Olivia.

– Je ne veux rien savoir de particulier. Enfin, si.

– Quoi donc ?

– Pourquoi t'intéresses-tu tant à moi ?

– Tu cherches des compliments ?

– Non, je veux juste comprendre.

– Pourquoi ?

– Parce que j'ai déjà été échaudée en faisant trop confiance à des gens.

Mette savait qu'elle disait vrai. Elle comprenait exactement de quoi Olivia parlait.

– Tu veux savoir si tu peux me faire confiance ?

– Non, je le sais déjà.

– Mais quand même ?

– Mais quand même.

Mette ouvrit une deuxième bouteille. Elle avait rapporté du Stazione un joli plateau de fromages, totalement déconseillés pour elle, qu'elle posa en face d'Olivia. Elle réfléchit à ce qu'elle allait répondre en les servant, sachant qu'elle devait trouver une bonne formulation. Elle leva son verre quand il fut plein.

Olivia l'imita en se demandant pourquoi elle avait posé cette question et ce qu'elle attendait. Elles étaient ici pour se détendre, passer un moment agréable ensemble, et elle avait peut-être tout gâché.

Mette vint s'asseoir à son côté et se pencha vers elle.

– Je vais te raconter un secret que Mårten est le seul à connaître. Je suis bisexuelle. C'est pour ça.

Olivia scruta son visage pendant quelques secondes. Puis Mette éclata de rire.

– Je m'intéresse à toi pour deux raisons, reprit-elle quand elle eut retrouvé son sérieux. La première, c'est que tu es la fille d'Arne, un homme que j'appréciais énormément. Et en plus ton destin n'a pas laissé beaucoup d'espace pour autre chose. La seconde, c'est qu'un jour Jolene a dit : « Olivia sent bon. »

– Je sens bon ?

– C'est une expression qu'elle utilise, plutôt rarement d'ailleurs. Pour elle, quelqu'un qui sent bon est une bonne personne. C'est sa façon à elle de le dire. Tu sens bon.

La métaphore était un peu obscure pour Olivia, mais elle saisissait que c'était positif.

– Cela te suffit ? demanda Mette.

– Entièrement.

– Eh bien, je vais te raconter quelque chose de tout à fait personnel, quelque chose de terrifiant et gênant à la fois. Mais il faut d'abord que j'aille aux toilettes.

Elle le fit d'un pas qui n'était pas parfaitement assuré.

À une dizaine de kilomètres à l'est de la maison de Mette, Marianne Boglund revenait en voiture d'un centre de formation situé sur l'île de Djurö, où elle avait pris part à un séminaire sur les nouvelles méthodologies forensiques. Elle était une des meilleures spécialistes suédoises dans ce domaine et elle occupait un poste important au laboratoire scientifique national de Linköping. Des années auparavant, elle avait été mariée à Tom Stilton, à l'époque où il faisait encore partie de la police. Aujourd'hui, elle vivait avec un autre homme et ses deux enfants.

Elle était presque arrivée à l'autoroute de Värmdö lorsqu'elle reçut un appel d'une collègue de Linköping qui travaillait aussi sur le meurtre d'Aram Mellberg. Elle l'écouta sans faire aucun commentaire, puis appela Mette Olsäter. Elles se connaissaient bien toutes les deux, sur le plan professionnel et privé. Leurs familles se fréquentaient du temps où elle était mariée à Stilton.

Elle raccrocha quand elle entendit le répondeur s'enclencher.

Lorsque Mette revint des toilettes, Olivia avait à nouveau rempli leurs verres. Elle avait dépassé son seuil de contrôle, le vin lui procurait un sentiment plaisant. Peut-être en aurait-elle besoin pour supporter ce que Mette allait lui raconter. Quelque chose de terrifiant et gênant ?

Mette se rassit et prit son verre. Olivia remarqua qu'elle s'était passé de l'eau sur le visage, des mèches humides collaient à son front.

Mette but une gorgée et regarda Olivia.

– Kerouac est mort, dit-elle.

Il fallut quelques secondes à Olivia pour assimiler ce qu'elle venait d'entendre. Elle savait de quel Kerouac parlait Mette. Il ne s'agissait pas de l'écrivain, mais de la grande araignée noire qui était l'animal de compagnie de Mårten dans sa salle de musique à la cave, une créature qu'il aimait et soignait, et qui, à l'en croire, était capable de faire la différence entre la bonne et la mauvaise musique.

– C'est arrivé quand ?

– En fait, je l'ai tué.

– Toi ? Mais pourquoi ?

– Par erreur. Je passais l'aspirateur dans la salle de musique, quand tout à coup Kerouac est sorti de son trou, et hop, il a disparu. Je l'ai aspiré !

Elle but du vin.

– L'araignée, ça m'est égal, reprit Mette. Mais qu'est-ce que je vais bien pouvoir dire à Mårten ? Il va être sacrément choqué ! Tu connais son attachement pour cette bête.

– Oui.

Olivia avait eu l'occasion d'aller avec Mårten dans cette pièce où il lui avait montré comment la grande araignée noire réagissait à différentes musiques. Elle avait trouvé plutôt répugnant le spectacle de la créature sur le mur blanc, mais l'enthousiasme de Mårten était indéniable. Et maintenant l'araignée n'était plus.

– Elle n'est peut-être pas morte.

– Comment ça ?

– Elle est peut-être dans le sac de l'aspirateur, vivante. Tu l'as juste aspirée.

La réaction de Mette montra qu'elle n'avait pas envisagé cette possibilité. Elle bondit de sa chaise et se dirigea vers une des portes de la cuisine.

– Va chercher un journal ! cria-t-elle.

Olivia devina ce qui l'attendait. Elle trouva un magazine féminin dans un coin de l'évier et l'ouvrit sur le sol. Ça ne va pas suffire, pensa-t-elle, et elle arracha deux ou trois pages qu'elle plaça à côté du magazine. Mette revint dans la pièce, le sac d'aspirateur à la main. Elle s'agenouilla sur le sol.

– Du vin !

Olivia lui apporta son verre. Mette déversa prudemment le contenu du sac sur les feuilles.

– Une fourchette !

Mette donnait des ordres comme si elle se trouvait dans la salle de réunion de la Criminelle. Olivia lui apporta une fourchette dont elle se servit pour étaler le tas de poussière. Elle continua à le ratisser en buvant du vin. Des gouttes de sueur perlaient à son front, sa concentration était totale. Olivia, à genoux près d'elle, scrutait la poussière.

– Ça ressemble à une araignée, lâcha Mette, la voix rauque.

La fourchette était suspendue quelques centimètres au-dessus d'une araignée noire recroquevillée au milieu des détritus.

– À une araignée morte, dit Olivia.

– Elle se ranimera peut-être avec un peu de vin ?

Elles se dévisagèrent.

– Cuillère à soupe ! fit Mette.

Olivia exécuta ce nouvel ordre et en donna une à Mette qui s'en servit pour soulever prudemment l'araignée morte.

– Boîte d'allumettes ! Il y en a une grande sur la cheminée.

Olivia se leva pour la prendre.

– Vide-la. Et apporte le coton qui se trouve dans le tiroir sous celui des couverts.

À nouveau, Olivia obéit.

– Mets-en un peu dans la boîte.

Olivia se conforma à cette nouvelle instruction, parce qu'elle était une bonne personne qui sentait bon. Puis elle tendit la boîte à Mette et s'agenouilla à côté d'elle. Mette déposa précautionneusement l'araignée sur le coton. Elles regardèrent toutes les deux ce cercueil improvisé. Olivia fut soudain prise d'un fou rire incontrôlable, qui gagna Mette. Bientôt elles furent secouées par des spasmes de rire et durent toutes les deux mettre un coude à terre. Mette essayait cependant de préserver la boîte.

– Excusez-moi.

Debout dans l'embrasure de la porte de la cuisine, Marianne Boglund doutait de ce qu'elle voyait. Agenouillées devant un mètre carré de poussière grise, deux femmes riaient comme des folles. L'une d'elles était Mette Olsäter, commissaire à la Criminelle.

– Bonsoir, Marianne, dit celle-ci. Quelle surprise ! Entre !

Marianne ne bougea pas.

– J'ai frappé, personne n'a ouvert, mais j'ai vu de la lumière à l'intérieur. Qu'est-ce que vous faites ?

Mette, qui s'était relevée, ne sut que lui répondre.

– Que se passe-t-il ? reprit Marianne en tendant le doigt vers le sol.

– Euh… c'est… on…

– Mette a perdu une bague. Elle croyait qu'elle l'avait peut-être aspirée par erreur.

– Ah bon. Et vous l'avez retrouvée ?

Leurs réponses fusèrent simultanément :

– Oui.

– Non.

– Tu veux un verre de vin ? proposa Mette.

– Non merci.

Olivia s'était aussi remise debout. Elle avait rencontré une fois Marianne, mais la connaissait peu.

– Tu passais par ici, c'est ça ? demanda Mette, en masquant au mieux son ivresse.

Marianne s'avança et prit la chaise que lui offrit Mette, en faisant attention à ne pas mettre le pied dans la poussière étalée sur le sol.

– Je revenais d'un séminaire à Djurö quand j'ai eu un appel du laboratoire. Ensuite, j'ai essayé de te téléphoner, mais ton portable doit être éteint.

– Oui.

Mette estima inutile d'expliquer pourquoi.

– Que voulait le laboratoire ?

– Ils ont trouvé une correspondance surprenante pour les fragments de peau prélevés sous les ongles d'Aram Mellberg. J'ai pensé que tu voudrais le savoir le plus rapidement possible, et j'ai décidé de m'arrêter en passant.

– Tu as bien fait. Qu'ont-ils trouvé ?

*

L'obscurité s'étendait sur la mer, les îles. Des bateaux passaient au loin, tels des escargots phosphorescents.

Stilton était assis sur un rocher près de sa maison ; haut, avec une anfractuosité ronde et douce, comme un fauteuil naturel, où il s'était souvent installé pendant son enfance et son adolescence pour regarder la mer, particulièrement les jours où il s'interrogeait sur son père. Sa mère prétendait que c'était un marin qui était venu et reparti, mais Stilton ne la croyait pas vraiment. Le ton fuyant qu'elle utilisait lui donnait à penser qu'il y avait autre chose. Juste avant de mourir, sept ans auparavant, elle lui en avait dit plus. Non pas sur l'identité de son père mais sur la manière dont il s'était comporté avec elle.

Ce n'était pas un marin.

Il réfléchissait à Jill Engberg.

Il ne pouvait faire plus pour le moment. Contrairement à Mette, il n'avait pas accès au dossier de l'enquête sur ce meurtre.

Qui découpe des tas d'articles sur un meurtre spécifique, et les conserve dans un vieux roman d'épouvante anglais ? Qui ferait cela, sinon le meurtrier ? Un parent de la victime ? Pourquoi ? Et si quelqu'un avait gardé tous ces articles au même endroit, pourquoi s'en serait-il débarrassé soudain ?

Il entrevoyait plusieurs réponses.

La personne qui avait rassemblé les coupures était morte, et le livre ainsi que d'autres affaires avaient été vendus à un brocanteur. C'était une possibilité, même si ce n'était pas le meurtrier qui était mort. L'homme qui avait apporté les cartons à Ronny ne savait pas forcément que ce livre s'y trouvait ni ce qu'il contenait. Mais il devait en tout cas savoir d'où venait le roman qui avait échoué dans ce carton.

S'il avait encore été policier et chargé de l'enquête, il aurait pu rechercher l'homme qui avait apporté les cartons. Mais il n'était plus policier, ni en charge d'aucune enquête.

Il s'y intéressait à titre personnel.

La seule manière qu'il avait de joindre le vendeur des livres était de passer par Ronny.

Devait-il mettre une annonce ?

« Cherche à contacter la personne qui a vendu trois cartons de livres à la librairie Ronnys Antikvariat début octobre. Prière de répondre au Bibliophile. »

Stilton tendit le bras pour prendre une bouteille remplie de sirop de sureau maison et en versa dans un gobelet vert en plastique. Il adorait cette boisson, en partie parce que le grand sureau du jardin avait une histoire, c'était un cadeau de mariage de son grand-père à sa grand-mère, mais plus encore pour son goût. Il en but une gorgée.

Le livre constituait-il un indice en soi ? Avait-il été choisi pour contenir les coupures de journaux ? Il était tout à fait particulier, Benseman le lui avait fait comprendre, ce n'était pas le genre de livre qu'on achète dans une station-service. La personne qui avait rassemblé ces articles l'avait-elle acheté elle-même ? Ou bien avait-elle pris le premier volume qui lui était tombé sous la main pour les y glisser ? Il décida de réfléchir à la première hypothèse, juste pour voir où cela le menait. Qui pouvait s'intéresser à ce roman du XVIIIe siècle, pas du tout terrifiant et pas vraiment érotique non plus ? Qui cela pouvait-il exciter ?

Stilton sentit qu'il était dans une impasse. Son téléphone sonna au moment où il se disait qu'il était vain de continuer à y penser et qu'il devait passer à autre chose. C'était Mette.

– Bonsoir, répondit-il. Tu as rapporté le dossier Jill chez toi ?

– Non. Je veux te voir demain matin, dit-elle en traînant un peu sur le dernier mot.

– Tu es bourrée ?

– Je passerai à la péniche à neuf heures.

– Je suis à Rödlöga.

– Arrange-toi pour y être à neuf heures.

– Chez toi ?

– Non. Pourquoi on ne peut pas se voir sur la péniche ?

Stilton n'avait aucune envie de le lui expliquer. D'un autre côté, à neuf heures, Luna serait au cimetière.

– D'accord, on se retrouve là-bas. Mais qu'est-ce que…

Elle avait déjà raccroché. Si elle n'était pas soûle, elle avait quand même bu, se dit-il. À neuf heures ? De quoi s'agissait-il ? Pourquoi ne lui avait-elle rien confié au téléphone ? Elle ne devait pas avoir l'esprit tout à fait clair. Ce devait donc être important. Mette ne viendrait pas à la péniche pour boire un café et lui parler de ses problèmes avec une enquête. Était-il arrivé quelque chose ? À sa famille ? À Olivia ?

Il appela cette dernière, debout sur les rochers, là où la réception était la meilleure. Elle répondit, et il sentit qu'elle aussi avait bu.

– Tu es avec Mette ?

– Oui.

– Il s'est passé quelque chose ?

– Kerouac est mort.

– Kerouac ?

– L'araignée de Mårten.

– Vous vous soûlez parce qu'une araignée est morte ?

– On n'est pas en train de se soûler. Que me voulais-tu ?

– Rien. Salut.

Il raccrocha. Mette n'allait pas venir le voir à la péniche parce qu'une putain d'araignée était morte. C'était peu vraisemblable. Olivia lui avait raconté un bobard pour ne pas avoir à lui répondre.

Il s'était produit quelque chose.

Stilton se leva à six heures précises et passa directement de son lit à son bateau semi-rigide, un Eagle noir assez grand pour quatre personnes et qui pouvait monter jusqu'à cinquante nœuds. Il l'avait acheté d'occasion environ un an auparavant.

Il le poussa à la vitesse maximale car la baie était dégagée.

Il faisait nuit à son départ de Rödlöga, et le jour n'était pas encore levé lorsqu'il accosta au quai de Söder Mälarstrand, une heure et demie plus tard. Il amarra son bateau à bonne distance de la péniche et attendit qu'il soit huit heures passées pour y monter, après s'être assuré que Luna était partie. Il en profita pour se doucher et se raser, pour la première fois depuis plusieurs jours. Il allait rencontrer Mette et ne voulait pas qu'elle tire des conclusions négatives de son apparence, car cela lui vaudrait un de ces petits sermons acerbes qu'il préférait éviter.

Lorsqu'elle arriva à bord, il était aussi soigné que possible.

– Tu as l'air fatigué, dit-elle.

– Et toi, tu as l'air d'avoir trop bu hier.

– J'ai la gueule de bois. Tu es fatigué ?

– On descend ?

Il la précéda dans le salon. Mette ne voulut pas du café qu'il avait préparé.

– On est seuls ? demanda-t-elle en lorgnant le couloir qui menait à la cabine de Luna.

– Oui.

– Assieds-toi.

Stilton remarqua le ton qu'elle avait employé et s'assit sur la banquette fixée au mur. Mette choisit une des chaises.

– Ton ex-femme est passée chez moi hier soir.

– Pour se soûler avec vous ?

– Personne ne s'est soûlé, et ne m'interromps plus, sinon je m'en vais.

Il acquiesça du menton.

– Aram Mellberg, le petit garçon qui a été assassiné, avait des fragments de peau sous les ongles, dit-elle. Le laboratoire scientifique national en a identifié l'ADN et ils ont trouvé une correspondance hier.

– Avec moi ?

Stilton comprit immédiatement qu'il avait dit une énormité et leva la main pour s'excuser.

– Non, pas avec toi. Mais avec l'ADN de l'auteur d'un meurtre commis en 2005.

Mette le laissa absorber cette révélation le temps qu'il comprenne, ce qui ne manqua pas de se produire.

– Le meurtre de Jill Engberg.

– Exactement.

– Tu veux dire que...

– La personne qui a tué Aram Mellberg et vraisemblablement Emelie Andersson en Scanie est celle qui a tué Jill Engberg en 2005.

– Ce serait le même meurtrier ?

– Oui, apparemment.

Stilton traita ces informations aussi vite qu'il le put, mais il ne réussit pas à les associer.

– Les modes opératoires sont pourtant complètement différents. Et les victimes tout autant. Jill était une prostituée qui travaillait comme escort-girl, les deux autres, de petits enfants.

– Mais Jill était une personne de couleur.

– Et alors ?

– Nous pensons qu'il y a peut-être un mobile raciste derrière les meurtres des deux enfants. La même chose pourrait être vraie du meurtre de Jill.

– Mais ça remonte à huit ans !

– Il y a eu ces neuf dernières années quatre meurtres non élucidés dans lesquels le racisme pourrait avoir été un facteur. Un petit garçon du nom de Mohammed à Linköping en 2004, un Somalien poignardé à Sundsvall en 2007, un chauffeur de taxi de couleur battu à mort près de Sveg en 2010, une femme chilienne retrouvée noyée dans sa baignoire cette année. Il pourrait s'agir d'un seul meurtrier.

– Un tueur en série raciste ?

– C'est possible. C'est déjà arrivé.

Stilton hocha la tête. Tout se présentait maintenant sous un jour différent. « Son affaire » appartenait soudain à quelque chose de bien plus vaste qui relevait de la Criminelle.

Mette lui tendit une feuille de papier.

– C'est le portrait-robot d'un homme que nous recherchons. Il se trouvait sur les lieux du meurtre d'Aram.

Il la prit.

– Ce livre dont tu m'as parlé, reprit Mette. Avec toutes ces coupures sur le meurtre de Jill.

– Oui ?

– Il paraît plutôt important à présent.

– Il l'était dès le départ. Pour moi.

– Maintenant, il l'est pour nous aussi.

Stilton comprit où elle voulait en venir. Cela ne lui convenait pas.

– Déterminer qui l'a apporté permettrait d'avancer, non ?

– Certainement.

– Où est le livre ?

– Chez moi, sur Rödlöga.

Elle scruta son visage.

– Je crois que tu l'as avec toi.

– Non, et même si je l'avais, je ne te le donnerais pas.

– Tu veux qu'on procède à un échange ?

– Le dossier Jill contre le livre ?

– Oui, en gros.

Ils se dévisagèrent quelques secondes. Soudain, la porte du pont claqua, et ils entendirent des pas pesants dans l'escalier, ceux d'un homme âgé de haute taille qui dut se baisser pour entrer dans le salon. Coiffé d'une casquette de marin, il avait une épaisse barbe grise. Ses mains étaient enfoncées dans les poches d'une grosse veste de cuir qui ressemblait à celle que Stilton avait héritée de Grand-Stilton, son grand-père, le chasseur de phoques.

Tout chez lui me rappelle un chasseur de phoques, se dit Stilton.

– On dirait que tu as de la visite ! lança le nouvel arrivant par-dessus son épaule à quelqu'un derrière lui, d'une voix qui porterait même par temps de tempête, au-dessus de grincements métalliques.

Stilton se leva au moment où Luna apparut. Elle s'immobilisa en le voyant et il lui fallut quelques secondes pour se composer une expression.

– Bonjour. Je te présente Justus, mon père.

– Qui sont ces gens ?

– Voici Tom Stilton, dont je t'ai parlé.

– Le flic ?

– Oui.

– Bonjour.

Le vieil homme broya la main que Stilton lui tendit, avec la même force que son grand-père. On ne pouvait jamais être sûr de l'état de la sienne quand on la retirait.

– Et moi, je suis flic aussi, dit Mette en se levant avec un léger sourire. Mette Olsäter.

Justus lui serra la main, et Stilton frémit. Il avait tort. Justus savait s'adapter à son partenaire.

– J'aime les fortes femmes, dit-il en lui souriant.

– Vous auriez dû me voir quand j'avais dix-sept kilos de plus !

Ils rirent tous les deux. Luna et Stilton échangèrent un coup d'œil.

– Je vais habiter ici à l'essai, expliqua Justus à Mette. Vous vivez aussi là ?

– Non.

– Dommage. Ça aurait pu faire des étincelles !

– Tu veux que je te montre ta cabine, papa ? demanda Luna en le prenant par le bras.

Elle passa à côté de Stilton en lui lançant un regard furibond.

– À bientôt, j'espère ! dit Justus à Mette, en portant la main à sa casquette.

Une fois qu'ils furent partis, celle-ci sourit à Stilton.

– Vous allez vous amuser, je pense.

– On a un deal ? s'enquit Stilton.

– Je t'appellerai.

Elle se dirigea vers l'escalier qui menait au pont et il se rassit sur la banquette. Il entendait Justus parler dans les cabines à l'avant, aussi nettement que s'il était à côté de lui. Il alla dans celle qu'il louait toujours et se laissa tomber sur la couchette.

Il y a du positif, pensa-t-il : la possibilité de résoudre l'affaire Jill avait considérablement augmenté.

Du demi-positif : la Criminelle allait s'en occuper et cela limiterait sa capacité d'action.

Et du douteux : Luna.

Qui ouvrit la porte au même moment, sans frapper.

– Que fais-tu ici ?

– Je te dois des explications ? Je loue cette cabine.

– Et tu penses rester ?

– Non. Je te prie de m'excuser. Je ne vais pas tarder à partir.

Elle le regarda.

– Tu me manques, ajouta-t-il.

Elle se détourna et sortit.

*

Svensson alla chercher Måns Berntsson au point du jour. Il faisait tout pour rattraper le retard qu'il avait pris dans cette enquête. Il fit entrer Berntsson, qui ne comprenait pas pourquoi il était au commissariat, dans un petit bureau borgne.

– Il s'agit du meurtre d'Emelie Andersson et de celui d'Aram Mellberg, dit Svensson.

– En quoi cela a-t-il à voir avec moi ?

– C'est ce dont je veux vous parler. Nous avons vérifié l'alibi que vous avez fourni à Olivia Rönning. Il ne tient pas. Pourquoi avez-vous menti ?

– Je voulais la faire marcher.

– La faire marcher ?

– Nous avions tous bu, elle nous provoquait, et c'est pour ça que j'ai dit ce que j'ai dit.

– À propos du marché aux puces ?

– Oui.

– Et que faisiez-vous au moment où Emelie Andersson a été tuée ?

– J'étais à la ferme.

– Qui peut le confirmer ?

– Les vaches.

Svensson regarda la peau tavelée de Berntsson et fit un effort pour se contrôler. Il savait que Berntsson habitait à côté de ses parents et qu'ils avaient du bétail.

– Vos parents étaient là ?

– Ils étaient partis à Århus.

– Personne ne peut donc confirmer que vous n'étiez pas dans le jardin des Andersson pour tuer une enfant de trois ans. Une petite « négresse », comme vous diriez sans doute. Vous chaussez du combien ?

Benrtsson posa un pied sur la table. Il portait de grosses bottes.

– Jugez-en vous-même, rétorqua-t-il avec un sourire.

– Enlevez votre pied de la table.

Berntsson s'exécuta.

– Je chausse du 43 et parfois du 44.

– Ces bottes-là, c'est du combien ?

– Du 43.

– Aram Mellberg a été tué le 21 octobre. Où étiez-vous ce jour-là ?

Berntsson sortit son téléphone et fit apparaître son calendrier.

J'aimerais bien y avoir accès, se dit Svensson.

– Je suis allé me faire tatouer à Helsingborg, répondit Berntsson avant de ranger son portable.

– Chez qui ?

– Straycat Tattoo. Vous voulez leur numéro ?

– Volontiers.

Berntsson sortit à nouveau son téléphone et communiqua le renseignement à Svensson.

– Vous avez fini ?

– Pour le moment.

Berntsson se leva et se dirigea vers la porte.

– Votre tatouage est terminé ?

Berntsson s'immobilisa.

– Oui.

– Je peux le voir ?

Berntsson lui adressa un sourire moqueur en relevant son tee-shirt sur sa poitrine. Deux mots étaient tatoués en caractères gothiques sous ses tétons : Colère blanche.

*

Jian l'appela juste avant huit heures. Olivia, qui n'était pas très fraîche, s'apprêtait à participer à la réunion du matin.

– Auriez-vous le temps de passer me voir ?

– Bien sûr ? Où êtes-vous ?

– Dans mon bureau.

Jian lui donna une adresse dans Luntmakargatan. Olivia expliqua à Mette ce dont il retournait. Cela ne posait pas de problème.

Le simple fait que Jian se trouve sur son lieu de travail était un progrès.

Ce n'était pas un vrai bureau, mais une grande pièce, assez encombrée, avec un coin cuisine. La première chose qui frappa Olivia fut l'équipement technique : plusieurs ordinateurs et écrans, de nombreux boîtiers noirs alignés le long d'un mur et d'incroyables enchevêtrements de fil électrique.

– Entrez, dit Jian en l'y invitant de la main.

Olivia remarqua que Jian était pieds nus.

La pièce, haute de plafond, avait dû faire partie d'un immense appartement, elle était magnifique avec son beau plancher, ses moulures blanches et les boiseries de ses murs couverts d'articles de journaux, de Post-it et de multiples listes. Il y avait aussi une photo agrandie, celle d'un homme dont le visage paraissait familier à Olivia. Elle s'en approcha – les photos l'attiraient toujours – et elle reconnut

Kent Ekeroth[1], du parti des Démocrates de Suède. Elle était surmontée d'un bandeau de papier sur lequel elle lut : « Kenta le doux. » Quelqu'un avait ajouté une bulle sortant de sa bouche, qui disait : « Avec une bonne barre de fer, on peut surprendre le monde entier ! »

Olivia rit.

– Merci d'être venue, dit Jian.

Olivia se retourna.

– Mais cela va de soi…

– Je ne parle pas de maintenant, l'interrompit Jian, mais d'hier. Votre visite m'a fait du bien.

– Tant mieux.

Elle remarqua que Jian avait retrouvé des couleurs, et qu'elle était très jolie. Ses traits étaient moins tirés, et ses yeux avaient une expression qu'ils n'avaient pas la veille.

– J'ai passé presque toute la nuit à réfléchir à ce que vous m'avez dit, à savoir que je pouvais peut-être vous aider à trouver le meurtrier d'Aram, et que mes connaissances pouvaient vous être utiles.

– J'en suis certaine.

– Oui, je sais, Ola m'a dit la même chose, mais cela n'a pas le même poids quand cela vient de votre mari. Vous voulez un café ?

– Volontiers.

Jian s'approcha de la machine à café.

Olivia observa son corps gracile, mais qui laissait deviner chez cette femme fluette une force que beaucoup d'hommes lui auraient enviée. Après tout, elle avait osé se lancer contre une des pires associations que comptait la société, les *haters,* et elle avait révélé, en collaboration avec le groupe Research, l'identité de nombreux racistes. Cela prouvait une détermination qui n'avait rien à voir avec son physique.

– Du lait ?

– Oui, merci.

Olivia prit le temps de réfléchir car elle voulait trouver le bon angle.

1. Cet élu des Démocrates de Suède a causé un scandale en 2012 dans une vidéo qui le montrait se promenant à Stockholm armé d'une barre de fer, avec laquelle il disait vouloir se défendre.

– Ola, votre mari, m'a appris que vous aviez subi des menaces, sans me donner de détails.

– Oui.

– Par mail et par téléphone ?

– Entre autres.

– Il y avait plus ?

Olivia remarqua son hésitation. Soit elle ne voulait pas en parler, soit elle n'en avait pas la force.

– Le pire, c'était ce sac, parce que c'était physique, tangible.

– Un sac ?

– Oui, un matin, j'ai trouvé un sac accroché à la porte quand je suis arrivée. Il était rempli de pieds de cochon. C'était absolument dégoûtant.

Olivia n'eut aucune difficulté à se l'imaginer.

– J'ai déjà reçu des mails répugnants, toutes sortes de menaces qui l'étaient tout autant, sur des sites racistes et ailleurs, mais il y avait quand même une distance, si vous voyez ce que je veux dire. C'était en ligne. Mais que quelqu'un soit venu ici pour accrocher ce sac à la poignée de ma porte, c'était une irruption dans ma vie privée, une menace d'une autre dimension.

– Et vous avez porté plainte ?

– Oui, pour cela, mais pas uniquement. Je pensais que cela allait changer quelque chose, mais aussi que plus les gens porteraient plainte, plus leurs plaintes seraient prises au sérieux, non ? Vous êtes de la police après tout.

– Je suis certaine qu'elles sont prises au sérieux.

Jian hocha la tête et lui apporta un grand verre rempli de café.

– Måns Berntsson, dit-elle. Vous le connaissiez ?

– Oui. Tyrunna/CB. Il est très actif sur différents sites racistes et appartient à la Résistance aryenne suédoise, un mouvement qui a en réalité une influence limitée sur le plan politique. Nous nous concentrons sur la divulgation de l'identité de racistes actifs dans la vie politique, de personnes dont le programme, tout à fait présentable quand elles s'expriment officiellement, diffère fondamentalement quand elles le font anonymement sur la Toile. Il s'agit surtout de membres du parti des Démocrates de Suède.

Olivia remarqua que la voix de Jian prenait de la vigueur quand elle parlait de son travail.

– Comment pouvons-nous en savoir plus sur Måns Berntsson ?

– Si vous pensez qu'il peut être impliqué, je peux essayer de recenser ses différents contacts et les membres des fils de discussion auxquels il participe sur des forums. Si cela peut servir à quelque chose, répondit Jian.

– Sans aucun doute.

Ce n'était pas vrai, mais le fait que cela remettrait Jian au travail suffisait.

– Comment vous y prenez-vous ?

– Je vais chercher la véritable identité des pseudos avec lesquels il communique.

– Et comment faites-vous cela ? Je suis désolée, mais je ne m'y connais pas dans ce domaine.

– Vous avez des enfants ?

La question prit Olivia au dépourvu.

– Non. Pourquoi me le demandez-vous ?

– Je fais ça pour Aram.

– Je comprends.

– La façon dont je procède n'a pas grand intérêt pour vous, mon but est de briser l'anonymat de leurs comptes d'utilisateurs sur Disqus, de voir si je peux trouver des adresses cryptées simples et de les décrypter pour obtenir des adresses mail réelles. Le reste n'est pas très compliqué. Je fais des croisements avec les données publiques des autorités ou dans d'autres domaines. Il y a de nombreuses manières de s'y prendre. Tôt ou tard, on tombe sur un nom.

Olivia en était persuadée. Elle voyait que Jian savait ce qu'elle faisait. Si Måns Berntsson avait des contacts qui pouvaient avoir un intérêt pour l'enquête, Jian les trouverait.

*

Certains des participants à la réunion remarquèrent peut-être la fréquence à laquelle Mette remplissait et vidait son verre d'eau, mais personne ne fit de commentaires. C'était d'ailleurs la seule différence avec sa conduite habituelle. Ils avaient tous réagi quand elle avait annoncé la correspondance identifiée par le laboratoire scientifique national, et le lien avec l'affaire Jill de 2005, sur laquelle quelques-uns d'entre eux avaient travaillé.

– Cela renforce ou affaiblit notre hypothèse ? demanda Bosse Thyrén.

– Ni l'un ni l'autre, répondit Mette. Au pire, nous avons affaire à un tueur en série qui a un mobile raciste.

– La presse a déjà évoqué la possibilité d'un nouveau Peter Mangs[1], ou d'un autre « homme au laser[2] ».

– Ce n'est pas du tout impossible, dit Mette. Je propose que nous rouvrions tous les dossiers de meurtres non élucidés susceptibles d'avoir un lien avec notre hypothèse. Je m'occuperai moi-même de l'affaire Jill.

– Il y a du nouveau à propos de Lars Brendman, le joggeur ?

– Nous avons parlé à son compagnon de pêche, répondit Lisa Hedqvist. Il a confirmé qu'ils pêchaient tous les deux sur Biskopsudden, comme l'a déclaré Brendman.

– Il se peut qu'il mente.

– C'est possible, mais il est prêt à témoigner.

– Nous allons sans doute devoir éliminer des suspects ce Måns Berntsson en Scanie. D'après ce que vient de me communiquer Svensson, il ne peut pas avoir tué Aram Mellberg parce qu'il était en train de se faire tatouer à ce moment-là.

Il y eut un silence interrompu par une enquêtrice :

– Donc on en est où ?

– Là où on a commencé, répondit Mette.

Elle détestait repartir de zéro. La motivation des enquêteurs en pâtissait toujours.

– Et du côté des liens entre les deux familles ? On n'a rien ? demanda-t-elle, bien qu'elle le sût déjà.

1. Peter Mangs, né en 1972, est l'auteur de deux meurtres et de plusieurs autres tentatives de meurtre pour lesquels il a été condamné à la prison à vie.

2. « L'homme au laser » est le surnom de John Ausonius, né en 1953, qui a été condamné à la prison à vie pour un meurtre et dix tentatives de meurtre en 1991-1992, qui avaient tous un mobile raciste.

– Non, aucune relation, répondit Lisa. Le mobile n'a peut-être rien à voir avec ça.

Il y eut un nouveau silence. Mette balaya l'assistance du regard et vit deux ou trois personnes prendre un chewing-gum à la nicotine. Ce n'est plus comme avant, pensa-t-elle. Autrefois, les salles de réunion étaient enfumées, on y voyait à peine, maintenant, les substituts et le tabac à priser avaient remplacé les cigarettes. C'était sûrement mieux. Elle se rassit sans savoir comment elle allait trouver l'énergie de continuer.

– Mais pourquoi s'en prendre à des enfants ? Ça me paraît si tordu !

Le commentaire venait de Bosse. Il avait parlé spontanément, d'une voix chargée d'émotion, une conduite plutôt inhabituelle dans un groupe d'enquête où chacun refrénait ses sentiments pour arriver à se concentrer sur les faits.

Mais c'était probablement ce dont l'équipe avait besoin à cet instant précis. Sa déclaration raviva leur énergie face à ces deux meurtres d'enfants d'une rare brutalité, et à l'assassinat tout aussi atroce d'une jeune femme enceinte.

*

Assis sur un banc de la gare centrale de Stockholm, l'homme observait les passants, des voyageurs d'âges et de couleurs variés, une foule ordinaire pour certains, mais pas pour lui.

Il ne voyait que ceux qu'il qualifiait de « déviants », ceux qui lui paraissaient n'avoir rien à faire ici. Innombrables, ils passaient sans cesse devant lui, en riant, en se hâtant vers ceux qui les attendaient, qu'ils prenaient dans leurs bras.

Comme s'ils étaient ici chez eux.

Dans son pays. La Suède.

Il se demandait comment on en était arrivé là, comment cela avait pris de telles proportions, pourquoi cet endroit était soudain rempli de tant d'étrangers. Pourquoi n'avait-on pas mis un terme à cela ? Il est peut-être déjà trop tard, dans quelque temps nous ne serons plus qu'une minorité dans notre propre pays, songeait-il, en s'étonnant que les gens ne comprennent pas ce que signifiait la pureté raciale. Après tout, dès qu'un chien viverrin était découvert en Suède, il était abattu parce qu'il constituait une menace pour les espèces indigènes. Comment pouvait-on ne pas saisir qu'il en allait de même avec les immigrés ?

Il se leva et quitta la gare. Il avait honte.

Il prit Vasagatan et regarda le terrain vague de l'autre côté de la rue, là où se dressait l'hôtel Continental avant sa démolition.

Maintenant, il n'existe plus, pensa-t-il.

Il leva les yeux vers le troisième étage, vers la chambre qui s'y trouvait, comme s'il la voyait. J'étais assis là, à la fenêtre, le feu tricolore teintait mon visage de rouge et de vert, j'ai entendu une bouteille se briser dans la rue, aucun bruit ne venait du lit. Je tenais mes lunettes sur mes genoux, une des branches s'était cassée. J'ai vu un cafard brun clair ramper le long de la plinthe, il s'est arrêté soudain devant une grosse goutte rouge sur la moquette. Tout s'était passé si vite, ce n'était pas du tout prévu.

Mais j'ai quand même apporté ma pierre à l'édifice, pensa-t-il en se dirigeant vers Norra Bantorget.

*

Stilton traversa Nytorget dans le quartier de Söder en réfléchissant. La situation avec Luna empirait, mais il n'y pouvait pas grand-chose. Elle lui manquait et cela le dérangeait et le troublait. En revanche, ce qui le préoccupait plus était l'affaire Jill, dans laquelle il n'était pas libre de ses mouvements. Mette ne tolérait pas qu'on empiète sur ses prérogatives quand elle était sur une enquête. Le cas Jill était entre ses mains, et non entre celles de Tom. Il n'avait pas fait de réels progrès quand il en était chargé, et il aurait besoin de lire le dossier pour en faire maintenant. Il était sûr qu'il y trouverait de nouvelles pistes, des pistes qu'il n'avait pas eu le temps de suivre avant d'être écarté de l'enquête, des idées, des initiatives, des noms.

Oui, il pourrait progresser s'il y avait accès.

Si Mette acceptait qu'il le consulte.

Il avait quand même ce livre rempli de coupures de journaux. Il savait qu'elle le voulait, et peut-être arriveraient-ils à un arrangement grâce à lui.

Il entra dans le parc Lilla Blecktorn et s'assit sur un banc. Il connaissait bien les lieux. C'était là qu'il avait arrêté ceux que les médias avaient baptisés les « meurtriers au portable ». Deux jeunes types qu'il aurait sans doute amochés à la batte de base-ball si Abbas el Fassi n'était pas intervenu avec ses couteaux noirs.

Stilton pensa à cet homme mince, ce soufi taiseux qui se trouvait actuellement à Marrakech avec Mårten et Jolene. Abbas avait un passé inhabituel, qui comprenait notamment une brève carrière comme roi du lancer de couteau dans un cirque en tournée dans le sud de la France. Il avait ensuite dérivé vers des zones plus illégales et échoué en Suède. Stilton l'avait aidé à échapper à cette vie, mais surtout Mette et Mårten Olsäter l'avaient accueilli presque comme un fils et hébergé pendant la période de réinsertion au cours de laquelle de criminel il était devenu croupier.

Mais Marrakech ?

Qu'étaient-ils allés y faire ? Stilton savait qu'Abbas avait de la famille là-bas, mais était-ce la raison de ce voyage avec Mårten et Jolene ?

Il regarda le parc et sortit son portable. Il vérifia l'heure et appuya sur le numéro d'Abbas, qui décrocha au bout de quelques secondes.

– Salut, c'est Tom. Il est quelle heure chez toi ?

– La même que chez toi.

– Parfait. Comment ça va ?

– Bien. Tu veux quoi ?

– Rien de spécial. Parler.

– Parler ?

Stilton comprenait la surprise d'Abbas. Leur relation n'était pas fondée sur la parole, ils se voyaient quand ils étaient mêlés pour une raison ou un autre à une affaire criminelle.

– Comment va Jolene ? lança Stilton.

– Elle croit qu'elle va trouver un tapis volant ici. Mårten a essayé de lui dire que ça n'existait pas, mais il n'y a pas tout à fait réussi.

– Ah bon. Salue-les de ma part.

– Je n'y manquerai pas.
– Tu te demandes comment ça va pour moi ?
– Non. Ça va comment pour toi ?
– Super.
– Tu mens.
– Oui.
– Et alors ?
– Le type qui a tué Jill Engberg vient de tuer deux enfants, un en Scanie et l'autre ici.
– Le même type ?
– On dirait.
– Tu t'en occupes ?
– C'est en cours, du moins je l'espère.
– Tu as besoin d'aide ?
– Pas encore.
– Attends un peu, Jolene veut te dire quelque chose.

Stilton entendit des flûtes et du brouhaha en arrière-fond, puis Jolene prit le téléphone.

– Tom !
– Bonjour Jolene ! Vous êtes où ?
– Dans ce qui s'appelle le souk. Je cherche un tapis volant, mais papa dit que ça n'existe pas.
– Il ment. Ça existe.
– Oui, je le savais ! Au revoir !

Elle rendit le téléphone à Abbas.

– Qu'est-ce que tu lui as dit ?
– De ne pas rester trop longtemps au soleil. Bon, à la prochaine.

Stilton raccrocha et vit une grosse femme mal habillée récupérer des cannettes vides dans une corbeille à papier. Pendant quelques secondes, elle lui rappela Vera la Taupe, une SDF qu'il connaissait et qui avait été battue à mort deux ans plus tôt par les « meurtriers au portable ».

Il se leva et quitta le parc.

*

Mette s'était retirée dans son bureau. Ses yeux étaient douloureux, brûlaient. Elle prit un comprimé de metformine en espérant que cela la soulagerait. Elle ne voulait surtout pas que quelqu'un le remarque ou l'interroge à ce sujet. Pas maintenant, en pleine enquête, parce que Oskar Molin, son collègue et rival à la Criminelle, aurait pu l'apprendre, et Mette n'avait pas envie de le voir se mêler de cette affaire.

Elle tenait à l'éviter.

Assise à son bureau, elle regardait une grande photo encadrée, prise dans son jardin à la dernière Saint-Jean. On y voyait ses enfants et leurs compagnons, et ses petits-enfants, tous souriants sous leurs couronnes de fleurs. Elle était la seule à ne pas sourire et elle se demandait pourquoi lorsque son téléphone sonna. C'était Marianne Boglund.

– Tu as une minute ?

– Oui. Il faut juste que je vide le sac de l'aspirateur.

– De nouveau ?

– Je plaisante. Je suis au bureau. Que voulais-tu ?

– J'ai trouvé une nouvelle correspondance avec ce fragment de peau.

– Celui d'Aram Mellberg ?

– Oui.

– Quand ça ?

– À l'instant. Un peu par hasard. Il y a deux mois, on a découvert des ossements dans un lac sur l'île de Möja. À partir de quelques mèches de cheveux qu'on nous avait remises, nous avons identifié cette personne. Il s'agissait d'un homme dont l'ADN présente des aberrations génétiques indiquant une maladie héréditaire rare. La même aberration est présente dans l'ADN des fragments de peau trouvés sous les ongles d'Aram. La coïncidence m'a paru incroyable, et je les ai comparés.

– Et il y a une correspondance ?

– Oui, la moitié de l'ADN de ce fragment de peau correspond à la moitié de l'ADN de ces éléments du squelette.

– Un enfant ?

– Un fils.

– Et c'était le squelette de qui ?

– D'un certain Stellan Eklind. Je n'en sais pas beaucoup plus.

Mette la remercia, raccrocha et se dirigea vers la porte. Ses yeux douloureux n'avaient plus d'importance, cette nouvelle était peut-être une découverte capitale !

*

Stilton décida de repasser chez le bouquiniste, il n'avait rien de mieux à faire, mais surtout son instinct de policier, qu'il n'avait sans doute pas entièrement perdu, le poussait à vérifier chaque piste, même la plus improbable.

Il s'arrêta à quelques mètres de la boutique pour s'assurer que Ronny était seul. C'était le cas. Arrivé à hauteur de la porte, il remarqua le panonceau « Fermé », ce qui lui parut étrange. Il frappa au carreau, et Ronny se retourna.

– Entre, dit-il en s'écartant pour le laisser passer avant de refermer la porte.

Stilton allait dire quelque chose lorsque Ronny leva une main et mit un doigt sur ses lèvres en montrant l'intérieur de la boutique de l'autre index. Stilton savait qu'une petite cuisine et une alcôve se trouvaient derrière le joli rideau de perles au fond du magasin, vers lequel le bouquiniste se dirigea, suivi de Stilton. Ronny l'entrouvrit, Stilton se pencha et vit qu'il n'y avait personne du côté cuisine, mais qu'une femme était assise dans le fauteuil de l'alcôve. Elle lisait un livre. Au bout de quelques secondes, il reconnut Muriel, et tourna un regard interrogateur vers le bouquiniste.

– Cela fait plus de quatre heures qu'elle lit, expliqua celui-ci en relâchant les rangées de perles. Elle en est presque à la moitié.

– Vraiment ? Et c'est quoi, son livre ?

– *Siddharta.*

– Hesse.

Ronny le dévisagea, stupéfait, avant de le faire revenir dans la partie magasin.

– Comment se fait-il que tu saches qui est l'auteur de *Siddharta* ? demanda-t-il en chuchotant.

– Je l'ai lu.

– Toi ? Quand ça ?

– Quand je travaillais sur une plateforme pétrolière, en Norvège.

– Tu as travaillé sur une plateforme pétrolière ?

– Quand j'étais jeune.

– Et tu as lu *Siddharta* à ce moment-là ?

– Oui. J'avais échoué là-bas un peu pour de mauvaises raisons, je n'allais pas fort, et une fille qui bossait à la cantine m'a passé ce bouquin. Elle m'a dit que ça me ferait du bien de le lire.

– Et ça a été le cas ?

– Je ne m'en souviens plus. Tu peux regarder ça ? ajouta-t-il, sans laisser à Ronny le temps de dire autre chose.

Il lui montra le portrait-robot que Mette lui avait donné le matin même.

– On dirait toi.

– Ce n'est pas moi, fit Stilton. Est-ce que ça pourrait être le type qui t'a apporté le livre avec les coupures de journaux ?

– Possible, répondit Ronny après avoir étudié attentivement l'image. L'âge correspond à peu près, mais ce portrait-robot pourrait être n'importe qui.

– Mais ce n'était pas n'importe qui.

Stilton replia la photocopie.

– Ronny ! appela soudain Muriel.

Stilton se dirigea vers la porte. Il ne voulait pas les déranger. Il trouvait extraordinaire que Ronny ait réussi à faire en sorte que Muriel passe plusieurs heures assise à lire un roman – qui était plutôt fumeux, pour autant qu'il s'en souvienne, mais quand même.

Peut-être convenait-il à la future Mme Benseman.

Mette avait pris contact avec la police de Stockholm qui lui donna l'information qu'elle recherchait. Elle s'apprêtait à la communiquer au groupe d'enquête. En la voyant, tous ceux qui l'attendaient dans la salle de réunion comprirent qu'il y avait du nouveau.

– Les ossements avec lesquels on a trouvé une correspondance appartenaient à un certain Stellan Eklind, commença-t-elle. La correspondance indique que les fragments de peau viennent de son fils. Eklind avait disparu depuis qu'il avait quitté son domicile sur l'île de Möja en octobre 1975. Sa femme Barbro avait signalé sa disparition, mais les recherches qui furent lancées n'aboutirent à rien. La découverte de ces ossements en août dernier par des enfants qui se baignaient sur l'île dans le lac de Mellansjö a renforcé la supposition qu'Eklind s'était noyé, comme on l'avait pensé à l'époque.

Elle remplit son verre d'eau, mais ne le porta pas à ses lèvres.

– Stellan et Barbro avaient un enfant, une fille, qui s'est suicidée en 1976.

– Mais alors, comment expliquer cette correspondance ? demanda Lisa.

– Très simplement : Stellan Eklind devait avoir un autre enfant. Un fils.

Il y eut un silence. Le meurtrier d'Aram Mellberg serait le fils d'un habitant de Möja qui avait disparu en se noyant en 1975 et n'aurait été retrouvé que cette année ?

Cela paraissait extraordinaire.

– Barbro Eklind, la veuve de Stellan Eklind, est encore vivante. Elle a aujourd'hui soixante-treize ans et vit toujours sur Möja. Bosse, je veux que tu l'appelles pour lui demander si son mari avait d'autres enfants, peut-être d'avant leur mariage.

Bosse hocha la tête et se leva.

– On a son numéro de téléphone ?

– Je te laisse le soin de le trouver, répondit Mette en prenant son verre d'eau.

Une fois dans le couloir, elle appela Stilton.

– Tu es où ?

– Chez moi.

– Et c'est où ? Sur la péniche ou sur Rödlöga ?

La question était raisonnable.

– Sur Rödlöga, dit Stilton.

– Veux-tu venir dîner chez moi ce soir ?

– Pourquoi ?

Mette ne répondit pas tout de suite.

– Un de ces jours, il faudra que je t'apprenne les rudiments des règles de la vie en société. Tu veux venir ?

– C'est pour le livre ?

– Il faudra que tu l'apportes.

– Et toi, tu auras le dossier Jill ?

Mette raccrocha.

*

Assis à sa table de travail dans la salle de réunion du commissariat de Höganäs, Sven Svensson étudiait la liste des appels du portable de Måns Berntsson. Il avait pris l'initiative de les vérifier car il ne voulait rien laisser au hasard. Berntsson n'avait toujours pas fourni d'alibi pour le meurtre d'Emelie Andersson.

Il avait souvent utilisé son téléphone ces dernières semaines, et la quasi-totalité des appels était passée par l'antenne relais la plus proche de la ferme de ses parents. Svensson cherchait maintenant à déterminer si des numéros apparaissaient plus fréquemment que d'autres, une tâche assez ingrate.

Il se rendit compte qu'il se lassait, mais il n'eut qu'à visualiser les mots « Colère blanche » tatoués sur la poitrine de Berntsson pour trouver sa besogne un peu moins pénible.

*

Bosse frappa fort à la porte de Mette et attendit en vain une réponse. Il ne vit personne dans le couloir et se demanda que faire. Il la croyait dans son bureau. Il appuya sur la poignée de la porte qui s'ouvrit.

Elle était assise dans son nouveau et confortable fauteuil couleur lie-de-vin, dont l'inclinaison, très en arrière pour le moment, était contrôlée grâce à un levier.

Elle était assoupie.

Bosse regarda celle qui était sa supérieure hiérarchique, ainsi qu'une collègue qu'il appréciait et une enquêtrice qu'il admirait. Il était présent quand elle avait eu un infarctus un an plus tôt et savait qu'au travail elle demandait à son corps plus que ce qu'il pouvait supporter. La voix forte de Mette résonna soudain dans le bureau que Bosse s'apprêtait à quitter.

– Tu lui as parlé ?

Il sursauta, fit demi-tour, s'excusa d'un geste de la main, et referma la porte.

– Tu croyais que je dormais ?

– Ça y ressemblait.

– Une erreur fréquente, et souvent regrettée, notamment par Leonard Bernstein. Un jour qu'il était au pupitre du Philharmonic de New York, il a cru que le pianiste s'était endormi au piano et il allait le frapper de sa baguette lorsque celui-ci s'est lancé, à l'instant précis où il devait le faire, dans un extraordinaire solo. Il n'avait fermé les yeux que pour mieux se concentrer. Tu as pu parler à Barbro Eklind ?

– Oui, répondit-il en s'asseyant dans le fauteuil un peu moins luxueux qui se trouvait de l'autre côté du bureau. Selon elle, Stellan n'a pas eu d'autres enfants, et ma question ne lui a pas plu du tout.

– Pourquoi ?

– Je n'en ai pas la moindre idée. Elle a réagi comme si je cherchais à l'humilier et elle a été franchement désagréable.

– Elle mentait ?

– Comment pourrais-je le savoir ?

– Tu es un enquêteur criminel, dit Mette avec un visage inexpressif.

Bosse se demanda si elle critiquait ses aptitudes.

– Bien sûr que tu ne pouvais pas le savoir, ajouta-t-elle avec un petit sourire.

Elle ne détestait pas, à l'occasion, déstabiliser ses collaborateurs. Sa gueule de bois lui pesait encore.

– De toute façon, cette veuve va bientôt avoir un choc, dit-elle en redressant son fauteuil. Stellan Eklind avait un autre enfant et celui-ci est vraisemblablement un criminel. Je veux que Lisa et toi continuiez à suivre cette piste. Faites-vous aider, si nécessaire. Notre meurtrier n'est pas le fils de Barbro, mais il a une mère quelque part. Stilton va peut-être nous donner un coup de main.

– Stilton ?

– Il vient dîner chez moi ce soir. Enfin, je crois.

*

Il faisait déjà nuit lorsque Stilton arriva dans la rue en pente de Kummelnäs. Le vent glacé qui soufflait de la mer faisait s'envoler les feuilles sèches, l'automne s'achevait et les haies entourant les jardins étaient plus ou moins brunes. Le quartier était cossu, les maisons bâties en retrait de la rue ne devaient pas être bon marché.

Stilton n'en avait que faire. Il avançait à grands pas, une casquette en cuir marron sur la tête, son sac bleu à la main. Il avait malheureusement très faim et il s'en désolait car il espérait peu du repas qui l'attendait. Mårten était absent et il connaissait les talents culinaires limités de Mette qui, de plus, était au régime. Au mieux, il aurait droit à de la dinde froide accompagnée de carottes crues.

Il se trompait. Avec l'aide de Mette, que les oignons avaient fait pleurer, Olivia avait cuisiné un délicieux bœuf bourguignon qu'ils savourèrent tous les trois, Mette et Olivia en l'arrosant d'eau minérale, Stilton, d'un verre de vin rouge. Ce soir, c'était à son tour de boire.

La conversation aborda toutes sortes de thèmes, comme toujours entre amis qui se connaissent bien, dont de nombreux sujets ayant à voir avec Stilton. Mette et Olivia avaient eu le temps de parler d'elles-mêmes la veille. Lorsque la jeune femme lui demanda s'il était maintenant en couple avec Luna, il souleva son sac et en sortit *Le Moine* pour le tendre à Mette qui l'accepta.

– Tu as laissé les coupures de presse ?

– Oui, toutes. Où est le dossier Jill ?

– Dans la pièce africaine.

C'était la plus grande de la maison, presque une salle de bal. Mette et Mårten l'avaient décorée des objets rapportés de leurs nombreux voyages en Afrique. Ses murs étaient tapissés de tissus bariolés, achetés dans les bidonvilles autour du Cap. Le dossier Jill était posé sur une magnifique table rectangulaire faite d'une planche provenant d'une fabrique de tabac à priser de Göteborg.

Stilton n'y alla pas tout de suite. Il n'était pas pressé.

– À la vôtre ! dit-il en levant son verre.

Mette le regarda avec une légère envie, mais rien de plus. Elle repoussa son assiette et s'essuya la bouche avec sa serviette blanche. Le moment était venu de parler du fils disparu.

– Tu connais un peu Möja, non ?

– Oui. J'ai grandi dans le coin, et on allait assez souvent à Möja parce qu'il y avait un dancing là-bas.

– Tu dansais, toi ?

Olivia parut étonnée.

– Pourquoi ne l'aurais-je pas fait ?

– Olivia est curieuse de nature. Elle ne va pas tarder à te demander pourquoi tu l'aimes bien.

– Mette ! l'arrêta Olivia.

– Pourquoi me poses-tu des questions sur Möja ?

– Parce que ton ambitieuse ex-femme a trouvé une autre correspondance avec l'ADN retrouvé sous les ongles d'Aram Mellberg.

– Un nouveau meurtre ?

– Non. L'ADN correspondait partiellement à celui d'ossements découverts il y a quelque temps dans un lac de l'île, celui de Mellansjö. Tu le connais ?

– Oui. On s'y baignait autrefois.

– Tu te baignais, toi ? lança Olivia, avec un sourire.

– Et à qui appartenaient ces ossements ?

– À un homme qui a disparu de son domicile de Möja en 1975, et qui s'est apparemment noyé. Un certain Stellan Eklind. Il serait le père de l'homme qui a tué Aram Mellberg.

Stilton fronça les sourcils et baissa les yeux vers la table.

– Étrange, dit-il.

– De quoi parles-tu ? De la correspondance ou de Stellan Eklind ?

– Je sais qui c'est. Il était marié à une femme de Möja, Barbro. Mais il n'avait qu'une fille, non ?

– Linnea Eklind. Elle s'est suicidée en 1976, dit Mette.

– Exactement. Je m'en souviens.

Il se versa un peu de vin pour accompagner sa réminiscence.

– On parlait beaucoup des Eklind dans notre partie de l'archipel, ajouta-t-il, pensif.

– De quelle manière ?

– Barbro était très jolie, la moitié des hommes de l'archipel auraient voulu sortir avec elle et beaucoup de gens se demandaient ce qu'elle trouvait à ce Stellan.

– Pourquoi ?

– C'était un excentrique. Je ne sais pas d'où il venait, mais il n'était pas apprécié.

– Tu le connaissais ?

– Je l'ai croisé une fois, à Berg, dans le magasin. Il était venu coller des affiches qu'il avait imprimées lui-même, à propos d'une connerie de communauté que Barbro et lui allaient créer.

– Des communautés, il y en avait beaucoup à l'époque, non ?

– Oui, mais d'habitude les insulaires ne s'en mêlaient pas, c'était surtout des zozos arrivés de Stockholm qui louaient des bicoques tombant en ruine, pour y vivre en osmose avec la nature, comme ils disaient. Ils pêchaient du haut des rochers avec des hameçons garnis de boulettes de pâte. Ils n'appâtaient pas avec des vers de terre parce qu'ils ne voulaient pas torturer les animaux.

– Et les poissons, alors ?

À nouveau, la question venait d'Olivia. Stilton esquissa un sourire.

– Et ils l'ont créée, leur communauté ? demanda Mette.

– Oui. Ils avaient pu acheter le bâtiment d'une colonie de vacances désaffecté, dans la forêt, après les lacs, et cela avait attiré pas mal de jeunes. Toutes sortes de rumeurs circulaient à leur sujet.

– Quel genre de rumeurs ? s'enquit Olivia.

– Je ne me rappelle plus.

– Je veux que tu ailles à Möja demain.

– Pourquoi ?

– La veuve de Stellan Eklind est toujours vivante et elle habite encore là-bas. Nous l'avons appelée, elle affirme qu'elle et son mari n'avaient qu'un enfant, cette fille. Elle a très mal pris qu'on lui demande s'il en avait d'autres, et cela peut vouloir dire quelque chose. Mais nous savons que Stellan a eu au moins un fils, celui qui est impliqué dans nos meurtres. Je veux que tu ailles lui parler de ça et de la communauté qui existait autrefois.

– Depuis quand suis-je un de tes laquais ?

– Depuis l'instant où j'ai rapporté le dossier Jill chez moi et que je l'ai déposé dans la pièce africaine.

– On s'était mis d'accord là-dessus.

– Tu veux que je le remporte au bureau ?

– Non.

– En plus, ça devrait t'intéresser. C'est une coïncidence pour le moins surprenante, non ?

Stilton était d'accord avec elle. Que le meurtrier de Jill Engberg puisse être lié à Stellan et Barbro Eklind de Möja l'interpellait. Mais il n'était cependant pas prêt à céder si facilement.

– Je veux bien à condition qu'Olivia m'accompagne.

– Moi ?

– Excellente idée, dit Mette.

– Mais pourquoi ? Je n'ai aucune envie d'y aller. J'ai déjà assez à faire avec Jian et le reste.

– Cela peut attendre. Ta présence a en plus le mérite d'établir un lien formel avec notre enquête. On passe au dessert ?

Stilton et Olivia comprirent que la discussion sur Möja était close. Il se leva et se dirigea vers la pièce africaine.

– Tom !

Stilton se retourna vers Mette.

– Tout ce qui se trouve dans cette pièce y reste, et cela s'applique à tous les papiers, toutes les photos, toutes les pochettes en plastique, sans exception. On est bien d'accord ?

Il hocha la tête et Mette alla chercher de la glace à la vanille dans le congélateur.

Sven Svensson l'appela à cet instant précis.

– Je te dérange ?

– Non. Nous travaillons sur un meurtre. Dommage que Berntsson ait un alibi avec son tatoueur. Tu es sûr qu'il tient ?

– Malheureusement, oui. Mais j'ai étudié la liste de ses appels, et j'y ai trouvé pas mal de choses intéressantes. Berntsson a été fréquemment en contact avec trois personnes au moment des meurtres d'Emelie et d'Aram.

– Tu connais leurs noms ?

– Pas encore, mais ça ne saurait tarder.

– Très bien. Mais ça ne peut pas être lui, non ? Puisqu'il a un alibi pour le meurtre d'Aram Mellberg.

– Je sais. Il n'en faut pas moins retourner toutes les pierres qui peuvent l'être. Tu te rappelles qui m'a dit ça un jour ?

– Oui, et retourne bien. Tu as le bonjour d'Olivia et de Tom.

– Salue-les de ma part. Tom ? Il est avec vous ?

– Il essaie. Bon, à bientôt.

Les documents – pochettes en plastique, registres, classeurs – recouvraient la table dans la salle africaine.

Il y en avait beaucoup.

Mais Stilton ayant constitué la majorité de ces pièces, il savait comment il allait procéder. Il voulait relire ses propres conclusions, résumés et hypothèses, et ses notes sur ses idées qu'il avait l'habitude d'inclure en annexe afin de se rafraîchir la mémoire.

Il commença par le premier rapport de la scène de crime, la description de l'état de la chambre d'hôtel. Il passa ensuite à l'annexe qui contenait les photos, des images macabres qu'il avait autrefois punaisées dans son bureau et qui étaient gravées dans son cerveau. Même s'il les avait souvent affrontées dans ses cauchemars, il fut à nouveau choqué en les voyant. En couleurs, pris de près, ces instantanés témoignaient d'une violence perverse.

Il les regarda en laissant le passé s'infiltrer dans son esprit, trouver des attaches, prendre forme, se métamorphoser en fragments, bruits, mouvements. Il se revit dans la rue les yeux levés vers la fenêtre de la chambre, puis se rappela la voix bouleversée de la femme de ménage qui avait découvert Jill, et l'odeur de cadavre qui avait envahi ses narines quand il s'était approché du lit double en essayant d'éviter de se tacher de sang.

Il revit le corps mutilé.

Tout lui revint.

Il se tourna vers la porte qui menait à la cuisine et glissa les photos sous son pull. Il en avait besoin pour replonger dans lui-même, pour parvenir au point douloureux.

C'est de là qu'il voulait partir.

– Pourquoi ?

Olivia le regardait depuis l'embrasure de la porte.

– Pourquoi ? répéta Stilton en tirant un peu son pull vers le bas.

– Pourquoi veux-tu que je vienne avec toi sur Möja ?

– Pour avoir de la compagnie.

– Arrête ton char.

Il ne savait pas pourquoi il avait impulsivement demandé qu'elle vienne avec lui. Peut-être souhaitait-il ne pas être seul, ou pour une autre raison liée à Möja. Ou parce qu'il pensait qu'approcher la veuve qu'était devenue Barbro serait plus facile s'il avait une jeune femme avec lui. Pourquoi le serait-ce, d'ailleurs ?

– Je veux que tu m'accompagnes car je sais à quel point tu es douée pour établir le contact avec les gens. Je reconnais que ce n'est sans doute plus mon point fort aujourd'hui.

– C'est quoi alors ?

– L'humour.

Ils se dévisagèrent et Olivia finit par rire, sans qu'il puisse déterminer si c'était parce qu'elle n'avait jamais entendu quelque chose d'aussi étrange ou parce qu'elle trouvait sa réponse drôle. Ce devait être la première hypothèse.

– Tu veux voir Kerouac ? demanda-t-elle quand elle eut retrouvé son sérieux.

– Je croyais qu'il était mort.

– Viens.

Elle le conduisit dans la cuisine. Mette leur avait servi de la glace. Olivia prit la grosse boîte d'allumettes sur le bord de la cheminée.

– Regarde !

Il s'approcha d'elle en jetant un coup d'œil à Mette qui faisait semblant d'être occupée. Olivia entrouvrit la boîte et lui montra l'araignée sur son lit de coton.

L'envie de partir s'empara soudain de lui.

– Je peux dormir ici ce soir ? demanda-t-il néanmoins. Il me faudra plusieurs heures pour lire le dossier.

– Tu n'as qu'à prendre la chambre d'Ellen, répondit Mette.

Stilton réussit à avaler la glace et s'enferma ensuite dans la salle africaine où il passa presque quatre heures à éplucher l'ensemble du dossier. Dès qu'il eut terminé, il monta sans bruit au grenier, dans la chambre proposée par Mette, une belle pièce sous les toits où avait autrefois vécu Ellen, la mère de Mårten. Par chance pour Stilton, la porte fermait à clé.

Il alluma le plafonnier, sortit les photos de la scène de crime de sous son pull, et les disposa sur le lit à une place à côté de la fenêtre. Il voulait les voir encore une fois avant de s'endormir. En les regardant, il pensa à ce que Mette avait dit : le meurtrier de Jill et des deux enfants était peut-être un fils de Stellan Eklind.

C'était étrange.

Ou pas, se dit-il. Il faut bien que les meurtriers aient des pères et des mères. Pourquoi celui-ci ne pourrait-il pas être le fils de Stellan Eklind ? Stilton essaya de se souvenir de lui, de la seule fois où il l'avait rencontré, dans le magasin de Berg. Les images qui lui revinrent étaient floues. Cela faisait presque quarante ans. Stellan était un homme assez grand, avec de longs cheveux blonds noués en queue-de-cheval. D'où venait-il ? En tout cas, pas des îles, il en était sûr. Et quel genre de rumeurs circulait à propos de cette communauté ?

Il regarda à nouveau les photos, avec l'impression que ces questions auxquelles il ne pouvait apporter de réponses étaient vaines. Pourquoi cette affaire l'avait-elle marqué à ce point ? Parce qu'il en avait été déchargé ? Parce que la victime était une jeune femme, enceinte de surcroît ? Parce qu'elle avait été mutilée ? Il prit un des gros plans qui montraient ses blessures. Ce crime avait-il vraiment été motivé par la haine raciale ? Il n'y avait jamais pensé à l'époque. Les mutilations que Jill avait subies l'avaient orienté vers un meurtre de psychopathe et il se rendit compte qu'il avait manqué de clairvoyance.

Il rassembla les photos et les cacha sous le matelas. Il était près de cinq heures du matin lorsqu'il éteignit la lumière. Luna partirait pour le cimetière dans un peu plus de deux heures, et lui, pour Möja.

Il vérifia son téléphone encore une fois. Peut-être avait-il reçu un SMS. La dernière chose qu'il lui avait dite était qu'elle lui manquait. La réciproque pouvait être vraie.

Le seul qu'il trouva venait de Ronny : « L'homme du *Moine* avait les cheveux bruns. »

Olivia n'avait vraiment pas le temps, mais elle n'avait pas pu dire non quand Jian Mellberg l'avait appelée, d'un ton plutôt agité, pour savoir si elle pouvait venir la voir sur son lieu de travail.

Olivia téléphona à Stilton pour retarder leur départ d'une demi-heure et alla rejoindre Jian.

– Vous avez trouvé quelque chose ? demanda Olivia en déboutonnant sa veste.

– Oui.

Olivia remarqua les cernes sombres sous les yeux de Jian, mais devina qu'ils n'étaient pas causés par le chagrin.

– J'ai travaillé presque toute la nuit, dit-elle.

– Et qu'avez-vous découvert ?

– Un fil hashtag sur Flashback entre Måns Berntsson et trois autres pseudos, Varghake/CB, Hagalruna/CB, Triskele/CB.

– De drôles de noms.

– Ce sont tous des symboles nazis, différentes formes de croix et de flèches.

– Que signifie CB ?

– Je ne sais pas.

– Et tous ces pseudos sont dans un fil hashtag ?

– Oui, ils ont des interactions privées dans les commentaires.

– Ce qui veut dire ?

– Qu'ils ont communiqué entre eux. Vous voyez ce que cela signifie ?

– Non. De quoi ont-ils parlé entre eux ?

– Des meurtres.

Jian tourna la tête de côté et Olivia vit que sa carotide pulsait.

– De quelle manière ? demanda-t-elle prudemment. Ils en ont discuté ?

– Vous n'avez qu'à le lire vous-même.

Jian s'approcha d'un écran et y fit apparaître Flashback. Elle fit défiler des pages avant d'arriver à l'endroit qu'elle cherchait et le montra à Olivia.

– Vous vous souvenez des pseudos ?

– Oui.

Olivia lut le fil entre les pseudos. Il parlait des meurtres, comme l'avait dit Jian, en utilisant des expressions comme « petite négresse » et « mauvaise herbe ».

– « Mauvaise herbe » ?

– Cela fait référence à Aram.

Olivia perçut l'émotion dans sa voix. Elle continua à lire. Les commentaires étaient brefs, et nauséabonds. Elle fut stupéfaite par une phrase de Varghake/CB : « Arracher une mauvaise herbe par la racine est une excellente chose. »

Cela sonnait comme un écho du discours de Måns Berntsson dans le parc de Höganäs.

– Vous pouvez me faire une copie de tout ce fil ?

– Oui. Maintenant ?

– Non, ça peut attendre demain. Il faut que j'aille dans l'archipel. Mais vous pouvez me l'envoyer par mail, non ?

Elle lui donna son adresse mail et remit sa veste.

– Vous serez joignable là-bas ? demanda Jian. Si je veux vous appeler.

– Oui, je pense. La couverture n'est pas bonne partout, mais vous pourrez toujours essayer.

– D'accord. Je vous contacterai si je parviens à identifier ceux qui se cachent derrière les autres pseudos, ajouta Jian, avec un regard dont Olivia remarqua l'intensité.

– Ne travaillez pas trop dur.

– Je suis vivante. Aram est mort. Cela ne me dérangerait pas beaucoup de travailler jusqu'à en mourir pour lui.

Olivia la comprenait.

*

Stilton se tenait debout à la console de pilotage, tête nue. Olivia était assise à côté de lui, vêtue d'une veste épaisse, un bonnet descendu jusque sous les oreilles. Le vent soufflait, et le bateau filait. Il avait dépassé Lindalssundet et Gällnö et se dirigeait vers la baie de Kanholm, d'où il monterait vers Möja. Sa vitesse le rendait très bruyant et la conversation était difficile, si bien qu'ils ne s'étaient presque rien dit.

– Tu dois vraiment foncer comme ça ? lança Olivia.

Elle lui avait déjà posé la question sans que Stilton modifie l'allure du bateau. Il voulait arriver le plus rapidement possible. De plus, il aimait la vitesse qui libérait quelque chose en lui.

– Je t'en supplie !

Elle commençait à avoir peur. Le vent fort dans la large baie formait des vagues qui soulevaient le bateau, et il retombait en tapant la surface. Elle s'agrippait de toutes ses forces à la main courante. Lorsque le bateau monta encore plus haut et faillit se renverser, elle en eut assez.

– Tom ! hurla-t-elle.

Stilton était conscient du risque qu'il y avait à foncer à près de quarante nœuds sur de telles vagues. Il ralentit jusqu'à vingt et la regarda.

– Je croyais que tu avais l'habitude de la mer, dit-il. Vous avez une maison de vacances sur l'île de Tynningö, non ?

– Oui, mais l'île se trouve à l'intérieur de l'archipel. On y va en prenant son temps. Et en plus, on le fait à la voile.

– Les classes supérieures, maugréa-t-il pour lui-même.

Il savait que ce n'était pas vrai. Il avait bien connu les parents d'Olivia qui appartenaient tout au plus à la classe moyenne supérieure. Ses préjugés contre les voiliers étaient dus aux bateaux de plus en plus gros au fil des années qui envahissaient son île de

Rödlöga, et dont les propriétaires de plus en plus riches exigeaient de nouvelles infrastructures dans le petit port au nord de l'île. Les insulaires le supportaient en silence parce qu'ils avaient besoin des revenus que cela leur apportait.

Mais ils ne les aimaient pas ; Stilton n'était pas une exception.

Olivia ne fit aucun cas de son commentaire. Elle était contente que le niveau sonore rende à nouveau la conversation possible. Elle voulait savoir comment Stilton comptait procéder quand ils arriveraient à Möja. C'était lui que Mette avait chargé de la mission, lui à qui elle avait donné ses instructions. Sa présence ne lui fournissait rien de plus qu'un alibi officiel.

Cela ne l'empêchait pas d'être curieuse. Il s'agissait quand même du meurtrier d'Aram, et peut-être de celui d'Emelie.

– Le crâne figurait parmi les ossements qui ont été trouvés ?

– Non, il y avait des fragments de fémur et de hanche, c'est tout, répondit Olivia.

Stilton tourna avant les deux îlots de Fjärdholmar et mit le cap sur Möja. Il n'y avait guère de bateaux en cette saison, un ou deux ferry-boats, et quelques petites embarcations appartenant aux îliens.

– Il s'est noyé ?

– On le suppose. Les ossements n'ont pas permis de se prononcer à ce sujet. Pourquoi te poses-tu la question ?

– Parce que Mellansjö n'est pas un lac assez profond pour qu'on puisse y disparaître. S'il s'était noyé, on aurait dû retrouver son corps facilement. Il y a sûrement eu des recherches à l'époque, non ? Ce n'est pas très cohérent.

– Mais peut-être qu'on n'a pas pensé à aller le chercher là ? Il aurait pu se noyer en mer, non ?

– Oui, mais le fait est qu'il s'est noyé dans ce lac, et si l'on meurt dans un lac de ce genre, cela paraît invraisemblable que son cadavre ne soit pas remonté à la surface plus tôt. Comment a-t-on retrouvé ses ossements ?

– Je l'ignore, il faudra que tu demandes à Mette.

Stilton se baissa, sortit son téléphone et appela Mette qui ne répondit pas. Il raccrocha et regarda Möja. Longue de cinq kilomètres, c'était une des plus grandes îles de l'archipel, avec une côte assez basse, et les quelque trois cents personnes qui y habitaient à l'année faisaient de leur mieux pour la garder vivante.

– Là-bas, c'est Löka, dit-il en montrant un port du doigt. Nous allons continuer jusqu'à Långvik.

Olivia connaissait les deux ports pour y avoir fait escale autrefois avec ses parents en été. Un bain de mer était alors bienvenu. Aujourd'hui, il faisait froid et l'eau était glacée.

Mais elle n'était pas là pour une croisière en famille.

– Comment comptes-tu faire ? demanda-t-elle.

– Avec Barbro Eklind ?

– Oui.

– Y aller au feeling.

– On lui dira qu'on est de la police ?

– Je ne suis pas de la police. Je pense que ce n'est pas nécessaire de lui en parler.

– Pourquoi pas ?

Il ne répondit pas. Il évita un chaland en métal sur le pont duquel se trouvait un tracteur et jeta un coup d'œil vers la cabine de pilotage. Nombre de ceux avec qui il avait grandi dans l'archipel y étaient restés, ou y étaient retournés. Ils gagnaient leur vie comme ils le pouvaient, sur des bateaux de transport de marchandises ou d'ordures entre les îles, ou des remorqueurs. Certains étaient devenus douaniers, mais presque aucun pêcheur professionnel.

Il ne reconnut pas le pilote du chaland.

– On va s'arrêter ici, dit-il en mettant le cap sur le village de Långvik.

Il amarra son bateau à l'un des rares emplacements destinés aux visiteurs puis aida Olivia à passer sur le ponton.

– C'est loin ?

– Ce n'est pas tout près. Elle habite au nord des lacs. Cela aurait été plus pratique d'avoir un tricycle à moteur, mais je n'en ai pas trouvé. On va devoir marcher.

Il se lança d'un bon pas entre les cabanes rouges de pêcheurs en se dirigeant vers un chemin non goudronné. Olivia le suivit. Elle ne savait pas du tout ce que signifiait « ce n'est pas tout près » pour Stilton qui était né là. Ils passèrent devant un magasin Coop fermé pour l'hiver dont le tableau d'affichage était couvert d'annonces à moitié déchirées par le vent. La plupart concernaient des hors-bord ou des barques à vendre, mais la plus grande se rapportait à tout autre chose. C'était une publicité pour une femme qui affirmait être capable de lire le passé et l'avenir. Elle s'appelait Barbro Eklind et recevait toute l'année.

– Tom !

Il s'arrêta et revint sur ses pas pour regarder l'affichette.

– C'est de ça qu'elle vit aujourd'hui ? s'étonna-t-il.

– Intéressant !

– J'en doute.

Il se remit à marcher.

– On va d'abord passer par le lac Mellansjö, dit-il.

– Pourquoi ?

– J'ai envie de voir où ces ossements ont été trouvés.

– Ça nous fait faire un détour ?

– Oui.

Olivia n'en dit pas plus, de peur qu'il se fâche. Elle ne voyait pas en quoi c'était nécessaire, mais c'était lui qui décidait. Le lac n'avait pourtant pas dû changer depuis la dernière fois qu'il s'y était baigné ni depuis qu'on y avait trouvé des ossements. Pourquoi tenait-il à le voir ?

– Je veux me remettre dans l'ambiance, dit-il.

Elle regarda la forêt de feuillus et d'épineux, sombre et profonde, qui s'étendait de part et d'autre du chemin, et pressa le pas pour marcher au même rythme que Stilton.

– Ça t'embête ? demanda Olivia.

– Quoi donc ?

– De voir cette Barbro.

– Pourquoi ça m'embêterait ?

– Je n'en sais rien. De quelle ambiance parlais-tu ?

– Par ici, dit-il en montrant un sentier qui s'enfonçait dans la forêt.

Olivia le suivit.

– Je veux parvenir à un état qui me permette de comprendre de quoi Barbro va peut-être nous parler, expliqua-t-il. Elle était déjà un peu spéciale dans les années 1970, et si je veux qu'elle me parle de la communauté d'autrefois, il faut que je sois dans l'état d'esprit approprié, celui de l'époque. Si tant est qu'elle nous dise quelque chose. Et c'est pour ça que je veux voir le lac où l'on a retrouvé les ossements de Stellan après tout ce temps.

Olivia accepta son raisonnement, sans tout à fait le comprendre. Il avait passé la plus grande partie de sa vie à enquêter sur des meurtres, alors qu'elle n'était qu'une débutante. Il avait sûrement ses raisons, c'était sans doute sa méthode. Tant pis si cela leur faisait faire un détour.

Le lac Mellansjö n'était vraiment pas grand. Les arbres qui l'entouraient s'arrêtaient au bord de son eau noire et calme, comme pour la scruter dans un profond silence. Lorsque Stilton se pencha pour ramasser une pierre plate, Olivia s'attendait à ce qu'il fasse des ricochets. Elle se trompait. Il la lança vers le milieu et elle disparut dans l'eau avec un petit bruit. Il observa les cercles qui se formèrent lentement à la surface. Olivia se taisait, de peur de briser l'ambiance. Au bout de quelques minutes, elle eut l'impression d'être happée par la tranquillité du lieu. L'eau était redevenue aussi lisse qu'un miroir et elle pouvait entendre sa propre respiration.

– J'ai failli tuer un type ici.

La voix de Stilton la fit sursauter.

– Toi ?

– C'était un samedi soir. Il y avait déjà eu une bagarre au dancing, tout le monde était bourré, et on avait décidé de venir se baigner. J'ai suivi le mouvement. Un des mecs arrivait de la ville, il était grand et fort, on disait que c'était un repris de justice qui avait fait de la prison. On avait tous un peu peur de lui.

– Tu avais quel âge ? demanda Olivia lorsqu'il se tut.

– Dix-huit, dix-neuf ans.

– Qu'est-ce qui s'est passé ?

– Je ne voulais pas me baigner, j'étais soûl et je n'avais pas envie de plonger là-dedans en pleine nuit. L'autre a commencé à s'en prendre à moi.

– Le type de la ville ?

– Oui, Gorre, c'est comme ça qu'il s'appelait. Il m'a traité de trouillard, il a dit que j'étais un pauvre plouc insulaire qui ne savait même pas nager.

– Et ça ne t'a pas plu ?

– Je l'ai ignoré, je voulais me tirer. Mais il m'a frappé à la nuque. Je suis tombé à genoux, je ne tenais pas bien sur mes jambes. Ensuite il m'a donné un coup de pied et, soudain, tout est devenu noir.

Il se tut. Olivia le vit tourner le regard vers la rive, s'y arrêter, probablement à l'endroit où c'était arrivé.

– Vous vous êtes battus ?

– C'est ce qu'on m'a dit. La seule chose dont je me souvienne est que je suis retourné à mon bateau et que je suis rentré à Rödlöga. Le lendemain, ma grand-mère m'a raconté qu'un hélicoptère-ambulance était venu au milieu de la nuit jusqu'au lac Mellansjö pour chercher un type qui avait été sérieusement tabassé.

– C'était ce Gorre ?

– Oui.

– Et tu as fait quoi ?

– J'ai filé en Norvège et j'ai trouvé du boulot sur une plateforme pétrolière. Bon, on va chez Barbro maintenant.

Il se remit en route. Olivia l'imita après avoir jeté un dernier regard sur le lac paisible. Elle reconnut le chant d'un plongeon arctique.

C'est pour ça qu'il voulait venir ici. Pourquoi m'avoir raconté ces salades à propos de l'ambiance, de l'état d'esprit ?

Ils marchaient vers le nord dans une forêt dense, en suivant un sentier qui n'existait pas du temps où Stilton y venait, mais il connaissait la direction générale. Il savait aussi qu'ils allaient arriver sur un autre chemin un peu plus large qui menait à l'ancienne colonie de vacances. Ils auraient d'ailleurs pu le prendre plus tôt s'ils n'étaient pas passés par le lac. Pour l'instant, ils devaient s'en remettre à l'instinct de Stilton.

– On ramassait beaucoup de girolles dans ce coin, dit-il.

– Ah bon.

– Et des polypores des brebis, pour les chiens.

Elle hocha la tête. Les champignons ne l'intéressaient pas particulièrement, mais elle comprit que Stilton était reparti à la recherche de cet état d'esprit et elle essaya de l'aider.

– Tu avais une copine à l'époque ?

– Non.

Il continuait à marcher et ne s'arrêta que lorsqu'ils atteignirent le chemin. Selon lui, la maison n'était qu'à quelques centaines de mètres de là. Il n'y était jamais allé, mais la carte des lieux était gravée dans son cerveau.

– La colonie de vacances se trouve au bout de cette route.

– On aurait peut-être dû prévenir. Qu'est-ce qu'on fera si elle n'est pas là ?

– On repartira.

Qu'il est têtu, pensa Olivia. Ils auraient mieux fait de chercher à savoir si cette femme était là ou non. D'un autre côté, Bosse Thyrén l'avait appelée la veille. Là-bas, au bout du chemin.

Avec un peu de chance, elle y serait aujourd'hui aussi.

La grande maison, vieille d'une centaine d'années, avait été autrefois peinte en rouge, avec des fenêtres et des portes encadrées de blanc. De la mousse couvrait en partie sa façade, et il ne restait que des écailles de peinture sur les bois. L'ensemble était plus que décrépit ; des fenêtres à petits carreaux qui avaient eu fière allure un jour étaient occultées par des plaques d'isorel.

Stilton et Olivia s'étaient arrêtés à la grille du jardin. Il avait du mal à comprendre que quelqu'un puisse habiter là, encore moins à l'année, même s'il n'était pas particulièrement maniaque en matière d'entretien. La grande balançoire rouillée du jardin attestait que la maison avait en son temps accueilli des enfants de la ville venus respirer l'air frais de l'archipel pendant les vacances d'été.

Ils entrèrent dans le jardin encombré de planches recouvertes de bâches, de vélos rouillés et même d'un vieux scooter des neiges échoué au bord de l'allée qui menait à la maison. Suspendus par de longs fils à l'auvent de l'entrée, d'étranges mobiles, des assemblages de flèches, d'escargots, de plumes et de coquilles d'œufs d'oiseaux, se balançaient dans le vent. Lorsqu'ils s'en approchèrent, ils virent un alignement de plusieurs squelettes d'oiseaux, un crâne, peut-être de vison, ainsi que d'autres ossements sur un banc branlant. Ici vivait un collectionneur. De tout. Un homme de haute taille leur tournait le dos et coupait du bois un peu plus loin. Un long filet de pêche vert séchait sur un fil derrière lui.

Barbro n'habitait donc pas seule.

Stilton alla jusqu'à l'entrée et frappa vigoureusement tout en craignant que la porte ne s'écroule. Ils attendirent longtemps, rien ne se passa, et ils échangèrent un regard. Et si elle n'était pas chez elle ? S'ils étaient venus pour rien ? Olivia se dit qu'ils se conduisaient comme des amateurs.

– Tu crois que je dois aller voir l'homme là-bas ?

Au même moment, la porte s'entrouvrit et révéla une vieille femme aux longs cheveux gris et blancs.

– Barbro ? demanda Stilton.

– Oui. Vous êtes venus pour que je vous dise votre avenir ?

Il allait la contredire, mais Olivia lui donna une petite bourrade presque imperceptible.

– Oui, c'est ce qu'il veut, répondit-elle, avant de lui souffler à l'oreille : Excellente introduction, non ? À mon avis, ça garantit une bonne ambiance.

On récolte ce qu'on sème, pensa-t-il. La porte s'ouvrit lentement, et Barbro apparut en pied. Contrairement à sa maison, elle n'avait pas perdu sa beauté en vieillissant. Avec ses longs cheveux, ses yeux bruns en forme d'amande et son ample robe blanc ivoire, elle ressemblait à une nymphe ou à une fée sortie d'une saga. Qu'elle ait autrefois été une des plus belles femmes de ces îles était compréhensible.

– Entrez ! dit-elle en accompagnant son invitation d'un geste du bras et en s'effaçant pour les laisser passer.

Ils la remercièrent et pénétrèrent dans le vaste vestibule qui rappelait la destinée originelle de la maison. Des rangées de crochets argentés s'alignaient le long des murs à la peinture bleu clair écaillée, d'où pendaient non plus des vêtements d'été d'enfants, mais des morceaux de câbles métalliques rouillés, des filets de pêche troués, une vieille bouée en polystyrène et plusieurs hélices de tailles diverses. Un objet appuyé contre le mur attira l'attention de Stilton, un vieux harpon à phoques ; une vision qui n'éveillait pas de bons souvenirs chez lui.

– Vous êtes d'une famille de chasseurs de phoques ? interrogea-t-il.

– Non, grâce au ciel, répondit-elle. Nous l'avons ramassé dans une cabane de pêcheur il y a longtemps et nous aurions dû nous en débarrasser. Je suis contre le massacre des animaux, continua-t-elle, tandis qu'un gros matou gris surgi de nulle part se frottait contre ses jambes.

Olivia se pencha pour le caresser en se demandant si elle l'avait fait apparaître par magie, mais le chat se déroba et tenta sans succès d'attirer l'attention de Stilton.

– Gardez vos vestes, dit Barbro. Vous les enlèverez dans mon bureau qui est chauffé.

– Vous gagnez votre vie comme diseuse de bonne aventure ?

La question venait d'Olivia. L'esprit de Stilton ne s'était pas encore détaché du harpon.

– Je préfère dire chiromancienne. Je vois le passé avant qu'il ne se produise, répondit Barbro d'un ton solennel.

Olivia comprit qu'elle avait affaire à une personne susceptible qu'il fallait caresser dans le sens du poil. Elle la suivit dans un couloir.

Stilton revint sur terre et en fit autant.

La pièce était grande et haute de plafond. Les murs étaient recouverts d'étagères remplies de livres : des ouvrages sur la biodynamie côtoyaient des atlas astrologiques et de la littérature étrangère. Les volumes qui n'y avaient pas trouvé place étaient empilés sur le plancher où ils affrontaient de gigantesques moutons de poussière.

Le ménage n'avait visiblement pas été fait depuis des années.

Des toiles d'araignées abandonnées depuis longtemps pendaient du plafond, mais cela ne paraissait pas gêner Barbro qui traversa la pièce comme si c'était une salle de château. Olivia se demandait comment elle réussissait à garder sa robe immaculée dans cet environnement. On aurait dit que la poussière lui rendait le dédain qu'elle lui manifestait. Elle s'arrêta tout à coup au milieu de la pièce et la désigna d'un geste ample.

– Nous sommes dans la bibliothèque, comme vous le voyez. Mon mari était un érudit qui vénérait les livres.

Irritée par l'air poussiéreux, Olivia éternua.

– Désolée. Je crois que je suis en train d'attraper un rhume, dit-elle en toussotant.

– Eh bien, je vous ferai boire ma décoction spéciale dès que nous aurons terminé. C'est un remède entièrement naturel, à base d'écorce de tremble, de tussilage et d'autres plantes. Il n'a pas très bon goût, mais il soulage.

Stilton sourit à Olivia au moment où Barbro ouvrait la porte de la pièce suivante.

– Entrez, je vous prie. Nous sommes arrivés dans le cœur de la maison, mon bureau.

Il était un peu mieux entretenu et moins poussiéreux. Les murs tapissés d'un velours rouge foncé qui rappelait un bordel dans un vieux western étaient décorés de photos dans des cadres de diverses couleurs.

Olivia les regarda. La plupart représentaient le même homme, a priori Stellan Eklind, son époux disparu, se dit-elle. Sur quelques-unes, on le voyait aux côtés d'une fille dont l'âge variait.

– Asseyez-vous donc ici, dit Barbro à Stilton en lui montrant un fauteuil à oreillettes usé.

Dans un coin de la pièce, un élégant poêle en faïence blanche était allumé, et il faisait chaud, à la différence du reste de la maison. Olivia déboutonna sa veste tout en continuant à examiner les photos. Barbro s'assit en face de Stilton. Un grand sablier qui semblait tout droit sorti d'une forteresse moyenâgeuse ou d'un épisode de *Games of Thrones* était posé sur la table entre eux. La poudre grisâtre de son réceptacle en verre enchâssé dans du bois sombre contourné ressemblait plus à de la poussière qu'à du sable.

Barbro le retourna et regarda Stilton droit dans les yeux.

– Vous êtes sûr que vous voulez que votre amie reste dans la pièce ? D'ordinaire, je suis seule avec les personnes qui me consultent.

Il sera peut-être question de choses dont vous préféreriez qu'elles restent entre vous et moi.

– Cela ne me gêne pas du tout, répliqua-t-il. Nous n'avons aucun secret l'un pour l'autre, n'est-ce pas ?

Olivia se retourna et lui adressa un sourire.

– Non, aucun. Et nous n'en avons jamais eu, dit-elle.

Elle ajouta pour elle-même, aucun, à part ceux qui sont funestes.

– Je comprends, répondit Barbro en se redressant. La consultation sera terminée quand le sablier sera vide.

Il y eut soudain un bruit au-dessus de leurs têtes, comme une chaise raclant le plancher. Olivia se demanda si l'homme qui coupait du bois dehors était rentré. Barbro jeta un regard vers le plafond, puis elle leva ses mains, les frotta l'une contre l'autre et les tendit à Stilton.

– Donnez-moi vos mains.

Il obéit.

– Vous ne m'avez pas dit votre nom.

– Tom Stilton.

– Stilton, répéta Barbro qui prit sa main gauche pour l'examiner attentivement. Je tiens à préciser que je ne pratique pas que la chiromancie. Je suis aussi médium. Cela n'arrive pas toujours, seulement si la personne à qui j'ai affaire fait apparaître la force que me donne la déesse.

Une déesse ? Et non pas un dieu ? Stilton se tortilla légèrement. Il n'était pas à l'aise. Il n'avait pas envisagé d'approcher Barbro de cette façon. Pouvait-il encore reculer et lui dire la véritable raison de leur visite ? Il tourna les yeux vers Olivia. Elle ne lui fut d'aucune aide car elle continuait à consacrer son attention aux photos sur les murs.

Barbro commença à lui raconter ce que ses mains lui apprenaient.

– Vos doigts sont longs et forts, une marque de sensibilité et d'intelligence.

Je vois, c'est comme ça qu'elle travaille, en disant à chacun ce qu'il veut entendre, pensa-t-il. Apprendre qu'il était bête et borné aurait été beaucoup moins plaisant.

– Je perçois aussi une certaine obstination, poursuivit-elle en passant à son pouce.

Il révélait une forte personnalité, tandis que ses articulations nettes montraient qu'il avait un esprit logique et méthodique.

Que des compliments, pas un nuage à l'horizon, se dit Stilton. Mais Barbro, qui fixait son majeur, fronça les sourcils. Elle scruta ensuite sa main droite.

– Vous avez de longs majeurs.

– C'est peut-être pour ça qu'on les appelle majeurs, non ? dit-il en lui adressant un sourire qu'elle ne lui rendit pas.

– Les vôtres sont particulièrement longs, reprit-elle en le regardant, l'air grave.

– Ah oui ?

Elle se tut quelques instants.

Elle ménage ses effets, son numéro est très au point, pensa-t-il.

– Cela indique que vous avez ou avez eu certains problèmes psychiques, ajouta-t-elle en le fixant des yeux, comme si elle s'attendait à ce qu'il confirme ce qu'elle venait de dire.

Il n'en avait pas l'intention et resta impassible.

– Très bien.

– Vous ne voulez pas en parler.

– Non.

Cela commence à devenir intéressant, pensa Olivia en le regardant. Même si tout ce qu'avait dit Barbro jusqu'ici correspondait à Stilton, cela pouvait être dû au hasard. Mais cette allusion à des problèmes psychiques… Elle s'assit dans un coin de la pièce, pour ne pas déranger, sur une chaise en bois qui malheureusement grinça et faillit s'effondrer sous elle.

Barbro lui décocha un regard irrité.

– Je vous serais reconnaissante de ne pas faire de bruit. J'ai besoin de toute ma concentration pour travailler.

– Excusez-moi, répondit Olivia, la mine contrite.

Barbro revint à la main de Stilton. À son grand soulagement, elle abandonna le sujet de sa santé mentale et commença à discourir du mont de Mercure, de celui de Saturne et de plusieurs autres dont ni lui ni Olivia n'avait jamais entendu parler. Barbro tirait diverses conclusions de leur hauteur.

Encore des généralités, se dit Stilton, même si cela le dérangeait un peu que ces généralités correspondent assez bien à son caractère. Olivia, elle, était immobile, fascinée par les propos de Barbro. Il y avait trop d'éléments exacts pour qu'ils ne résultent que du hasard.

La vieille femme revint ensuite aux lignes de la main et fronça le front.

Qu'a-t-elle encore trouvé ? s'interrogea Stilton.

– Il y a une rupture tôt dans votre ligne de vie.

Il eut le temps de se dire, c'est reparti pour un tour, lorsqu'elle saisit soudain ses mains dans les siennes en fermant les yeux. Il regarda Olivia. Tu parles d'une prise de contact ! Tout cela ne nous apporte pas la moindre miette d'information.

Mais Olivia était fascinée par Barbro dont le corps avait commencé à trembler légèrement.

– La force me vient, dit-elle. Merci, ô mère sacrée !

Cela va de mal en pis, pensa Stilton qui avait l'impression d'assister à une réunion évangéliste privée. Il aurait bien aimé reprendre le contrôle de ses mains, mais Barbro, les yeux toujours fermés, les tenait fermement dans les siennes.

– Cette rupture sur votre ligne de vie dépend d'un événement traumatique dans votre enfance, dit-elle d'une voix rauque. Oui, c'est ça. Je perçois de la chaleur. Peut-être du feu.

Elle trembla plus fort. Stilton craignit le début d'une crise d'épilepsie.

– Oui, c'est bien du feu ! Une maison brûle, vous vous battez pour en sortir !

Elle lâcha une de ses mains pour se couvrir les yeux comme si elle essayait de protéger son visage de la lumière et de la chaleur. Il la regarda, stupéfait, sans savoir que penser. Des images lui revenaient à l'esprit malgré lui. Le placard. Les hurlements. L'odeur de fumée et de pétrole. Mais comment cette femme aurait-elle pu le deviner ?

– Quelqu'un arrive et vient vous aider. Attendez ! Oui, une femme. Elle vous prend par la main.

Barbro baissa la sienne et reprit celle de Stilton en la tirant vers elle, ainsi que l'autre, ce qui le força à se pencher vers la table.

– Le feu, partout ! Ça éblouit, la chaleur est insupportable. Vous devez sortir tous les deux ! Maintenant !

Elle cria ce dernier mot. Puis elle se tut.

Elle rouvrit les yeux au bout de quelques secondes, en toussotant, comme si elle était vraiment allée dans la maison en feu. Ses tremblements s'étaient atténués, mais son visage à l'expression vide était couvert de sueur. Des gouttes coulaient le long de ses rides et descendaient vers ses lèvres.

Elle lâcha les mains de Stilton et tira de la poche de sa robe un mouchoir en tissu pour s'essuyer la figure. Stilton la fixait des yeux, le cerveau rempli d'images qui se formaient et se déformaient comme dans un kaléidoscope. Il essayait désespérément de mettre de l'ordre dans son esprit. Comment pouvait-elle savoir tout cela ? C'était arrivé cinquante ans plus tôt ! Pétrifiée sur sa chaise, Olivia se posait la même question.

Que s'était-il passé ?

Barbro replia soigneusement son mouchoir blanc et le remit dans sa poche.

– Mais quelqu'un n'a pas réussi à sortir de la maison, déclara-t-elle calmement. Je me trompe ? Quelqu'un y est resté. Je sentais sa présence, mais je ne l'ai pas vu.

Stilton se rendit compte qu'il opinait du chef en guise de réponse, bien qu'il n'eût aucune envie de confirmer ce qu'elle venait de dire. L'homme qui était resté dans la maison était son soi-disant père, un homme qui avait violé sa mère à de nombreuses reprises. Elle le lui avait confié sur son lit de mort et il n'avait aucune intention d'en parler à Barbro.

– Pourquoi n'a-t-il pas eu le temps ? demanda-t-elle en tournant vers lui ses beaux yeux bruns.

– Il était soûl et endormi, mentit-il.

Personne n'avait jamais su ce qui s'était exactement passé. La vérité était que sa mère avait tué son père avec le vieux harpon à phoques de son grand-père et mis le feu à la maison sur l'île de Gällnö. Elle avait ensuite déménagé avec son fils chez ses parents sur l'île de Rödlöga. Le cadavre de son père ayant partiellement brûlé, il n'y avait eu aucune raison de douter du récit de la jeune femme désespérée, qui prétendait n'avoir renoncé à le tirer de l'incendie que pour sauver son fils et elle-même.

Cela aussi, sa mère le lui avait appris peu de temps avant sa mort. Elle l'avait laissé supporter seul le poids de cette vérité qu'il aurait préféré ne pas connaître.

– Chacun de nous a un fardeau à porter, ajouta Barbro en lui tapotant les mains. Certains sont plus lourds que d'autres.

Il y avait de la tristesse dans le regard qu'elle tourna vers le sablier.

– Stellan a fini de s'écouler. C'est terminé.

Stellan ? Que veut-elle dire ? se demanda Olivia en osant, pour la première fois depuis de longues minutes, changer de position sur la chaise inconfortable qui grinça à nouveau et s'effondra. Olivia se retrouva par terre, ce qui rompit définitivement l'enchantement.

Stilton et Barbro se tournèrent vers elle.

– Oh là là… Vous ne vous êtes pas fait mal, j'espère ? s'inquiéta Barbro en lui souriant pour la première fois.

Avec une joie maligne, pensa Olivia en se relevant immédiatement.

– Non, pas du tout, assura-t-elle, bien que son coccyx fût douloureux.

Elle épousseta son pantalon.

– Que vouliez-vous dire en disant « Stellan » à propos du sablier ?

– Les cendres de mon époux adoré coulent dans ce sablier, répondit-elle comme si cela allait de soi.

Olivia se figea. Elle avait placé les cendres de son époux dans ce sablier ? Mais qu'avait-elle alors fait de sa fille ? Elle revit les ossements sous l'auvent de l'entrée.

– Et c'est lui que l'on voit sur les photos ? demanda Stilton en montrant celles qui décoraient les murs.

– Oui.

– Vous aviez une communauté ici, non ? Dans les années 1970, n'est-ce pas ?

– Oui.

– C'était comment, la vie dans une communauté ? s'enquit Olivia qui trouvait aussi qu'il était temps d'aborder la vraie raison de leur visite.

– C'était merveilleux, répondit Barbro en souriant à nouveau. Une époque magique. Stellan était un homme extraordinaire. Nous avions choisi ensemble de nous soustraire à la société capitaliste. Stellan avait compris qu'elle ne faisait qu'empoisonner notre âme avec le désir de propriété et la folie consommatrice. Nous voulions vivre de ce que nous donne la nature, dans l'amour et l'harmonie.

Comme beaucoup d'autres dans ces années-là, pensa Stilton.

– Votre communauté comptait combien de membres ? reprit Olivia.

– Cela variait, pour autant que je me souvienne, nous étions un noyau de neuf personnes.

– Des hommes et des femmes ?

– Oui.

– Et tout le monde vivait ici, dans cette maison ?

– Presque. Il y avait aussi un couple installé dans le pavillon où habite Clark.

– L'homme qu'on a vu dehors ?

– Oui.

– C'est un parent à vous ?

– Non, quelqu'un qui n'est jamais parti.

– Et la jeune fille sur les photos, c'est votre fille ?

Olivia tendit le doigt vers un cliché en essayant de chasser de son esprit l'image des ossements. Barbro baissa légèrement les yeux.

– Oui, c'est Linnea. Ma fille chérie. Elle n'est plus de ce monde. Elle n'avait que quinze ans quand elle s'est jetée dans la mer.

Elle regarda Stilton.

– C'est le fardeau que j'ai à porter. Elle s'est suicidée car elle ne se résignait pas à la disparition de son père chéri.

Les yeux bruns de Barbro s'emplirent de larmes et cela les rendit encore plus beaux. Stilton éprouva une certaine compassion pour la vieille dame. Perdre d'abord son mari, puis sa fille, elle n'avait pas eu la vie facile.

– Connaissez-vous les circonstances de la noyade de votre mari ? lui demanda-t-il doucement.

Il aurait mieux fait de se taire. Le changement instantané qui se produisit dans le regard de Barbro le fit sursauter. La tristesse et les larmes disparurent de ses yeux qui brillèrent d'une noire colère.

– Il ne s'est pas noyé ! Il a été assassiné !

– Assassiné ?

Barbro tapa du poing sur la table pour souligner ce qu'elle venait de dire.

– Je l'ai toujours su. Mais personne n'a jamais voulu m'écouter. Et cela continue, bien qu'on ait retrouvé une partie de son corps l'été dernier.

– J'ai pourtant entendu dire qu'il s'était noyé, dit Stilton.

Ni lui ni Olivia n'avaient eu vent de rumeurs selon lesquelles il aurait été tué.

– Il a été assassiné, et je le prouverai, déclara Barbro. Tôt au tard la vérité sera connue. Et les coupables devront répondre de leurs actes !

Un silence suivit cette explosion. Stilton n'avait aucune envie de lui expliquer que même si elle réussissait à le prouver, il y avait prescription depuis longtemps.

Le regard de Barbro s'adoucit. Peut-être comprenait-elle qu'elle était allée trop loin. Il est temps de parler d'autre chose, se dit Olivia qui tourna à nouveau les yeux vers les photos.

– Elle était très jolie, votre fille. C'était votre seule enfant ?

– Oui.

– Et Stellan n'avait pas d'autres enfants ?

– Que de questions ! Vous êtes de la police ?

– Moi, oui, intervint Olivia sans laisser à Stilton le temps de réagir. Et c'est très important pour moi que vous me répondiez.

Barbro la regarda dans les yeux.

– J'aurais dû le deviner en voyant la manière dont le chat ne voulait pas que vous le touchiez. Pourquoi ne me l'avez-vous pas dit tout de suite ?

Caresser dans le sens du poil, pensa Olivia, même si elle était un peu vexée de la réflexion de Barbro sur le chat. Il faut la flatter, sans quoi nous ne tirerons rien de cette rencontre.

– Eh bien, Tom mourait d'envie que vous lui lisiez les lignes de la main, dit-elle. C'est pour cela qu'il m'a accompagnée. Il a entendu dire que vous êtes la meilleure chiromancienne de Suède. Et je ne voulais pas casser l'ambiance en annonçant que j'étais de la police.

Elle retint son souffle. Cela allait-il marcher ? Barbro mordit à l'hameçon et sourit à Stilton. Olivia respira. La flatterie fonctionnait à tous les coups.

– C'est vrai ? fit Barbro d'une voix plus douce.

– Oui, assura Stilton avec son plus beau sourire.

– Dans ce cas, je vous pardonne, dit-elle en adressant à Olivia un signe de tête bienveillant, sans cesser de fixer Stilton des yeux. Et pourquoi est-ce tellement important de savoir si Stellan avait d'autres enfants ? J'ai déjà répondu à cette question quand ce policier m'a appelée hier. Il n'en avait pas d'autres. Sa fille n'était même pas de lui.

– Comment ça ?

– Linnea n'était pas sa fille, bien qu'elle l'ait ignoré, comme tout le monde, sauf Stellan et moi.

Barbro lissa les manches de sa robe et se redressa légèrement.

– J'étais enceinte quand nous nous sommes rencontrés, mais cela ne lui a posé aucun problème. Il a accepté la paternité. Il avait l'habitude de dire que l'amour est le seul lien sain entre les êtres humains, parce que les liens du sang ne garantissent pas l'amour, et qu'un enfant a le droit d'être aimé. Sa sagesse était grande.

Il y eut un nouveau silence. Stilton et Olivia comprenaient que Barbro était loin de se douter que ce qu'elle venait d'affirmer ne correspondait pas à la vérité. Stellan avait un enfant, et cet enfant était vraisemblablement un meurtrier. Mais ni l'un ni l'autre n'avait envie de lui dire. Ils allaient devoir le chercher ailleurs.

Barbro tourna soudain un regard insondable vers Olivia.

– Il me semble que vous avez vécu vous-même ce genre de chose.

– Quoi donc ?

– Le fait que l'amour pour un enfant ne dépende pas des liens du sang, dit-elle sans changer d'expression, comme si elle ne faisait qu'un constat.

Paralysée, Olivia ne sut que répondre. Stilton le remarqua et vint à sa rescousse.

– Je vous dois combien ? demanda-t-il pour désamorcer la tension.

Il obtint le résultat recherché. Barbro se retourna vers lui.

– Mille couronnes.

Il sortit une liasse de billets de cinq cents couronnes en pensant que si elle s'était retirée de la société capitaliste, Barbro acceptait d'être payée. Il en posa deux sur la table devant elle.

– Voici. C'était fascinant, n'est-ce pas Olivia ?

La jeune femme était interdite. D'abord à cause de ce que Barbro avait dit, et ensuite en voyant tous ces billets. D'où tirait-il tout cet argent ?

– Oui, tout à fait, répondit-elle.

Barbro se leva, prit les billets et les mit dans la poche de sa robe.

– Je prouverai que Stellan a été assassiné, dit-elle d'un ton beaucoup plus calme. Vous verrez. C'était un grand penseur. Plus grand que le monde ne pourra jamais le comprendre. Et c'est encore plus vrai aujourd'hui, dans notre époque qui voit les racistes et les fascistes gagner du terrain, et où on semble avoir oublié la signification des mots « amour » et « solidarité ».

Stilton la regarda. De quelle planète venait donc cette Barbro ? Mais force était de reconnaître qu'elle était spéciale, et cela lui inspirait du respect. Il se leva. D'un tiroir de la table, elle sortit une brochure qu'elle lui tendit.

– Je vous l'offre. Lisez-la, réfléchissez-y, et vous comprendrez ce que je veux dire.

Il accepta la brochure signée par Stellan Eklind, dont le titre était *Ma vocation*.

– Merci.

Olivia ouvrit la porte qui menait à la bibliothèque. Elle voulait partir. Toute cette rencontre avec Barbro avait finalement plus concerné Stilton que son travail de policière. Et il avait dû débourser mille couronnes, même si cela ne semblait pas particulièrement le préoccuper. Il avait apparemment quelques réserves.

Mais quand même.

Le chat réapparut au moment où ils faisaient leurs adieux dans l'entrée. Olivia décida de ne prendre aucun risque cette fois-ci. Elle tendit la main à Barbro en la remerciant poliment, et Stilton en fit autant. Lorsqu'elle ouvrit la porte extérieure, le chat vint se frotter contre sa jambe avant de disparaître dehors.

L'homme qui était dans la pièce au-dessus avait posé sur le plancher un verre à l'envers et collé son oreille contre le fond de celui-ci. Grâce à la résonance qui avait amplifié les voix, il avait entendu tout ce qui s'était dit à l'étage en dessous. Debout contre le mur à côté de la fenêtre qu'il avait entrouverte, caché par le rideau, il vit les deux personnes sortir sur le perron. Elles s'arrêtèrent. Leurs voix lui parvenaient distinctement.

– Elle a oublié de te faire boire sa décoction spéciale, dit Stilton.

– Et j'en suis fort aise, répondit Olivia. Tu te promènes toujours avec autant d'argent sur toi ?

– Oui.

– Ah bon. On part à Rödlöga maintenant ?

– Oui.

Il les regarda se diriger vers la grille puis se retourna et prit une veste grise qu'il avait accrochée au mur.

*

La table faisait presque six mètres de long. Elle était lourde. Måns Berntsson était à un bout, un homme de trente-cinq ans, aux cheveux courts et blonds, tenait l'autre extrémité. Répondant au nom de Jonas Eriksson, il appartenait à la RAS dont il était un membre particulièrement efficace, et portait les cicatrices de plusieurs actions violentes. Il avait autrefois été condamné pour meurtre.

Ils posèrent la table au milieu d'une vaste grange au sol de terre battue. Berntsson avait allumé une des cinq lampes. Les deux hommes étaient en nage. Eriksson se pencha vers la table et s'épongea le visage.

– Nous serons combien ?

– Une vingtaine, répondit Berntsson.

– Venus de tout le Nord ?

– Il n'y aura personne du Groenland. Les Danois devront s'en charger. Quand vas-tu imprimer le plan d'action ?

– Demain.

– Bien.

Berntsson longea la table dont il caressa la surface. Quand il arriva à une des extrémités, il posa les deux mains sur le plateau en se penchant en avant.

– Je m'assiérai ici.

Il contempla la table, ses yeux passèrent lentement d'un côté à l'autre, comme s'il voyait les gens qui y seraient bientôt assis. Il en avait déjà rencontré la plupart, mais il y aurait aussi quelques nouveaux. Leur attention serait fixée sur lui. Chaque mot devrait être soupesé, chaque formulation, la bonne. Il avait longuement peaufiné son discours et pensait être au point. Il leur dirait ce qu'ils avaient besoin d'entendre.

Eriksson regarda Berntsson. Ils se connaissaient depuis plus de dix ans. Peut-être était-ce pour cela qu'il avait été convoqué ici, et avait reçu la mission de préparer la rencontre. C'était pour lui un honneur. Il savait que cela exigeait de sa part un silence et une loyauté absolus : rien de ce qui serait dit dans ce lieu ne devrait en sortir. Il détourna les yeux et aperçut un gros rat qui filait le long du mur blanchi à la chaux.

Il avait hâte que la réunion débute.

La nuit tombait.

Ils marchaient sur le chemin de terre qui menait à Långvik. Stilton préférait économiser sa lampe de poche. Un long voyage en mer les attendait et il ferait nuit noire quand ils arriveraient à Rödlöga, malgré la lune qui brillait dans le ciel clair.

Ils avançaient côte à côte d'un bon pas à cause du froid, mais aussi parce que Stilton était pressé de remonter sur son bateau. Ils se taisaient tous les deux. Les visions de Barbro les avaient profondément troublés.

Olivia fut la première à rompre le silence.

– Que penses-tu de ce prétendu meurtre de Stellan Eklind ? demanda-t-elle, le souffle un peu court.

– Barbro y croit, cela ne fait aucun doute.

– Mais si c'était vrai ?

– Qu'est-ce que ça peut faire maintenant ?

– Ça a l'air important pour elle.

– C'est sûr. Mais si elle est aussi clairvoyante qu'elle le dit, elle devrait savoir qui l'a tué, non ?

– Peut-être le sait-elle.

Stilton ne fit aucun commentaire. Il accéléra un peu et Olivia dut faire un effort supplémentaire pour le suivre.

– On est encore loin ?

– Pas trop.

– Ça veut dire combien de temps ?

– Un moment. Je vais trop vite ?

– Non.

Ils avancèrent en silence pendant un quart d'heure. Le chemin tournicotait à travers le bois, les rayons de lune perçaient à peine le feuillage des arbres. Mais leurs yeux s'étaient habitués à l'obscurité, et ils distinguaient les graviers plus clairs de part et d'autre du sentier.

– Une hulotte, dit soudain Stilton.

– Quoi ?

Il s'arrêta et regarda la forêt. Le cri de la hulotte retentit entre les arbres.

– Tu l'as entendue ?

– Oui. On continue ?

Elle repartit. Elle avait hâte de rejoindre le bateau. Les chouettes et hiboux qui pouvaient se trouver ici ne l'intéressaient pas du tout. Elle voulait arriver dans la maison de Stilton, boire du thé et aborder enfin les vraies questions.

Il la rattrapa.

– Tu penses quoi de cette communauté ? demanda-t-il.

– Rien. C'était juste une communauté, non ?

– Tu crois ?

– Pourquoi ?

– J'essaie de me rappeler ce qu'on en disait à l'époque.

– J'imagine que les gens y fumaient du shit et voulaient faire la révolution, non ?

– Peut-être. On n'a qu'à en parler au Baron-bouilleur.

– Qui est-ce ?

– Il habite à Långvik. Il y a vécu toute sa vie. Il doit se souvenir de cette communauté.

– Et tu suggères qu'on aille le voir maintenant ?

– Pourquoi pas ? C'est là-bas, dit Stilton en montrant la direction du doigt.

Olivia vit des toits un peu plus loin. Ils étaient arrivés à Långvik.

– Sérieusement ? Il est déjà tard, on ne peut pas revenir demain ?

– Je croyais que tu enquêtais sur un meurtre ?

– Et alors ? En quoi est-ce lié à cette communauté ?

– C'est ce que nous allons tirer au clair avec le Baron-bouilleur. Viens.

Stilton avait allumé sa lampe de poche et en dirigeait le faisceau vers une pente menant à une maison rouge dont les fenêtres étaient éclairées. Olivia se mit à courir et rattrapa Tom au pied du perron. Il jeta un coup d'œil à l'intérieur, mais ne vit personne.

Il monta les marches et frappa à la porte.

Au bout de quelques secondes, ils entendirent une voix masculine aiguë leur dire d'entrer.

Stilton tourna la poignée et tira le battant. Une odeur de fumée de pipe et d'alcool vint leur chatouiller les narines. Stilton entra, suivi par Olivia et referma derrière lui.

– Je suis là, fit la même voix. Venez donc !

La pièce, aux murs tapissés de vert foncé, était encombrée de meubles qui laissaient à peine la place de passer. Un lustre en cristal poussiéreux répandait une lumière ténue sur la table et le canapé où était assis le Baron-bouilleur, un vieil homme chauve au visage marqué de taches bleues. Le regard vif de ses yeux qui ressemblaient à des baies de genièvre maléfiques se dirigea vers Stilton.

– C'est pour de l'eau-de-vie ?

Sa voix de fausset allait bien avec ses yeux.

Olivia se demanda à quoi cette rencontre pourrait servir. D'abord une étrange diseuse de bonne aventure et maintenant un vilain bouilleur de cru. Elle avait certes entendu beaucoup de choses sur les excentriques qui continuaient à vivre sur les îles lointaines de l'archipel, des gens dont les familles avaient habité là depuis des siècles, mais quand même.

– Le Möja Taffel, dit Stilton. Vous en faites toujours ?

– Et comment. Anis, pénis et fenouil, comme on dit chez nous, et de la gnôle maison. Même si moi, je préfère le cerfeuil. Vous en voulez une bouteille, ou vous goûtez d'abord ?

– Je vous présente Olivia Rönning. Je m'appelle Tom Stilton et je suis de Rödlöga.

– De la famille de Grand-Stilton ?

– C'était mon grand-père maternel.

– Je vous offre un coup alors. La bouteille est là-bas, dit-il.

Il pointa du doigt une étagère garnie de plusieurs flacons ornés d'une belle étiquette où il était écrit en lettres majuscules « Möja Taffel ».

– Olivia ! fit la voix de fausset.

– Oui ?

– Trois verres, dans l'armoire à droite.

– C'est gentil, mais je ne boirai pas.

– Vous prendrez bien une goutte. Ici, tous les invités trinquent.

Elle haussa les épaules et sortit trois verres à liqueur en cristal de l'armoire. Le Baron-bouilleur prit la bouteille des mains de Stilton et remplit deux verres à ras bord, puis en versa un fond dans le troisième.

– À la vôtre ! dit-il en levant le sien.

Stilton l'imita et le vida à moitié, tandis que l'homme but le sien cul sec. Olivia se contenta d'humecter sa langue dans l'eau-de-vie qu'elle trouva épouvantable.

– Asseyez-vous !

Elle lorgna du côté de Stilton. Elle n'avait aucune intention de s'éterniser dans cette pièce en compagnie de deux insulaires ivres.

Mais Stilton s'assit dans un large fauteuil.

– Voulez-vous que je vous raconte comment une botte en caoutchouc m'a sauvé la vie dans l'océan Atlantique ? lança le Baron-bouilleur.

– Non, répondit Olivia. Nous n'avons malheureusement pas le temps. Nous voulions vous demander si vous vous souvenez de la communauté créée par Stellan et Barbro Eklind.

Stilton perçut la tension de sa voix. Ce n'était pas le moment de laisser le Baron-bouilleur divaguer.

– La communauté ?

– Oui, il y avait bien une communauté là-bas dans les années 1970, n'est-ce pas ?

– Pourquoi cela vous intéresse-t-il ?

– Je suis ethnologue, et c'est mon domaine de recherche.

– Ah bon. Il faut de tout pour faire un monde.

– Oui. Tom ? fit-elle en lui adressant un regard qui lui intimait de prendre la parole.

– Moi, je vivais sur Rödlöga à l'époque, et pour autant que je me souvienne, on disait des tas de choses à propos de cette communauté.

– Ah oui ?

– Ça ne vous dit rien ?

– J'étais marin dans ces années-là, c'est pour ça que j'ai eu cette aventure avec une botte en caoutchouc. Vous ne voulez vraiment pas que je vous la raconte ?

– Donc vous ne savez rien sur cette communauté ? répéta Olivia.

– Non, rien. Vous feriez mieux de demander à Barbro.

– Nous sommes déjà allés la voir.

– Viola, alors. Elle devrait savoir.

– Viola ?

– Wistam, elle habite à Furusund. Elle appartenait à la communauté.

– Ah oui ? Merci, répondit Olivia, on va prendre contact avec elle. Merci de m'avoir fait goûter, ajouta-t-elle avec un sourire en se dirigeant vers la porte.

Stilton la suivit après avoir vidé son verre.

– Merci beaucoup. Une bouteille, c'est combien ?

– Ça vaut bien cinq cents couronnes.

Un prix de touriste, se dit Stilton qui sortit cependant sa liasse de billets et en détacha encore un. Une semaine de plus dans le coin et il serait fauché.

– Merci pour votre visite, dit le Baron-bouilleur qui lui fit signe d'approcher.

Stilton s'exécuta.

– Ils faisaient des saletés, mais je ne voulais pas en parler devant la jolie jeune fille, murmura-t-il de sa voix de fausset.

– La communauté ?

– Oui.

Le vieil homme se passa lentement l'index sous le nez. Si ce geste avait une signification, elle échappa à Stilton qui se redressa, prit une bouteille de Möja Taffel sur l'étagère et rejoignit Olivia.

Ils retournèrent au port.

L'embarcadère était éclairé par deux lampadaires. Stilton s'arrêta sous l'un d'eux et regarda Olivia.

– Viola Wistam à Furusund. Cela valait le détour, non ?

– Peut-être. C'est quoi cette histoire de botte ?

– Aucune idée. Ça n'avait pas l'air de t'intéresser. Allez, monte.

Il lui tendit la main pour l'aider à embarquer.

– Tu veux bien ne pas foncer, s'il te plaît ?

– Promis.

Il lui donna la bouteille et largua l'amarre. Il n'avait pas l'intention de faire de la vitesse. Malgré la lumière de la lune, l'obscurité s'étendait sur la mer. Il lui faudrait toute son attention pour éviter les nombreux hauts-fonds, surtout aux abords du chenal. Mais il connaissait parfaitement le trajet pour l'avoir souvent fait de nuit autrefois.

Il alluma les feux de navigation et démarra.

Ils avaient déjà parcouru un bon bout de chemin.

Le vent s'était calmé. Stilton espérait que cela durerait. Il leur restait un passage en pleine mer, et il devinait qu'Olivia n'apprécierait pas s'il devait mettre les gaz pour franchir de hautes vagues, comme il y en avait parfois.

Assise à côté de lui, elle savourait la traversée, la sensation de calme que procuraient le ciel étoilé et les ténèbres alentour. De temps à autre, elle apercevait des lumières sur les îles, des phares qui clignotaient. De rares cargos passaient au loin.

Elle était contente que Stilton n'aille pas trop vite.

Le clapotis de l'eau contre le bateau la rendait songeuse. Elle pensait à ce que Barbro avait dit à son sujet, à cette allusion à l'amour détaché des liens du sang.

Cela correspondait en effet à la réalité.

Elle avait presque vingt-quatre ans quand elle avait découvert qu'elle avait été adoptée et que les parents qu'elle aimait n'étaient pas ses véritables parents. Comment une diseuse de bonne aventure de Möja pouvait-elle le savoir ? Difficile de croire au hasard. Et ce qu'elle avait dit à propos de Tom ? Tout était exact. Il avait fait cette expérience terrible quand il était enfant, dans une maison en flammes.

Elle le regarda. Son attention était concentrée sur la mer devant lui.

– C'était quand même bizarre, dit-elle.

– Ce qu'elle voyait ?

Elle comprit qu'il pensait à la même chose qu'elle.

– Oui.

– Ça ne vaut pas la peine d'y réfléchir.

– Pourquoi pas ? Tu n'as pas envie d'en parler ?

– Non.

– Mais moi, si. Comment pouvait-elle savoir tout cela…

– On va bientôt arriver en pleine mer.

– Ça t'a dérangé ?

Il ne lui répondit pas, mais vira vers le large.

– Moi, ça m'a troublée, poursuivit Olivia.

Si elle continue, j'accélère, se dit-il.

Elle le regardait. Alors, il compte ne pas en parler ?

– Mais tu te poses des questions, non ? Ce qu'elle a dit correspondait presque entièrement à ce qui est arrivé, non ?

Il se tourna vers elle.

– Il existe une explication toute simple, dit-il avec une pointe de haine dans la voix. Quand elle a entendu mon nom, elle s'est sûrement rappelé l'incendie.

– Mais c'était il y a plus de cinquante ans.

Il mit les gaz. À fond.

Olivia ne vit les rochers que lorsque le bateau les frôla. Elle croisa les mains en espérant que l'homme aux commandes savait ce qu'il faisait.

– Voilà Rödlöga, dit-il avec un geste du bras vers l'obscurité devant eux.

Olivia regarda en essayant de distinguer quelque chose, de la lumière, mais elle ne vit défiler que de nouveaux rochers. Stilton s'engagea dans un étroit chenal et tourna vers la façade est de l'île principale. D'ici, il n'y avait que la mer jusqu'à Åland.

Olivia se cramponna.

Stilton slaloma dans l'obscurité entre les hauts-fonds. Olivia remarqua son intense concentration. Le bateau dépassa un promontoire et entra dans une petite baie. Il coupa les gaz, et l'embarcation glissa le long d'un long ponton en bois. Elle aperçut une maisonnette rouge presque au bord de l'eau.

– On est arrivés ?

– Oui.

Il amarra le bateau au ponton et aida Olivia à y grimper. Elle lui donna la bouteille, et ils marchèrent côte à côte vers la maison. Elle grelottait.

– Tu veux que j'allume le sauna ?

– Ce serait super, répondit-elle.

– Va à l'intérieur, c'est ouvert. L'interrupteur est à gauche juste après la porte.

– Je croyais qu'il n'y avait pas d'électricité sur Rödlöga.

– J'ai des cellules photovoltaïques et une éolienne, complétées par un générateur.

Il se dirigea vers la cabane du sauna tandis qu'Olivia entrait dans la maison. Elle avait beaucoup entendu parler de Rödlöga depuis deux ans, mais n'y était jamais venue.

Stilton avait hérité cette maison de sa mère qui la tenait elle-même de ses parents, Grand-Stilton et sa femme Eivor. Environ un an plus tôt, Stilton avait vendu une partie de son héritage, deux îlots sur la côte nord, pour se procurer de l'argent pour vivre. D'où la liasse de billets dans sa poche.

Olivia posa sa veste sur une chaise du salon. La maison comprenait aussi une chambre. Elle y jeta un coup d'œil, vit un grand lit en bois, et presque rien d'autre. À droite de la pièce principale se trouvait une cuisine avec une table et deux chaises. Elle alluma la suspension blanche. Des rideaux à carreaux rouges étaient accrochés à la fenêtre, tout était propre et bien rangé. S'attendait-elle à du désordre et de la crasse parce que Tom avait été un SDF qui dormait dans la rue ?

– Tu prendras le lit, et je dormirai sur la banquette de la cuisine, dit-il depuis l'entrée.

– Je peux prendre la banquette.

– Tu as faim ?

– Oui.

– Il va falloir un peu de temps pour que le sauna soit prêt. Du jambon en conserve, ça ira ? demanda-t-il en ouvrant un placard.

– Ce sera parfait.

Elle mourait de faim et aurait mangé n'importe quoi. Du jambon en conserve ferait l'affaire. Il sortit un sac de pommes de terre, versa de l'eau d'un seau dans une bassine et les lava.

– Assieds-toi, dit-il.

– Tu as des bougies ?

– Pourquoi ?

– Parce que j'aime leur lumière.

– Il doit y en avoir dans le tiroir sous l'évier.

Olivia l'ouvrit. Il était rempli de différentes choses, dont de grosses bougies anciennes et des veilleuses. Elle les prit toutes ainsi que des verres où placer les veilleuses et deux bougeoirs en laiton sur une étagère. Quand elle les eut allumées, elle éteignit la suspension et se rassit.

– Tu es contente ?

– Oui. Je peux t'aider ? Tu veux que je mette le couvert ?

Il lui indiqua d'un geste l'endroit où se trouvaient les assiettes et mit les pommes de terre à cuire.

Une fois la table dressée, elle se rassit. Stilton continuait à cuisiner. La maison plaisait à Olivia, elle s'y sentait en sécurité. Elle contempla la petite cuisine en pensant aux gens qui avaient vécu là, pendant des générations, de la pêche, de la chasse au phoque et de leurs récoltes. Presque plus personne n'y habitait à l'année aujourd'hui. Elle trouvait un peu triste que cette façon de vivre au contact de la nature ait quasiment disparu au profit de villes où tant de choses dégénéraient – enfants assassinés, racistes et autres plaies. Elle reposa les yeux sur Stilton.

– Pourquoi n'es-tu pas allé à la péniche ?

– La péniche ?

– Hier. Pourquoi es-tu resté dormir chez Mette ?

– Il était tard, fit-il en se retournant vers la cuisinière.

– Oui, mais ce n'était pas la première fois, et d'habitude tu rentres toujours à la péniche. Tu m'as dit que tu n'aimais pas dormir chez les autres. Tu as des ennuis avec Luna ?

Il savait qu'Olivia avait des antennes spéciales. Il lui fit face.

– Elle ne veut pas que j'habite sur la péniche pour l'instant.

– Et pourquoi ?

– Tu n'auras qu'à le lui demander.

Elle comprit qu'il se dérobait. Il ne voulait pas parler de ça non plus. Vivre avec lui ne doit pas être simple, pensa-t-elle. Mais soucieuse d'apaisement, elle ajouta :

– Tu as la brochure que t'a donnée Barbro ?

– Elle est dans la poche de ma veste.

Elle alla la chercher puis revint. *Ma vocation.* La publication datait de 1975, l'année de la disparition de Stellan. Elle se pencha vers les veilleuses et commença à la lire. Stilton renversa le jambon en conserve sur une assiette qu'il posa sur la table.

– Tu veux une bière ?

– Volontiers, répondit-elle en levant les yeux du texte.

Il en sortit deux d'un placard, les ouvrit et en tendit une à Olivia qui s'était replongée dans sa lecture.

– Cela me fait plus l'effet d'être un truc religieux que du blabla hippie des années 1970, dit-elle en montrant la publication.

– L'un n'exclut pas l'autre, répliqua Stilton.

Il but une gorgée de bière.

– Ça doit être New Age, ajouta-t-il. Un méli-mélo d'idées pour se sentir bien. De la psychologie de base.

– Oui, peut-être.

Elle continua à lire. Stilton baissa le feu sous les pommes de terre. La vapeur de la casserole réchauffait la petite cuisine et embuait les vitres. Olivia plissa le front et changea de position sur sa chaise.

– Mais ce texte me semble un peu plus pompeux, dit-elle. Presque biblique. Ici, il affirme avoir reçu une révélation d'un genre de déesse.

– Peut-être celle dont parlait Barbro, celle qui lui donnait sa force.

– Probablement. Tiens, voilà ce que lui aurait dit cette déesse qui avait fait en sorte qu'il arrive à Möja : « C'est ici que toi et ta famille vous vous installerez. C'est ici que ta famille va croître, non pas par les liens du sang, mais par ceux de l'amour et de la foi. »

Olivia releva la tête.

– Ça paraît bien grandiloquent, dit Stilton.

Il prit un cure-dents pour s'assurer que les pommes de terre étaient cuites.

– C'est prêt !

Il posa la casserole sur la table et commença à couper le jambon. Olivia était encore absorbée dans sa lecture.

– Non, mais sérieusement, dit-elle sans lever les yeux, j'ai l'impression qu'il se prenait pour un genre de prophète.

– Tiens, fit Stilton en déposant deux tranches dans l'assiette d'Olivia. Bon appétit.

– Écoute ça, ce sont les paroles de la déesse : « Vous serez un groupe d'élus. Un groupe va grandir et luttera contre les forces des ténèbres qui menacent, ces forces qui au crépuscule sèment les graines de l'insatisfaction dans le cœur des hommes, pour ensuite, protégées par la nuit, les nourrir de la haine qui fera qu'à l'aube elles se seront déjà enracinées en eux et empoisonneront lentement leurs âmes. Cette aube sera noire, et elle fera que toutes les âmes intoxiquées prendront tous les étrangers pour des ennemis, et Mammon pour le seul dieu. »

– Une aube noire ?

– C'est ce qui est écrit.

Olivia continua à lire à haute voix.

– « C'est contre cette aube noire que vous lutterez, armés de l'amour, et c'est toi, Stellan Eklind, qui dirigeras ce combat. Tu es le premier à être choisi, et tu dois partager la divinité que tu as en toi. C'est toi qui conduiras les hommes vers une aube claire. »

Elle referma la brochure et regarda Stilton.

– Si ce n'est pas religieux, qu'est-ce qui l'est ?

Stilton prit deux pommes de terre avec ses doigts et les posa sur son assiette. Il poussa ensuite la casserole vers elle.

– Je suis d'accord. Ce n'est pas du blabla politique habituel. Apparemment, il est allé encore plus loin et a mélangé ses idées politiques à une religion maison.

– Oui.

– Sa façon de parler est très traditionnelle, avec ces histoires de forces des ténèbres et de peuple élu. La seule nouveauté est cette déesse. Sers-toi avant que ça refroidisse.

– Ça me fait un peu l'effet d'une secte.
– Un peu est de trop.
Olivia saisit une pomme de terre qu'elle lâcha immédiatement.
– Aïe !
– Qu'y a-t-il ?
– Elles sont brûlantes !
Stilton sourit.
– Mauviette ! Tu en veux combien ?
– Deux, répondit-elle en soufflant sur ses doigts.
Il dégusta une bouchée du jambon dont le goût lui rappelait le plat du dimanche pendant son enfance. Il adorait la gelée salée qui entourait le jambon en boîte. En semaine, on mangeait du poisson frais.

Olivia repoussa son assiette vide. Elle avait englouti le repas en silence. Elle but sa dernière gorgée de bière et regarda Stilton.
– Quand même, je me demande ce qu'ils pouvaient bien fabriquer dans cette communauté, dit-elle.
– D'autant qu'ensuite Stellan s'est noyé.
– S'il s'est noyé.
– S'il ne s'est pas noyé, cela soulève encore plus de questions.
– Et leur fille se serait suicidée quelque temps après ? Pourquoi ? Parce que son père avait disparu ? Ça paraît un peu tiré par les cheveux, non ? commenta Olivia.
– Oui. Mais tout ça, c'est vieux, non ?
– Sauf que Stellan a eu un fils, et que nous croyons que ce fils est un meurtrier. Donc cela nous regarde.
– Tu as peut-être raison, dit Stilton. Mais qu'il ait eu un fils et que ce fils soit aujourd'hui un meurtrier, ce n'est pas nécessairement lié, non ? Certes, ils ont un lien de parenté, mais…
– N'empêche qu'il est permis de se demander avec qui il a eu cet enfant. Pas avec Barbro, selon elle.
– Il se pourrait qu'elle mente.
– Pourquoi le ferait-elle ?
– Elle a peut-être honte de cet enfant, et ne veut pas le reconnaître.

– Pourtant, elle ignore que nous pensons que ce fils est un meurtrier.

– Tu crois qu'on aurait dû lui dire ?

– Peut-être, mais je n'en suis pas sûr. On ira voir cette Viola Wistam demain matin, et on verra ce qu'elle nous racontera. Si elle a appartenu à la communauté, on en saura sans doute plus. Sur la vie qu'ils y menaient et sur ce qui est arrivé à Stellan. Bon, le sauna sera bientôt prêt.

– Il faut que j'aille faire pipi.

Olivia se leva pour aller dans l'entrée où elle enfila sa veste. Elle sortit, fit le tour de la maison et alla s'accroupir un peu plus loin, devant un bosquet de prunelliers éclairé par la lune. Le silence l'impressionna : sous le vaste ciel étoilé, avec la mer toute proche, en pleine nature, il n'y avait pas un bruit. Elle entendait sa propre respiration.

– Olivia, fit soudain une voix masculine juste derrière elle.

Terrorisée, elle poussa un cri en essayant de se relever, mais trébucha et tomba sur les genoux, la tête en avant. Elle buta sur une pierre, roula sur elle-même et scruta les prunelliers d'où était venue la voix. Qui cela pouvait-il être ? Elle se redressa prudemment tout en entendant Stilton l'appeler depuis la maison.

– Olivia ? Que se passe-t-il ? demanda-t-il, inquiet.

Elle marcha vers lui aussi vite qu'elle le put, retenant son pantalon d'une main, et le rencontra à l'entrée du sauna. Il vit du sang sur son visage.

– Qu'est-ce qui t'est arrivé ?

– Il y a quelqu'un dans les broussailles !

– Où ça ?

– Là-bas ! répondit-elle en tendant le doigt dans la direction du bosquet.

Il regarda, mais ne vit que l'obscurité.

– Viens, dit-il.

Il la prit par le bras et la fit rentrer. Puis il saisit un fusil de chasse dans le coin de l'entrée et une lampe de poche.

– Ferme à clé derrière moi, lui ordonna-t-il avant de sortir.

Olivia allait protester quand elle sentit quelque chose de chaud couler vers sa bouche. Elle se toucha la joue, c'était du sang.

– Merde !

Elle verrouilla la porte, courut dans la cuisine, alluma le plafonnier et versa de l'eau dans l'évier.

Stilton arriva rapidement au bosquet de prunelliers, la lampe de poche dans la main gauche, le fusil dans la droite. Il fouilla les broussailles du faisceau lumineux. Elles s'étendaient jusqu'en bas d'un raidillon et il était presque impossible de les traverser.

Il en fit le tour en courant vers le sentier qui se trouvait un peu plus loin. Il s'arrêta et écouta attentivement, sans rien entendre.

Au pied de l'escarpement, il ralluma sa lampe de poche et la dirigea vers la pente où il ne vit personne. Il décida de la gravir.

Olivia se regarda dans un miroir de poche qu'elle avait trouvé dans un placard et vit qu'elle avait une grande écorchure au-dessus d'un œil. Elle stoppa le sang à l'aide de serviettes en papier et chercha en vain un sparadrap. Soudain, quelque chose frappa la vitre de la cuisine, une branche ou un petit caillou. Elle y courut, défit le crochet, mais ne parvint pas à l'ouvrir. Elle se retourna et partit vers l'entrée, attrapant au passage un tisonnier. Elle déverrouilla la porte et sortit sur le perron.

– Tom !

Il ne répondit pas. Elle serra le tisonnier dans sa main et fit le tour de la maison pour aller à la fenêtre de la cuisine. Elle s'aplatit contre le mur avant de tourner le coin, puis avança la tête : la lumière de la cuisine illuminait le sol sur lequel elle aperçut un tabouret en bois et deux petits seaux métalliques. Arrivée à la fenêtre, elle regarda vers les arbres et les rochers un peu plus loin. Elle tendit l'oreille, mais n'entendit que le clapotis des vagues.

Stilton était presque en haut de la pente lorsqu'il discerna le bruit d'un moteur de bateau. Il grimpa jusqu'au sommet et scruta l'obscurité. Une lanterne de navigation s'éloignait des rochers du rivage. Il descendit en courant jusqu'au ponton. L'amarre avait disparu, tout comme le bateau. Il dirigea sa lampe de poche vers la mer et le vit assez loin du ponton.

– Putain ! s'exclama-t-il en jetant le fusil par terre.

– Qu'est-ce qui se passe ? Tu as vu quelqu'un ? demanda Olivia qui arrivait en courant.

Il pointa du doigt la direction du bateau.

– Il l'a détaché.

– Tu l'as vu ?

– Non, j'étais en haut de la pente, et je n'ai vu qu'un bateau qui s'éloignait. Putain !

Stilton se laissa tomber sur la bitte du ponton. Olivia regardait la mer. On entendait au loin le moteur du bateau qui avait quitté la baie.

Stilton mit à l'eau un canot de sauvetage, après avoir cherché les rames pendant un moment. Il parvint à rejoindre son bateau et à le ramener. Olivia, dont l'écorchure au front continuait à saigner, avait retrouvé son calme et réfléchissait à ce qui venait de se passer.

Une fois le bateau amarré, Stilton suggéra qu'ils aillent prendre un sauna. Elle acquiesça et se leva.

– Tu aurais un sparadrap ?

– Dans la cuisine. Je t'en apporte un tout de suite.

Il se dirigea vers la maison, et Olivia vers le sauna. Elle commença à se déshabiller dans le vestiaire où il faisait bon. Stilton revint, muni d'un pansement et de deux draps de bain.

*

Les mains de Mette se mouvaient lentement sur la boule de glaise humide posée sur le tour qu'elle actionnait du pied. Elle ignorait ce qu'elle allait en faire, mais la sensation de l'argile chaude et douce qui s'arrondissait et devenait plus fine sous ses paumes exerçait sur elle un effet thérapeutique. Ce serait peut-être une cruche, un bougeoir, ou rien du tout. Cela n'avait aucune importance.

Elle avait décidé de se coucher tôt. Elle était levée depuis cinq heures du matin et avait passé la majeure partie de la journée dans la salle de réunion, d'où elle n'était sortie que pour rencontrer différentes personnes qui voulaient savoir comment l'enquête progressait. Elle détestait avoir à rendre compte de choses dont elle n'était pas certaine. Cela la conduisait à énoncer des mensonges ou des demi-vérités, voire à ne rien dire du tout.

Elle avait besoin de calme pour réfléchir.

La masse d'argile gris clair lui en procurait. Pendant l'heure qui venait de s'écouler, elle avait pu prendre le temps de passer en revue tous les éléments de l'enquête, ce qui aurait été impossible au bureau. Cela ne l'avait pas rapprochée d'une solution, mais elle avait pu tout analyser à son rythme et enregistrer chaque détail. Elle savait à quel point cela pourrait lui être précieux lorsqu'il ne manquerait plus qu'une petite pièce du puzzle, une réplique à laquelle personne n'avait prêté attention, une heure qui ne collait pas, un nom dont personne ne se souvenait.

Cette étape-là était achevée.

Elle tourna ses pensées vers sa famille. Elle avait reçu une carte postale de son mari ce matin. Cela lui ressemblait. Mårten évitait dans la mesure du possible les moyens de communication numériques et s'obstinait à utiliser ceux qu'il aimait. Le recto de la carte montrait la mosquée Koutoubia, et Jolene avait tracé un dessin sous le texte au verso, dans lequel Mette pouvait reconnaître un tapis volant.

Ma Jolene chérie, pensa-t-elle, es-tu vraiment mûre pour habiter sans nous ?

Elle regarda sa montre et vit qu'il était presque minuit. J'aurais dû aller me coucher depuis au moins deux heures, se dit-elle. Mais elle avait attendu toute la soirée un appel de Stilton et d'Olivia. Elle voulait qu'ils lui parlent de Möja, de cette communauté, et surtout de la question essentielle, le fils inconnu de Stellan Eklind.

Si ça continue, je vais les appeler.

*

Ils étaient tous les deux assis et dégoulinaient de sueur. Gagnée par une agréable torpeur, Olivia sentait son corps et son esprit se détendre. Elle aurait pu rester là des heures.

– Maintenant, on va se baigner, dit Stilton en se levant.

Elle le suivit, un drap de bain à la main. Ils coururent sur le ponton en bois et Stilton plongea dans l'eau noire. Olivia respectait trop la mer pour aborder ainsi cette eau qu'elle ne connaissait pas. Elle descendit donc par l'échelle du ponton. L'eau lui parut glacée, mais aussi bienfaisante. Elle fit quelques brasses et revint vers l'embarcadère. Elle vit Tom nager vigoureusement vers la baie et s'enveloppa dans sa serviette en se demandant s'il cherchait à l'impressionner. Elle s'assit et observa cet homme qui avait été l'un des meilleurs amis de son père et était à présent l'un des siens. Quel parcours remarquable, pensa-t-elle. Né sur cette île, il y avait grandi au plus près de la nature, était entré dans la police avant de devenir SDF et d'échouer dans un local à poubelles puant.

Et maintenant, il était revenu ici ?

Il fit demi-tour et nagea vers le ponton.

– Ça suffit, le sauna, non ? demanda-t-il quand il sortit de l'eau.

– Oui. Mais on peut rester encore un peu dehors, non ? Je me sens tellement bien ici.

– D'accord. Mais pas longtemps.

Il passa devant elle et alla jusqu'à la maison. Il en revint en pull et en jean, un peignoir sur le bras, qu'il tendit à Olivia, et la bouteille de Möja Taffel à la main.

– Tu en veux un peu ?

– Une goutte.

En réalité, elle n'en avait pas du tout envie, mais n'osa pas refuser. Il lui en versa un fond dans un gobelet en plastique.

– Merci.

Il s'en servit une plus grande rasade.

– Pour être tout à fait honnête, je déteste le goût que ça a.

– J'ai une solution.

Il retourna dans la maison, et revint avec une autre bouteille.

– C'est quoi ?

– Du sirop de sureau. Je l'ai préparé moi-même l'été dernier.

– Tu fais du sirop de sureau ?

– Oui, et quand j'étais jeune je dansais et me baignais dans les lacs de Möja. Donne-moi ton gobelet.

Elle le fit avec un sourire, et il le remplit.

– À la tienne !

– À la tienne !

Ils burent tous les deux. Le sirop n'effaçait pas le goût abominable de l'eau-de-vie, mais la rendait buvable.

– Comment expliques-tu ce qui s'est passé ? demanda-t-il, les yeux fixés sur la mer.

– Il n'y a pas trente-six solutions, non ? Combien de gens savent que nous sommes ici ?

– Et tu es absolument certaine qu'il t'a appelée par ton nom ?

– Oui.

– Barbro pourrait connaître ton nom. Elle savait beaucoup d'autres choses, dit-il sans la regarder.

– Oui. Mais elle n'a pas une voix masculine.

– Elle aurait pu le dire à quelqu'un d'autre ?

– Tu veux dire au bûcheron ? Il s'appelait comment déjà ?

– Clark, non ?

– Elle le lui aurait raconté et il serait venu jusqu'ici ? Pour quelle raison ? Me faire peur ?

– Les insulaires, tu sais…

– Stop !

Ils s'esclaffèrent. Ce qui leur était arrivé était absurde, mais il y avait nécessairement une explication.

– Si ce n'était pas ce Clark, qui cela pourrait-il être ?

– Le Baron-bouilleur ?

Ils rirent un peu plus fort, une conséquence directe de l'alcool. Il ne leur en fallait pas beaucoup après le sauna.

– Il connaissait mon lien avec Rödlöga, cela ne fait aucun doute, mais il n'aurait tout simplement pas pu venir. Parce qu'il n'a plus ses jambes. C'est pour cela qu'il est resté assis tout le temps. Il a dû se faire amputer il y a de nombreuses années de cela.

– D'accord, on l'élimine. On a qui d'autre ?

Le téléphone de Stilton sonna dans la poche de son jean. Il vérifia l'origine du numéro.

– C'est Mette. Je réponds ?

– Oui.

– Salut. Il s'est passé quelque chose ?

– C'est ce que je voulais te demander. Pourquoi ne m'avez-vous pas appelée ?

– On n'a pas eu le temps.

– Vous êtes où ?

– À Rödlöga.

– Et vous faites quoi ?

– On boit l'excellente eau-de-vie du Baron-bouilleur. Avant ça, on a pris un sauna. Tout à l'heure, on va s'exercer au lancer nocturne de soucoupes.

– Tu peux me passer Olivia ?

– Oui.

Stilton lui tendit son téléphone. Elle se redressa mentalement.

– Bonsoir, Mette ! Nous avons un tas de choses à te raconter, mais ça sera pour demain, il n'y a rien d'urgent ce soir.

– Vous vous amusez bien, on dirait.

– Oui, maintenant on s'amuse, mais il y a une heure c'était tout simplement horrible.

– Que s'est-il passé ?

– Pour le moment, nous ne pouvons pas le dire. Demain, nous en saurons peut-être plus. Et toi, comment vas-tu ?

– Pourquoi ne peux-tu pas me dire ce qui s'est passé ?

– Je le ferai de vive voix.

– D'accord. Venez me voir dès que vous serez rentrés.

– Cela prendra un peu de temps, on doit rencontrer une femme qui habite à Furusund.

– Pourquoi ?

– Elle faisait partie de la communauté de Möja.

– Bien. Vous ne faites pas que boire, alors ? Passe mon bonsoir au lanceur de soucoupes !

Mette raccrocha et Olivia rendit le téléphone à Stilton.

– C'est quoi, le lancer nocturne de soucoupes ?

– On pose des bougies dans le noir à quinze mètres d'intervalles, et on lance des soucoupes dans leur direction. Si la lumière s'éteint, on marque un point. Ça te dit ?

– Non.

Elle lui tendit cependant son verre. Elle voulait encore un peu de sirop de sureau.

*

Il faisait nuit noire en Scanie. Le corps de logis, qui n'était qu'à une dizaine de mètres de la grange, se distinguait à peine dans l'obscurité. Toutes les lumières étaient éteintes. Un vent glacé soufflait dans la cour et Berntsson boutonna sa veste. Eriksson était parti peu auparavant, mais ils se reverraient bientôt. Son téléphone sonna quand il était au milieu de la cour. L'appel venait de son père.

– Bonsoir, père. Qu'y a-t-il ?

– On peut aller faire un tour ?

– Maintenant ?

– Oui.

– C'est à propos de mère ?

– Oui.

Berntsson regarda l'heure. Il était plus de minuit, et il avait l'intention de relire son discours au moins une fois. Tant pis, ce serait pour plus tard.

– J'arrive, dit-il.

Il savait qu'il le retrouverait au même endroit que d'habitude. Sa ferme était dans le prolongement des terres de ses parents, et la limite était marquée par des pierres. C'était leur point de rendez-vous, de plus en plus fréquemment, à différentes heures du jour et de la nuit. Ils marchaient ensemble, plus ou moins loin, souvent en silence, ils s'étaient déjà presque tout dit et avaient épuisé les mots les plus durs. Depuis quelque temps, ils cheminaient côte à côte, un père et son fils. Cela, rien ne peut nous le retirer, pensa Berntsson en voyant la silhouette massive de son père. Nous sommes là où nous sommes, mais nous ne partageons pas la même idéologie. Père appartient à une autre génération. Il refuse mes positions, mais je l'accepte tel qu'il est. Il a sa vie, j'ai la mienne. Mais c'est mon père.

– On va vers les chênes ? proposa son père, qui s'appelait Arvid et avait été cultivateur toute sa vie.

– D'accord.

Ils se mirent en route, presque collés l'un à l'autre. L'obscurité ne les dérangeait pas. Ils avaient toujours fait ce trajet jusqu'au chemin, le long des fossés et des champs, de courtes distances quand il était enfant et qu'Arvid le prenait sur ses épaules.

– Comment va mère ?

– Ce soir, pas bien du tout. Je vais la conduire à l'hôpital demain.

– Je peux m'en occuper.

– Je le ferai moi-même.

Berntsson hocha la tête. Son père préférait généralement se débrouiller seul.

– Elle souffre ?

– Horriblement. Je lui ai donné trois comprimés, mais ça n'a servi à rien.

Berntsson sentit son cœur se serrer.

– Et ce que tu fais ne l'aide pas du tout, ajouta son père.

Voilà longtemps qu'il n'avait pas abordé ce sujet que Berntsson pensait clos. Il va vraiment mal, se dit-il. Et il veut me donner mauvaise conscience. Me faire croire que c'est de ma faute.

Il ne sut que répondre.

– Tu me raccompagnes pour lui souhaiter bonne nuit ?

– C'est évident, et tu le sais.

– Ce sera peut-être la dernière fois.

Arvid fit demi-tour. Berntsson le suivit quelques secondes plus tard. Il avait besoin de rassembler ses forces.

*

Olivia remonta la couverture et souffla la bougie sur la chaise à côté du lit. Le matelas était ferme. Elle leva les yeux vers le plafond. Je suis allongée dans le lit de Tom, se dit-elle, et cela la ramena à l'instant où elle l'avait rencontré pour la première fois. Un SDF aux cheveux longs et sales qui vendait *Situation Stockholm* devant une épicerie. Elle n'avait pas oublié le choc qu'elle avait ressenti lorsqu'elle avait compris que ce clochard était le commissaire quasi mythique qui avait été un des meilleurs amis de son père. Et voilà qu'elle occupait son lit.

– Tu dors ? fit Stilton depuis la cuisine.

– Non.

– Mette m'a dit que tu as vécu des choses désagréables en Scanie. C'était quoi ?

Elle n'avait pas eu l'intention de lui en parler parce qu'elle pensait que cela ne le regardait pas. Mais maintenant qu'ils se trouvaient si près l'un de l'autre dans l'obscurité, sur cette île à l'écart du reste du monde, elle le lui raconta. Elle commença par Måns Berntsson.

Stilton ne lui posa qu'une seule question quand elle se tut.

– Tu veux que je t'accompagne quand tu redescendras là-bas ?

Elle savait comment Tom avait réagi quand elle avait été l'objet d'une tentative de meurtre l'année précédente : cela l'avait mis hors de lui et il avait risqué sa propre vie. Pour finir, il avait été arrêté par la police et avait dû passer un jour au poste. Sa proposition de venir avec elle en Scanie était tentante, mais ce n'était pas une bonne idée car il pourrait rendre des visites déplaisantes à beaucoup de monde.

– Non, dit-elle. Mais merci quand même. Bon, il faut que je dorme.

Stilton se leva à l'aube. Il avait plongé dans la mer pour se réveiller, car son corps était raide après la nuit sur la banquette de la cuisine, et il faisait à présent le tour du bosquet de prunelliers, toujours aussi dense et difficile à traverser même s'il paraissait moins imposant dans la lumière matinale. Il scruta les branches dans l'espoir d'apercevoir un lambeau de tissu accroché à une épine, en vain.

Il suivit ensuite le sentier qui menait au monticule. Il était convaincu que l'homme de la veille était un habitant de l'archipel ou au moins quelqu'un familier de ces îles. Il n'aurait pas réussi à venir ici de nuit si cela n'avait pas été le cas.

C'était tout bonnement impossible, avec ou sans GPS.

Une fois au sommet, il regarda autour de lui sans découvrir aucune trace. Il n'avait rien vu non plus devant la fenêtre de la cuisine qui puisse expliquer le bruit qu'Olivia avait entendu.

Elle l'appela alors qu'il commençait à redescendre et il se mit à courir. Ce siphonné serait-il revenu ? Il arriva très vite en bas et la vit debout devant la cabane du sauna, un sparadrap sur le front.

– J'ai fait du café, dit-elle. Pourquoi cours-tu ?

– Pour me réchauffer. Dépêchons-nous de prendre le petit-déjeuner, nous n'avons pas beaucoup de temps.

La traversée jusqu'à Furusund, de l'autre côté du bras de mer, fut rapide. Stilton amarra son bateau à une jetée en pierre qui menait à un sentier. Pendant qu'ils buvaient leur café, Olivia avait trouvé le numéro de Viola Wistam et l'avait appelée. Celle-ci lui avait expliqué qu'elle habitait dans une maison grise qu'ils aperçurent au bout de cinq minutes de marche.

– Ce doit être ici, dit Stilton.

– Oui.

– On fait comment ?

– C'est peut-être aussi une voyante.

– Super.

– Cette fois-ci, c'est moi qui parle. Je lui ai dit qu'il s'agissait d'une enquête de police. On n'a pas besoin de lui donner plus de détails que nécessaire.

– D'accord.

Viola Wistam ouvrit la porte de sa maison au moment où ils franchissaient la grille du jardin. Emmitouflée dans un grand châle blanc, elle portait une jupe marron qui descendait presque jusqu'à ses pieds chaussés de sabots.

– Olivia Rönning ?

– Oui, dit la jeune femme en lui présentant sa carte de police. Et voici Tom Stilton. Il pilote le bateau.

C'est comme ça qu'elle voit les choses, se dit Tom en comprenant qu'il devait se montrer discret. Cela ne le gênait pas.

Ils suivirent Viola Wistam à l'intérieur, dans la pièce principale.

– Vous vivez seule ? demanda Olivia.

– Oui, pour l'instant, répondit Viola sans la regarder.

Olivia la sentait mal à l'aise. Est-ce parce qu'elle était de la police ?

– Pouvons-nous nous asseoir ?

Leur hôtesse leur montra à contrecœur un canapé fatigué et deux fauteuils usés dans lesquels Olivia et Stilton s'installèrent. Viola resta debout. Olivia lui adressa un sourire en attendant en vain une question de sa part.

– Comme je vous l'ai dit au téléphone, votre nom est apparu dans le cadre d'une enquête de police à laquelle je participe.

– Ah bon.

Olivia ne comprenait pas pourquoi elle ne lui demandait pas de détails. Était-ce parce qu'elle avait l'habitude de ce genre de visites ?

Ou que le sujet ne l'intéressait pas du tout ? À moins que ce ne fût de la peur ?

– Je cherche des renseignements sur une communauté qui existait à Möja dans les années 1970, centrée autour de Stellan et Barbro Eklind. Cela vous dit quelque chose ?

– Oui, répondit Viola d'un ton neutre, presque inaudible, en continuant à éviter le regard d'Olivia qui jeta un coup d'œil à Stilton.

Elle eut l'impression qu'il souriait intérieurement. Cet entretien démarrait mal.

– Vous en avez fait partie pendant combien de temps ?

– Quelque temps.

– Ce qui veut dire ? Un an, plus…

– Quelque chose comme ça.

– Pouvez-vous me parler de la communauté ?

– Non.

– Pourquoi ?

– Je ne me rappelle pas grand-chose.

– Vous n'avez pas envie de vous en souvenir ?

Olivia commençait à se lasser. Elle avait été aimable, mais cela ne lui avait rien rapporté. Elle pouvait changer d'attitude si nécessaire.

– C'était il y a longtemps, lâcha Viola, de la même voix morne.

– Je peux peut-être vous aider.

Toujours pas de réaction. Olivia la regarda en s'interrogeant sur la raison de son silence.

– On a retrouvé récemment dans le lac Mellansjö, sur Möja, des ossements qui ont été identifiés comme appartenant à Stellan Eklind, lança tout à coup Stilton. Son fémur et son bassin, en assez mauvais état.

Lui aussi s'était lassé.

Viola mit une main devant la bouche et hocha la tête. Elle était au courant.

– Savez-vous ce qu'il lui est arrivé ? poursuivit Olivia.

– Non.

– Il se serait noyé.

– Ah bon.
– Étiez-vous là quand il a disparu ?
– Oui.
– Et vous vous en souvenez ? ne put s'empêcher de demander Olivia.
– Vous vous rappelez aussi certainement que sa fille s'est suicidée environ un an après, dit Stilton.
– Oui.
– Linnea.
Viola hocha à nouveau la tête, les yeux baissés vers le plancher.
– Comment a réagi la communauté à cela ?
– Je ne sais pas, répondit-elle à Olivia.
– Vous ne vous en souvenez pas ?
– J'avais quitté la communauté.
Olivia s'apprêtait à se lever lorsque Stilton la retint d'un geste.
– Savez-vous si Stellan avait d'autres enfants que Linnea ? demanda-t-il.
– Pas à ma connaissance.
Olivia se leva.
– Merci, dit-elle. Vous nous avez beaucoup aidés.
Viola regardait par la fenêtre. Stilton se leva à son tour. Il s'approcha d'elle, beaucoup trop près. C'était intentionnel.
– Je suis sûr que vous avez vos raisons pour ne pas vouloir nous parler de cette communauté, dit-il en baissant la voix, et je les respecte. Nous ne sommes pas venus ici pour raviver des choses auxquelles vous préférez ne pas penser. Tout le monde a le droit de considérer que le passé est le passé. Moi-même, cela m'est arrivé. Merci de nous avoir reçus.
Il la salua de la tête et se dirigea vers la porte d'entrée, suivi par Olivia.
– J'ai une photo, dit Viola sur le même ton morne.
Olivia et Stilton se retournèrent. Elle était allée vers une commode dont elle ouvrit un tiroir. Elle souleva quelques papiers et une boîte. Elle en sortit un cliché qu'elle tendit à Stilton.
– La voici.

Il la saisit en la tenant de manière à ce qu'Olivia puisse la voir. La photo en couleurs, prise devant l'ancienne colonie de vacances, montrait une rangée de personnes, des filles et des garçons, encadrés par de jeunes versions de Stellan et de Barbro Eklind.

– Tout le monde est en blanc, dit Stilton presque comme s'il se parlait à lui-même.

– C'était obligatoire, expliqua Viola. Nous n'avions pas le droit de porter du noir, rien ne devait évoquer la tristesse.

Une déclaration plus longue que tout ce qu'elle leur avait dit depuis leur arrivée, faite d'une voix différente, moins absente. Elle s'approcha de Stilton et regarda la photo.

– Il disait qu'il fallait affirmer la clarté de toutes les manières possibles.

– Stellan ?

– Oui.

– Et que se passait-il si vous ne le faisiez pas ? Si vous mettiez autre chose que du blanc ?

– Ce n'était pas bien, répondit-elle en détournant le regard.

Stilton ne chercha pas à en savoir plus, mais Olivia lui demanda :

– La communauté avait une orientation religieuse ?

– Religieuse ?

– Nous avons lu quelques-unes des pensées de Stellan, et elles nous ont paru très mystiques. Était-ce le cas ?

Viola s'abstint de répondre.

– Êtes-vous encore en contact avec des membres de la communauté ? reprit Olivia.

– Non, marmonna Viola qui avait retrouvé son ton éteint.

– Pouvons-nous vous l'emprunter ? demanda Olivia en prenant la photo.

Viola acquiesça.

– Nous vous la renverrons le plus rapidement possible.

Viola leva la tête et la regarda dans les yeux pour la première fois.

– Ce n'est pas la peine, dit-elle.

Ils étaient presque arrivés à l'embarcadère lorsqu'ils se remirent à parler.

– Une conversation peu éclairante, dit Stilton.

– Sans aucun doute. Pourquoi, à ton avis ?

– Tu avais peut-être raison hier, quand tu disais que cela faisait plus penser à une secte qu'à une communauté.

– Oui. Sa manière d'être, complètement fermée, avait quelque chose d'étrange.

– Elle nous a pourtant donné cette photo.

– Oui, dit Olivia.

– Pourquoi voulais-tu l'emporter ?

– Parce qu'on y voit d'autres filles. Je me suis dit que Stellan avait peut-être eu un enfant avec l'une d'elles. Sans que Barbro le sache. Ou sans qu'elle veuille le savoir.

Stilton y réfléchit en se dirigeant vers le bateau. Le téléphone d'Olivia sonna pendant qu'elle attendait au bord du ponton. L'appel venait de Jian Mellberg, elle décrocha.

– Je vous dérange ?

– Non. Vous avez progressé ?

– Oui. J'ai trouvé le nom qui se cache derrière l'un des pseudos, Hagalruna/CB.

– Déjà ?

– La nuit dernière. J'ai eu de la chance. Il s'agit d'un homme qui habite à Täby, Axel Sönnerman.

– Quelqu'un que vous connaissez ?

– Non, mais je me suis informée. Il appartient aux Démocrates de Suède depuis trois ans. Avant ça, son nom apparaissait dans des contextes plus ou moins racistes. Voulez-vous que je vous envoie ce que j'ai à son sujet ?

– Volontiers, mais je ne pourrai pas le regarder avant ce soir.

– Je vous le transmets quand même tout de suite.

– Merci. Je pense que vous devriez ensuite rentrer chez vous pour vous reposer.

– Peut-être. Au revoir !

Jian raccrocha, et Olivia rejoignit Stilton. Il ne lui posa pas de question sur l'appel et elle ne lui en dit rien.

Ils suivaient une autre piste.

*

Barbro Eklind avait passé une mauvaise nuit. La visite de ces gens de la ville avait remué des choses du passé, des choses liées à Stellan qui l'avaient gardée éveillée presque jusqu'à l'aube. Quand Stellan avait disparu soudainement, tout le monde supposait qu'il s'était noyé. Elle n'y avait pas cru une seconde. Il ne se baignait jamais dans la mer ou les lacs et ne prenait de bains qu'à la maison. Il lui avait expliqué qu'à cause d'une mésaventure qu'il avait eue enfant, l'eau profonde le terrifiait.

Stellan ne s'était pas noyé.

Il ne l'avait pas non plus quittée pour une autre femme, comme certaines mauvaises langues l'avaient prétendu.

Il l'aimait.

Elle avait d'abord cru qu'il était parti en ville pour un de ses voyages missionnaires, comme il en faisait de temps à autre. Il s'absentait deux ou trois jours sans lui donner de nouvelles afin de rencontrer des jeunes que la communauté pouvait intéresser.

Elle avait donc attendu son retour.

Au bout d'une semaine, elle avait commencé à s'inquiéter. Lui serait-il arrivé quelque chose ? Elle s'était résolue à prendre contact avec la police pour les informer de la disparition de son mari.

Et il n'a pas disparu de son plein gré, avait-elle pris soin de préciser.

Au bout de quelques mois, elle s'était mise à envisager qu'il puisse ne pas revenir. L'idée qu'il pouvait l'avoir quittée, avoir abandonné la communauté et l'île, ne lui était même pas venue à l'esprit.

Quelque chose lui était arrivé.

Quelqu'un, ou peut-être plusieurs personnes, lui avait fait du mal.

Elle avait passé de nombreuses nuits à leur donner un nom. Elle soupçonnait les trois jeunes qui étaient partis de la communauté juste après la disparition de Stellan, au prétexte qu'en l'absence de guide, ils n'y trouvaient plus d'intérêt.

Ces trois-là avaient à voir avec ce qui lui était arrivé.

Toutes ces choses lui étaient revenues pendant la nuit.

– Clark ! appela-t-elle.

Il sortit de derrière le poulailler. C'était un homme brun et massif, avec des bras un peu trop longs et des yeux enfoncés sous des sourcils saillants.

– Oui ?

– Viens !

Il posa sa fourche, s'essuya les mains sur son bleu de travail et s'approcha d'elle. En voyant ses cheveux en désordre, il comprit qu'elle avait mal dormi et qu'elle était de mauvaise humeur.

– Qu'y a-t-il ?

– Il faut qu'on trouve le reste du corps de Stellan.

– Le reste de son corps ?

– Son crâne.

– Pourquoi ?

– Parce que la police ne me croit pas ! Ils pensent qu'il s'est noyé ! Et ce n'est pas vrai !

– Ah bon ?

– Stellan a été assassiné, et ceux qui l'ont tué doivent payer !

Clark regarda ses bottes boueuses. Ils avaient déjà eu cette discussion à de nombreuses reprises.

– Qu'est-ce que tu veux qu'on fasse, alors ?

– Qu'on cherche son crâne.

– Dans le lac ?

– Bien sûr.

– Mais on l'a déjà fait des tas de fois pour rien. Et les plongeurs de la police n'ont rien trouvé non plus.

– Ils ignoraient l'existence du trou d'eau. J'y ai pensé cette nuit, c'est là qu'il faut qu'on fouille. Tu te souviens de son emplacement ?

Il repartit vers le poulailler sans lui répondre et reprit sa fourche.

Elle le regarda s'éloigner et se demanda soudain s'il était mêlé au meurtre.

*

Il était près de six heures du soir lorsqu'ils s'installèrent à une table du restaurant Plommonträdet situé dans le bâtiment de la police.

L'endroit n'enthousiasmait guère Stilton qui ne se sentait pas à l'aise sur son ancien lieu de travail, mais il n'avait pas eu le choix car Mette était trop occupée pour pouvoir sortir.

– Alors, vous avez joué aux soucoupes ? demanda-t-elle en s'asseyant devant une salade verte et un verre d'eau.

– C'est tout ce que tu manges ? fit Stilton qui avait pris une saucisse rôtie et de la salade de pommes de terre.

Stilton savait que Mette était au régime, mais il trouvait ahurissant ce dîner si frugal. Olivia avait opté pour un sandwich aux crevettes.

– Non, répondit Olivia. Pas de soucoupes hier soir. Je me suis effondrée dans le lit de Tom après ton appel.

– Dans le lit de Tom ?

Mette le regarda.

– J'ai dormi sur la banquette de la cuisine. On est ici pour parler de choses sérieuses, oui ou non ?

Mette prit une bouchée de salade et planta ses yeux dans ceux de Stilton.

– Et qu'avez-vous trouvé ?

Stilton commença à le lui raconter. Il omit la plupart des prédictions de Barbro et lui livra leurs découvertes, accompagnées de ses propres conclusions.

Il ne mentionna pas le Baron-bouilleur.

Olivia relata ensuite leur entrevue avec Viola Wistam.

Ni l'un ni l'autre ne lui parlèrent de ce qui s'était passé sur Rödlöga.

– Au total, si j'ai bien compris, vous avez appris que Barbro Eklind maintient que son mari n'avait pas d'enfant, même pas sa fille, qui n'était pas sa fille à lui.

– Oui, dit Stilton.

– Et cette Wistam ne lui connaissait pas d'enfant, à part sa fille qui n'était pas vraiment sa fille. C'est bien ça ?

– Oui, dit Olivia.

– Alors qu'est-ce que vous avez trouvé ?

Mette but de l'eau. Olivia et Stilton se regardèrent.

– Rien qui nous rapproche de l'identité du fils de Stellan, si c'est ce que tu veux dire, et donc de celle du meurtrier, fit Olivia.

– Mais ?

– Wistam nous a donné une photo de la communauté, sur laquelle on voit des filles qui auraient pu avoir un enfant avec Stellan.

– Qu'est-ce qui vous le fait penser ?

– Nous croyons qu'il se passait de drôles de choses là-bas, continua Olivia. Ça ressemble plutôt à une secte.

– Une secte ? Avec un élément sexuel ?

– Nous ne le savons pas. Barbro Eklind nous a parlé de la communauté comme de quelque chose de bien. Mais quand nous avons rencontré Wistam, elle s'est fermée comme une huître et ne voulait surtout pas en discuter.

– Donc nous pourrions trouver la mère de notre assassin parmi les filles qui appartenaient à cette communauté ?

– Cela vaut le coup de chercher, non ? répondit Olivia à la question de Mette.

– Tout à fait.

Stilton et Olivia respirèrent un peu mieux. Leur excursion dans l'archipel avait quand même rapporté un peu de concret.

– Qu'est-ce qui était « tout simplement horrible » ? demanda Mette en fixant Olivia des yeux. Je ne sais pas si tu te rappelles, mais c'est ce que tu m'as dit hier, après le sauna et…

– Je m'en souviens, l'interrompit Olivia.

Ils ne purent continuer à se taire et lui firent à tour de rôle le récit des événements de la veille sur Rödlöga, entre le moment où Olivia était sortie pour faire pipi et celui où Stilton avait entendu un bateau à moteur s'éloigner de l'île.

– Je comprends un peu mieux, dit Mette.

– Quoi donc ?

– Que vous ayez eu l'air si à l'ouest quand je vous ai parlé hier soir. Maintenant, il faut que je m'en aille.

Elle se leva.

– Mette !

– Oui ?

– J'ai pensé à quelque chose, dit Olivia. Jian m'a appelée ce matin, parce qu'elle avait identifié une des personnes derrière une des signatures avec qui Måns Berntsson est en relation, un certain

Axel Sönneman, un membre des Démocrates de Suède qui habite Täby. Et elle a aussi trouvé un fil de discussion avec des commentaires racistes sur les meurtres d'enfants. Je vais vérifier tout ça au plus vite.

– Ah bon.

– Tu n'as pas l'air enthousiaste ?

– Tu m'excuseras, mais nous sommes en ce moment engagés dans un travail d'enquête assez vaste, et Måns Berntsson et ses contacts ne sont pas une priorité pour l'instant.

Olivia digéra sa réponse. Il y avait certainement des choses plus urgentes. Elle n'avait cependant aucune intention de le dire à Jian.

– D'accord. Ce soir, je vais dormir chez ma mère, dit-elle. Il faut que je passe en Scanie demain, mon propriétaire va rentrer et je dois faire poser un nouveau carreau. C'est pour ça que je voudrais la voir ce soir.

– Donne-lui le bonjour. Il faut que j'y aille.

Mette s'éloigna aussi vite qu'elle le put, même s'il eût été exagéré de dire qu'elle courut. Stilton regarda Olivia.

– Le fil ? Jian ? C'est elle qui t'a appelée quand tu étais sur le ponton ?

– Oui, répondit Olivia.

– C'est quoi, le fil ?

Olivia se décida à le mettre au courant des recherches de Jian.

– Il s'agit de discussions sur les meurtres d'enfants entre quatre *haters* racistes.

Après tout, il était désormais aussi impliqué qu'elle dans tout cela.

– Dont un au moins est un nazi déclaré.

Stilton prit une décision dès qu'il quitta le bâtiment de la police : il ne retournerait pas à Rödlöga ce soir. Et il n'avait pas non plus l'intention de squatter un matelas chez Benseman ou dans le grenier de Mette. Il en avait assez et comptait dormir dans la cabine qu'il louait. Luna devrait s'en accommoder.

Les lumières étaient éteintes lorsqu'il arriva à la péniche. Cela l'arrangeait. Il entra dans le salon, alluma une applique et s'assit sur le canapé. Il se passait volontiers d'une autre rencontre avec Justus

Johansson. Il avait réfléchi à la communauté de Möja en venant ici, non parce qu'il pensait que cela pouvait le mener à son véritable objectif, le meurtrier de Jill Engberg, mais plutôt par curiosité. Il en avait beaucoup entendu parler quand il était jeune et il comprenait mieux la cause des rumeurs de l'époque. Il sortit le livret de Stellan Eklind.

Il n'avait lu qu'une demi-page quand la porte du pont s'ouvrit. Il se redressa, les nerfs tendus. Luna apparut dans le couloir, chargée de lourds sacs de courses. Vêtu de sa grosse veste, sa casquette sur la tête, Justus la suivait, les mains vides.

– Tu es revenu, dit Luna.

– Oui.

– C'était comment, ce tour dans l'archipel ?

Justus lui posa la question en s'asseyant sur le canapé à côté de Stilton, trop près de lui à son goût. Il s'écarta légèrement.

– J'ai appris que vous deviez aller sur Rödlöga.

– Oui. J'aime naviguer dans l'archipel.

– L'archipel, c'est de la gnognotte, comparé à la haute mer, dit Justus. La haute mer, c'est bien. Vous connaissez la haute mer ?

– J'ai travaillé sur une plateforme en Norvège.

– Ah bon…

L'expression presque positive qui apparut sur le visage du vieil homme n'échappa pas à Stilton.

– Là-bas, ça clapote parfois sérieusement !

– Oui.

– Mais c'est de la piquette, comparé au Cap. Si on n'a pas franchi le Cap, on ne sait pas ce que clapoter veut dire.

L'estime du vieux capitaine pour Stilton était limitée.

– Ça vous dirait, un grog de bandit ? Moitié limonade de Noël, moitié rhum.

– Non merci. Luna, je peux t'aider ?

Il se leva avant qu'elle réponde et commença à poser sur le comptoir ce qu'elle sortait des sacs de provisions. Il ne savait pas où ranger ce qu'elle avait acheté, mais cela lui permettait de tourner le dos à Justus. Elle n'était d'ailleurs pas dupe de son attitude serviable.

Justus prit le livret que Stilton avait laissé sur la table. Il chaussa ses lunettes de lecture et l'ouvrit.

– J'ai l'intention de dormir ici ce soir. Je suis trop fatigué pour repartir à Rödlöga, murmura-t-il à Luna.

– Je peux le comprendre.

Tout à coup, Justus rit. Luna et Stilton se retournèrent vers lui.

– « Tout émane de la divine Mère de l'Univers... » C'est quoi, ces foutaises ?

Il regarda le nom sur la couverture.

– Stellan Eklind ? Et c'est qui celui-là ?

– Papa, cette brochure appartient à Tom et je ne suis pas sûre qu'il tienne à ce que tu la lises.

– Pourquoi l'a-t-il laissée là, alors ?

– Stellan Eklind est quelqu'un qui se prenait pour un genre de prophète, dit Stilton en s'approchant de la table.

– Les prophètes et les soutanes méritent la soute, ils sont maudits.

– Je suis bien d'accord, fit Stilton.

Il tendit la main et Justus lui rendit le livret. Puis il salua Luna et partit dans sa cabine. Justus regarda sa fille.

– Il n'est pas très causant, ce type.

*

Olivia poussa la porte du jardin de la maison de Rotebro et se dirigea vers le garage. Elle voulait d'abord y jeter un coup d'œil. Elle souleva le battant et alluma le plafonnier qui illumina d'une lumière chaude la Mustang blanche qu'elle avait héritée de son père, Arne. Elle l'avait garée là tant qu'elle était en stage en Scanie. Elle passa une main sur le capot de la voiture. Elle lui manquait, ou plus précisément les souvenirs qui lui revenaient chaque fois qu'elle s'asseyait dedans. Les souvenirs de son père.

– Qu'est-ce que tu as fait à tes cheveux ? lui demanda Maria dès qu'elle la vit.

– Je les ai coupés.

– Oui, je le vois, dit Maria qui rit en redressant une boucle égarée sur la joue d'Olivia. Ça te va très bien.

Elle la prit ensuite dans ses bras, dans une longue étreinte dont Olivia se rendit compte à quel point elle l'attendait.

– Tu m'as manqué, murmura Maria avant de la relâcher.

– Contente de l'entendre, répondit Olivia sans arriver à lui dire que la réciproque était vraie.

Elle accrocha sa veste au portemanteau et entra dans le salon. Rien n'avait changé. Un décor blanc, avec des meubles scandinaves au style épuré. C'était la marque de Maria, tant pour elle-même que pour sa maison. Olivia avait maintenant appris à apprécier cette sobriété. Quand elle vivait chez ses parents, elle l'avait rejetée et avait peint en rouge vif les murs de sa chambre où régnait en permanence le désordre.

– Mmm… Qu'est-ce qui sent si bon ?

– Du civet de cerf aux girolles.

Elle n'avait en revanche jamais rejeté l'art culinaire de Maria qui alla dans la cuisine pendant qu'Olivia restait dans la salle à manger.

– Tu veux un verre de vin ? lui proposa Maria.

– Non merci. Je dois me lever tôt demain matin.

Un magnifique bouquet de roses blanches ornait la table basse du salon. Olivia se demanda si elle avait raté quelque chose. En tout cas, il ne s'agissait pas de l'anniversaire de sa mère, elle en était certaine. Ce devait être un cadeau d'un des clients de Maria qui était juriste. Olivia savait que ses talents étaient appréciés. Elle s'en approcha et lut la petite carte attachée à la tige d'une rose. « Merci pour hier. Thomas. » Elle se tourna vers la cuisine.

– Elles sont magnifiques, ces fleurs ! Qui est Thomas ?

Maria ne revint pas tout de suite, et quand elle le fit, son expression un peu embarrassée n'échappa pas à Olivia.

– J'avais l'intention de t'en parler pendant le dîner.

Après avoir dégusté le délicieux civet, Olivia savait qui était Thomas. Elle essaya de digérer ce qu'elle venait d'apprendre en attaquant le dessert.

Sa mère avait rencontré un homme.

Cette nouvelle l'emplissait de sentiments contradictoires. Elle était à la fois heureuse pour elle, et un peu triste pour une raison qu'elle ne parvenait pas à définir. Peut-être craignait-elle que cela ne diminue l'attention que sa mère lui portait ? Ou bien redoutait-elle que l'équilibre et l'amour qui s'étaient enfin installés dans leur relation n'en soient perturbés ?

En même temps, elle était curieuse de rencontrer l'homme qui avait réussi à franchir les défenses non négligeables de sa mère. Maria Rönning n'était pas une femme frivole.

– Alors comme ça, tu t'es de nouveau laissé séduire par un policier, observa Olivia.

Maria scruta sa fille. Elle n'était pas certaine de comprendre l'ironie qu'elle percevait dans sa voix. Était-elle positive ou négative ? Olivia n'était pas toujours facile à déchiffrer.

– De nouveau ? On dirait que je ne fais que ça.

Olivia sourit.

– Mais oui. Même si la dernière fois, ça remonte à près de trente ans.

Maria sourit à son tour. Elle posa sa main sur celle de sa fille et la serra. Puis de la tristesse apparut dans ses yeux. Olivia le remarqua, et cela lui fit mal car elle en devinait la raison.

– Personne ne remplacera jamais ton père, je pense que tu le sais. Et tu es et seras toujours ce qui compte le plus dans ma vie.

Olivia se recroquevilla légèrement. L'affliction dans le regard de sa mère et le ton sérieux de sa voix firent émerger en elle des sentiments qu'elle n'arrivait pas à contrôler, liés à la souffrance que lui causait l'absence de son père. Elle respira profondément pour ne pas être étouffée par une boule de culpabilité. En vain. Elle l'envahit tout entière, et ses yeux se voilèrent de larmes

– Je n'étais pas là.

Maria comprit immédiatement ce dont elle parlait.

– Il ne t'en a jamais voulu pour ça.

– Mais toi, si.

– Moi ?

Maria reprit la main de sa fille.

– Olivia, j'étais folle de chagrin. C'est tout juste si j'arrivais à te regarder dans les yeux, je ne pouvais pas affronter ton désespoir, mais cela n'avait rien à voir avec le fait que tu n'aies pas été là. J'étais seulement incapable d'être la seule chose que j'aurais dû être à ce moment-là. Autrement dit, ta mère.

Olivia renifla. Maria se leva et vint s'asseoir à côté de sa fille. Elle entoura ses épaules de son bras.

– Mais je n'ai pas pu lui dire au revoir, murmura Olivia. Ni lui dire à quel point je l'aimais.

Elle colla la tête contre la joue de sa mère. Elle regrettait terriblement son apathie, due avant tout au déni, quand Arne était au plus mal. Elle n'était pas rentrée de Barcelone où elle se trouvait car il lui paraissait impossible que son père meure.

– Il savait combien tu l'aimais, dit Maria. Tu n'as pas besoin d'en douter. Et il t'aimait tout autant, au point de préférer que tu ne le voies pas à la fin. Il voulait que tu conserves l'image que tu avais de lui, un père grand et fort, que tu adulais.

Le barrage se rompit d'abord chez Olivia, puis juste après chez Maria, et pour la première fois depuis toutes ces années, elles pleurèrent Arne ensemble.

Elles pleurèrent jusqu'à ce que leurs larmes se tarissent.

Puis Olivia s'essuya le visage dans sa manche, se libéra de l'étreinte de sa mère et se redressa, épuisée. Elle regarda Maria, qui avait le nez et les yeux rouges. Ses noirs cheveux espagnols étaient ébouriffés, ce qui ne lui arrivait jamais. Quelque chose d'extraordinaire, qui n'avait rien à voir avec le désordre des cheveux décoiffés de Maria, venait de se produire. Cela mettait fin à leur deuil à toutes les deux, au chagrin dû à la mort d'Arne.

Et pour Olivia, à celle causée par l'absence de sa mère biologique. À présent, elle avait le sentiment d'avoir une « vraie » mère en vie.

Elles passèrent quelques instants en silence. Pour finir, Maria se leva, remit de l'ordre dans ses cheveux et commença à débarrasser la table. Olivia la regarda faire.

– Je suis sûre qu'il me plaira, dit-elle.

– Qui donc ?

– Thomas.

– Je l'espère.

Maria remplit le lave-vaisselle et lança le programme.

– Maintenant, je veux que tu me dises pourquoi tu t'es coupé les cheveux.

– Je ne crois pas que tu veuilles le savoir, répondit Olivia qui s'approcha de sa mère et la serra dans ses bras. Il faut que j'aille me coucher. Je suis vannée.

Olivia s'allongea dans son lit. Même si elle était adulte, retrouver son lit d'enfant, dans cette chambre dont les murs étaient toujours rouges, avec son beau tapis en lirette, continuait à lui procurer une émotion particulière. Elle avait l'impression d'être en sécurité. Elle comprenait que pouvoir revenir dans la maison où elle avait grandi était un privilège et une chance.

En dépit de tout.

Elle sortit son ordinateur portable et l'ouvrit car elle voulait regarder ce que Jian lui avait envoyé. Le dossier commençait par une présentation dans laquelle Jian expliquait ce qu'il contenait, une sélection des communications entre les quatre pseudos qu'elle avait identifiés. Måns Berntsson et Axel Sönnerman, le membre des Démocrates de Suède qui habitait Täby, se dissimulaient derrière deux d'entre eux. Elle ignorait encore qui étaient les deux autres. Selon elle, ces conversations traitaient des meurtres d'Emelie Andersson et de son propre fils. Leurs dates correspondaient à celles de ces tragédies.

Olivia s'interrogea sur l'effort que lui avait demandé la rédaction de ces lignes qui abordaient le meurtre de son enfant. Elle revit la jeune femme fluette, ses yeux cernés. Pendant combien de temps aurait-elle la force de continuer à creuser ?

Le cœur d'Olivia se serra, et son désir d'arrêter le ou les hommes qui avaient commis ces crimes se renforça. Pour le bien des parents et des proches des enfants, Liv et Sebastian, Judith, Ola, mais plus encore pour celui de Jian.

Elle ouvrit les pièces jointes et commença à lire. Le premier commentaire venait de Tyrruna/CB, c'est-à-dire Måns Berntsson :

« Chaque mauvaise herbe arrachée laisse une place pour une nouvelle herbe de bonne qualité. Nous le savons. Arild est un peu plus propre à présent, espérons que cela sera une inspiration pour d'autres. »

Hagalruna/CB, autrement dit Axel Sönnerman, avait répondu :

« Tout à fait d'accord. Espérons que cela créera une synergie. »

Triskele/CB renchérissait :

« Je pense que l'élimination de ce sang-mêlé à Värmdö aura un effet stimulant. »

Varghake/CB réagissait :

« On peut l'espérer. Mais il reste beaucoup à faire. »

Tyrruna/CB, Måns Berntsson, écrivait ensuite :

« Il y a une pisseuse par chez nous qu'on pourrait ajouter à la liste. »

Varghake/CB lui répondait :

« Dis-nous si tu as besoin d'aide. »

Olivia relut ce dernier échange plusieurs fois. Elle avait déjà été traitée de « pisseuse » et menacée de viol, mais là, c'était encore pire.

L'ajouter à la liste ?

Elle se demanda si elle devait appeler Mette, mais préféra lui envoyer l'ensemble du dossier. Elle éteignit son ordinateur, puis la lampe de chevet et tira la couverture jusqu'à son visage.

Elle ne se sentait plus en sécurité dans sa chambre d'enfant.

Demain, elle repartirait en Scanie.

*

Stilton était allongé sur sa couchette. Il avait eu le temps de lire presque tout le livret de Stellan lorsqu'on frappa à sa porte. Il reconnut les trois coups brefs, une pause, deux coups courts, de Luna.

– Entre.

Luna apportait avec elle une odeur de cuisine. Elle referma la porte.

– La divine Mère de l'Univers, dit-elle.

– Oui ? Des bêtises.

– Tu ne t'en souviens pas ?

– De quoi ?

– Ce livre que tu avais, celui avec les coupures de journaux, *Le Moine*. Il y avait une dédicace écrite à la main à l'intérieur, sur la première page, non ?

– Oui, je crois.
– Et je pense que c'était à peu près la même chose.
– La divine Mère de l'Univers ?
– Oui, une formule comme ça.
Stilton sortit son téléphone et appela Mette.
– Tu es chez toi ?
– Non, au travail.
– Tu as le livre à portée de main ? *Le Moine*.
– Un instant.
Il attendit. Luna n'avait pas bougé. Il lui fit signe de s'asseoir à côté de lui.
– Ça y est, je l'ai, dit Mette.
– Tu peux regarder s'il y a une dédicace ?
Cela prit quelques secondes.
– Il est marqué : « À ma bien-aimée – la divine Mère de l'Univers est avec toi ! »
– Merci. Peux-tu emporter le livre chez toi ? Je passerai te l'emprunter demain. De bon matin.
– Pourquoi ?
– Parce que j'en ai besoin.
Il raccrocha et regarda Luna.
– Merci.
Elle hocha la tête. Stilton baissa les yeux.
– Je repars demain matin, dit-il.
– Tu peux rester si tu veux.
Il la regarda.
– Ça va maintenant. C'est passé.
– Quoi donc ?
– Ce qui est arrivé.
– Notre nuit ensemble ?
– Ça aussi.
Il la regarda dans les yeux.
– Justus dort ?
– Comme un loir. Un grog de bandit, du jarret de porc accompagné de purée de navets, il ronflait déjà avant d'aller se coucher. J'ai mangé une salade.

Stilton éteignit l'applique. La lumière du quai pénétrait par le vasistas au pied de la couchette.

Il passa la main sur les cheveux de Luna.

– Dors bien, dit-elle en se levant.

*

Assis sur une bitte du quai proche du palais de Rosenbad, l'homme regardait l'eau sombre en contrebas. Il était minuit passé et il pensait à la belle poupée brune qu'il avait achetée la veille et rapportée chez lui. Il l'avait déshabillée et posée sur le rebord de sa fenêtre, à côté d'un pot de fleurs vide. Il n'avait jamais vu de poupée nue. Elle n'avait pas de sexe. Des cheveux frisés noirs et des yeux marron. Ils lui plaisaient, ces yeux, mais il n'avait d'autre choix que de les arracher. Il le fit à l'aide d'un petit ébauchoir qu'il mania très prudemment, car il ne voulait abîmer ni les paupières ni les cils.

Tout se déroula bien.

Il réussit à extraire les billes brunes, les paupières se refermèrent et les cils se baissèrent. Il remplit les cavités d'une pincée de terreau et il en colla un peu sur les joues, comme des larmes noires. Cela lui plut. Le destinataire comprendrait.

Il regarda vers le Parlement et constata qu'il commençait à pleuvoir, une pluie fine. Il tendit la main et vit les gouttes tomber sur sa paume.

Il serra les mains.

Mette serait en retard à la réunion du matin, et ce n'était pas de sa faute : le pont levant de Danvikstull était coincé en position ouverte, et le bouchon que cela entraînait allait jusqu'à Orminge.

Ce n'est qu'un avant-goût de ce qui va se passer quand les travaux commenceront à Slussen, se dit-elle en pianotant nerveusement sur le volant de sa voiture. Le chantier durerait plusieurs années, ce serait l'enfer, et en plus le pont de Skuru serait aussi refait. Mårten et elle feraient peut-être mieux de vendre leur maison et d'emménager à Stockholm même. Une pensée presque blasphématoire, mais à ce moment précis, elle n'avait d'autre choix que de l'envisager.

Le pont se débloqua.

La première chose qu'elle fit en arrivant dans la salle de réunion fut de distribuer à tous les participants une copie des conversations entre les pseudos identifiés par Jian.

Sous le titre « Contacts internet », elle écrivit en majuscules au tableau les noms de Måns Berntsson et Axel Sönneman.

Pour que ce soit bien clair.

Tous lurent les commentaires de Jian. Bosse fut le premier à prendre la parole.

– Cette menace contre Olivia, on s'en occupe comment ?

– Je lui ai parlé ce matin. Elle est repartie en Scanie, répondit Mette. Je le lui ai déconseillé, mais elle est comme elle est.

La perspective du retour d'Olivia à Höganäs l'inquiétait, et elle avait appelé Sven Svensson pour l'informer des menaces dont Olivia faisait l'objet, et de l'identité des personnes derrière les pseudonymes. Avant tout, Måns Berntsson.

*

Olivia prit l'avion jusqu'à Ängelholm, puis le bus pour Höganäs. Elle ne voulait pas que des collègues viennent la chercher. Cela pourrait être Frans qu'elle préférait éviter.

Elle n'avait pas oublié l'épisode du bistrot.

Assise à côté d'une fenêtre, elle regardait défiler le paysage, des champs sombres, des collines, des vaches qui paissaient. Il aurait pu paraître idyllique en été, sous la lumière du soleil, mais là, il était gris et froid et lui rappelait des choses sinistres.

Elle descendit du bus devant le pavillon du Tivoli et prit un taxi. Elle voulait retourner au plus vite dans son gîte.

Le taxi s'éloigna et Olivia franchit la grille, son sac à la main. La boîte aux lettres était vide. Elle avait appelé le bureau de poste le matin de son départ à Stockholm pour qu'on lui garde son courrier jusqu'à son retour. À la campagne, ce genre de demande ne pose aucun problème, c'est un avantage, se dit-elle. Elle referma le portail et constata que la plaque d'isorel qu'elle avait fixée contre une des fenêtres avait été remplacée par un nouveau carreau. Elle s'approcha du gîte. Qui s'en était occupé ? Les propriétaires n'étaient pas rentrés, c'était donc quelqu'un d'autre. Sven Svensson ? Peut-être. Avant de partir pour Ängelholm, elle l'avait appelé pour lui parler de la pierre jetée dans sa vitre.

Son estime pour lui monta encore d'un cran.

Elle ouvrit la porte et perçut une vague odeur de renfermé, d'humidité. Du regard, elle fit le tour de la pièce. La pelle et la balayette étaient là où elle les avait laissées. Elle emporta son sac de voyage dans la chambre à coucher, et ressentit une légère angoisse : elle n'avait aucune envie d'être ici. Elle ne voulait ni y dormir, ni s'y réveiller, ni y passer ses soirées à fixer un écran d'ordinateur ou à tenter de lire.

Toute seule dans cette maison.

Et dire qu'elle avait encore quatre mois à vivre dans cette ville. Elle sortit du gîte, et alla prendre sa bicyclette.

Je vais demander une mutation, se dit-elle.

Une fois arrivée au commissariat, elle aperçut Svensson qui s'apprêtait à démarrer. Il s'arrêta et baissa la vitre de sa portière pour lui dire bonjour.

Elle lui rendit son salut, et sa voiture démarra. Il aurait quand même pu rester une minute, pensa-t-elle, j'aurais aimé le remercier pour le carreau. Peut-être avait-il une urgence. Elle entra dans le commissariat et alla droit dans son bureau. Avec un peu de chance, il serait vide.

Ce n'était pas le cas.

– Salut !

Frans était assis à sa table, en uniforme. Elle le salua de la tête et referma la porte. Il la regarda.

– Tu t'es coupé les cheveux ?

– Non, c'est une perruque.

– Une perruque ?

Elle avait déjà hâte de repartir.

Elle s'installa et prit le dossier concernant la famille Andersson. Frans se pencha vers elle.

– Je tiens à te présenter mes excuses pour ce qui s'est passé au bistrot l'autre jour. Nous étions ivres et nous nous sommes très mal conduits.

– Oui.

– Et je comprends que tu aies réagi comme tu l'as fait en me voyant assis à la table de Måns.

– Un nazi.

– Je suis au courant.

– Comment peux-tu le fréquenter ?

– Je ne le fréquente pas. Il était déjà à cette table quand je suis arrivé, et puis, c'est une petite ville ici, nous y avons grandi tous les deux, nos parents se connaissent, on était ensemble au lycée, on faisait du foot, et on a toujours appartenu au même groupe de copains.

– Malgré ses opinions ?

– On n'en parle presque jamais.

– Vous devriez peut-être le faire.

– Je sais.

Frans paraissait très embarrassé. Olivia n'avait aucun mal à comprendre que l'on tisse des liens avec les copains avec lesquels on a grandi, des liens dont il peut être difficile de se défaire, surtout dans une petite ville.

Mais des opinions nazies étaient pour elle une limite infranchissable.

– Tu es au courant de ce qui s'est passé plus tard ce soir-là ? lui demanda-t-elle.

– Le caillou ?

– Oui.

– Je l'ai appris le lendemain. J'étais furieux et je suis allé parler à celui qui l'avait lancé.

– Qui était-ce ?

– Un des types assis avec nous. Celui que tu as giflé. Je suis allé le voir et je voulais porter plainte contre lui pour dégradation de biens, mais je ne l'ai pas fait.

– Pourquoi ?

– Il m'a répondu que dans ce cas il porterait plainte contre toi pour voies de fait.

Olivia comprit le dilemme. Elle aurait eu beaucoup de mal à lutter contre une telle accusation, de nombreuses personnes l'ayant vue frapper cet homme, qu'il l'ait ou non provoquée. Cela aurait pu lui créer de sérieux problèmes.

– Pour finir, je lui ai dit que je ne ferais rien s'il remplaçait le carreau, précisa Frans.

– C'est vrai ?

– Oui.

Elle le regarda.

– Merci, dit-elle en sentant qu'elle n'avait d'autre choix que de baisser un tantinet sa garde.

– Tu veux qu'on aille boire une bière ce soir ? demanda-t-il.

– Non.

Elle n'avait pas l'intention de la baisser si bas.

*

Ola Mellberg luttait à sa manière contre son chagrin : ses efforts pour ramener Jian à la vie ne lui avaient pas permis de s'occuper de ses propres sentiments. Quand elle était sur son lieu de travail, il les laissait l'envahir, car pour l'instant, il voulait continuer à se montrer fort devant elle. La nuit dernière, il avait dormi seul dans leur chambre à coucher et s'était abandonné au désespoir. Il avait pleuré, cédé à l'abrutissement, et pleuré à nouveau.

Maintenant, il se sentait mieux.

Il avait fait griller du bacon et préparé des œufs brouillés, ce que Jian préférait le matin, bien que ce soit l'heure du déjeuner. Elle était revenue de son bureau une demi-heure plus tôt, à bout de forces. Assise à la table de la cuisine, elle faisait avancer et reculer la petite voiture verte qui grinçait.

– Il faut que tu dormes un peu, dit Ola.

– C'est ce que je compte faire.

Il plaça l'assiette devant elle et elle dévora ce qu'il avait servi. Il lança une deuxième tournée.

– Tu as bien travaillé la nuit dernière ?

Jian n'avait pas eu envie de parler quand elle était revenue, il lui avait d'abord fallu se détendre.

– Superbien, dit-elle. Même si c'est de plus en plus horrible.

– Comment ça ?

– Tous ces noms. J'avais déjà identifié ce membre des Démocrates de Suède…

– Sönnerman ?

– Oui. Cette nuit, j'ai découvert qui se cache derrière le pseudonyme Varghake/CB.

– Et c'est qui ?

– Un certain Jonas Eriksson. J'ai vérifié de qui il s'agissait, et c'est terrifiant.

Elle se tut et recommença à manger sous le regard d'Ola. Il l'admirait, à plus d'un égard, mais il avait conscience des risques auxquels son travail exposait leur famille. Ils avaient eu à plusieurs reprises des discussions animées sur l'intérêt de confronter les *haters* d'internet de la manière dont elle le faisait. Il n'avait pas essayé de l'en empêcher car il partageait ses idées à ce sujet, mais il aurait aimé qu'elle se montre parfois plus prudente et ne donne pas tant de détails dans ce qu'elle rendait public, étant donné les conséquences que cela pouvait avoir.

La mort de leur fils en faisait peut-être partie et il ne savait pas comment réagir. Il l'avait lui-même encouragée à retrouver le meurtrier d'Aram, bien sûr, mais c'était avant tout pour la ramener à la vie, pour lui éviter d'être hospitalisée.

Cela avait marché.

À présent, il commençait à s'inquiéter.

– Horrible de quelle façon ? demanda-t-il.

– Jonas Eriksson appartient à la Résistance aryenne suédoise, tout comme Måns Berntsson. Il a un énorme passé de violences.

– Il habite où ?

– À Stockholm.

– Donc le fil de discussion relie deux membres de la RAS et un autre des Démocrates de Suède ?

– Oui.

– Et le quatrième ?

– J'ignore encore de qui il s'agit.

– Ces hommes savent que tu sais qui ils sont ?

– Non.

– Tu en es sûre ?

– Oui.

Ola hocha la tête. Il n'avait d'autre choix que de lui faire confiance, ne sachant pas exactement comment elle s'y prenait. Elle le regarda, consciente de ce qu'il pensait et ressentait.

– Je fais tout ça pour Aram.

– Je sais.

– Si cela peut aider la police à retrouver son meurtrier, j'y passerai toutes mes nuits, même si c'est horrible.

Ola se pencha au-dessus de la table et caressa la joue de Jian.

– Je t'aime.

Elle embrassa sa main et se leva. Puis elle prit son téléphone et appela Olivia qui ne répondit pas. Elle chercha dans son sac un Post-it jaune sur lequel était écrit le numéro direct de Mette à la Criminelle.

Mette était dans son bureau lorsqu'elle reçut son appel. Leur conversation fut brève et empreinte d'une certaine réserve. Les deux femmes ne se connaissaient pas. Jian devait ignorer que Mette était venue chez elle juste après le meurtre de son fils, quand elle était allongée dans son lit, à moitié inconsciente.

– Jonas Eriksson ?

– Oui, répondit Jian. Il appartient à la RAS.

– Vous avez son adresse ?

Jian la lui donna.

– Merci, dit Mette, qui raccrocha et appela un collègue pour qu'il vérifie s'ils avaient quelque chose sur un Jonas Eriksson, domicilié dans Flemminggatan à Stockholm.

La réponse était positive.

Eriksson avait été jugé pour homicide à l'âge de dix-huit ans, en 1996, un meurtre qui pouvait avoir été raciste, même si cela n'apparaissait pas dans le rapport établi à l'époque. Il s'était battu avec deux immigrés et avait poignardé l'un d'eux. Depuis qu'il avait purgé sa peine, il avait été condamné trois fois pour violences, chaque fois qualifiées d'actes racistes. Il était membre actif de la RAS depuis plusieurs années.

Mette téléphona à Svensson pour l'informer de ce nouveau nom, celui de l'homme qui avait demandé à Måns Berntsson s'il avait besoin d'aide pour s'occuper de la pisseuse. Elle suggéra à Svensson de convoquer Berntsson pour une audition supplémentaire, à propos des hommes qui se cachaient derrière les pseudonymes et de la menace proférée contre Olivia.

Elle raccrocha en reconnaissant en son for intérieur que le travail de Jian pouvait contribuer à l'enquête. Ces deux haineux de la Toile pouvaient y être liés. Deux d'entre eux appartenaient à la RAS, des individus qu'elle savait mal dégrossis, stupides et amateurs de violences racistes.

Et l'un d'eux vivait en Scanie.

*

Svensson gara sa voiture sur le parking du commissariat de Höganäs. Il venait de parler à Mette Olsäter qui lui avait donné des instructions. Måns Berntsson serait convoqué pour une nouvelle audition. Il descendit de voiture au moment où Frans et Olivia sortaient du bâtiment pour aller s'acheter à déjeuner.

– Frans !

Frans s'approcha de lui.

– Je veux que tu ailles chercher Måns Berntsson pour une audition.

– D'accord.

– Dans ce cas, j'y vais avec lui, dit Olivia qui l'avait rejoint.

– Ce n'est pas la peine, répondit Svensson.

– Si, j'y tiens.

– Non, Frans ira seul.

Leurs regards se croisèrent pendant une poignée de secondes, puis Olivia invita d'un geste Svensson à la suivre à quelques mètres de Frans.

– Pourquoi ne voulez-vous pas que je l'accompagne ? lui chuchota-t-elle.

– À cause de ce qui vous est arrivé avec Berntsson.

– Vous savez ce qu'il a écrit sur moi ?

– Oui, et c'est une raison de plus.

Svensson se comportait ainsi par égard pour elle, mais pour l'instant, Olivia n'en avait cure.

– Je comprends votre attention, et je vous remercie. Mais c'est moi qu'il a traitée de pisseuse, et non Frans. Je veux être là quand nous irons le chercher. Est-ce trop demander ?

Svensson la regarda. Après tout, il ne s'agissait que de ramener Berntsson au poste pour une audition. Olivia pouvait y aller si c'était à ce point important pour elle.

– D'accord, dit-il. Mais Frans s'occupera de tout.

– Bien sûr.

Frans était au volant, Olivia, sur le siège passager.

Ils se taisaient tous les deux.

Depuis quelques instants, cette mission inspirait à Olivia des sentiments partagés. Elle savait qu'il lui faudrait garder son sang-froid et ne pas laisser l'incident du bar avoir une quelconque influence sur sa conduite. Que Berntsson tente d'en jouer, voire de la provoquer, n'était pas impossible. Elle ne pouvait qu'espérer que Frans se montrerait plus ferme cette fois-ci.

– Quel effet cela te fait-il ? lui demanda-t-elle.

– Quoi donc ? D'aller chez Måns ?

– Oui, c'est un copain à toi, non ?

Olivia regretta immédiatement ce qu'elle venait de dire, son commentaire était parfaitement inutile. Elle s'enjoignit à la retenue.

– Je suis certain que tout se passera bien, répondit-il sans quitter la route des yeux.

La grange était grande, haute de plafond, avec des murs blanchis à la chaux. Il y avait quelques outils agricoles au fond. La buée qui sortait de la bouche des participants et les vêtements qu'ils portaient – tous avaient gardé leur veste – témoignaient de l'absence de chauffage. Dix-sept personnes avaient pris place autour de la longue table, quinze hommes et deux femmes, chacun devant une liasse de feuilles. Des hommes aux cheveux courts, des armoires à glace, tous d'une taille supérieure à la moyenne, se tenaient derrière eux, le long des murs. L'un d'eux était Jonas Eriksson. Son arme faisait une bosse à son veston. La lumière des lampes fixées aux murs inondait la table, comme dans une scène des *Soprano*. Mais les personnes présentes n'étaient pas des mafiosi. Leurs ambitions étaient d'un autre ordre.

Måns Berntsson, chez qui la réunion se déroulait, était debout à une des extrémités de la table. Sa mère était morte la nuit précédente et il avait passé de nombreuses heures à soutenir son père, Arvid. Il espérait que cela ne diminuerait pas son autorité.

Les personnes rassemblées venaient de l'ensemble des pays nordiques, et représentaient différents mouvements nationaux-socialistes. Ils n'avaient pas tous le même programme, mais partageaient le même but, maintenir la pureté ethnique dans leurs pays respectifs. Leurs regards étaient tournés vers Berntsson.

Il était au milieu de son préambule, qui avait débuté par une citation extraite du manifeste international d'Anders Behring Breivik, dans lequel il plaidait pour une extermination de l'Eurabia, ce complot qui voudrait faire de l'Europe une colonie islamique, grâce à l'ultra-violence.

Il venait d'aborder le véritable but de cette réunion.

– La lutte pour un espace nordique ethniquement pur s'approche d'une phase déterminante, déclara-t-il d'une voix calme et posée. Nous ne réussirons que si nous collaborons au-delà des frontières, si nous ignorons ce qui nous sépare et nous tournons vers ce qui nous unit, l'anéantissement de la société multiculturelle.

Toute l'assistance approuva de la tête.

– Il est temps de passer des paroles aux actes, continua-t-il. Les idées nationales-socialistes gagnent du terrain partout en Europe. Nous devons maintenant montrer que nous sommes en phase. La proposition pour un plan d'action concerté, qui est sur la table devant vous, a été rédigée sur la base de nos précédentes réunions. Vous en connaissez l'essentiel, à savoir cette organisation en cellules qui est déjà en place dans certains domaines et que nous allons développer.

Quelques membres de l'assistance tournèrent les pages de leur dossier, mais la plupart n'en firent rien. Ils savaient à peu près ce qu'ils y trouveraient. Un des Danois leva la main.

– Comment la communication entre cellules est-elle prévue ?

– Il n'y en aura pas, répondit Berntsson. Tous les contacts se feront verticalement, et jamais horizontalement.

– Combien de personnes faudra-t-il par cellule ?

– Quatre au maximum, dont chacune aura des connaissances spécifiques.

– Comment seront coordonnées les actions des cellules ?

– Chacune travaillera sur son territoire national. La coordination générale fait partie des choses dont nous allons discuter aujourd'hui.

Frans s'arrêta au bord de la route, avant la ferme de Berntsson qui se trouvait un peu en retrait, entourée de hauts arbres. Plusieurs voitures étaient stationnées devant.

– Il a de la visite, dit Olivia.

Frans engagea la voiture dans le chemin de terre bordé de saules, qui menait au corps de ferme.

– Gare-toi là.

Frans se gara devant les piliers de pierre qui marquaient l'entrée. Plusieurs motos étaient alignées dans la cour de la ferme.

– Des Hells Angels ? s'interrogea tout haut Olivia.

– Sans doute, comme protection.

– Protection contre quoi ?

– Contre les importuns.

– Comme nous.

– Oui.

Elle eut une seconde d'hésitation.

– On devrait peut-être demander des renforts ?

– On va d'abord essayer tout seuls.

– D'accord.

Ils descendirent de voiture, marchèrent vers la maison et aperçurent quelques hommes vêtus de cuir debout devant la porte de la grange rouge qui se trouvait sur la gauche.

– Ils doivent être là-dedans, dit Frans en se dirigeant vers elle.

Olivia le suivit. Ils étaient presque arrivés à la porte lorsque plusieurs motards leur barrèrent la route. Frans montra sa carte de police et se présenta.

– Que se passe-t-il ici ?

– C'est une conférence, répondit un des motards.

– Quel genre de conférence ?

L'homme ne dit rien.

– Nous voulons parler à Måns Berntsson, dit Frans.

– Il est occupé.

– Pouvez-vous aller le chercher ?

– Il est occupé. Vous êtes sourd ?

– Pouvez-vous nous laisser passer ?

– Vous avez un mandat ?

Frans regarda le motard. Ils n'en avaient pas, ce qui signifiait qu'ils ne pouvaient pas entrer dans la grange. Frans se fraya un chemin jusqu'à la porte et cria :

– Måns ! C'est Frans ! Tu peux venir une minute ?

Deux motards se précipitèrent sur Frans pour le faire reculer. Il était en train de se débattre quand la porte s'ouvrit. Måns Berntsson en sortit, Jonas Eriksson sur les talons. Les deux hommes se placèrent derrière les armoires à glace. Le regard que le second lui adressa n'échappa pas à l'attention d'Olivia qui détourna les yeux.

– Salut, Frans, dit Berntsson. Que se passe-t-il ?

– Nous voulons te parler.

– Eh bien, je suis là.

– Au commissariat.

– Ce n'est pas possible, je suis occupé.

– Et nous, nous sommes chargés de te ramener au commissariat.

– Désolé, répondit Berntsson en lui souriant de toutes ses dents.

– Qu'est-ce qui te fait sourire ?

– De voir que tu es devenu pote avec une pisseuse.

Frans sursauta. Il fit un pas en avant et lança son poing droit contre Berntsson qui continuait de sourire. Le motard qui se rua pour le protéger prit le coup sur la joue. Les autres accoururent, mais l'ordre hurlé par Berntsson de cesser immédiatement les fit s'arrêter.

– Je n'ai pas de temps pour ça maintenant, dit-il ensuite à Frans. Foutez le camp !

– Et puis quoi encore ? cria Frans. Tu vas nous accompagner !

– Frans !

Olivia avait compris qu'elle et Frans avaient besoin de renforts pour éviter que la situation ne dégénère. Elle le tira par la manche de son uniforme.

– Viens !

Il la suivit à contrecœur. À mi-chemin entre la ferme et leur voiture, il se retourna et ses yeux croisèrent ceux du motard qu'il avait frappé.

Frans lui fit un doigt d'honneur.

Quand elle jeta un regard vers la ferme, Olivia vit qu'Eriksson continuait à la fixer, mais elle ne remarqua pas son intense érection.

Ils passèrent un long moment sans rien dire dans la voiture.

Frans était désemparé. Il avait perdu le contrôle de lui-même, en présence d'Olivia. Son pouls battait trop vite et il transpirait.

Svensson, qu'elle avait appelé pour obtenir des renforts dès qu'ils s'étaient assis dans la voiture, leur avait ordonné de revenir. Elle serrait ses mains sur ses genoux. Elle avait essayé de conserver son calme et de laisser Frans prendre l'initiative. Mais elle avait été obligée d'intervenir pour empêcher la situation de mal tourner.

Elle se demandait si Frans n'avait pas réagi excessivement pour lui prouver quelque chose.

Cela ne lui plaisait pas.

Stilton approchait de Långvik sur l'île de Möja. Il avait fait halte à Kummelnäs pour récupérer le livre et en était immédiatement reparti.

Il amarra son bateau au débarcadère puis traversa le village à grands pas. Il était pressé et mit beaucoup moins de temps que la fois précédente pour rejoindre l'ancienne colonie de vacances. Cette fois, le jardin était désert quand il y entra, le livre à la main. Arrivé devant la porte de la maison, il frappa fort car il n'y avait ni sonnette ni cloche. Aucune réaction. Il recommença et tourna la poignée de porte. Elle était fermée à clé. Il ne vit personne à l'intérieur. Il se demanda où était Barbro. Dans son bureau ? Il fit le tour de la maison. La porte de la cuisine à l'arrière n'était pas verrouillée. Il regarda à droite, puis à gauche, et la poussa.

Étant donné qu'il n'était pas passé par la cuisine lors de sa première visite, il lui fallut quelques instants pour se repérer. Il traversa la bibliothèque et se dirigea vers le bureau de Barbro d'où ne venait aucun bruit. Il ouvrit la porte et constata que la pièce était vide. Au moment où il allait repartir, il remarqua que la cendre coulait dans le sablier posé au milieu de la table.

Quelqu'un l'avait retourné.

– Vous cherchez quoi ?

Stilton sursauta. Clark, en bleu de travail, était debout dans la bibliothèque. Il lui parut décharné.

– Barbro, répondit Stilton en s'approchant de lui.

– Elle n'est pas là.

– Quand reviendra-t-elle ?

– Aucune idée.

Ils se toisèrent du regard. Stilton lui montra le livre.

– Ça vous dit quelque chose ?

– Non, grogna Clark sans même le regarder.

Stilton lorgna vers ses mains, à la recherche d'égratignures causées par des épines. Il n'en vit aucune.

– Êtes-vous allé à Rödlöga avant-hier ?

– Ça se trouve où ?

Stilton eut tout à coup envie de le frapper, mais il se contrôla.

– Dites à Barbro que je suis passé.

Il sortit de la bibliothèque. Clark ne fit pas un geste.

Il était presque à Långvik lorsqu'il aperçut Barbro qui sortait de la maison du Baron-bouilleur. Elle monta sur un tricycle à moteur qu'elle dirigea vers le chemin. Stilton se posta au milieu de la route, et elle freina avant d'arriver à sa hauteur, sans couper le moteur.

– Vous êtes revenu ?

– Oui.

– Je ne lis jamais deux fois pour la même personne.

– Bonne idée. Je suis allé chez vous et j'ai rencontré Clark. Il habite là-bas ?

– Oui. Il s'occupe de presque tout.

Stilton se demanda ce que cela recouvrait exactement.

– Pourquoi êtes-vous passé chez moi ?

– Je voulais vous poser une question à propos de ce livre, répondit-il en lui montrant *Le Moine*.

– Ce livre m'appartient ! s'exclama-t-elle. Vous l'avez pris dans ma bibliothèque ?

– Non.

– D'où le tenez-vous, alors ?

– Je l'ai acheté à Stockholm, chez un bouquiniste du quartier de Söder.

– Quoi ?

– Comment est-il arrivé là-bas ?

Barbro semblait ne pas se l'expliquer.

– Ça a dû se passer quand nous avons trié la bibliothèque. On a préparé quelques cartons avec des livres que nous ne voulions pas garder et Clark les a emportés chez un bouquiniste pour les vendre. Il devait en faire partie.

– Sans doute, dit Stilton. Il y a une dédicace à l'intérieur. Regardez !

Il ouvrit le livre pour la lui montrer : « À ma bien-aimée – la divine Mère de l'Univers est avec toi ! »

– Elle a été écrite pour vous ?

– Oui. Mon cher Stellan me l'a offert quand nous nous sommes installés dans la maison. Mais je ne l'ai pas lu en entier, je me suis arrêtée au début, je le trouvais trop bizarre.

– Et vous avez toujours eu le livre chez vous depuis ?

– Oui.

– Qui y habitait en 2005 ?

– Pourquoi me posez-vous cette question ?

– Par curiosité.

– Vraiment ? En 2005, seulement Clark et moi.

– Vous en êtes sûre ?

– Oui. Enfin, c'était peut-être l'époque où cette Tessa et son Johan ont vécu quelque temps chez nous. Ils voulaient ouvrir une boulangerie, mais cela ne s'est pas fait, et ils sont repartis au bout d'un moment.

– Quel est leur nom de famille ?

– Je ne m'en souviens plus.

– Vous savez où ils habitent aujourd'hui ?

– Non.

– Quel est le nom de famille de Clark ?

– Ståhl. Vous êtes drôlement curieux.

Elle passa une vitesse et poussa légèrement les gaz. Stilton ne bougea pas.

– Il faut que j'y aille, dit-elle. Je peux garder le livre ? Ou vous le racheter ?

– Pas encore, je ne l'ai pas fini. Je vous le renverrai quand je l'aurai lu.

– C'est gentil.

Stilton fit un pas de côté et Barbro partit sur son tricycle à moteur. Il la regarda s'éloigner jusqu'à ce qu'il ne la voie plus. Il avait failli lui poser une question sur les coupures de journaux rassemblées dans le livre, mais n'en avait rien fait car il ne voulait pas que l'information se répande.

Il était satisfait de ce qu'il avait obtenu.

Il connaissait l'origine du livre.

Informé par Frans et Olivia de ce qui s'était passé dans la cour de la ferme de Berntsson, Svensson avait immédiatement requis des renforts pour exécuter sa mission : faire venir Måns Berntsson pour une audition au commissariat de Höganäs.

Cela s'était déroulé relativement bien cette fois-ci, Berntsson étant seul à leur retour. Il avait compris ce qui allait arriver et avait mis fin à la réunion dans la grange.

Les néonazis se reverraient ailleurs.

Les deux hommes se trouvaient dans une pièce exiguë, de part et d'autre d'une table grise. Svensson avait enclenché l'enregistreur et expédié les formalités. Il avait quelques papiers devant lui.

– C'est la deuxième fois que nous nous parlons, commença-t-il.

– Oui, et je me demande pourquoi. Je n'ai pas tué cette petite négresse.

Svensson décida de ne pas relever.

– Quel genre de réunion teniez-vous dans votre grange quand nos policiers sont venus la première fois ?

– Nous discutions de notre stratégie interne. C'est interdit ?

– Cela dépend de quoi vous discutiez. Se réunir pour préparer un délit est punissable. Les noms d'Axel Sönnerman et de Jonas Eriksson vous disent-ils quelque chose ?

La réaction de Berntsson ne fut pas marquée, mais son léger cillement n'échappa pas à Svensson.

– Non, répondit Berntsson.

– Vous en êtes certain ?

Berntsson n'ajouta rien.

– Ceci est une liste de conversations, continua Svensson en tapant du doigt sur les papiers, et plus précisément des appels passés depuis votre portable ces derniers temps. Ils montrent que vous avez été très souvent en contact avec trois numéros, dont ceux d'Axel Sönnerman et de Jonas Eriksson, qui habitent tous les deux Stockholm.

– Eriksson appartient à notre mouvement.

– Nous le savons. Mais vous venez de me dire que vous ne connaissiez pas son nom.

– Il vient de me revenir.

– Et Sönnerman ? Vous vous en souvenez aussi maintenant ?

– Je suis en contact avec des tas de gens à travers tout le pays, je ne me rappelle pas toujours leurs noms. Où voulez-vous en venir ?

Svensson sortit un papier de la pile.

– Connaissez-vous le pseudonyme Tyrruna/CB ?

– Pourquoi me posez-vous la question ?

– Ce pseudonyme apparaît sur différents médias sociaux, avant tout sur des publications comme *Avpixlat* et *Fria Tider*. Et aussi sur Flashback. Je cite une des remarques faites par ce pseudo : « Chaque mauvaise herbe arrachée laisse une place pour une nouvelle herbe de bonne qualité. Nous le savons. Arild est un peu plus propre à présent, espérons que cela sera une inspiration pour d'autres. » Savez-vous à quoi cela fait allusion ?

– Pourquoi le saurais-je ?

– Parce que c'est votre pseudonyme. Nous l'avons établi grâce à votre compte utilisateur. N'est-ce pas le cas ?

– Je ne ferai pas de commentaire.

– Ah bon ? On en est là ?

– Visiblement.

– C'est pathétique. J'ai deux autres signatures, Hagalruna/CB et Varghake/CB. Savez-vous qui se cache derrière elles ?

– Non. Mais j'imagine que vous le savez.

– Sönnerman et Eriksson. Vos deux interlocuteurs fréquents. Cela fait un moment qu'avec une autre signature, Triskele/CB, vous avez un fil de discussion sur Flashback. Ce que je viens de vous lire en sort. Nous pensons qu'il s'agit de vos communications au sujet des meurtres d'Emelie Andersson et d'Aram Mellberg. Avez-vous un commentaire à ce sujet ?

– Non.

– Qui se cache derrière Triskele/CB ?

– Parce que, ça, vous ne l'avez pas trouvé ?

– On y arrivera, ne vous en faites pas. Mais vous, vous le savez déjà.

Berntsson se tut. Il se gratta le bras.

– Nous y reviendrons, dit Svensson en esquissant un sourire. Le CB après la barre oblique, cela signifie quoi ?

– Camélia blanc, répondit Berntsson en souriant à son tour. C'est fini ?

– Presque. J'ai une autre citation, plus courte, signée par votre pseudonyme.

Svensson lut le papier devant lui : « Il y a une pisseuse par chez nous qu'on pourrait ajouter à la liste. » Il regarda ensuite Berntsson avec une mine interrogative.

– Il y a beaucoup de pisseuses par ici, fit celui-ci.

– Donc cela ne fait allusion à personne de précis ?

– Non.

– Il ne s'agit pas d'Olivia Rönning ? C'est elle qui a giflé un de vos copains dans le bar Glöd. Vous vous en souvenez peut-être ?

Berntsson ne lui répondit pas.

– Vous avez eu une réponse du pseudo Varghake/CB, reprit Svensson. C'est-à-dire Jonas Eriksson : « Dis-nous si tu as besoin d'aide. » D'aide pour quoi ?

– Pas de commentaire.

– Quelle est cette liste à laquelle cette pisseuse pourrait être ajoutée ?

– Je ne m'en souviens pas.

– On peut y entendre une menace.

– Ou une promesse.

Svensson regarda Berntsson, arrêta l'enregistreur et se pencha légèrement en arrière.

– Vous êtes une personne repoussante, dit-il d'un ton solennel. Vous êtes un pervers et vous avez le cerveau malade. L'environnement dans lequel vous vivez est répugnant et malsain. Mais c'est votre choix. Cependant, il faut que vous compreniez une chose : ne menacez jamais un de mes collègues.

Ils se dévisagèrent.

Lorsque Berntsson sortit du commissariat, il traversa la rue pour monter dans une voiture noire, dans laquelle l'attendait Eriksson. Berntsson s'assit, prit son téléphone et rédigea un SMS : « Vass Eggen demain 20 heures. »

Il l'envoya à deux personnes. Puis il se tourna vers Eriksson.

– Nous avons des choses à faire. En route !

Eriksson fit démarrer la voiture tout en lui demandant :

– Elle habite où, la pisseuse ?

*

Ils se rendirent au lac Mellansjö juste avant la tombée de la nuit.

Barbro marchait devant, une torche à la main, suivie par Clark. Ils savaient exactement où des jeunes qui se baignaient avec des masques de plongée avaient trouvé les ossements en août, coincés dans des rochers près des roseaux, à deux mètres de profondeur. La rumeur sur la découverte s'était rapidement répandue, et Barbro était sur place avec Clark lorsque la police était arrivée. Elle était convaincue qu'il s'agissait d'une partie du squelette de son mari.

La police avait ensuite effectué deux ou trois plongées avant de renoncer, au prétexte que le fond était trop vaseux. Barbro leur avait donné une mèche de cheveux de Stellan qu'elle avait conservée dans un coffret. Les techniciens avaient comparé cet ADN avec celui des ossements, et ils avaient ainsi identifié Stellan Eklind.

– Peut-être se trouve-t-il dans le trou d'eau.

Elle parlait du crâne de Stellan, ce que Clark comprenait de mauvaise grâce. Il était là à son corps défendant, tant l'idée lui déplaisait. La veille déjà, il avait essayé de la faire changer d'avis, sans succès, et il avait fait une nouvelle tentative deux heures plus tôt.

– À quoi cela sert ? Tu sais qu'il s'est noyé, non ?

– Il ne s'est certainement pas noyé ! Ne me dis pas que toi aussi, tu le crois ! Si nous retrouvons le reste de son squelette, nous pourrons peut-être prouver à la police que j'ai raison, qu'il a été assassiné.

Ils étaient arrivés près des roseaux où les ossements avaient été découverts.

– C'est bien là, non ? demanda-t-elle en montrant du doigt l'eau sombre.

– Oui.

Le trou d'eau était juste devant les roseaux. Si l'on ne connaissait pas son emplacement, il était impossible à trouver. Le fond du lac qui s'enfonçait soudain à cet endroit avait été comblé à l'aide de galets ronds dans les années 1970, pour protéger les jeunes écrevisses de leurs prédateurs, poissons, oiseaux et visons. Aujourd'hui, les écrevisses avaient disparu et ils étaient à la recherche d'un crâne.

– Tu y vas ? demanda Barbro.

Clark soupira et enfila de vieilles cuissardes vertes qui lui montaient jusqu'aux épaules. Barbro lui tendit un seau en métal avec un fond en plexiglas.

– Tu as besoin de la lampe ?

– Oui.

Il la prit dans l'autre main, et s'avança à la limite des roseaux. L'eau atteignait sa poitrine. Il enfonça le seau tout en maintenant une lampe allumée appuyée au fond.

– Tu vois le trou ? cria Barbro.

– Oui.

– À quoi ressemble-t-il ?

– Il est plein de pierres.

Clark orienta le faisceau sur les pierres rondes. Le seau lui offrait une bonne vision. Les galets étaient ronds et bruns, et il faillit ne pas voir la chose arrondie que la lampe éclaira soudain.

Presque au milieu du trou.

*

Svensson convia Frans et Olivia à boire un verre avec lui au Glöd, parce qu'il voulait discuter avec eux de l'incident à la ferme de Berntsson, dont il se sentait responsable. Au vu du résultat, il avait eu tort d'envoyer Frans et Olivia là-bas.

Frans déclina l'invitation. L'idée de fréquenter ses supérieurs en dehors de son temps de travail ne lui plaisait toujours pas et il avait honte d'avoir perdu son calme devant la grange. Il avait gravement manqué de professionnalisme.

Olivia, elle, accepta.

Tout ce qui pouvait l'éloigner de son gîte sinistre lui convenait.

Elle arriva la première. Le bistrot était presque vide et elle s'assit au bar. Viggo apparut soudain de nulle part en tripotant ses moustaches. Il espérait que la soirée serait calme aujourd'hui.

– Comment vas-tu ?

– Bien. Et merci pour les noms l'autre jour.

Il fit le tour de la salle du regard, comme si des oreilles ennemies risquaient de les entendre, mais il n'y en avait pas.

– Ce n'était rien, répondit-il. Une bière ?

– Volontiers.

– Tu as une très jolie coupe.

– Merci.

Il commença à remplir un verre.

– Je peux te poser une question à laquelle seule une femme peut répondre ?

– Oui.

– Ma moustache. Ça fait quel effet ?

– Tu me demandes ça à moi ? Pourquoi ?

– Eh bien, j'ai rencontré une jolie petite dame au village l'autre jour, et il se peut que nous nous revoyions, alors je me pose des questions sur ma moustache. Je veux dire, quand on s'embrasse.

– Je ne suis pas sûre de comprendre. Tu veux savoir si c'est bizarre ?

– Ma mère m'a toujours dit qu'aucune femme n'a envie d'embrasser un homme dont le visage est plein de poils. C'est vrai ?

Il posa le verre de bière devant Olivia. Elle vit qu'il ne plaisantait pas.

– Je n'en ai aucune idée. Je ne suis jamais sortie avec quelqu'un qui ait une moustache comme la tienne.

– Donc tu ne peux pas savoir l'effet que ça fait.

– Non. Tu veux que j'essaie ? demanda-t-elle en souriant avant de boire une gorgée de bière.

Viggo, lui, ne souriait pas.

– Tu accepterais de le faire ?

– Non.

– Dans ce cas, ma décision est prise. Ma moustache aura disparu demain. Je te remercie, dit-il en lui adressant une courbette avant de s'éloigner.

À cause de moi, il va se raser, pensa Olivia. Elle aurait pu l'embrasser, sa moustache ne l'aurait peut-être pas dérangée.

– À quoi réfléchissez-vous si profondément ?

La question était de Svensson qui venait d'entrer sans bruit, une serviette en cuir à la main.

– Aux moustaches, répondit-elle.

– Vous êtes sous le charme de Viggo ?

– Pas le moins du monde. Vous avez parlé à Frans ?

– Brièvement, au commissariat. Il est un peu déprimé. J'ai essayé de lui remonter le moral. Ce qui est arrivé devant la grange est en partie de ma faute.

– Et aussi de la mienne.

– Pourquoi donc ?

Ses raisons étaient trop compliquées et personnelles pour qu'elle les lui explique.

– On s'assoit à une table ? suggéra-t-elle au lieu de répondre à sa question.

Ils en choisirent une assez éloignée du comptoir et Svensson commanda un verre de vin.

– Comment s'est passée l'audition de Berntsson ?

– Il a confirmé ce que nous savions déjà. Mais il n'a rien voulu dire à propos du quatrième pseudonyme.

– Jian va le trouver. Elle est aussi tenace qu'un terrier.

Svensson sourit.

– Savez-vous sur quoi portait leur réunion dans la grange ? demanda-t-elle ensuite.

– Pas exactement, mais je le devine.

Il prit sa serviette et en sortit quelques papiers qu'il lui montra.

– Qu'est-ce que c'est ?

– Disons que c'est un plan d'action. Nous l'avons obtenu quand nous sommes allés chercher Berntsson.

« Plan d'action pour une Europe du Nord aryenne », lut Olivia sur la couverture.

– Ce n'est pas une lecture plaisante. Hitler aurait pu écrire ce texte, commenta Svensson.

– Ça parle de quoi ?

– La première partie est surtout de la rhétorique néonazie, à savoir comment prendre le pouvoir, pourquoi, et qu'en faire ensuite. Mais le plus intéressant arrive un peu plus loin.

Il tourna les pages du document, s'arrêta sur un passage et s'immobilisa.

– Qu'est-ce que ça dit ?

– Ça explique comment créer un réseau de cellules racistes dans toute l'Europe du Nord.

– Des cellules racistes ?

– Oui. Selon ce document, elles constitueraient un pendant aux cellules terroristes, ce seraient de petites unités autonomes avec une mission spécifique.

– Quel genre de missions spécifiques ?

– Des actions qui ne doivent pas apparaître sur le programme officiel, des actes véritablement violents, des bombes, des meurtres.

– Une cellule de ce type comprend combien de membres ?

– Trois ou quatre, d'après ce document.

Elle réagit immédiatement.

– Comme celle du fil de discussion identifié par Jian.

– Oui.

– Donc ces quatre personnes pourraient en constituer une.

– C'est possible. Mais pas sûr. J'ai pensé à une chose en venant ici, Mette m'avait envoyé plus tôt ce que Jian avait trouvé, c'est-à-dire ce que vous lui avez fait parvenir, et toutes les signatures finissent avec CB derrière la barre oblique.

– Oui. Jian ne savait pas pourquoi.

– J'ai posé la question à Berntsson, et il m'a répondu que c'était l'abréviation de Camélia blanc. À mon avis, il s'agit de Colère blanche.

– Colère blanche ?

– Oui.

– Pourquoi pensez-vous cela ?

– Parce que Måns Berntsson s'est récemment fait tatouer ces deux mots sur la poitrine. Ce pourrait être le nom qu'ils ont choisi pour leur cellule, si c'est bien une cellule qu'ils ont créée.

Olivia réfléchit à ce qu'elle venait d'entendre. Une cellule raciste baptisée Colère blanche. Cela paraissait délirant, mais il s'agissait d'esprits dérangés, avec un programme qui l'était tout autant. « Plan d'action pour une Europe du Nord aryenne. »

Ils échangèrent un regard.

– Autrement dit, nous voilà soudain en conflit déclaré avec des néonazis avérés ? demanda-t-elle. Avec des gens qui font des brioches en forme de croix gammée pour le goûter de leurs enfants.

– Vous plaisantez ?

– Malheureusement, non. J'ai lu ça quelque part. Ça me dégoûte profondément.

– Moi aussi. Il est à craindre que cela aille de mal en pis, car l'approche des élections va être la source de multiples confrontations et incidents. Ce n'est pas particulièrement réjouissant.

– Non.

Ils finirent leurs verres. Ni l'un ni l'autre n'avaient envie d'en commander un autre. Olivia voulait téléphoner à Jian, et peut-être à Mette, afin de discuter de ces cellules racistes. Cela ferait passer le temps dans le gîte. Elle se leva et regarda Svensson. Elle l'appréciait vraiment.

– Pourquoi êtes-vous surnommé le Concombre ?

– C'est une longue histoire. Vous avez l'intention d'aller à Nyhamnsläge ?

– Oui.

– Je ne suis pas d'accord.

– Pas d'accord avec quoi ?

– Avec l'idée que vous dormiez là-bas ce soir. Pas dans l'état actuel des choses, avec cette menace proférée contre vous. C'était déjà une erreur pour vous d'aller chez Berntsson.

– Mais je…

– Obéissez-moi, cette fois-ci.

Il se leva et la regarda. Elle comprit qu'il était sérieux.

– Mais dans ce cas-là, je vais où ?

– Dans notre hôtel, le Köpmansgården. Ils ont des chambres disponibles. Nous paierons la vôtre.

– D'accord. Mais il faut que j'aille chercher mon sac de voyage.

– On va y aller ensemble en taxi.

Il prit sa serviette et ils se dirigèrent tous les deux vers la sortie. Olivia s'arrêta à la hauteur du bar.

– Il faut juste que je teste la moustache de Viggo, dit-elle en souriant à Svensson. Embrasse-moi, demanda-t-elle au barman.

Il vint la rejoindre et effleura ses lèvres. Elle se pencha en arrière.

– Garde la moustache !

Le taxi se gara devant la maison.

– J'en ai pour une minute, dit-elle à Svensson.

Elle en descendit, franchit la grille et continua vers le gîte. Il tombait une fine pluie froide. Elle était ravie de ne plus avoir à dormir là. Une chambre d'hôtel serait bien plus agréable qu'une maison isolée qui sentait le renfermé. Elle déverrouilla la porte et entra. Le froid la surprit. Avait-elle laissé une fenêtre ouverte ?

Le chauffeur du taxi avait arrêté le moteur et éteint les phares.

– Vous venez de Malmö, n'est-ce pas ? demanda-t-il à Svensson en se tournant vers lui.

– Oui.

– Ça va bien pour vous en ce moment.

– Vous parlez du foot ?

– Oui.

Ils commencèrent à en discuter. Svensson était de Malmö, l'autre de Helsingborg, ils aimaient tous les deux ce sport et connaissaient la rivalité entre les deux équipes. Celle de Malmö avait le vent en poupe, une victoire au championnat était à sa portée, mais le chauffeur attribuait ce succès à l'argent.

– Vous en avez plus que nous, et vous achetez des joueurs qui valent cher. Nous, nous en faisons plus pour développer nos propres talents.

– Zlatan a été formé chez nous.

– Il a commencé au BK Flagg et il est ensuite passé par le FBK Balkan.

Svensson sourit. Son interlocuteur maîtrisait le sujet. Il jeta un coup d'œil vers le gîte. Olivia avait parlé d'une minute, mais cette minute lui paraissait bien longue. Peut-être était-elle allée aux toilettes ?

– Et comment avance l'enquête ? Sur le meurtre de la petite fille.

– On poursuit notre travail.

Le chauffeur hocha la tête et tourna à son tour les yeux vers la grille.

– Elle traîne.

– Oui.

Il plaça une pincée de tabac à priser sous sa lèvre supérieure.

– Vous chassez ?

– Plus maintenant, je n'ai plus le temps, répondit Svensson.

– Demain, c'est l'ouverture de la saison des oies sauvages.

– Ah bon ? Vous êtes chasseur ?

Au même moment, ils entendirent une pétarade bruyante derrière leur véhicule. Svensson se retourna et vit une moto s'engager sur la route un peu plus loin, dans la direction opposée, conduite par un motard en combinaison de cuir et casque intégral. Il lui fallut quelques secondes pour réagir. Il descendit de voiture et courut vers le gîte. La porte était entrouverte. Il la poussa et vit le sac de voyage d'Olivia dans l'entrée.

– Olivia !

– Oui, répondit-elle en sortant des toilettes dans un bruit de chasse d'eau. Que se passe-t-il ?

Appuyé contre le montant de la porte, Svensson haletait. Il avait eu le temps de se représenter des images peu plaisantes.

– Une moto a surgi de nulle part un peu plus loin sur la route, et comme vous ne reveniez pas… Zut… expliqua-t-il en secouant la tête avant de prendre le sac d'Olivia.

– Ce devait être le voisin. Il fonce parfois comme un malade sur la voie privée à la limite des deux terrains. Le taxi est toujours là ?

– Oui.

Elle verrouilla la porte et suivit Svensson qui portait son sac. Juste avant de franchir la grille, elle se retourna vers la maison, comme pour lui dire adieu. Tout était apparemment fermé, c'était bien comme ça.

Elle ne vit pas l'homme. Si elle avait tourné les yeux un peu plus à droite, au-delà de l'appentis et vers la haie, elle aurait sans doute aperçu son visage et le regard qu'il lui lançait.

*

Justus était sorti. Luna n'approuvait pas cette promenade tardive, mais elle n'avait pas pu le faire changer d'avis. Il lui avait en outre ordonné de gratter la peinture de la porte de sa cabine. Elle commençait à s'écailler et c'était inadmissible. Si on se laissait aller pour l'extérieur, l'intérieur ne pouvait que suivre, et en un rien de temps, on devenait un moins que rien, lui avait-il expliqué avant de partir.

Stilton entra dans le salon et la trouva en train de décaper, tâche qui ne semblait pas lui plaire.

– Une idée de Justus ?

– Oui.

– Il va rester ici combien de temps ?

– Tu connais la réponse à cette question.

Pas exactement, la rénovation d'un foyer-logement pouvait prendre longtemps, des mois peut-être. Mais cela affectait Luna plus que lui, et il n'avait pas l'intention de se plaindre, en tout cas pas à haute voix.

– Tu veux que je te raconte comment ça s'est passé à Möja ?

– Tu y es retourné ?

– Oui. J'avais récupéré le livre chez Mette et je l'ai montré à Barbro Eklind. La dédicace lui était effectivement destinée, et ce bouquin était chez elle jusqu'à ce qu'il atterrisse chez Ronny.

Luna interrompit son travail.

– Ça signifie que la personne qui a rassemblé ces coupures de journaux habitait chez elle à l'époque ?

– Selon toute vraisemblance.

– J'ai du mal à imaginer que cette Barbro l'ait fait.

– Elle aurait pu, mais cela semble difficilement croyable.

– Qui d'autre vivait là-bas ?

– En 2005, un couple qui voulait ouvrir une boulangerie, et ce fameux Clark.

– Qui est-ce ?

– Un drôle d'homme à tout faire qui habite avec elle.

– Est-ce que c'est lui, alors ?

– Je n'en sais rien. Notre seule certitude est que si le meurtrier de Jill Engberg les a collectées, c'est aussi lui qui a tué les deux enfants.

– Et ça ne peut pas être ce Clark ?

– Si, mais cela signifierait qu'il est le fils de Stellan Eklind.

– Oui. Et s'il l'était ?

Stilton y réfléchit. Luna recommença à gratter, sous son regard. Elle le sentit et se retourna vers lui.

– Qu'est-ce qu'il y a ?

– Tu es belle.

– Merci.

Elle lui tourna le dos.

– Tu veux que je t'aide ?

– Ce n'est pas la peine.

Il haussa les épaules et s'assit à la table d'où il la voyait encore.

– Maintenant tu sais au moins comment le livre est arrivé chez Ronny.

– Oui.

Clark, Ståhl de son nom de famille, l'avait apporté. Il vivait déjà là en 2005, l'année du meurtre de Jill Engberg. Stilton réfléchit.

Jill travaillait comme escort-girl pour Jackie Berglund[1]. Celui qui l'avait tuée dans la chambre d'hôtel pouvait être un client de Jackie. Il l'avait déjà envisagé à l'époque. Mais il n'avait pas eu accès au registre de clients avant d'être retiré de l'enquête, précisément parce qu'il voulait le consulter, pensait-il. Les personnes haut placées qui y figuraient s'y étaient opposées.

Depuis deux ans, la police avait ce registre. Elle l'avait obtenu en liaison avec l'affaire de Nordkoster. Il était chez Mette Olsäter et elle pourrait le lui communiquer.

Si, pour une raison qui restait à découvrir, l'homme taciturne de Möja était l'auteur du meurtre de Jill Engberg, il était tout à fait possible que son nom apparaisse dans ce fameux registre.

S'il avait été un client de Jackie.

Stilton prit son téléphone et appela Mette. Il lui expliqua l'étrange lien entre le livre et Möja. Mette réagit immédiatement.

– Je pense que nous sommes arrivés à un point où il faut que tu sois associé à l'enquête.

– Pardon ?

– Tu m'as entendue.

– C'est hors de question.

– Mais tout converge. Tu trouves des choses dont nous avons besoin. Pourquoi ne pas collaborer ? Je peux t'inclure comme consultant.

– Dans une enquête de la Criminelle ?

Mette comprenait que ce n'était pas tout à fait évident, mais elle savait que la participation de Tom serait à plusieurs égards un plus pour son groupe d'investigation. Tous ses membres avaient du respect pour lui, et ceux qui avaient travaillé avec lui autrefois connaissaient ses capacités.

– Tu ne veux pas y réfléchir ?

– Non.

– D'accord. Il faut que tu me rendes le livre.

– Si je peux consulter le vieux registre des clients de Jackie Berglund.

1. Cf. *Marée d'équinoxe,* des mêmes auteurs.

– Pourquoi ?

– Parce que tout converge.

Il y eut un silence. Stilton devina que Mette calculait ce qu'elle pouvait lui accorder dans le cadre de cette collaboration non officielle.

– Tu peux venir le chercher demain.

– Dans ton bureau ?

– Oui.

– Désolé, voilà Justus. Tu veux que je lui dise quelque chose de ta part ?

– Au revoir.

Elle raccrocha. Luna regarda Stilton.

– Justus n'est pas encore là !

– Il ne saurait tarder, non ?

*

Olivia s'allongea sur le lit de l'hôtel. La chambre était claire, propre, et sentait aussi bon qu'elle se l'était imaginé. La lampe de chevet diffusait une lumière chaude à travers son abat-jour en tissu.

Elle était désolée pour Svensson. Elle comprenait qu'il avait eu peur pour elle tout à l'heure. Enfin, c'était plutôt le voisin qui l'avait effrayé, en réalité, mais elle aurait pu se dépêcher. Elle prit son mobile et regarda l'heure. Il est un peu tard pour appeler Jian, se dit-elle, et elle appuya sur le numéro de Mette, qui ne répondit pas. Tom ? Elle n'avait pas envie de lui parler, d'autant plus qu'il n'était guère causant au téléphone. Elle reposa son portable et pensa à leur visite à Möja, à Barbro, à ses prédictions, et à l'étrange femme qu'était Viola.

Elle se rappela soudain la vieille photo de la communauté.

Elle prit son sac de voyage, l'y trouva et se rapprocha de la lampe.

Les filles avaient l'air si jeunes et innocentes, avec leurs habits blancs et leurs longs cheveux. Même ceux de Stellan l'étaient. Avec ses traits bien marqués, ses larges épaules, il n'y avait rien de surprenant à ce qu'il ait réussi à attirer des filles dans sa communauté. Elle se dit à nouveau que l'une d'entre elles avait pu avoir un enfant avec lui à l'insu de Barbro. Et si cet enfant avait été un fils ? Elle examina attentivement le cliché. Ses yeux s'arrêtèrent sur la fille à côté de Stellan. Son visage, ses yeux lui paraissaient vaguement familiers. Une vague ressemblance avec Judith Boelsdotter ? Elle eut tout à coup la conviction que cela pouvait être elle. Plus elle y pensait, plus elle en était sûre.

Il était trop tard pour l'appeler. De toute façon, mieux valait aller la voir avec la photo, même si elle se trompait.

Olivia éteignit, se glissa sous les draps et se détendit. Elle repensa à sa mère. Elle avait rencontré quelqu'un. Thomas. Un policier. Quel était son nom de famille ? Elle avait oublié de le lui demander. Elle n'aurait qu'à l'appeler demain pour le savoir. Juste avant de s'endormir, le visage de Frans lui traversa l'esprit.

Libérée de l'étreinte de la nuit, l'aube diffusait une lumière sourde sur la campagne. Des rubans de brouillard s'attardaient dans les champs, et les fermes alentour étaient encore assoupies. Deux hommes vêtus d'une tenue verte de chasseur traversaient, le fusil à l'épaule, un champ couvert de chaume à proximité d'Ingelsträde. La saison des oies sauvages venait d'ouvrir et ils voulaient en profiter de bonne heure.

– C'est quoi, ce truc ? fit l'un des deux en pointant son fusil vers quelque chose au milieu d'un champ au loin.

Une volée de freux tournoyait autour du « truc » dont il parlait. Son compagnon sortit ses jumelles pour l'observer.

– Un épouvantail, répondit-il. Mais qui aurait l'idée d'en installer un à cet endroit ?

Ils s'en approchèrent sans se presser. Parvenus à une dizaine de mètres, ils virent qu'il était fait de tissu brun et surmonté d'une imposante chevelure frisée. Ils continuèrent à avancer et découvrirent un homme nu, au corps couvert de sang, allongé sur la terre argileuse au pied de l'épouvantail.

– Putain, c'est pas possible, lâcha le premier, incapable de faire un pas de plus.

– Il est vivant, appelle la police ! Ou une ambulance, fit l'autre qui se penchait vers l'inconnu.

Le chasseur sortit son portable et composa d'une main tremblante le numéro des urgences. L'autre homme se redressa et examina le visage de la victime qui n'était plus qu'une énorme plaie. Il se retourna et scruta le champ sans voir personne.

Il leva ensuite les yeux vers les freux qui tournoyaient au-dessus d'eux.

Tous les regards des enquêteurs étaient vissés au tableau sur lequel Mette était en train de tracer un grand rectangle. Svensson lui avait expliqué la veille sa thèse d'une cellule terroriste : selon lui, les participants au fil de discussion identifiés par Jian étaient peut-être les membres d'une cellule du nom de « Colère blanche ». Il avait scanné le plan d'action de Berntsson ainsi que le texte se rapportant aux cellules racistes et le lui avait envoyé. Mette l'avait transmis à la Säpo qui avait consigné l'information en attirant son attention sur le fait que ce genre d'activités ne relevait pas de leurs prérogatives, les extrémistes de droite n'étant pas une menace pour la démocratie. Mette s'était demandé ce qui pour eux en était une. Si un individu isolé faisait l'objet d'une attaque pour des raisons antidémocratiques, cela constituait un danger pour la démocratie, non ? Chaque individu démocrate en était le représentant, après tout.

Elle communiqua ensuite au groupe les informations fournies par Svensson, qu'elles soient ou non un risque pour la démocratie.

À l'intérieur du rectangle, elle écrivit en lettres majuscules « Colère blanche », et les noms de Måns Berntsson, Axel Sönnerman et Jonas Eriksson dans trois des quatre coins, et ajouta « Triskele/CB » suivi par un point d'interrogation dans le quatrième.

– Nous pensons qu'il s'agit peut-être d'une cellule raciste dont le but serait de commettre des crimes motivés par la haine raciale.

Elle s'interrompit brièvement. Comme la plupart des personnes présentes, elle trouvait cette hypothèse d'une cellule raciste tirée par les cheveux. Elle était cependant décidée à la vérifier, ne serait-ce que pour Olivia et Jian.

– Tournons-nous maintenant vers les meurtres, reprit-elle, et envisageons la possibilité qu'ils soient l'œuvre de cette cellule. Nous voyons d'abord que Måns Berntsson ne peut pas avoir tué Aram Mellberg puisqu'il a un alibi. Prenons les trois autres. Étant donné que le meurtrier est le fils de Stellan Eklind, mort en 1975, il est âgé d'au moins trente-huit ans aujourd'hui. Jonas Eriksson n'a que trente-cinq ans, nous pouvons l'éliminer. Restent deux personnes, ce membre des Démocrates de Suède, Axel Sönnerman, et un homme dont nous ne connaissons que le pseudonyme.

– Mais s'il s'agit d'une cellule raciste qui a décidé de commettre ces crimes, nous avons peut-être affaire à plus d'un meurtrier, suggéra Bosse. C'est bien notre hypothèse ? On peut imaginer qu'ils utilisent le même mode opératoire dans le but de nous égarer.

– C'est juste, dit Mette. Dans ce cas, Berntsson pourrait avoir tué Emelie Andersson puisqu'il n'a pas d'alibi.

On frappa à la porte, et Stilton apparut dans l'embrasure. Mette attrapa une pochette en plastique sur son bureau et la lui donna. Il la prit et disparut. Mette referma derrière lui.

– C'était Stilton ? demanda un enquêteur d'un certain âge.

– Oui.

– Qu'est-ce qu'il fait ici ?

– Je lui ai remis un ancien registre de clients dans lequel il voulait vérifier quelque chose.

– Il travaille de nouveau ?

– Non.

*

La mère et la fille étaient assises dans la grande serre. Liv portait une doudoune, car il n'y faisait pas chaud, mais Judith tenait à ce qu'elles se voient là. Vêtue d'un épais manteau vert foncé, elle réchauffait ses mains sur une tasse de thé.

– Elle doit arriver quand ?

– Son avion atterrira à Kastrup après-demain à sept heures, s'il n'y a pas de retard, répondit-elle à Liv.

– Du matin ?

– Non, du soir.

– Dans ce cas, je passerai te prendre en voiture, et nous irons la chercher ensemble.

– C'est gentil de ta part.

Elle but un peu de thé. Liv la regarda en pensant qu'elle avait pris un grand coup de vieux ces derniers jours. Elle n'était pas maquillée, contrairement à son habitude, comme si elle n'avait plus envie de vivre, et elle avait le teint gris. Liv savait que sa mère s'en voulait beaucoup et broyait du noir chaque nuit. Elle faisait chaque jour de longues promenades solitaires.

J'espère que la visite d'Aditi lui fera du bien, se dit-elle. Quelques jours plus tôt, elle lui avait suggéré de la contacter, car Aditi pouvait insuffler beaucoup de force et de courage, d'une manière qui lui était unique. C'était un excellent coach mental.

Judith en était consciente. Aditi était une vieille amie qui vivait en Thaïlande, avec qui elle avait gardé des relations, et elle avait fini par accepter l'idée de sa fille, mettant de côté sa réticence à imposer à Aditi un si long voyage. Elle l'avait appelée pour le lui demander. Après tout, elle ne risquait rien et elle était certaine que son amie lui dirait si cela lui était impossible.

Mais Aditi pouvait venir, elle en avait le temps, et plus important encore, l'envie. Le meurtre horrible de la fille de Liv l'avait choquée, et elle serait heureuse si elle pouvait contribuer à sortir Judith des ténèbres dans lesquels il l'avait plongée.

Elle était en route.

– Je pense que cela va nous faire du bien, dit Liv.

– Moi aussi.

Liv vit que sa mère souriait. C'était la première fois depuis la mort d'Emelie. Tant mieux, se dit-elle.

– Tiens, voilà Olivia Rönning, lança Liv en tendant le doigt vers la grille, de l'autre côté de la vitre de la serre.

Olivia venait d'appuyer son vélo contre un des piliers. Les deux femmes se levèrent pour lui faire signe de les rejoindre dans la serre. Liv alla l'accueillir, et elles s'étreignirent brièvement.

– Tu veux qu'on aille dans la maison ? demanda Liv à sa mère.

– Ne le faites pas pour moi, dit Olivia en entrant dans la serre. Comment allez-vous ?

Elle n'obtint pas de réponse. Judith baissa les yeux, Liv haussa les épaules. Elles survivaient.

– J'ai une question à poser à Judith.

– Souhaitez-vous que je m'en aille ?

– Mais non, restez, répondit Olivia à Liv.

– Asseyez-vous, dit Judith en lui montrant une chaise.

– Vous voulez du thé ?

– Non merci.

Olivia sortit la photo que lui avait donnée Viola Wistam à Furusund.

– Une femme que j'ai rencontrée sur une île de l'archipel de Stockholm m'a remis cette vieille photo prise dans une communauté installée à Möja dans les années 1970.

Elle la tendit à Judith qui ne la saisit qu'après avoir bu une gorgée de thé.

– Quand je l'ai regardée hier, j'ai pensé que vous étiez peut-être cette jeune fille, l'avant-dernière à droite.

– C'est bien moi, dit Judith.

Olivia contrôla son émotion. Elle ne s'était pas trompée. Judith avait appartenu à la communauté de Stellan Eklind.

– Qui vous l'a donnée ?

– Viola Wistam. Elle en faisait aussi partie.

– Ah bon ? Je me souviens qu'il y a eu une Viola pendant un temps, mais il ne me semble pas qu'elle s'appelait Wistam.

– C'est peut-être son nom marital.

– C'est possible.

– Vous permettez ? demanda Liv en tendant la main.

Sa mère avait appartenu à une communauté ?

– Pourquoi cette photo vous intéresse-t-elle ?

– C'est la communauté qui m'intéresse. Ou plus exactement la personne qui en était le leader, Stellan Eklind.

– Mais pourquoi ?

– J'essaie de savoir s'il avait d'autres enfants que sa fille Linnea.

– Elle s'est suicidée.

– Je sais, mais avait-il d'autres enfants qu'elle ?

– Je ne crois pas, en tout cas, il n'y avait qu'elle là-bas.

– Très bien. Le fait est que nous avons appris que Stellan Eklind a eu un autre enfant, mais…

– Comment le savez-vous ? l'interrompit Judith.

– Par l'ADN.
– Ah bon. Je ne serais pas surprise qu'il en ait eu d'autres.
– Pourquoi ?
– Il n'était pas spécialement fidèle.
– À Barbro, sa femme ?
– Non. Il partait très souvent en mission, comme il disait.
– C'était quoi, ces missions ?
– Il allait à Stockholm, soi-disant pour recruter de nouveaux membres pour la communauté. Il en revenait au bout de quelques jours, mais nous savions tous qu'il ne s'agissait pas seulement de cela.
– Et qu'il était alors infidèle à sa femme ?
– Oui. Donc il n'y aurait rien d'étonnant à ce qu'il ait eu d'autres enfants.
Olivia saisit cette possibilité et ses implications – cela rendrait encore plus difficile la recherche de la mère du fils de Stellan. Elle changea d'approche.
– C'était comment, cette communauté ?
– C'était comment ?
– Oui.
Judith prit à nouveau sa tasse et en scruta le contenu, comme si elle espérait y trouver de vieux souvenirs. Liv la regardait, curieuse elle aussi.
– Je ne me souviens pas de grand-chose, finit par dire Judith.
Son attitude rappela immédiatement à Olivia celle de Viola, d'autant plus que Judith avait utilisé le même ton morne.
Mais elle ne voulait pas insister.
– J'ai lu un des livrets de Stellan, dans lequel il décrit ses idées et ses révélations. Cela m'a paru très religieux. Presque comme une secte.
– Ah bon ?
– C'était comme ça ?
– Stellan était une personne étrange, dit Judith. Je ne sais pas ce qu'il avait dans la tête.
– Il a disparu quand vous viviez là-bas, non ?
– Oui.

– On a trouvé une partie de ses ossements l'été dernier, dans le lac de Mellansjö.

– Ah bon ? s'exclama Judith.

La tasse qu'elle avait en main trembla légèrement, ce qui n'échappa pas à Olivia.

– Sait-on ce qui lui est arrivé ?

– Il s'est sans doute noyé. Bien que sa femme n'y croie pas. Elle est persuadée qu'il a été tué.

– Vraiment ?

– Oui.

Le silence s'installa. Olivia avait le sentiment d'avoir accompli sa mission. Elle se leva et se dirigea vers le portail en pensant à Liv. Elle n'avait quasiment pas parlé. N'aurait-elle pas dû être plus curieuse, désireuse d'en savoir plus ? D'un autre côté, elle attendait peut-être le départ d'Olivia qui quitta le jardin, enfourcha son vélo et sortit son téléphone.

Mette lui répondit tout de suite.

– Judith Boelsdotter appartenait à la communauté de Stellan Eklind, dit-elle sans autre préambule.

Mette venait de lui poser une première question lorsque Olivia vit une voiture qui s'approchait à vive allure. Svensson qui était au volant, la vitre baissée, pila devant elle.

– Il est arrivé quelque chose ? lui demanda-t-elle.

*

Mette informa immédiatement le groupe de ce qu'Olivia venait de lui apprendre.

– Judith Boelsdotter, la grand-mère d'Emelie Andersson, appartenait à la communauté de Stellan et Barbro Eklind dans les années 1970.

Le silence accueillit cette révélation. Chacun analysait la nouvelle, à son rythme, à sa façon, et tous arrivèrent à la même conclusion : le fils du leader de la communauté de Möja était plus ou moins lié au meurtre d'Aram par son ADN, et à celui d'Emelie par son mode opératoire. Et maintenant, on apprenait que la grand-mère de celle-ci avait appartenu à la communauté de Stellan.

La théorie portant sur une cellule raciste autonome paraissait soudain moins pertinente.

– Le lien est assez étrange, fut la première remarque.

– Oui.

– Peut-il y avoir aussi un lien avec Aram Mellberg ? s'interrogea Lisa, en formulant tout haut la question que chacun se posait.

Le lien introuvable jusqu'à présent entre les familles Andersson et Mellberg remontait-il à la génération précédente ?

– Vérifiez qui sont les grands-parents d'Aram Mellberg, ordonna Mette.

Cela ne prit pas longtemps. Ses grands-parents maternels étaient exclus parce qu'ils vivaient au Kurdistan dans les années 1970. Lisa appela Ola Mellberg qui lui communiqua le nom de ses parents, Yvonne et Nils, ainsi que leur numéro de téléphone.

*

Nils Mellberg était producteur de films. Il avait connu une réussite remarquable, grâce à son talent inégalé pour exploiter les idées de jeunes très doués qu'il attirait avec ses moyens considérables. Aujourd'hui, il était en semi-retraite et se consacrait à « tirer certains fils », selon son expression, c'est-à-dire à placer les bonnes personnes aux bons endroits dans le monde fermé du cinéma suédois. Des gens qui servaient ses intérêts. Vu de l'extérieur, il s'agissait de promouvoir des films importants sur le plan artistique, vu de l'intérieur, de se remplir les poches.

Tous les intervenants de cette branche, critiques compris, le savaient, mais le réseau de Nils Mellberg était tel que personne n'osait y regarder de plus près. Cela aurait pu avoir un effet boomerang.

Voilà pourquoi une telle foule se pressait cet après-midi-là dans le restaurant aux parois de verre de l'Institut suédois du film, où régnait une ambiance animée. « Tout le monde était là », comme on dit : tous les gens qui comptaient dans le milieu du cinéma suédois participaient à la réception, saluant la parution des mémoires de Nils Mellberg, *Based on a true fiction !*, un livre volumineux. Ravi de ce titre, l'auteur répétait aux journalistes enthousiastes qui l'entouraient qu'il lui était venu comme ça, certain que la société de relations publiques qui l'avait trouvé ne le contredirait pas, car elle aurait ce faisant signé son arrêt de mort.

Les discours obséquieux des différents réalisateurs et autres personnalités se terminaient, et l'assistance s'apprêtait maintenant à passer à l'étape beuverie. La directrice de l'Institut suédois du film n'était pas encore arrivée à la fin de son speech ampoulé, mais plus personne ne l'écoutait. Divisés en petites coteries plus ou moins éméchées, les membres du public échangeaient des flagorneries ou se disputaient.

Nils lui-même essayait de ne pas perdre le contrôle. Hôte de cette réception, il avait noyé dans l'alcool sa mauvaise conscience d'avoir organisé cet événement si peu de temps après le meurtre de son petit-fils. Mais il fallait bien que la vie continue après tout.

Il faillit refuser la brève interview sollicitée par une journaliste de radio, mais se ressaisit en pensant que chaque auditeur était un acheteur potentiel du livre.

– Vous êtes plus ou moins une légende, commença-t-elle, montrant qu'elle comprenait comment l'aborder.

– C'est ce que l'on dit, répondit Nils qui lui sourit avant de boire une gorgée de gin tonic.

– Vous avez travaillé avec tous les réalisateurs importants, n'est-ce pas ?

– Sauf Bergman.

– Comment cela se fait-il ?

– Je n'ai jamais apprécié les personnes qui ne s'intéressent qu'à leur nombril. Je préfère les réalisateurs plus tournés vers le monde.

– Vous voulez dire plus faciles à exploiter ?

Nils sursauta et regarda la journaliste, une jeune femme mince aux cheveux blond cendré coupés court sous son casque radio.

– Vous m'avez dit que vous travaillez pour quelle radio ?

– Je suis free-lance, et je vends mes reportages à…

Il rota dans le micro et s'éloigna. Il chassa de son esprit cette personne désagréable en vidant son verre. Son portable, qu'il avait mis en mode silencieux afin de ne pas perturber les discours, vibra dans sa poche. Il le sortit et répondit.

– Mellberg !

– Bonjour, mon nom est Lisa Hedqvist, de la Criminelle. Pourriez-vous m'accorder une minute ?

– Non, je suis à une réception pour la parution de mon livre. Ça peut attendre demain ?

– Il s'agit du meurtre de votre petit-fils.

Nils se pétrifia. Son cerveau embrumé par l'alcool se contracta. Le meurtre d'Aram ? Qu'il avait enfin réussi à chasser de son esprit pour quelques heures ? Il fallait qu'on le lui rappelle au milieu de cette fête ?

– De quoi s'agit-il ?

– Je n'ai qu'une seule question. Avez-vous appartenu à une communauté basée sur l'île de Möja dans les années 1970 ? Dont Stellan et Barbro Eklind étaient les leaders ?

La question lui parut incongrue. Il regarda la foule enivrée en essayant de trouver quelqu'un qui ne l'était pas. La seule personne immobile était le président de l'association des producteurs, assoupi sur un canapé, une branche de céleri entre les lèvres.

– Oui, finit-il par répondre.

– Merci. Nous vous rappellerons.

*

Lisa se rua dans la salle de réunion, où ne se trouvaient plus que Mette, occupée à tracer des lignes entre les différents noms du tableau, Bosse et deux autres enquêteurs.

– Nils Mellberg, le grand-père d'Aram, a appartenu à la même communauté, annonça-t-elle après avoir refermé la porte.

Ils assimilèrent ce qu'elle venait de leur apprendre : deux anciens membres de la communauté de Möja avaient chacun eu un petit-enfant assassiné.

– Ça ne peut pas être un hasard ! s'exclama Bosse.

– Difficilement, répondit Mette. Mais comment l'expliquer ?

Son téléphone sonna. L'appel venait du laboratoire scientifique national. Elle écouta son correspondant sans l'interrompre, mais son attitude fit comprendre à ses collègues que c'était important.

*

Svensson emmena Olivia directement à l'hôpital de Helsingborg et lui parla en route de l'épouvantail et de l'homme à demi mort abandonné dans le champ.

– C'est Frans Jönsson.

– Frans !

Ils étaient dans un couloir de l'hôpital, devant une porte en verre au travers de laquelle ils voyaient la grande salle. Frans y était allongé sur un lit métallique, entouré de personnel médical en blouses blanches ou vertes. Des tubes sortaient de son corps. Svensson attira l'attention d'une femme médecin en frappant à la vitre. Elle vint vers eux et il se présenta.

– Comment va-t-il ?

Elle répondit qu'il avait plusieurs fractures au visage, des lésions osseuses et une hémorragie interne.

– Il serait mort si ces chasseurs ne l'avaient pas trouvé.

– Quand pourrons-nous lui parler ? demanda Svensson.

– Pas dans l'immédiat. Où pouvons-nous vous joindre ?

Svensson lui donna sa carte de visite.

Olivia et lui étaient choqués.

Ils retournèrent à la voiture en silence, avec la même idée en tête : les motards devant la grange. Olivia sentait la culpabilité monter en elle.

– Vous croyez que c'était eux ? demanda-t-elle quand ils arrivèrent à leur véhicule.

– Probablement. Nous n'avons pas fini d'inspecter le champ, les techniciens trouveront peut-être quelque chose d'utile.

– Vous pensez que Måns Berntsson est impliqué ?

– Nous allons le vérifier.

Svensson était bien placé pour savoir que ce serait difficile. Il avait eu affaire aux gangs de motards depuis que les Hells Angels s'étaient implantés à Malmö vingt-cinq ans plus tôt, suivis par les Bandidos et les Outlaws. Ils s'étaient ensuite étendus à toute la Suède, comme une hydre criminelle. Il savait à quel point ils respectaient la loi du silence. Sans témoins, l'enquête serait d'une extrême complexité, à moins que Frans ne puisse les aider. Ce qui était impossible dans l'immédiat.

Olivia s'apprêtait à monter dans la voiture quand elle reçut l'appel de Mette, qui s'exprima de manière précise et concise.

– Je veux que tu ailles chercher Judith Boelsdotter et que tu la ramènes ici au plus vite. Nous voulons lui parler demain.

– Qu'est-il arrivé ?

– Je n'ai pas le temps de t'en dire plus. Je te rappellerai. Donne mon bonjour au Concombre.

Elle mit fin à la conversation avant qu'Olivia ne puisse l'informer de l'agression contre Frans Jönsson.

– C'était Mette. Il faut que je retourne à Stockholm. Et que j'aille chercher Judith Boelsdotter.

– Maintenant ?

– Oui, je dois la ramener le plus vite possible.

Svensson hocha la tête. C'était la Criminelle qui décidait.

– Appelez Liv Andersson, lui recommanda Olivia. Elle a une photo d'un épouvantail, celui qui avait été dressé il y a quelque temps en face du camp de réfugiés pour lequel travaille Sebastian. Cela pourrait être utile.

– D'accord.

– Si vous pouvez parler à Frans, donnez-lui mon bonjour.

– Je n'y manquerai pas.

Olivia avait une boule dans la gorge.

*

Les techniciens avaient reçu le crâne le matin même. Barbro Eklind l'avait apporté à la police de Värmdö. Comme les ossements de l'été précédent n'avaient pas été conservés, le crâne avait été envoyé à Linköping pour une analyse ADN, mais les policiers étaient quasiment certains de son origine.

– C'est très vraisemblablement celui de Stellan Eklind.

Mette leur fit cette annonce, sitôt après avoir parlé avec les techniciens du laboratoire scientifique national.

– En quoi est-ce intéressant ? s'enquit Bosse Thyrén, légèrement déçu.

– Le crâne est enfoncé à l'arrière. Si c'est celui de Stellan Eklind, ce que nous pouvons supposer, cela signifie qu'on a dû le tuer. Et cela au moment où il a disparu de chez lui en 1975.

– Mais il y a prescription ?

– Pour le crime, oui, mais les conditions dans lesquelles il a été commis continuent peut-être à avoir des conséquences. Son fils est concerné par notre enquête. J'ai convoqué Nils Mellberg et Judith Boelsdotter pour une audition demain. Ils appartenaient tous les deux à la communauté de Stellan Eklind au moment de sa disparition et leurs petits-enfants ont été tués. Tu me suis ?

Bosse hocha la tête et remarqua le léger sourire de Lisa. Voir Mette se mettre à fonctionner à plein régime la réjouissait toujours.

*

Stilton était assis sur sa couchette en caleçon et tee-shirt. Il avait été contraint de dîner avec Luna et Justus. Cela s'était mieux déroulé qu'il ne l'avait craint. Il faut dire que Justus avait eu le temps de boire un verre avant le dîner, et que Luna avait dû lui donner quelques consignes à son sujet.

Il ignorait lesquelles. Peut-être lui avait-elle parlé de son passé car le vieil homme n'avait plus la même attitude avec lui. Il était un peu moins autoritaire et un peu plus paternel. Il avait élevé Luna seul après la disparition de sa mère, et avait alors décidé de raccourcir le prénom que celle-ci avait donné à leur fille, Abluna, en Luna, la fidèle compagne du soleil sur les sept mers.

Stilton avait même bu un verre avec lui après le dîner.

Il était en train d'étudier le vieux registre des clients de Jackie Berglund. Les nombreux noms qu'il contenait n'étaient pas rangés par ordre alphabétique, mais plutôt chronologiquement, du moins il le supposait. Il devait donc commencer par le début. La plupart ne lui disaient rien, même s'il en reconnaissait certains qui correspondaient à des membres éminents de la société. Il n'en avait que faire. Le nom qu'il cherchait était celui de Clark Ståhl. Ce n'est qu'à la dernière page du registre qu'il sursauta. Pas devant le nom de Clark, qui n'y était pas, mais en découvrant celui d'une autre personne.

*

Le restaurant Vassa Eggen, renommé pour la qualité de sa viande, se trouvait au centre de Stockholm. Une des raisons pour lesquelles les quatre hommes en costume noir avaient choisi de se retrouver était leur désir de vérifier sa réputation. Une deuxième, moins gastronomique, était l'audition de Måns Berntsson par la police à Höganäs, et une troisième, le fait que les pseudonymes de trois d'entre eux avaient été dévoilés.

– On va en prendre de nouveaux ?

– Non, on communiquera hors ligne.

– Ont-ils compris ce que signifie CB ?

– Non. Je leur ai dit que c'était « Camélia blanc ».

Cela les fit sourire.

Leur fixation sur les pseudonymes et les abréviations qui aurait paru puérile aux yeux d'une tierce personne ne l'était pas aux leurs. La réalité était pour eux construite en grande partie sur des secrets qu'on gardait entre soi, sur l'initiation, la sélection, toutes choses qui leur conféraient une plus grande valeur.

Ils avaient fini leur repas. Le restaurant méritait amplement sa réputation et ils avaient commandé quatre Glenfiddich. Ils burent et se regardèrent.

– Les flics en sont où ? Tu crois qu'ils ont découvert quelque chose sur la cellule ? demanda Jonas Eriksson.

– Non, ils n'ont pas la moindre idée de ce que nous faisons. Ils savent qu'on se connaît, rien de plus, fit Berntsson.

– Est-ce qu'ils peuvent nous mettre sur écoute ?

La question venait d'Axel Sönnerman, qui avait le plus à craindre étant donné qu'il était membre actif des Démocrates de Suède et ne voulait pas risquer d'en être évincé.

– Ce n'est pas exclu. Nous devons être sur nos gardes.

Ils burent un peu plus de whisky. Après quelques minutes de silence, Eriksson aborda le sujet pour lequel ils se retrouvaient.

– *Expo,* dit-il.

Le magazine antiraciste était l'objectif principal de la cellule. Depuis plusieurs années, cette publication s'attachait à recenser les mouvements fascistes et d'extrême droite en Suède et son travail rencontrait un écho grandissant dans les autres médias ces derniers temps.

– Comment allons-nous nous y prendre ?

– Je propose qu'on fasse sauter leur rédaction, de nuit.

Ils hochèrent la tête et burent chacun une gorgée.

– Et le groupe Research ?

La question venait de Sönnerman. En tant que membre des Démocrates de Suède, il était directement concerné par les activités de ce groupe composé de journalistes et de gratte-papier à l'origine du dévoilement de l'identité de nombreux *haters* d'extrême droite, et surtout du parti auquel il appartenait. Plusieurs de ses camarades en avaient fait les frais.

– Je pense qu'on doit continuer les menaces individuelles à leur encontre, dit Berntsson. En y ajoutant une action physique.

– D'accord.

– Et dans l'immédiat, nous avons quoi au programme ?

Berntsson jeta un coup d'œil circulaire, le restaurant était bruyant, et le risque que quelqu'un les épie, limité. Il baissa cependant le ton.

– Kärrtorp.

Environ une heure plus tard, un des quatre hommes se leva.

– J'ai du travail à finir.

– Tu as besoin d'aide ?

– Non. Au revoir.

Il quitta la table. Les autres le suivirent des yeux. Après son départ, ils échangèrent un regard.

– Quel cachottier !
– Oui, mais il nous est précieux.

*

Olivia se brossait les dents dans la salle de bains de sa chambre d'hôtel lorsque Mette l'appela. Il était presque minuit. Elle s'excusa d'avoir été si brève tout à l'heure, et lui expliqua pourquoi.

– Stellan Eklind a été assassiné.

– C'est vrai ?

Mette lui raconta la découverte du crâne enfoncé.

– Donc, Barbro avait raison.

– Oui. C'est pour cela que je veux parler à Judith Boelsdotter.

– Nous arriverons par le premier avion demain. Elle ne pouvait pas partir ce soir.

– Bien. Autre chose ?

– Frans Jönsson a été passé à tabac hier.

– Je suis au courant. Svensson a reçu des renforts. Tu crois que ce Måns Berntsson est impliqué ?

– Oui, d'une façon ou d'une autre.

– Mais pourquoi s'en prendre à Jönsson ?

Olivia choisit de ne pas lui faire part de sa conviction qu'elle en était quelque peu responsable.

– Je ne sais pas.

Il pouvait y avoir d'autres raisons. Du moins, elle l'espérait.

– Mais le fait que Stellan Eklind a été assassiné, dit-elle en changeant le sujet, cela jette un nouvel éclairage sur le suicide de sa fille, non ?

– Comment ça ?

– Ça m'a toujours paru étrange.

– Son suicide ?

– Non, mais la raison de celui-ci. L'idée que Linnea se serait tuée parce que son père avait disparu. Qui ferait ça ?

– Une personne instable, peut-être. Tu sous-entends quoi ?

– Je réfléchis, c'est tout. D'abord le père se noie, puis la fille qui selon Barbro s'est jetée dans la mer, et maintenant on découvre que le père a été assassiné. Tout ça est un peu louche.

– Aurait-elle été au courant du meurtre de son père ? Y aurait-elle participé ?

– C'est possible. Nous n'en savons rien.

– Elle aussi se trouve peut-être dans le lac.

– Oui.

Olivia visualisa soudain l'eau profonde du lac noir et silencieux. Recelait-il d'autres secrets ?

*

L'homme était depuis plusieurs heures dans le parking souterrain d'un petit immeuble résidentiel. Il attendait l'aube. Il lui restait une chose à faire et il se sentait sous pression. Ils vont bientôt faire le lien, se disait-il, je dois y arriver avant.

Sa voiture était garée entre deux piliers en béton. Quelqu'un avait tagué sur le mur d'en face le nombre 1488, entouré d'un cercle noir. Il savait ce que cela signifiait. 14, pour quatorze mots : *« We must secure the existence of our people and a future for white children*[1] *»*, 8 pour la huitième lettre de l'alphabet, *h.* Deux *h,* cela voulait dire *« Heil Hitler »*. Les chiffres lui firent du bien. Ils indiquaient que l'idéologie nationale-socialiste commençait à prendre racine partout, et il éprouva de la gratitude pour Anders Behring Breivik.

Anders s'est sacrifié pour éclairer le monde, se dit-il, il y a été contraint pour se faire connaître. Aujourd'hui, une foule de gens sait qui il est, ce qu'il pensait, et lit son manifeste. Ses visions sont devenues une source d'inspiration, même ici dans un parking souterrain anonyme. Anders avait payé le prix fort, la prison à perpétuité, mais il fallait être prêt à le faire en période de guerre.

Lui aussi se sacrifierait si nécessaire.

Il regarda la cagoule noire posée à côté de lui. Ce n'était qu'une mesure de précaution.

1. « Nous devons garantir l'existence de notre peuple et un avenir pour les enfants blancs. »

Jenny Unger venait de sortir prudemment de la douche. Elle était presque au terme de sa grossesse et ne voulait surtout pas glisser sur le carrelage mouillé, comme ça lui était déjà arrivé avant qu'elle ne soit enceinte. Elle allait prendre un drap de bain lorsqu'elle entendit sonner à la porte. Elle s'enveloppa dans sa robe de chambre rouge, alla jusqu'à l'entrée et regarda dans le judas sans voir personne. Elle ouvrit la porte. Le palier était désert. Elle s'apprêtait à la refermer quand elle vit un paquet emballé dans un papier bleu parsemé d'étoiles, posé sur le seuil. Elle le ramassa et rentra dans l'appartement. Qui l'avait apporté ? Un voisin ? Serait-ce un cadeau qui arrivait avec un peu d'avance ? Elle fêterait ses trente ans samedi. Elle déballa le paquet, ouvrit le carton blanc qu'il contenait et vit une poupée à la peau brune, protégée par du papier de soie, vêtue de beaux habits. Était-ce un cadeau pour son enfant dont la naissance était prévue dans deux semaines ? Elle souleva la poupée. C'est alors qu'elle remarqua les yeux, ou plutôt leur absence. Cela lui parut sinistre et elle la remit dans la boîte. Qu'était cet étrange cadeau ?

Elle le posa sur un tabouret, retourna dans la salle de bains où elle s'essuya et s'habilla, un peu inquiète. D'où venait cette poupée ? De qui ? Pourquoi avait-elle été déposée devant chez eux ? Pourquoi n'avait-elle pas d'yeux ?

Elle téléphona à son compagnon, Desmond. Elle savait qu'il avait un enregistrement ce matin-là et ne pourrait peut-être pas répondre. Comme il ne décrochait pas, elle lui laissa un court message pour lui dire qu'elle avait trouvé une poupée bizarre devant leur porte et lui demander de la rejoindre dans une heure à la clinique pour le rendez-vous prévu. Ce n'était pas sûr qu'il puisse se libérer, il était musicien de studio et ne pouvait pas toujours faire ce qu'il voulait, mais elle espérait qu'il le pourrait.

– Cette poupée me met mal à l'aise, conclut-elle.

Elle quitta son appartement une demi-heure plus tard en la laissant sur le tabouret. Elle habitait au quatrième étage et appela l'ascenseur pour descendre au rez-de-chaussée. Elle regarda défiler les étages par le hublot, sans voir personne. Quand il s'arrêta, elle tenta en vain de sortir. Elle réessaya sans plus de succès. La porte était coincée. Elle jeta un nouveau coup d'œil dehors.

L'ascenseur repartit, vers le bas, vers le parking souterrain.

*

Il était un peu plus de dix heures du matin. Nils Mellberg et Judith Boelsdotter s'étaient tous les deux servi du café. Mette et Olivia avaient pris le leur à huit heures. Bosse, assis à côté d'Olivia à un bout de la table, n'en buvait généralement pas. En face de Mette se trouvaient Judith vêtue d'une robe Marimekko à grosses fleurs et Nils, qui portait le même costume gris que la veille. Il s'était arrosé d'after-shave et avait abondamment utilisé son spray buccal en venant.

Il avait terriblement mal aux cheveux.

La réception à l'Institut du cinéma avait été suivie par une soirée dans un bar, car il n'avait aucune intention de laisser sa convocation à une audition le lendemain gâcher son heure de gloire. À présent, l'angoisse l'avait rattrapé et il buvait son café noir.

Judith avait mis du lait dans le sien. L'appel d'Olivia, par lequel elle avait appris qu'Aram Mellberg, l'enfant assassiné, était le petit-fils de Nils Mellberg, l'avait bouleversée. Elle n'avait pas du tout fait le rapprochement. Depuis leur départ de la communauté de Möja, presque quarante ans auparavant, leurs voies ne s'étaient jamais croisées, et ils n'avaient eu aucun contact. Ils n'avaient échangé que quelques mots lorsqu'ils s'étaient rencontrés dans le hall de la brigade criminelle ce matin. Ils partageaient quelques souvenirs de jeunesse, et le fait d'avoir eu un petit-enfant assassiné.

La situation lui paraissait irréelle.

– Permettez-moi d'abord de vous présenter mes condoléances pour les morts tragiques de vos petits-enfants, dit Mette. Nous en sommes tous très affectés, et nous travaillons nuit et jour pour arrêter le meurtrier.

– C'est le même homme ? Vous en êtes sûrs ? demanda Nils.

– Nous ne le saurons qu'après l'avoir identifié, mais c'est notre hypothèse de travail.

Elle s'interrompit brièvement. Elle était pour sa part assez convaincue qu'il s'agissait de la même personne, en dépit des informations relatives à une cellule terroriste.

– Je vous ai priés de venir parce que vous avez tous les deux appartenu à une communauté qui a existé à Möja au milieu des années 1970 et dont les leaders étaient Stellan et Barbro Eklind. Stellan a disparu de chez lui en 1975 et une partie de son squelette a été retrouvée l'été dernier dans le lac de Mellansjö sur la même île. Son crâne vient d'être découvert au même endroit.

Nils et Judith échangèrent un regard.

– Jusque-là, tout le monde croyait qu'Eklind s'était noyé, reprit Mette. Le crâne repêché hier montre que ce n'est pas le cas. La manière dont l'occiput est enfoncé ne peut s'expliquer que par un coup d'une extrême violence. Eklind a été tué à l'époque où vous apparteniez à cette communauté.

Nils se leva pour se resservir une tasse de café. Les yeux de Judith étaient dirigés vers la table, comme si elle voulait éviter les regards des trois personnes assises de l'autre côté, et peut-être surtout celui d'Olivia.

Vingt-quatre heures plus tôt, dans la serre, elle lui avait parlé de la communauté. Elle allait maintenant devoir revenir sur ce qu'elle avait dit parce qu'elle avait menti. Cela les embarrasserait toutes les deux, mais Judith plus encore qu'Olivia.

Nils s'appuya contre le mur, sa tasse à la main.

– Vous pouvez vous asseoir, vous savez, lui dit Mette.

– Je préfère rester debout.

Mette lui indiqua d'un geste que cela ne lui posait pas de problème.

– Le meurtre de Stellan est prescrit depuis longtemps, dit-elle. Mais nous, nous voulons comprendre s'il peut avoir un lien avec celui de vos petits-enfants.

– Pourquoi y en aurait-il un ? demanda Judith.

– Nous l'ignorons. Nous pensions que vous pourriez nous aider à le déterminer.

Il y eut un silence. Judith leva les yeux vers Nils qui tournait sa cuillère dans sa tasse de café.

– Comme je viens de vous le dire, le meurtre d'Eklind est prescrit et nous ne nous y intéressons pas en tant que crime. Quelles que soient vos déclarations aujourd'hui, elles n'entraîneront aucune poursuite.

Il y eut un autre silence, encore plus long, mais Mette attendit. Elle savait que tôt ou tard l'un des deux commencerait à parler.

Ce fut Judith.

– Nous n'avons pas tué Stellan Eklind, dit-elle d'une voix faible. Mais…

Elle se tut et chercha les yeux de Nils, comme pour lui demander de l'aide. Il secoua la tête de côté, avec accablement. Il n'avait visiblement aucune envie d'aborder le sujet.

– Mais ? lança Mette.

Elle se sentit obligée de venir au secours de Judith, puisque Nils ne semblait pas disposé à le faire.

– Vous savez ce qui lui est arrivé ?

Judith rassembla ses forces. Elle frotta nerveusement ses mains l'une contre l'autre et fixa du regard une fente dans la surface de la table pour éviter celui de Mette.

– Oui. Nous nous sommes débarrassés de son corps dans le lac.

Nils secoua à nouveau la tête et poussa un profond soupir. Le visage de Judith s'était décomposé.

– Vous avez dit « nous ». C'est-à-dire Nils et vous ?

– Oui, avec l'aide de Klas.

– Klas ?

– J'ai oublié son nom de famille.

– Unger, jeta Nils d'un ton irrité, comme s'il voulait soudain en finir. Il s'appelait Klas Unger. Mais à quoi bon remuer ces vieilles histoires ?

– C'est à nous de le décider, répondit Mette. Il est possible que ce soit lié à ce qui est arrivé à vos petits-enfants.

– Quelqu'un les aurait tués parce que nous avons fait disparaître un corps il y a des siècles ? Vous trouvez cela vraisemblable ?

Mette était en partie d'accord avec lui, cela paraissait peu crédible. Cela l'aurait été moins si Nils et Judith avaient tué Stellan, mais elle ne croyait pas que c'était le cas. Elle n'avait pas l'impression qu'ils mentaient et elle était persuadée que l'identité du meurtrier lui serait bientôt révélée.

– Je comprends que vous puissiez penser cela. Mais vous ignorez qu'il existe un lien entre ces crimes et Stellan Eklind. Nous avons trouvé un ADN en liaison avec le meurtre d'Aram, celui d'un fils de Stellan.

Elle se sentit obligée de le leur dire pour progresser. L'information produisit l'effet recherché. Une expression égarée apparut sur les visages de Judith et de Nils.

– Mais il n'avait pas de fils ! s'écria Nils. Pas que je sache.

– C'est pourtant le cas.

– Et c'est ce fils qui a tué nos petits-enfants ?

– Nous le croyons.

Judith se pencha en avant et prit sa tête entre ses mains, effondrée.

– Oh mon Dieu…

Nils regarda Mette.

– Mais personne ne le savait, dit-il. Personne ne savait ce que nous avons fait.

– Sauf le meurtrier, non ?

– Oui.

– Il en a peut-être parlé à quelqu'un.

– Elle n'en a parlé à personne !

Judith avait retrouvé assez d'énergie pour réagir. Mette tressaillit, surprise par sa soudaine intensité.

– Elle ? C'était une femme ?

Judith ne répondit pas. Nils le fit à sa place. Mette vit qu'il commençait à transpirer abondamment.

– Oui, c'était Linnea. La fille de Stellan et Barbro. C'est elle qui l'a tué.

Leur fille ? Mette était interloquée, elle n'avait pas envisagé cela. Pourquoi pas, d'ailleurs ?

– Pourquoi a-t-elle tué son père ?

La question venait de Bosse qui avait gardé le silence jusque-là. Il avait saisi l'occasion que lui offrait Mette, plongée dans ses pensées.

– C'était de la légitime défense, répondit Judith. Elle n'avait que quatorze ans et il tentait de la violer. Sa propre fille ! C'était un monstre !

La voix tendue de Judith poussa Nils à réagir. Il posa la main sur son épaule pour la calmer, mais cela eut l'effet inverse. Elle sursauta et il retira sa main. Mette remarqua que le cou de Judith avait viré au rouge et que son visage s'empourprait.

– C'était vraiment un monstre, reprit-elle. Tu n'es pas d'accord ? demanda-t-elle à Nils.

Il acquiesça de la tête.

– C'était un monstre. Ou pour dire les choses plus exactement, il en était devenu un.

Olivia pensa aux textes de Stellan, dans lesquels il se faisait le prophète de l'amour. Lui, un monstre ?

– J'aimerais bien en savoir plus sur la vie dans votre communauté, dit-elle. Vous pourriez nous en parler ?

Judith et Nils échangèrent un autre regard. La communauté correspondait à une période qu'ils avaient essayé d'oublier et ils n'avaient pas envie de s'en souvenir.

Ils se mirent à la raconter, tantôt par la voix de Judith, tantôt par celle de Nils.

Ils y étaient arrivés âgés d'une vingtaine d'années, déterminés à tourner le dos à la société capitaliste et séduits par l'idée d'une vie libre, simple, au contact de la nature. Stellan était un leader charismatique et protecteur. Au début, il leur avait un peu parlé de spiritualité ou de choses qui y ressemblaient, des histoires de lumière et d'amour, des idées hippies un peu fumeuses, mais plutôt innocentes. Le religieux avait peu à peu pris plus d'importance dans son discours, et il s'était mis à leur expliquer qu'il avait été choisi par la Mère de l'Univers et touché par sa grâce.

– La Mère de l'Univers ? s'étonna Bosse.

– Oui, fit Judith. Il pensait que nous descendions tous de la Mère de l'Univers. Dieu ne pouvait être un homme, pour la simple raison que les hommes ne peuvent pas enfanter, donner la vie. Les femmes avaient un rôle à part dans sa religion. Ce n'était pas bête, parce que cela faisait que nous, les femmes, nous nous sentions spéciales, élues. Mais…

Elle s'interrompit et se remit à frotter ses mains l'une contre l'autre. Ils se rapprochaient de ce dont elle aurait préféré ne pas parler ni se souvenir. Nils remarqua son hésitation et prit le relais.

– Stellan était l'archétype du narcissique. Il formulait sans cesse de nouvelles règles pour obtenir ce qu'il désirait et nous étions punis si nous les enfreignions. Je ne comprends pas comment nous avons pu lui obéir. C'est terriblement embarrassant d'y repenser.

Il marqua une pause, s'essuya le front d'une main et parut surpris de voir qu'elle était humide.

– Le pire est que c'est arrivé tellement graduellement, continua Judith. Quand on s'est rendu compte des changements, il était trop tard. C'est d'ailleurs la seule chose qui explique que nous ne soyons pas partis plus tôt. Nous étions coupés du monde, et conditionnés par Stellan. Nous sommes devenus une secte, une secte sexuelle.

– Sexuelle ?

À nouveau, Bosse fut le premier à réagir.

– Oui. Stellan affirmait que coucher avec lui était le moyen ultime de partager la grâce qu'il avait reçue de la Mère de l'Univers. Toutes les femmes de la communauté devaient le faire, pour acquérir cette grâce et la transmettre ensuite aux hommes.

Elle lorgna vers Nils. Elle avait dit ce qui était encore plus difficile que reconnaître sa participation à la dissimulation d'un meurtre. Elle aurait été incapable d'expliquer pourquoi. Peut-être parce que dans le second cas elle avait choisi de le faire, pour aider une adolescente désespérée, alors que dans le premier elle n'avait été victime que de sa propre faiblesse, de la facilité avec laquelle elle s'était laissé manipuler quand elle était jeune.

Elle sentait que sa robe lui collait aux aisselles.

– Et que pensait Barbro de tout ça ? s'enquit Mette.

– Je crois qu'en réalité elle détestait cette situation, répondit Judith. Mais elle s'en accommodait, car c'était pour elle la seule façon de garder Stellan. Elle était aveugle à toutes ses turpitudes, car elle était persuadée qu'il était un grand prophète, et qu'elle était sa compagne élue entre toutes. Elle occupait le rang le plus élevé chez les femmes.

– Et Linnea ? Quel était son rang ?

– Quand il s'en est pris à elle, l'envoûtement s'est rompu pour moi. Elle était comme ma petite sœur.

– Il ne l'a pas violée qu'une seule fois ?

Judith fit non de la tête.

– Un soir, je l'ai trouvée en sanglots près d'une grotte dans la forêt. Elle n'a pas voulu me dire tout de suite ce qui lui était arrivé. Il le lui avait bien sûr interdit et lui avait raconté que c'était l'union ultime qui ferait d'elle la femme élue entre toutes dans la communauté, que cela lui donnerait un rang supérieur même à celui de sa mère. Elle ne devait surtout pas en parler, sa mère n'était pas encore prête à ce qu'elle la remplace, il faudrait du temps.

Judith eut beaucoup de mal à dire tout cela, et tous ceux qui l'écoutaient virent à quel point ce souvenir la tourmentait.

– J'ai essayé de lui expliquer que Stellan s'était mal conduit, peu importe qu'il ait ou non la grâce divine. Aucun père n'a le droit d'agir ainsi avec sa fille. Je voulais qu'elle en parle à sa mère, mais elle a refusé. Je savais d'ailleurs au fond de moi-même que cela n'aurait servi à rien. Mais j'ai mis Nils et Klas au courant.

– Nous avions commencé à penser que la communauté délirait, ajouta Nils.

– Qu'est-il arrivé ensuite ?

– Nous avons décidé de nous enfuir en emmenant Linnea, répondit Judith. Malheureusement, Stellan est venu la voir alors qu'elle préparait son sac et l'a contrainte à le suivre dans la grotte où il a essayé de la violer pour la punir.

– C'est à ce moment-là qu'elle l'a frappé à la tête avec une grosse pierre, fit Nils. Nous ne l'avons pas trouvée quand nous sommes allés la chercher pour partir avec nous. Nous avons fini par la croiser dans la forêt, éperdue, couverte de sang. Le reste, nous vous l'avons déjà raconté.

– Vous avez jeté le corps dans le lac.

– Oui.

– Et Linnea s'est suicidée un peu plus tard, parce qu'elle n'arrivait pas à accepter ce qui s'était passé, c'est ça ?

– Je pense, répondit Judith à la question d'Olivia. Mais c'était beaucoup plus tard, nous avions déjà quitté Möja tous les trois, continua-t-elle en baissant à nouveau les yeux.

Cela n'échappa pas à Mette qui s'interrogea sur la raison de cette attitude. Se sentait-elle coupable du suicide de Linnea ? Coupable de ne pas l'avoir sauvée ?

– Et vous n'avez plus eu de contact avec elle après votre départ de la communauté ?

– Non, déclara Judith, d'une voix faible. Je voulais qu'elle s'enfuie avec moi, mais elle n'a pas osé. Elle s'était mis dans la tête que rester avec sa mère était la punition qu'elle méritait. Et c'est ce qu'elle a fait… jusqu'à ce qu'elle n'en puisse plus.

Bosse se leva pour aller chercher quelques bouteilles d'eau et des verres sur une desserte dans un coin de la pièce. Il les tendit à Nils et Judith sous le regard attentif de Mette. Elle pensait avoir à peu près compris ce qui s'était passé à Möja et trouvait toute l'histoire atterrante. On pouvait dire que Stellan Eklind avait eu le sort qu'il méritait, même si en tant que membre de la police elle n'avait pas le droit de voir les choses de cette manière. Mais les faits étaient prescrits et le meurtrier, ou plutôt la meurtrière était morte, donc plus personne n'y pouvait rien. La vraie question était de savoir s'il fallait informer Barbro Eklind de ce qui s'était véritablement produit.

Elle pensa soudain à autre chose.

– Klas Unger, dit-elle.

– Oui ?

– Vous savez où il habite aujourd'hui ?

Judith fit non de la tête.

– Je crois qu'il vit à Londres, dit Nils. Je l'ai rencontré là-bas il y a quelques années parce qu'il avait envie d'investir dans le cinéma. Mais ça n'a rien donné.

Mette les remercia tous les deux pour leur importante contribution à l'enquête et promit de les tenir au courant de la suite.

À peine étaient-ils partis qu'elle sortit son portable.

– Klas Unger ? s'enquit Bosse.

– Oui.

– Tu veux savoir s'il a des enfants ?

– Ils étaient trois à aider la fille de Barbro à se débarrasser du cadavre. Les petits-enfants de deux d'entre eux ont été assassinés. Donc il faut qu'on sache s'il a des petits-enfants.

Obtenir le numéro d'Unger à Londres prit un peu de temps. Quand Mette l'appela, une secrétaire répondit qu'il était en réunion et ne pouvait être dérangé pour le moment.

– Pourriez-vous me dire si M. Unger a des enfants ?

– Oui, il a une fille.

– Quel est son nom ?

– Jenny Unger.

– Quel âge a-t-elle ?

– Elle aura trente ans samedi.

– Et elle habite à Londres ?

– Non, à Stockholm.

– Merci.

*

Les deux anciens membres de la communauté se séparèrent devant l'entrée du bâtiment de la police. Ils étaient aussi ébranlés l'un que l'autre. Nils alluma une cigarette en sentant qu'il avait de toute urgence besoin d'un verre, de quelque chose de fort.

– On va boire quelque chose ?

– Non, j'ai un avion à prendre.

– Tu habites où ?

– En Scanie.

– Près de…

– Oui, juste à côté.

Nils tira sur sa cigarette. Il était angoissé, car il savait qu'Ola et Jian allaient découvrir ce secret qu'il avait caché pendant toutes ces années. C'était inévitable. Qu'allait-il faire ? Sa relation avec son fils n'était déjà pas bonne, ils ne s'entendaient sur presque rien, et il n'avait que rarement rencontré son petit-fils Aram. Il était encore moins proche de sa belle-fille. Les quelques fois où ils s'étaient vus, ils avaient toujours fini par se disputer. Comment la situation pourrait-elle ne pas empirer s'il s'avérait que le meurtre d'Aram était lié à son passé dans cette putain de communauté sur l'île de Möja ?

Judith se posait à peu près les mêmes questions, à quelques différences près. Elle avait eu de bonnes relations avec sa fille et son gendre, du moins jusqu'à la mort d'Emelie. Mais qu'en serait-il à présent ? Que lui dirait Sebastian qui l'accusait déjà d'avoir mal agi ? Elle n'osait pas y penser. Pas encore.

– Il va falloir qu'on en parle aux enfants, finit par dire Nils. Enfin, je le suppose.

– Oui. Bon, je vais prendre un taxi.

Ils se serrèrent la main avec raideur. Judith partit vers Hantverkargatan, Nils resta sur place. Il se demanda si toute cette saloperie fuiterait dans les médias et écrasa sa cigarette.

Et le livre, alors ?

Cela aurait probablement un effet bénéfique sur les ventes.

*

Debout dans l'entrée, il tenait la poupée sans yeux. Ses proches auraient tout de suite compris à quel point il était troublé : une de ses paupières tressautait et ses mains d'habitude très fermes tremblaient. Il était musicien, bassiste, et connu pour ne montrer ses émotions que par le mouvement de ses doigts sur les cordes. Il allait contacter la police lorsqu'il reçut l'appel de Mette.

Elle se présenta et demanda à parler à Jenny Unger.

– Il lui est arrivé quelque chose ? fit-il.

Elle perçut l'émoi dans la voix de son correspondant.

– Puis-je savoir qui vous êtes ?

– Desmond Dixon, répondit-il avec un léger accent. Jenny est ma compagne. Il lui est arrivé quelque chose ?

– Je ne sais pas. Vous croyez que c'est le cas ? Vous avez l'air inquiet.

– Jenny a disparu !

– Comment ça ?

– Nous avions rendez-vous à la clinique, Jenny est enceinte, elle doit accoucher dans deux semaines environ, mais elle n'est pas venue. Elle m'avait laissé un message pour me parler d'une drôle de poupée que j'ai trouvée dans l'entrée à mon retour, et elle n'est pas ici non plus. Pourquoi avez-vous appelé ?

– Pour vous demander si vous avez des enfants. Pouvons-nous venir chez vous maintenant ?

– Oui. Bien sûr.

Mette raccrocha et se leva. Olivia et Bosse avaient entendu la conversation.

– Jenny Unger est enceinte ?

– Oui.

– Elle a d'autres enfants ?

Mette avait oublié de le demander.

– Et c'était quoi, cette histoire de poupée ?

– Je ne sais pas. On y va. Il m'a dit que Jenny avait disparu.

Au même moment, Stilton entra dans la pièce.

– J'ai essayé de t'appeler toute la matinée, dit-il à Mette.

– Nous menions une audition et maintenant on doit partir. Que veux-tu ?

– J'ai trouvé hier un nom qui peut vous intéresser dans le registre de clients de Jackie.

– Ah bon ?

– Axel Sönnerman.

Ils réagirent tous à cette nouvelle. Axel Sönnerman ? Un des noms du fil de discussion de Jian ?

– Olivia a mentionné ce fil de discussion sur lequel vous travaillez. L'un des pseudonymes correspond à Sönnerman.

– Et il figure aussi dans le vieux registre de clients de Jackie ?

– Oui. Ce pourrait par conséquent être lui qui avait commandé Jill Engberg pour l'hôtel Continental en 2005.

– Et l'aurait tuée ?

Mette saisissait l'importance de cette information. Le meurtrier de Jill Engberg était aussi lié au moins au meurtre d'Aram Mellberg. Le fil de discussion prit soudain une dimension très concrète pour elle.

– Allez chercher Sönnerman, dit-elle à Bosse. Olivia, tu viens avec moi chez Jenny Unger. Merci, Tom !

Elles quittèrent la pièce toutes les deux. Bosse et Stilton se regardèrent.

– Alors, tu es revenu parmi nous ?

– Non, répondit Stilton.

*

Desmond ne s'était pas du tout calmé. Il avait attendu l'arrivée de la police en appelant les amis de Jenny, ses collègues, et la clinique pour savoir si quelqu'un l'avait vue. La réponse avait été uniformément négative. Il courut ouvrir quand on sonna à la porte. Peut-être était-ce Jenny, bien qu'elle eût sa clé et aucune raison de sonner. Mette et Olivia parurent surprises en le voyant. L'homme devant elles mesurait presque deux mètres, ses dreadlocks tombaient sur ses larges épaules et son visage brun luisait de sueur.

– Desmond Dixon ?

– Oui. Vous êtes de la police ?

– Oui. Je suis Mette Olsäter, et voici Olivia Rönning.

– Entrez !

Il leur montra la poupée brune sur le tabouret.

– C'est la poupée dont je vous ai parlé !

– Vous avez eu des nouvelles de Jenny ?

– Non.

Olivia enfila une paire de gants en caoutchouc et souleva la poupée. Ils contemplèrent tous les trois ce visage sans yeux.

– Elle vous a dit qu'elle l'avait trouvée devant la porte ?

– Oui. C'est une mauvaise plaisanterie ?

– Nous allons la garder, répondit Olivia en la reposant dans la boîte.

– Pouvons-nous nous asseoir ?

Desmond les conduisit dans le salon qui n'était pas très grand, mais décoré avec goût, avec une table en verre foncé au milieu. Mette pensa que les affiches de concert au mur étaient liées à la profession de Desmond. Elle et Olivia s'étaient renseignées en venant, il était jamaïcain et gagnait sa vie comme musicien de studio. Jenny travaillait dans l'informatique et elle était en congé maternité.

– Pourquoi m'avez-vous demandé si nous avions des enfants ?

Ce fut la première question qu'il leur posa quand elles furent assises. Mette avait réfléchi à la réponse qu'elle lui donnerait, il fallait faire preuve de diplomatie. Elle ignorait pour l'instant si Jenny avait disparu contre son gré, et si c'était le cas dans quelle mesure sa disparition avait à voir avec leur affaire.

Si elle pouvait l'éviter, Mette, qui le redoutait, ne comptait pas en parler au compagnon de Jenny parce que rien n'était certain pour le moment.

– Nous enquêtons sur une communauté qui existait sur une île de l'archipel de Stockholm au milieu des années 1970, commença-t-elle. Klas, le père de Jenny, en a fait partie.

– Oui, et alors ?

– Deux autres personnes qui y ont appartenu ont des petits-enfants à qui il est arrivé un malheur. Nous voulions nous assurer que…

– Les deux enfants qui ont été tués ?

Il n'y avait plus moyen de reculer.

Mette lui fournit des explications franches sans entrer dans les détails de l'enquête. Quand elle eut terminé, elle vit que les yeux de Desmond étaient humides.

– Mais Jenny n'a pas d'enfant, dit-il, d'un ton presque implorant. Klas n'a pas de petits-enfants.

Les deux femmes gardèrent le silence. Desmond finirait par comprendre ce que cela sous-entendait, ce qu'elles ne voulaient pas énoncer.

Mette passa un appel alors qu'elles retournaient à la voiture. Elle exigeait qu'un avis de recherche soit immédiatement lancé pour Jenny Unger. Elle avait demandé à Desmond une photo pour le compléter et elle avait aussi le numéro de portable de la jeune femme qu'elle composa depuis l'escalier. Elle tomba sur le répondeur.

Elles remontèrent en voiture, Olivia du côté du passager, tenant sur ses genoux la boîte de la poupée qui serait confiée au laboratoire scientifique. Elles se turent pendant tout le trajet, préoccupées par les mêmes pensées.

– C'est insupportable, finit par lâcher Mette.

– Oui, répondit Olivia qui souleva le couvercle de la boîte. Une poupée sans yeux. Dans quel but ? Pour faire peur ?

– Peut-être, si c'est le meurtrier qui l'a laissée devant la porte.

– En tout cas, c'est quelqu'un qui savait qu'elle attend un enfant de couleur.

– Probablement.

Olivia pensa à Rödlöga. Elle se revit accroupie dans l'obscurité quand elle avait été terrorisée par cette voix soudain sortie du buisson. S'agissait-il de la même personne ?

*

Liv et Sebastian vinrent chercher Judith à Ängelholm. Ils en avaient profité pour aller acheter de la dinde dans une ferme à proximité, à l'initiative de Liv. Elle tenait à ce que le quotidien continue et refusait de s'abîmer dans son chagrin.

Judith aurait préféré que Liv vienne seule, mais dut s'accommoder de la présence de Sebastian. Elle s'assit à l'arrière et Liv quitta le parking.

– De quoi voulait te parler la police ? lui demanda-t-elle.

Judith avait envisagé toutes sortes de réponses à cette question dans l'avion. Elle pouvait enjoliver l'histoire, rejeter la faute sur les autres, ou mentir et tout cacher. Mais elle ne voulait pas mentir à sa fille, et cela l'emporta.

– Ils voulaient savoir ce qui s'était passé sur l'île de Möja à l'époque où je vivais dans cette communauté.

– Pourquoi ?

– Parce qu'ils pensent que c'est lié aux meurtres d'Emelie et d'Aram Mellberg.

Sebastian se retourna pour la regarder. Elle baissa les yeux, consciente de ce qui l'attendait.

– Comment pourrait-il en être ainsi ?

Il fallut à Judith presque une demi-heure pour leur raconter la secte, le viol de Linnea, le meurtre de Stellan Eklind. Elle en était au soir où ils avaient fait disparaître le corps de Stellan dans le lac lorsqu'ils arrivèrent dans leur village.

Liv et Sebastian n'avaient pas dit un mot pendant son récit. Liv avait cherché son regard dans le rétroviseur à plusieurs reprises, mais Sebastian n'avait pas quitté la route des yeux.

Quand elle eut terminé, elle prit un mouchoir dans son sac et s'essuya les joues. Sebastian se retourna alors vers elle.

– Ce que tu as fait peut donc être la raison pour laquelle Emelie est morte ?

Judith ne répondit pas, elle hocha la tête en fixant ses genoux, le mouchoir serré contre sa bouche. Il regarda Liv, crispée sur le volant. Il se retourna à nouveau vers Judith et tendit lentement le bras pour poser sa main sur ses cuisses.

– Ce doit être terrible pour toi, dit-il à voix basse.

Elle se tortilla.

– Cela ne te sera peut-être pas d'une grande consolation, poursuivit-il, mais Liv m'a fait comprendre diverses choses. Je te demande de m'excuser pour ce que je t'ai dit. J'ai été terriblement injuste.

Judith releva la tête vers lui.

Mette avait prié Lisa de l'accompagner dans la salle où Axel Sönnerman serait entendu et l'avait chargée de mener l'audition. Lisa était assise en face de cet homme vêtu d'un costume sombre, avec une chemise bleue, sans cravate. Ses cheveux clairs étaient parfaitement coiffés, et il dégageait une légère odeur d'after-shave.

– Où étiez-vous ce matin ?

– Vous me posez une drôle de question.

– Je vous demande d'y répondre.

– Chez moi.

– Seul ?

– Oui.

– Vous pouvez le confirmer d'une manière ou d'une autre ?

– Non. J'étais seul chez moi.

Lisa nota quelque chose et leva les yeux vers lui.

– Vous êtes membre des Démocrates de Suède, non ?

– C'est exact.

– Et vous appartenez aussi à la Résistance aryenne suédoise, n'est-ce pas ?

– Votre question est injurieuse.

– Pourquoi donc ?

– Comme vous le savez certainement, nous, les Démocrates de Suède, avons une tolérance zéro pour les opinions racistes. Vous m'insultez en affirmant que je suis lié à la Résistance aryenne suédoise.

– Vraiment ?

– Oui. Les Démocrates de Suède n'ont aucun lien avec ce mouvement.

– Mais vous en avez un.

– Pardon ?

Lisa prit une chemise dont elle sortit à peu près les mêmes documents que ceux qui avaient servi à Sven Svensson pour son audition de Måns Berntsson. Elle lut méthodiquement les pseudonymes du fil de discussion raciste auquel participaient Axel Sönnerman et deux autres membres de la RAS. Mette remarqua la sueur qui perlait en haut de son front quand Lisa se tut.

– Nous avons constaté que vous utilisez en ligne le pseudonyme « Hagalruna ». J'ai sous les yeux quelques propos signés de ce même nom. Voici le premier : « Qu'est-ce qui sépare les êtres humains des singes ? La Méditerranée. »

– Je plaisantais.

– Vraiment ?

– Oui.

– Vous avez aussi écrit ceci : « L'incitation à la haine raciale est la plus belle chose que l'on puisse avoir sur son CV. » C'est une opinion qui est partagée dans votre parti ?

– Non, c'est exagéré, comme cela arrive fréquemment lorsqu'on discute en ligne avec d'autres et qu'on se laisse entraîner.

– Qu'on se laisse entraîner à quoi ? À la haine raciale ?

Il ne lui répondit pas.

– Je vais vous lire une dernière déclaration que vous avez signée de ce pseudo. Elle est récente. « La seule manière dont nous pouvons reprendre la Suède est la violence. Il s'agit d'une révolution par les armes, rien de moins. Pour nous débarrasser de tous ces hommes des cavernes et en finir avec cette gangrène multiculturelle. »

– Ce n'est pas moi qui ai écrit cela. Quelqu'un a dû utiliser mon ordinateur.

– Et votre pseudonyme ?

Sönnerman se passa la main sur le front et se tourna vers Mette.

– Vous avez terminé ?

– Non, répondit Lisa. Je voudrais maintenant revenir en arrière, et plus précisément en 2005. Le nom de Jackie Berglund vous dit quelque chose ?

– Non.

– À l'époque, elle dirigeait une agence d'escort-girls à Stockholm. Votre nom apparaît dans son registre de clients.

– C'est possible.

– J'ai le registre. Avez-vous souvent fait appel à ce service ?

– Cela arrivait. J'habitais seul dans ces années-là, et j'avais des besoins.

– Que vous satisfaisiez avec des prostituées ?

– Où voulez-vous en venir ?

– Avez-vous eu un contact sexuel avec une escort-girl du nom de Jill Engberg ?

– Je ne connais pas leurs noms.

– C'était une femme de couleur.

– Dans ce cas, je n'ai jamais eu affaire à elle.

– Vous ne couchez pas avec les femmes de couleur ?

– Non.

– Où rencontriez-vous ces femmes ?

– Dans différents endroits.

– À l'hôtel ?

– Parfois.

– Êtes-vous allé à l'hôtel Continental dans ces cas-là ?

– Je ne pense pas. Pourquoi me posez-vous cette question ?

– Jill Engberg a été tuée le 19 novembre 2005 à l'hôtel Continental. Elle travaillait pour Jackie Berglund. C'est vous qui l'avez fait venir dans cette chambre ?

– Non.

– Nous voulons effectuer un prélèvement d'ADN à la fin de cet entretien.

– Pourquoi ?

– Parce que nous vous soupçonnons d'avoir tué Jill Engberg.

Mette félicita Lisa alors qu'elles se dirigeaient toutes les deux vers la salle de réunion. L'audition avait été parfaitement menée, Sönnerman avait dû reconnaître sa participation dans le fil de discussion raciste, ses contacts avec les filles de Jackie Berglund en 2005, et le fait qu'il les rencontrait dans des hôtels. Qu'il ait nié connaître Jill Engberg n'avait rien d'étonnant. Lisa était ravie du compliment, mais elle savait aussi que le véritable but de cet interrogatoire était de prélever un échantillon de l'ADN de Sönnerman.

*

L'homme tenait le volant de ses mains gantées. Il avait changé de file sur le pont Central et continué vers le sud. La circulation était dense car c'était la fin de l'après-midi. Il jeta un coup d'œil sur le panneau d'affichage de l'ascenseur Katarina pour voir quelle température il faisait, comme chaque fois qu'il passait là. Onze degrés. L'automne est arrivé, pensa-t-il. Son téléphone vibra dans le vide-poches de la portière. Il tendit la main pour le prendre et reconnut immédiatement la voix de son correspondant. C'était Axel Sönnerman, il paraissait paniqué.

– J'ai été entendu par la police. Ils m'ont posé des questions sur le Continental en 2005. C'était très désagréable. Comment ont-ils pu établir le rapport avec moi ? Ils t'ont parlé ?

– Non. Ils ne connaissent pas mon identité. Pourquoi te sers-tu de ton portable ? Tu ne te souviens pas de ce que Måns a dit ?

– Désolé. C'est juste que…

– Reprends-toi. Salut.

Il mit fin à la conversation, reposa le téléphone dans le vide-poches et jeta un coup d'œil dans le rétroviseur sur la femme bâillonnée avec de l'adhésif.

*

Jian était bouleversée.

Nils Mellberg venait de lui téléphoner et son fils avait immédiatement compris qu'il avait bu. Son premier réflexe avait été de raccrocher. Il ne supportait plus d'entendre son père discourir sur lui-même et le monde, surtout quand il n'était pas à jeun.

– J'appelle à propos d'Aram, avait-il bredouillé.

C'était la raison pour laquelle Ola n'avait pas coupé la communication. Il avait enclenché le haut-parleur afin que Jian puisse écouter.

Quand son père eut terminé le récit de ce qui s'était produit autrefois à Möja – récit qui, malgré quelques incohérences, était époustouflant –, Ola raccrocha sans même dire au revoir. Il était choqué, mais pas autant que sa femme.

– Il n'a même pas eu le courage de venir nous le raconter de vive voix ! Quelle ordure !

Ola avait longuement serré Jian dans ses bras, jusqu'à ce qu'il sente son corps se détendre. Ce que Nils avait dit était absurde, délirant, difficile à admettre. Le meurtre d'Aram serait lié à quelque chose qui est arrivé dans les années 1970 ?

– Tout cela me paraît insensé, dit-il.

– Oui.

Jian se libéra de son étreinte. Elle aussi essayait de comprendre. Si ce que Nils disait était vrai, et si la police recherchait un lien avec ce qui s'était produit à Möja, que faire du fil de discussion raciste qu'elle avait trouvé ? N'aurait-il aucun rapport avec les meurtres ? S'était-elle trompée sur toute la ligne ?

Elle avait absolument besoin d'une réponse à ces questions.

*

Mette et Olivia dînèrent toutes les deux d'une salade de crevettes dans le restaurant du bâtiment de la police.

– Jolene et Mårten rentrent demain, dit Mette après avoir avalé quelques bouchées. Juste quand je suis débordée, comme toujours.

Olivia comprenait parfaitement ce qu'elle voulait dire. Elle savait à quel point Mette attendait leur retour et aussi qu'il se produirait à un moment où son travail l'occupait vingt-quatre heures sur vingt-quatre. Ce ne serait pas simple pour elle. Mårten s'y entendait pour remettre en question certaines des priorités de sa femme, et plus encore dans son état de santé actuel. Mais il comprendrait quand même la situation.

– Pas de nouvelles de Jenny Unger ?

– Non. Un témoin a vu une voiture quitter le garage avec un homme et une femme à l'intérieur, mais il ne sait pas si c'était Jenny et il n'a pas pu nous donner la marque de la voiture. Nous sommes en train de chercher à géolocaliser son portable.

– Tu crois que sa disparition est liée aux meurtres ?

– J'espère que non, mais je le crains. Qu'en penses-tu ?

– Si c'est le cas, ce serait affreux.

Elles ne voulaient ni l'une ni l'autre s'appesantir sur ce à quoi Olivia faisait allusion, mais elles savaient toutes les deux qu'il s'agissait de quelque chose de plus sinistre qu'une simple disparition. Le téléphone d'Olivia sonna. C'était Jian Mellberg.

– Je vous dérange ?

– Non, jamais, assura-t-elle en faisant comprendre à Mette que c'était Jian. Comment allez-vous ?

– Je ne sais plus. Le père d'Ola nous a appelés pour nous parler de cette histoire à Möja.

– Oui, nous l'avons apprise ce matin. Nous ne nous y attendions pas du tout.

– Est-ce que cela veut dire que pour vous les meurtres ont à voir avec ce qui s'est passé dans les années 1970 ?

– Ce n'est pas impossible, mais nous ne savons pas encore comment.

– Mais, d'après ce que j'ai compris, le fils de Stellan Eklind serait lié au meurtre d'Aram ?

Olivia jeta un coup d'œil à Mette.

– Oui, répondit-elle. Plus ou moins.

– Donc mon fil de discussion n'est plus pertinent ?

– Nous n'en savons rien. La possibilité que le fils d'Eklind en fasse partie demeure, non ?

– Oui, bien sûr.

– Vous avez progressé pour le quatrième pseudo ?

– Vous pensez que ça vaut le coup que je continue à chercher ?

– Oui, absolument.

– D'accord. Vous avez le bonjour d'Ola. Au revoir.

Olivia raccrocha et regarda Mette.

– J'aurais dû lui dire quoi ?

– Exactement ce que tu lui as dit. Nous aurons la réponse du laboratoire scientifique demain pour l'ADN de Sönnerman.

– Mais s'il correspondait, cela signifierait qu'il est le fils de Stellan Eklind.

– Oui. D'une secte sexuelle aux Démocrates de Suède, il y a une certaine continuité.

Mette allait se lever lorsqu'un de ses collègues arriva en courant.

– Nous avons localisé le portable de Jenny Unger à Kvarnholmen.

– Avec quelle précision ?

– Un rayon de cent mètres.

– Et qu'est-ce qu'il y a là-bas ?

– Notamment un parking.

*

L'homme s'était arrêté sur un parking à l'écart. Ils s'y trouvaient depuis quelques minutes, et il avait eu le temps de finir les mots croisés. Il tourna la tête vers la femme sur la banquette arrière, dont les yeux et la bouche étaient couverts de bande adhésive argentée, et les pieds et les mains liés par des attaches en plastique.

– Nous n'avons plus longtemps à attendre, il fera bientôt assez sombre pour qu'on reparte.

Il prit sur le siège voisin la cagoule de moto qui lui avait servi dans le garage, grâce à laquelle la femme n'avait pas vu son visage, la mit dans la boîte à gants au-dessus de son pistolet, puis se retourna à nouveau vers l'arrière. Il toucha ses genoux et elle sursauta.

– La poupée sans yeux vous a plu ?

Il ne s'attendait pas à une réponse. Il ouvrit la portière et descendit, puis marcha jusqu'à un bosquet à quelques mètres de là. Il ouvrit sa braguette et alluma une cigarette.

Jenny comprit qu'elle était seule dans la voiture. Elle ignorait où l'homme était parti. Peut-être était-il tout près. Son téléphone, qui se trouvait dans sa poche droite, était éteint. Elle tordit ses bras dans son dos pour tenter de l'atteindre. Avec difficulté, elle réussit à glisser deux doigts dans sa poche.

Mette et Olivia étaient dans une voiture de police, Lisa et Bosse dans une autre. Plusieurs unités se dirigeaient vers la même destination que la leur. Ils avançaient assez vite grâce aux sirènes et aux gyrophares. Ce déploiement de force était peut-être trop important par rapport à la situation, puisque personne ne connaissait exactement la raison de la disparition de Jenny Unger. Mais il paraissait difficile d'imaginer qu'elle l'ait fait de son plein gré.

Et si Mette ne se trompait pas, il était plus que justifié.

Jenny dut bouger le dos pour permettre à ses doigts de descendre plus bas et d'atteindre le téléphone et finit par réussir à le saisir. Elle le sortit prudemment de sa poche et l'alluma. La portière de la voiture s'ouvrit au même moment. Elle sursauta et laissa tomber son portable.

– Qu'est-ce que c'est que ça !

La voix de l'homme siffla comme un coup de fouet.

Mette arriva sur le parking presque en même temps que deux autres voitures de police. Dans la lumière de leurs phares, ils constatèrent que l'endroit était désert. Mette donna l'ordre de fouiller la zone et les autres véhicules repartirent à toute vitesse. Bosse les rejoignit, accompagné de Lisa.

– Nous l'avons ratée ? demanda-t-il.

– Oui, si c'était bien elle.

Mette sortit son téléphone et le papier sur lequel elle avait noté le numéro de Jenny, qu'elle composa. Ils entendirent une sonnerie reggae à quelques mètres de là, près d'un bosquet, où ils se précipitèrent. Lisa trouva le portable. Il gisait dans l'herbe à côté d'un arbre.

– Transmettez-le immédiatement aux techniciens, et sécurisez toute la zone ! lança Mette.

*

On lui avait donné la plus grande chambre de l'hôtel, avec un canapé et une table basse, mais il en avait assez de son séjour ici. Il avait hâte de rentrer chez lui, à Malmö, de retrouver Julie, sa femme danoise. En voiture, il ne fallait qu'un peu plus d'une heure, mais l'enquête le retenait à Höganäs. Il voulait être sur place s'il se produisait autre chose.

Svensson prit le petit harmonica et le porta à ses lèvres. Il n'en jouait pas très bien, mais connaissait quelques mélodies simples. La chambre s'emplit de musique.

Son téléphone sonna. L'appel venait de l'hôpital de Helsingborg.

Svensson éteignit le plafonnier et alluma une applique qu'il inclina vers le sol. Il tira la chaise jusqu'au lit. Une demi-heure plus tôt, le médecin lui avait téléphoné pour lui dire que Frans était conscient et voulait lui parler.

Allongé dans son lit, il avait le visage partiellement caché par un appareillage métallique. Ses bras étaient reliés à des perfusions et des capteurs branchés à des moniteurs. Svensson essaya de faire bonne figure. Il préférait ne pas penser à quoi ressemblait son corps sous la couverture et regarda son collègue méconnaissable. Frans pouvait entrouvrir un œil, dont la pupille était entourée de petits vaisseaux éclatés.

– Ils étaient trois, dit-il.

L'ambiance dans la salle de réunion était tendue. Personne ne bavardait, personne ne lisait de documents. Tous les membres du groupe, même ceux qui étaient de garde la nuit précédente, avaient été convoqués à sept heures du matin pour parler de la disparition de Jenny Unger.

– Jenny Unger a été kidnappée, commença Mette. Nous l'avons ratée de quelques minutes hier. Étant donné son lien avec la communauté sur l'île de Möja à travers son père, Klas Unger, et le fait qu'elle soit presque au terme de sa grossesse, nous devons malheureusement supposer que son enlèvement est lié aux deux autres meurtres.

– Mais comment ?

Lisa Hedqvist posa cette question difficile, celle dont tous les enquêteurs débattaient intérieurement depuis la veille. Les petits-enfants de deux des trois personnes qui s'étaient débarrassées du cadavre de Stellan Eklind avaient été assassinés. La troisième n'était pas encore grand-père.

Il revint à Mette de formuler l'épouvantable hypothèse.

– Dans le pire des cas, le kidnappeur va attendre que Jenny accouche.

– Pour ensuite tuer le nouveau-né ?

– Oui.

Un projet que seul un fou pourrait concevoir, mais cependant vraisemblable, puisque deux jeunes enfants avaient déjà été assassinés de sang-froid. L'homme qu'ils recherchaient n'avait aucune inhibition. Ce devait être son but si c'était lui qui avait enlevé Jenny Unger.

Toute l'assistance s'efforça de digérer l'hypothèse formulée par Mette. Bien que plausible dans ce contexte, elle paraissait incroyable : qui attendrait qu'une femme accouche pour tordre le cou à son bébé ? Un policier plus âgé alla ouvrir une fenêtre. Il avait besoin d'air.

– L'accouchement est prévu pour quand ?

La question concrète rompit le silence. Concrets, ils devaient tous l'être, puisque leur unique préoccupation était d'essayer d'empêcher que l'hypothèse de Mette ne devienne réalité.

– Dans deux semaines à peu près.

– Autrement dit, cela peut arriver à tout moment. Elle doit être en état de choc à cause de son enlèvement. Tout est possible, dit Bosse.

Il n'était pas un expert en la matière, mais il n'avait pas tort.

– Oui. Elle peut accoucher incessamment, ajouta Mette.

– Et qu'allons-nous faire ?

– La retrouver.

Mette était sur le point de conclure la réunion lorsqu'elle reçut un appel de Marianne Boglund du laboratoire scientifique. Le prélèvement réalisé sur Sönnerman avait été analysé très rapidement. Mette écouta puis raccrocha.

– Il n'y a pas de correspondance avec Axel Sönnerman, lâcha-t-elle avant de quitter la pièce.

Elle ne voulait pas appeler Stilton devant les autres.

Elle le fit depuis le couloir.

– Comme ça, on est fixés, ajouta-t-elle après lui avoir donné l'information.

– Fixés sur quoi ?

– On sait que Sönnerman n'a pas tué Jill Engberg.

– Oui, mais c'est peut-être quand même lui qui l'a fait venir à l'hôtel.

– Comment ça ?

– Sönnerman a pu la réserver en passant par Jackie.

– Et elle aurait ensuite été tuée par quelqu'un d'autre ?

– Oui.
– Et ça nous amène où ?
– Aux fréquentations de Sönnerman. On en sait quelque chose ?
– On sait en partie qui il fréquente aujourd'hui.
– Il les fréquentait peut-être déjà en 2005. On les connaît ?
À nouveau le fil de discussion, se dit Mette. Tout à l'heure, nous en étions à Möja.
– Il est en contact étroit avec trois hommes. Nous en avons identifié deux, Måns Berntsson en Scanie, et Jonas Eriksson à Stockholm. Ils sont tous les deux membres de la Résistance aryenne suédoise.
– Eriksson a un casier ?
– Et comment !
– Pour quels faits ?
Mette lui communiqua ce qu'elle savait de son passé criminel.
– Un homme épouvantable, dit Stilton.
– Oui, et violent.
– Tu as son adresse ?
– Tu veux en faire quoi ?
– Il sait peut-être quelque chose sur le meurtre de l'hôtel Continental.

*

Stilton quitta la péniche et passa sur le pont de Pålsund. Il avait appelé Olivia après sa conversation avec Mette parce qu'il voulait la voir, et elle lui avait donné rendez-vous dans le Drop Coffee de Wollmar Yxkullsgatan.
Le café était presque vide lorsque Stilton y entra. Assise à une table devant un sandwich ciabatta et un latte, Olivia était la seule cliente. Il la rejoignit.
– Tu ne prends rien ? Leur café est délicieux, le patron est un des meilleurs baristas de Suède.
– Je n'ai pas soif.
– Un sandwich, alors ? « Je n'ai pas faim », dit-elle avec un sourire.

– Je suis au courant pour Jenny Unger, dit-il en baissant la voix. C'est une histoire de dingue.

– Oui. Et si c'est ce que croit Mette, ou plutôt ce que nous croyons, on a affaire à un malade mental.

Stilton hocha la tête et Olivia attendit la suite. Elle devinait qu'il n'était pas là pour discuter de Jenny Unger, même si sa disparition pouvait avoir un rapport avec ce qui était sa priorité, Jill Engberg.

Elle ne se trompait pas.

– Quand nous avons dormi chez moi à Rödlöga, tu m'as raconté ce qui t'était arrivé en Scanie, et ces menaces sur internet, contre la « pisseuse ».

– Oui.

– Ton nom aurait été ajouté à une liste.

– D'après Måns Berntsson.

– Comment s'appelait celui qui voulait aider Berntsson ? Jonas Eriksson ?

– Oui. Pourquoi me poses-tu la question ?

– Tu l'as rencontré, cet Eriksson ?

– Une fois, devant la grange de Berntsson. Il participait à un rassemblement de néonazis et il en est sorti avec Berntsson. Je me souviens qu'il ne m'a pas quittée une seconde des yeux et que son regard était collant. À l'époque, j'ignorais qui il était, je l'ai revu en photo pendant une réunion un peu plus tard. Pourquoi t'intéresses-tu à lui ?

Stilton ne répondit pas tout de suite. Il prit un petit morceau du sandwich d'Olivia.

– Il sait peut-être quelque chose que j'aimerais savoir.

*

La femme blonde qui émergea dans le hall des arrivées de l'aéroport de Kastrup ne passait pas inaperçue. Ses longs cheveux lui tombaient presque jusqu'en bas du dos, sa robe légère d'un beau vert clair mettait en valeur ses épaules, et son visage bronzé soulignait le vert de ses yeux.

– Aditi !

Judith étreignit affectueusement son amie. Cela fit chaud au cœur de Liv qui se trouvait à quelques pas d'elles. Elle eut la certitude que cette visite ferait du bien à sa mère.

Les deux femmes plus âgées s'assirent sur la banquette arrière de la voiture, et Liv prit le volant. Pour la première fois depuis des jours, le soleil brillait, comme si Aditi l'avait apporté dans ses bagages.

– Tu vas rester combien de temps avec nous ? demanda Liv.

– Une semaine.

– Tu habiteras chez moi, n'est-ce pas ? s'enquit Judith.

– Si ça ne te dérange pas.

– La chambre d'amis t'attend.

Aditi serra le bras de Judith.

La chambre à l'étage n'était pas grande, mais agréable. Judith avait elle-même teint en vert clair les rideaux de lin des fenêtres qui donnaient sur le jardin et la campagne environnante, et les draps blancs du lit avaient un liseré vert. Elle savait que c'était la couleur préférée de son amie. Les lys du vase qu'elle avait posé au bord de la fenêtre embaumaient.

– Quelle jolie chambre !

Aditi lâcha sa valise et s'assit sur le lit. Les attentions de Judith la touchaient.

– Viens à côté de moi, dit-elle en tapotant le dessus-de-lit.

Judith la rejoignit et Aditi prit ses mains entre les siennes en la regardant dans les yeux.

– Raconte-moi tout, à ton rythme. Si tu ne t'en sens pas la force, nous attendrons. Tes mains sont froides.

– Non, ce sont les tiennes qui sont chaudes.

Elles se sourirent. Judith se leva et ferma la porte avant de se rasseoir.

– Il s'est passé tellement de choses étranges depuis la mort d'Emelie, dit-elle.

Liv était dans la cuisine, juste en dessous de la chambre d'amis. Elle discernait parfois un bruit de voix au-dessus d'elle, mais rien qu'elle puisse comprendre. Près de deux heures s'écoulèrent avant qu'elle n'entende des pas dans l'escalier. C'était ceux de Judith. Liv vit que sa mère avait pleuré, mais elle l'avait fait si souvent ces derniers temps qu'elle ne réagit pas. Elle devinait que la conversation avec Aditi n'avait pas été facile, elle avait dû tout lui raconter, depuis ce terrible jour dans le jardin.

– Tout va bien ?

– Oui. Tu crois que tu pourrais faire un peu de thé ?

– Bien sûr ! Aditi en boira aussi ?

– Volontiers, répondit celle-ci depuis l'escalier.

Quand elle entra dans la cuisine, Liv remarqua qu'elle aussi avait pleuré. Aditi qui était si forte, dont le mental était si puissant. Cela lui parut incompréhensible.

*

Stilton était en route pour Flemminggatan. Il pensait à Axel Sönnerman et Jonas Eriksson. Sönnerman qui figurait dans le registre de Jackie pouvait avoir commandé Jill Engberg pour la chambre de l'hôtel Continental en 2005. Quelques mois avant le meurtre, Jonas Eriksson était sorti de la prison de Kumla après avoir purgé une peine de plusieurs années pour l'assassinat d'un homme de couleur. Jill, qui était également noire, avait été mutilée avec un couteau. Sönnerman et Eriksson se connaissaient. Était-ce Eriksson qui avait tué Jill ? Voilà ce que Stilton voulait tirer au clair aujourd'hui.

Étant donné le lourd casier d'Eriksson – meurtre, violences et crimes racistes – plus ce qu'Olivia lui avait dit de lui, il ne s'attendait pas à être bien accueilli. Eriksson n'était probablement pas du genre à répondre « oui, amen ».

C'était un néonazi et un adepte de la brutalité.

Il arrivera ce qu'il arrivera, pensa Stilton en sonnant à la porte qu'ouvrit au bout de quelques instants un homme très grand, en excellente condition physique, vêtu d'un jean et d'un débardeur blanc laissant voir les tatouages qui lui couvraient bras et épaules.

– Jonas Eriksson ?

– Oui.

– Je peux vous parler ?
– Vous êtes qui ?
– C'est à propos de Jill Engberg.

Le mouvement des yeux d'Eriksson, presque imperceptible, n'échappa pas à Stilton.

– C'est qui, celle-là ?
– Une femme de couleur qui a été tuée il y a quelques années. À l'hôtel Continental.

Eriksson tendit la main vers la poignée pour refermer la porte. Stilton eut juste le temps de glisser son pied pour l'en empêcher.

– Ça ne prendra qu'une minute.
– Enlève ton pied.
– Tu connais Axel Sönnerman, non ?

Eriksson ouvrit soudain grand la porte et fit un pas vers Stilton.

– Qu'est-ce que tu cherches, bordel ? Casse-toi d'ici !
– C'est toi qui as tué Jill ?

Eriksson réagit au bout d'une demi-seconde. Il lança son poing gauche contre Stilton, mais avant qu'il ne le touche, le front de Stilton lui avait écrasé l'arête du nez. Il saignait quand il tomba dans l'entrée. Stilton fit un pas en arrière et referma la porte.

*

Fatiguée par le voyage en avion, Jolene monta directement dans sa chambre. Mårten, lui, était d'excellente humeur. Il accrocha son manteau dans le vestibule et appela sa femme.

Mette n'avait pas pu aller les chercher à l'aéroport car elle était en réunion. Les techniciens qui avaient examiné le téléphone de Jenny Unger n'y avaient trouvé aucune empreinte, ni les siennes ni celles de quelqu'un d'autre. On l'avait donc essuyé. Le parking n'avait rien livré d'intéressant, à part un mégot qui avait été envoyé au laboratoire. La découverte du téléphone renforçait l'hypothèse selon laquelle Jenny avait été enlevée en voiture. Tous les postes-frontières avaient été alertés. Mette avait quitté son bureau en annonçant qu'elle s'absentait deux ou trois heures, mais serait joignable à tout moment s'il y avait du nouveau.

Son mari arriva peu de temps après son retour à la maison. Elle perçut une odeur de cognac quand il l'étreignit. Elle savait qu'il détestait l'avion et buvait toujours en vol pour calmer son anxiété. Elle posa un baiser sur sa joue.

Mårten fit un pas en arrière pour la regarder.

– Ton nouveau corps te va bien !

Comme si c'était la première fois qu'il le voyait.

– Merci. Et toi, c'est pour quand ?

– Celui que j'ai me convient tout à fait.

Il se donna une petite tape sur le ventre, avec un peu moins d'entrain que d'ordinaire. Tant que le surpoids avait été également réparti dans la famille, il n'avait pas eu de raison de s'en soucier. Ce n'était plus le cas, et ce déséquilibre l'inquiétait un peu. Allait-elle désormais le souligner ? « Et toi, c'est pour quand ? » Il n'en avait pas la moindre intention ; aucune envie de se mettre au régime ou de maigrir, étant par principe opposé à tout ce qui pouvait menacer les plaisirs de la vie. Avec tous les excès et les risques de prise de poids que cela comportait. Ce n'était pas négociable.

– Je meurs de faim, dit-il, comme s'il voulait souligner sa façon de voir les choses. Tu m'as acheté quelque chose de bon ?

– Non, j'ai embauché une cuisinière.

– Une cuisinière ?

– Oui, une cuisinière de la police.

La nouvelle employée s'appelait Olivia Rönning et elle était aux fourneaux. Elle aussi perçut l'odeur du cognac quand le pédopsychologue à la retraite la prit dans ses bras.

– C'est toi qui cuisines ce soir ?

– Oui.

– Tu es payée en extra pour ça ?

– Non, mais je bénéficie d'une agréable compagnie.

Mårten la serra dans ses bras. Il considérait Olivia presque comme une fille supplémentaire. Leur relation, dont Mette était exclue, leur était précieuse à tous les deux.

– Et tu nous as fait quoi ? demanda-t-il en soulevant le couvercle d'une casserole.

– Du civet de cerf aux girolles.

Olivia avait obtenu la recette de sa mère qui lui avait donné ses instructions. Tout était quasiment prêt.

– Ça sent très bon, dit Mårten en trempant un doigt dans la sauce.

– Jolene ne veut pas dîner avec nous ?

– Elle est fatiguée et fâchée.

– Pourquoi ?

– Elle s'était imaginé qu'elle pourrait acheter un tapis volant à Marrakech. J'avais réussi à lui faire comprendre que ça n'existe pas lorsque cet idiot de Tom lui a dit le contraire.

– Tu veux dire Abbas ?

– Non, Tom. Au téléphone.

– Je vois. C'est pour ça qu'elle est fâchée.

– Ça lui passera. Elle descendra quand elle aura faim. Mette !

– J'arrive !

Elle venait de coucher Jolene.

– J'ai un cadeau pour toi, dit Mårten.

Il alla dans le vestibule et en revint avec un long paquet de forme étrange.

– Voilà ! ajouta-t-il en le posant devant elle sur le sol de la cuisine.

– Qu'est-ce que c'est ? demanda Mette d'une voix sceptique.

L'expérience lui avait appris à se méfier de ses cadeaux.

– Ouvre-le.

Elle obéit et observa le contenu.

– Un narguilé ?

– Exactement.

– Et je vais en faire quoi, moi ?

– Mette, c'est un objet magnifique ! Il symbolise toute la culture arabe ! Je pensais qu'on pourrait l'installer dans la niche à côté du poêle en faïence de la bibliothèque.

– Bonne idée, dit Mette en le reposant.

Elle voulait éviter d'irriter Mårten en n'étant pas d'accord avec lui. Elle ne voulait surtout pas le contrarier. Tôt ou tard, elle devrait lui annoncer la mort de Kerouac.

Pour l'instant, l'important était sa bonne humeur.

Ils savourèrent le dîner préparé par Olivia. Mette veilla à remplir avec parcimonie le verre de son mari. Il avait déjà commencé à boire en avion et elle voulait limiter les dégâts.

Après le récit du voyage au Maroc, qualifié d'extraordinaire, ils abordèrent l'actualité, les meurtres d'enfants.

Mette avait évoqué certains aspects par téléphone, qu'elle compléta avec l'aide d'Olivia. D'ordinaire, elle ne discutait pas de son travail avec son mari, mais elle faisait parfois exception à cette règle.

Mårten manifesta son intérêt quand elles lui parlèrent de Stellan Eklind. Le psychologue qu'il avait été ressurgit.

– Une secte ?

– C'est le terme utilisé par un ancien membre de la communauté.

– Un terme probablement exact. Pour une personne très narcissique, comme semble l'avoir été cet Eklind, créer sa propre religion ou une secte est une solution parfaite pour contrôler les autres. Une fois qu'elle l'a établie, la personne narcissique peut exploiter les autres à son gré. C'est ce qu'a fait David Berg.

– Qui est-ce ? demanda Olivia.

– Le fondateur des Enfants de Dieu aux États-Unis, un mouvement tout à fait répugnant, qui pratiquait l'humiliation sexuelle et s'en prenait aussi aux enfants.

– Il aurait pu inspirer Stellan ?

– Stellan pouvait fort bien connaître cette secte fondée en 1968.

– Il a violé sa fille quand elle avait quatorze ans, dit Mette. Quand il a essayé de recommencer, elle l'a tué en le frappant avec une pierre.

– Ensuite elle s'est suicidée, ajouta Olivia.

– Fichtre !

Mårten secoua la tête et remplit son verre de vin rouge. La conversation avait pris un tour sinistre. Ce qui s'était produit sur Möja était oppressant et tragique. Mette apporta la touche finale en racontant la disparition de cette jeune femme sur le point d'accoucher. Le silence se fit autour de la table quand elle mentionna la pire chose à craindre.

Elle sentit que le moment ne pouvait être plus mal choisi pour aborder la mort de l'araignée.

– Excusez-moi, fit Olivia car son téléphone sonnait.

L'appel venait de Judith Boelsdotter.

– Désolée de vous déranger si tard, mais serait-il possible de se voir demain ?

– Oui, bien sûr. Mais je suis toujours à Stockholm.

– Je viendrai en avion avec une amie, nous devons vous parler de certaines choses.

– Vous ne pouvez pas me les dire maintenant ?

– Non. Mon amie et moi voulons le faire ensemble.

– D'accord. Appelez-moi quand vous serez arrivées.

Olivia raccrocha et rapporta la conversation à Mette.

– Tu crois qu'elle veut nous parler de quoi ?

– Je n'en sais rien, mais cela doit avoir une relation avec la mort d'Emelie, puisque c'est mon seul point de contact avec elle.

– Et elle veut venir nous voir avec une amie ?

– Oui.

– De qui peut-il s'agir ?

– Ça ne peut pas être sa fille, elle me l'aurait dit.

– Tu as rencontré d'autres amies à elle ?

– Non, je ne connais que Curre, son compagnon.

– Étrange.

Mårten se leva pour faire du café. Mette appela le bureau pour savoir si on avait des nouvelles de Jenny Unger.

Ce n'était pas le cas, mais quelque chose était arrivé à un des hommes du fil de discussion de Jian. Mette écouta, et raccrocha. Olivia s'approcha d'elle.

– Du nouveau ?

– Pas à propos de Jenny Unger. Mais Jonas Eriksson a été tabassé chez lui.

Elles échangèrent un regard. Olivia se remémora la conversation qu'elle avait eue avec Tom, ses questions sur Eriksson. Cela lui rappela Gorre et la bagarre au lac de Mellansjö. Est-il devenu fou ? se demanda-t-elle.

Mette avait les mêmes soupçons et s'en voulait de lui avoir donné l'adresse d'Eriksson. Comme Olivia, elle pensait que Tom était cinglé.

Il était allé trop loin.

*

Le mur de pierre était si humide que l'eau ruisselait dans le dos de Jenny. Frigorifiée, elle serrait ses bras sur sa poitrine. Ses yeux étaient toujours recouverts d'un bandeau, mais sa bouche et ses mains étaient libres. Ses pieds étaient encore entravés, et ses chevilles lui faisaient mal.

Lorsque le ruban adhésif qui la bâillonnait avait été enlevé, les questions qu'elle avait posées, qui exprimaient son désespoir et son choc, étaient restées sans réponse.

Plusieurs heures s'étaient écoulées depuis.

Elle caressa son gros ventre et sentit des petits coups de pied. Ses larmes s'étaient taries, ses yeux étaient secs, sa respiration entrecoupée. Elle ignorait où elle se trouvait, mais elle était certaine que ce n'était pas dans une maison. Elle ne savait pas non plus si elle était seule.

– Jenny.

La voix masculine, basse, la même que celle qu'elle avait entendue dans la voiture, la fit sursauter.

Elle ne répondit pas.

– Tu sais ce que tu as dans le ventre, non ?

– Un enfant.

– Une mauvaise herbe.

Une main froide se glissa sous son pull, toucha son ventre. Elle cria et la repoussa.

– Tu as dilué tes gènes suédois avec du sperme de nègre. Comment as-tu pu faire ça ?

– Mon mari est jamaïcain.

– Pourquoi n'est-il pas en Jamaïque, alors ? Que fait-il ici ?

Mais que voulait donc dire cet homme qu'elle ne voyait pas mais qui sentait la rouille ?

– Où suis-je ?

– Chez moi.

– Et vous êtes qui ?

Elle n'obtint pas de réponse.

*

Abbas el Fassi passa déposer sa valise dans son appartement de Dalagatan, puis il se rendit à la péniche. De sa propre initiative. Il voulait en savoir plus sur l'affaire Jill. À l'époque où Tom en était chargé, Abbas avait accessoirement participé à l'enquête. Son travail de croupier au casino Cosmopol lui avait permis d'établir les habitudes de certaines personnes dépendantes au jeu, auxquelles Tom s'intéressait. Mais cela n'avait mené à rien.

D'où sa curiosité aujourd'hui. Tom avait repris son enquête et il en était surpris. Quelque chose avait dû se passer et le peu que lui en avait dit Tom quand il était à Marrakech le laissait sur sa faim.

Stilton avait essayé de le dissuader de venir le voir. La péniche n'était pas un bon endroit pour se parler, à cause de la présence du père de Luna. Elle-même ne posait pas de problème, elle était d'ailleurs disposée à l'aider, mais Justus, c'était autre chose.

– On n'aura qu'à rester dans ta cabine.

– On ne peut pas se voir chez toi ?

– Non.

– Pourquoi ?

– Je peux venir, oui ou non ?

Abbas était maintenant assis sur la couchette de Stilton qui était debout, le dos contre la porte.

– Qu'est-ce qui est arrivé à ton front ?

– Je me suis cogné à un néonazi.

– Pourquoi ?

– Il faut une raison pour ça ?

– Oui.

L'expression des yeux d'Abbas déplut à Stilton.

– Je le soupçonnais d'être mêlé au meurtre de Jill.

– Et il l'était ?

– Peut-être. On n'a pas eu le temps d'en discuter.

– Pourquoi ?

– Il a fait des histoires. Pourquoi ne pouvait-on pas se retrouver chez toi ?

Stilton n'aimait pas ce qu'il voyait dans le regard d'Abbas et voulait passer à autre chose.

– Parce qu'il y a une fille chez moi.

– Ah bon. C'est ta copine ?

– Non. Dis-moi ce qu'il en est à propos de Jill Engberg.

Abbas ne lui en dirait pas plus et Stilton lui expliqua ce qui s'était passé.

Abbas savait écouter sans poser de questions inutiles. Il comprenait les non-dits et tirait ses propres conclusions.

– Tu crois que vous êtes près de l'arrêter ?

– Oui, plutôt.

Abbas hocha la tête. Il avait assimilé tout ce que Tom lui avait raconté et réalisait quel était l'unique enjeu.

– Imagine qu'ils ne retrouvent pas cette femme enceinte à temps ?

Ils se turent tous les deux pendant quelques secondes. Stilton avait conclu son récit avec la disparition de Jenny Unger, enceinte du petit-enfant de Klas Unger.

– On ne peut qu'espérer qu'ils y arriveront, dit-il. Ni toi ni moi ne pouvons faire grand-chose. Tout est entre les mains de Mette.

– On peut l'aider, non ?

– Certainement. Mais comment ?

Stilton n'en avait pas la moindre idée, mais il avait besoin d'aller à Rödlöga le lendemain.

– Tu veux venir avec moi ? Je dois m'occuper d'une ou deux choses là-bas.

– Volontiers. Qui est ce néonazi contre lequel tu t'es cogné ?

Il était huit heures et quelques du matin. Ola avait acheté deux sandwichs dans une boulangerie car il devinait que Jian n'avait pas mangé de la nuit. Il l'avait entendu dans sa voix quand ils s'étaient parlé. Elle était tout près de trouver l'identité correspondant au quatrième pseudonyme, Triskele/CB et fonctionnait à très haut régime. Elle lui avait dit qu'elle passerait la nuit au bureau.

Il y entra sans faire de bruit et posa le sac de la boulangerie sur le comptoir. Allongée sur le canapé, Jian dormait, un oreiller sur la tête. Elle se réveilla quand il mit en route la machine à café.

– Bonjour. Je t'ai apporté des sandwichs.

– Merci.

Elle se redressa, se passa une main sur le visage et l'autre dans ses cheveux.

Elle n'a pas dormi longtemps, se dit Ola.

– As-tu avancé, cette nuit ?

– Oui, du moins je l'espère.

Elle se leva et alla à sa table de travail. Elle appuya sur une touche du clavier et l'écran de son ordinateur s'éclaira.

– J'ai exploré toute la nuit. Mais je crois que j'ai fini par arriver au bon endroit et j'ai envoyé une demande pour un document officiel. Je pense que le nom que je cherche y figure. Si tout fonctionne bien, je ne devrais pas tarder à le recevoir.

Elle s'assit à son bureau et commença à faire défiler des pages. Ola vint se poster derrière elle.

– Je t'aime, dit-il en mettant ses bras sur ses épaules.

Elle se retourna et posa un baiser sur ses lèvres. C'était le premier depuis la mort d'Aram.

*

Stilton s'apprêtait à monter dans son bateau quand il la vit descendre d'un taxi et traverser le pont. Il comprit pourquoi elle était là et envisagea un instant de se cacher derrière le bastingage, mais trop tard.

– Tom !

Mette l'avait aperçu. Elle fonçait vers lui. Debout sur le quai, il baissa les yeux vers l'eau brune. Comment allait-il se tirer de ce mauvais pas ?

Quand elle arriva au bateau, il remarqua que Mette avait marché si vite que de la sueur perlait à son front.

– Je me suis montrée extrêmement patiente avec toi, pour à peu près tout, et pendant très longtemps, commença-t-elle d'un ton maîtrisé, le visage fermé. Parce que je te faisais confiance. Mais c'est fini. Ce que tu as fait à Jonas Eriksson dépasse les bornes. Je croyais que tu t'intéressais au meurtre de Jill à titre professionnel et que tu conservais quelque chose du policier que j'ai connu autrefois. Mais ce qui restait a disparu hier. Toutes tes investigations sont liées à ton insupportable ego, à ta quête d'une revanche personnelle. Tabasser quelqu'un…

– Un néonazi.

– C'est ça, ta défense ? En te conduisant de cette façon, tu ne vaux pas mieux qu'eux !

Elle avait haussé le ton, mais le baissa quand elle ajouta :

– Tu comprends ce que tu as fait ? La situation dans laquelle tu m'as mise ? Tu ne vois pas à quel point c'est lamentable ?

Ses yeux étaient humides. Stilton vit qu'elle oscillait entre la colère et le désespoir. Il tourna à nouveau son regard vers l'eau. Elle s'éloignait quand il le releva.

– Je rentre à Rödlöga, dit-il à son intention, comme un petit garçon qui s'enfuit parce qu'il a honte.

*

Sven Svensson s'accorda la satisfaction d'une confrontation.

Il accompagna les agents qui allèrent chercher Måns Berntsson chez lui et assista à son arrestation. Il prit l'initiative de le menotter, mains dans le dos.

Le voir ainsi lui procura du plaisir.

Berntsson était à nouveau assis en face de lui dans la petite salle d'interrogatoire. C'était la troisième fois, avec une nouveauté : il était en état d'arrestation, ce dont Svensson l'informa dès qu'il mit l'enregistreur en route.

Il s'attendait à la réaction de Berntsson.

– Pourquoi ?

– Parce que j'ai parlé avec Frans Jönsson hier soir à l'hôpital de Helsingborg. Malgré son état, il a pu fournir une description assez précise de ce qui lui est arrivé. Trois hommes l'ont roué de coups. Deux d'entre eux appartiennent à un gang de motards bien connu, nous les avons identifiés et arrêtés. Le troisième, c'est vous, expliqua-t-il en regardant Berntsson. Vous êtes accusé de tentative de meurtre ou d'homicide volontaire. Reconnaissez-vous les faits ?

– Non.

Ce n'était pas non plus une surprise.

Svensson appela deux policiers qui emmenèrent Berntsson.

– Chacun finit par trouver la place qui est la sienne. Ah oui, les initiales CB sont celles de Colère blanche, votre petite cellule raciste, ajouta-t-il juste avant que Berntsson ne quitte la pièce.

*

Il y avait beaucoup de monde dans l'appartement, dans le séjour, mais aussi dans la cuisine où l'on préparait à manger. Qu'ils soient musiciens comme Desmond ou amis de Jenny, ils étaient venus le soutenir. La personne la plus âgée de l'assistance, dont certains membres étaient assis par terre, était Klas Unger, le père de Jenny. Toutes les nuances de couleur de peau étaient représentées et l'anglais se mêlait au suédois dans les conversations.

– Tu es en contact avec la police ? demanda une jeune fille à dreadlocks, assise en tailleur près de Desmond.

– Non.
– Je leur ai parlé il y a peu de temps, intervint Klas.
– Et qu'est-ce qu'ils ont dit ?
– Ils la cherchent.
– Mais que pensent-ils ? À propos de ce qui est arrivé ?

Klas et Desmond échangèrent un regard. Ils connaissaient la réponse : la responsable de l'enquête leur avait expliqué la veille que la police craignait que la disparition de Jenny ne fût liée à l'assassinat de deux enfants et peut-être à des événements qui avaient eu lieu dans une communauté à laquelle Klas avait appartenu dans les années 1970. Mette Olsäter, qui leur avait fourni ces informations, avait répondu de son mieux à leurs questions.

Toute cette histoire paraissait incompréhensible à Desmond, un peu moins à Klas. Il savait ce que lui et deux autres jeunes avaient fait autrefois à Möja, mais il ne voyait pas comment cela pouvait avoir un rapport avec l'enlèvement de sa fille. Desmond et lui avaient passé un long moment en silence quand ils s'étaient retrouvés l'un en face de l'autre. Puis Desmond avait mis un des CD favoris de Jenny, un album de Salif Keita, un chanteur albinos, dont la belle voix mélancolique avait empli la pièce.

Bientôt, ils se mirent à pleurer tous les deux, assis côte à côte sur le canapé.

– Ils ne savent pas encore ce qui est arrivé, répondit Klas.

Desmond regarda le plancher. La jeune fille prit ses mains dans les siennes.

– On fera une fête pour Jenny quand elle reviendra. La plus grande qu'on ait jamais eue.

*

Elle n'avait aucun moyen de savoir si c'était le jour ou la nuit. Il faisait sombre.

Son ravisseur alluma sa lampe de poche.

Sous son bandeau, Jenny perçut un rai de lumière. Elle venait de se réveiller et ignorait combien de temps elle avait dormi. Elle se rappelait s'être assoupie. Là, elle retrouvait le même cauchemar, la même humidité glaciale, le même silence.

Dormir lui avait fait du bien, son esprit était plus clair, et elle essaya d'analyser ce qui lui était arrivé. Un homme au visage masqué par une cagoule l'avait contrainte à monter à bord d'une voiture dans le parking souterrain. Ensuite, il l'avait ligotée et lui avait collé une bande adhésive sur la bouche et les yeux. Puis ils avaient quitté le garage. Elle avait entendu le bruit de la circulation, un téléphone avait sonné, l'homme avait répondu, la conversation avait été brève. Ils s'étaient arrêtés quelque part, il était sorti de la voiture et elle avait réussi à attraper son mobile. Il sentait le tabac quand il était revenu. Il avait dû voir son téléphone car il était redescendu puis remonté, et la voiture était repartie alors que des sirènes de police retentissaient au loin.

Puis il y avait un blanc, qu'elle ne s'expliquait pas.

Son souvenir suivant était l'endroit où elle se trouvait maintenant. Il lui avait enlevé son bâillon. Elle était prisonnière. Pourquoi ? Elle le lui avait demandé, mais il ne lui avait pas donné de réponse. Pourquoi s'en prendre à elle ? Pourquoi avait-il parlé de l'enfant qu'elle portait ? Que comptait-il faire ?

Elle lui posa la question, sans savoir s'il était encore là, mais elle le supposait car elle discernait un rai de lumière.

Elle ne s'était pas trompée.

Il plaça la lampe de poche par terre et l'orienta sur le gros ventre de Jenny.

– Vous savez quel bruit cela fait quand on tord le cou d'un enfant ?

Jenny eut du mal à respirer. En quelques secondes, les images et les titres de journaux qui parlaient des meurtres d'enfants défilèrent dans sa tête. D'enfants à qui quelqu'un avait tordu le cou. Elle ressentit soudain une douleur à la poitrine.

– Cela n'en fait presque pas, continua-t-il. À peine plus que ça.

Jenny entendit un craquement qui lui arracha un cri.

L'homme laissa tomber la branche sèche.

– Voilà ce que je compte faire, dit-il. Vous vous sentez mieux maintenant ?

Judith et Aditi allèrent directement de l'aéroport à la Criminelle. Olivia avait voulu qu'elles y viennent pour rencontrer Mette Olsäter qui dirigeait l'enquête sur les meurtres des enfants. Judith n'avait pas émis d'objection.

Un jeune policier les conduisit dans son bureau. Olivia, qui les attendait devant la porte, serra brièvement Judith dans ses bras. Elle ne savait pas qui était l'autre femme. Judith et Mette se saluèrent, puis Judith leur présenta l'inconnue.

– Voici Aditi, une vieille amie à moi. Elle vit en Thaïlande.

– C'est chez vous qu'était Liv ? demanda Olivia.

– Oui.

Elles s'assirent. Mette avait fait en sorte qu'il y ait des fruits et des boissons sur la table. Aditi prit deux grains de raisin et regarda Mette.

– C'est vous qui dirigez l'enquête, n'est-ce pas ?

– Oui.

Mette avait remarqué le calme de cette femme dont émanait une autorité naturelle.

– J'ai atterri en Suède hier, dit-elle. Judith désirait que je vienne parce que la mort de sa petite-fille l'a beaucoup affectée. Elle a besoin de soutien. Je travaille dans le développement spirituel et je suis là pour l'aider à aller mieux.

Elle s'interrompit pour prendre un autre grain de raisin.

– Nous avons beaucoup discuté depuis mon arrivée, reprit-elle, et il a été question de choses qui m'ont profondément ébranlée.

– De quelle manière ? s'enquit Mette.

– Judith m'a raconté ce qui s'était passé. Elle a évoqué votre enquête, sa première visite ici quand elle vous a parlé de la communauté qui a existé autrefois sur l'île de Möja.

– Vous étiez au courant ?

– Je suis la fille de Stellan et Barbro.

Il y eut un long silence qu'Olivia rompit.

– Vous êtes Linnea ?

– Oui.

– Mais vous vous êtes suicidée ?

– Non. J'ai suicidé Linnea.

– Vous n'avez pas mis fin à vos jours ?

– Non, visiblement pas, répondit Aditi avec un léger sourire.

Olivia avait encore de nombreuses questions, mais Mette ne lui en laissa pas le temps. Elle alla directement au plus important.

– Savez-vous si votre père a eu d'autres enfants ?

– Oui. Il en a eu un autre.

– Un fils ?

– Oui.

– Avec qui ?

– Moi.

Olivia regarda Judith qui fit un geste de la main.

– Je n'étais pas au courant, murmura-t-elle.

– C'est exact, dit Aditi. Judith ne le savait pas.

– Comment s'appelle votre fils ?

– Je l'ignore. Je l'ai confié à ma mère à sa naissance, puis j'ai fait semblant de me suicider. Ensuite, j'ai disparu à l'étranger en coupant tout contact avec elle.

– Comment avez-vous simulé votre suicide ?

– J'ai écrit une lettre d'adieu, répondit-elle à Olivia, puis j'ai pris une barque pour me rendre de nuit sur l'île de Sillö. Une fois arrivée, je l'ai laissée partir à la dérive.

Mette pensa que cela soulevait beaucoup de questions pour la police, surtout si l'on tenait compte du fait que le père d'Aditi s'était lui-même noyé quelque temps auparavant. Le rapport entre les deux incidents n'aurait-il pas été fait ? Y avait-il eu des enquêtes ? Si oui, lesquelles ? Comment la jeune fille avait-elle réussi à aller en ville sans que personne ne la voie ? Mais tout cela s'était produit presque quarante ans plus tôt, et elle avait des questions plus urgentes.

– Vous ne savez donc pas comment s'appelle votre fils ?

– Non, et je ne sais pas non plus où il se trouve.

– Mais votre mère devrait le savoir.

– Vraisemblablement, même si elle ignore que c'est le fils de Stellan.

Mette se leva et alla jusqu'à son bureau. Elle ouvrit un classeur, tourna les pages pendant quelques secondes avant de sortir son téléphone et de composer un numéro.

– Tu appelles Barbro ?

– Oui.

Olivia regarda Aditi.

– Judith a dû vous dire que nous croyons que le fils de Stellan est le meurtrier d'Emelie, et d'un autre enfant.

– Oui. C'est épouvantable.

Olivia remarqua que les mains d'Aditi tremblaient.

– Elle ne répond pas, dit Mette qui fut prise d'angoisse pendant quelques secondes.

Tant pis, pensa-t-elle. Elle appuya sur un numéro enregistré, celui de Stilton qui décrocha immédiatement.

– Tu es où ?

– En route vers Rödlöga avec Abbas. Tu vas encore m'engueuler ?

– Non. Je t'ai dit ce que j'avais à te dire ce matin, et tu m'as très bien comprise. Maintenant, j'ai besoin de ton aide. Il faut que nous parlions à Barbro Eklind, mais elle ne répond pas au téléphone. Peux-tu aller à Möja et essayer de la trouver ?

– De quoi s'agit-il ?

Mette résuma ce qu'Aditi lui avait appris en quelques mots. Stilton mit quelques secondes à l'assimiler.

– Autrement dit, le fils de Stellan est le petit-fils de Barbro ?

– Oui. Elle doit donc savoir comment il s'appelle et où il habite. Débrouille-toi pour l'apprendre au plus vite !

– D'accord. On y va.

Mette raccrocha et revint à la table. Elle regarda Aditi.

– Je vous remercie d'être venue nous voir et de nous avoir parlé. Je sais à quel point c'est douloureux pour vous, mais cela va nous aider à trouver le meurtrier d'Emelie.

– Mon fils, dit Aditi comme pour elle-même en se levant.

– Vous repartez en Scanie ? demanda Olivia.

– Non, je veux voir ma mère. Je veux comprendre ce qui est arrivé.

Le sous-entendu était clair : elle supposait que sa mère qui avait élevé son fils en avait fait un meurtrier brutal.

Elle voulait savoir comment cela avait pu se produire.

Le téléphone d'Olivia sonna au moment où elle revenait après avoir raccompagné Judith et Aditi dans le hall. Elle courut jusqu'au bureau de Mette où elle entra sans frapper. Peu de gens osaient le faire. Mais elle avait une raison valable.

– Jian vient de m'appeler, dit-elle. Elle a identifié la personne derrière le quatrième pseudonyme.

– Qui est-ce ?

– Erik Adolfsson.

Il fallut quelques secondes à Mette pour situer ce nom, ce qu'Olivia n'eut aucun mal à comprendre.

– Erik Adolfsson ?

– Oui.

– Mais c'est le nom de l'homme qui a trouvé Aram !

– Je sais.

– Est-ce qu'il peut s'agir de la même personne ? Elle t'a donné une adresse ?

Olivia lui transmit celle qu'elle avait reçue de Jian, à Bagarmossen. Mette constata que c'était la même.

Elle avait encore du mal à y croire.

– Erik Adolfsson ?

– Il avait pourtant un alibi pour le meurtre d'Emelie, non ?

– Si, répondit Mette.

– On a raté quelque chose ?

Mette ordonna qu'on aille immédiatement chercher Erik Adolfsson.

*

Le bateau que Stilton poussait au maximum en direction de Möja planait sur les vagues en laissant un profond sillon. Abbas était assis derrière la console de pilotage, les bras croisés. C'est l'avantage de l'avoir comme passager, pensa Stilton, la vitesse ne lui fait pas peur, au contraire, il l'apprécie en fataliste qu'il est.

Stilton ne ralentit que lorsqu'ils arrivèrent dans le port de Långvik. Abbas sauta sur l'embarcadère pour amarrer le bateau au moment où Stilton éteignait le moteur. Tom, qui lui avait expliqué le changement de destination après sa conversation avec Mette, lui apporta un complément d'information.

– Barbro est une femme étrange, c'est difficile de comprendre si elle ment ou si elle ne sait pas.

– Tu en penses quoi ?

– Qu'elle est bien plus compliquée qu'elle ne veut le laisser paraître. Nous avons eu le malheur d'aborder des sujets que nous aurions mieux fait d'éviter quand nous étions avec elle et son regard a instantanément viré au noir. Elle a changé de tête. Je crois qu'elle dissimule beaucoup de choses.

– Ça promet.

Ils traversèrent le village d'un bon pas et allaient prendre le chemin qui menait à la maison de Barbro lorsque quelqu'un cria : « Stilton ! »

Ils s'arrêtèrent. L'homme qui avait appelé était assis dans un fauteuil roulant en bas de l'escalier du perron de sa maison, à la sortie du village.

– C'est qui, celui-là ? demanda Abbas.

– Le Baron-bouilleur, répondit Stilton en le saluant du bras avant de se remettre à marcher.

– Vous avez pu parler à Wistam ?

Stilton s'immobilisa à nouveau. C'était lui qui leur avait parlé de Viola Wistam, sa question était justifiée et méritait une réponse.

– Oui ! Merci, cria-t-il.

– Tu veux boire un coup ?

– Pas maintenant ! Je passerai tout à l'heure !

Le Baron-bouilleur le salua et fit pivoter son fauteuil. Stilton et Abbas repartirent sur le sentier. Quelques instants plus tard, Stilton se souvint que la dernière fois qu'il était venu à Möja il avait vu Barbro sortir de chez le Baron-bouilleur. Peut-être y était-elle. Il retourna en courant vers sa maison.

– Hé ! cria-t-il au vieil homme. Tu n'as pas vu Barbro ?

– Elle est partie.

– Avec le tricycle ?

– En bateau !

Abbas l'avait rattrapé.

– Elle est sortie en mer ?

– On dirait, répondit Stilton.

– On fait quoi alors ?

– On va l'attendre au port.

Ils retraversèrent le village et s'assirent sur un des bancs près de l'embarcadère. De la baie soufflait un vent frisquet et désagréable. Stilton jeta un coup d'œil en arrière, de peur que le Baron-bouilleur n'ait l'idée de venir raconter l'histoire de sa satanée botte en caoutchouc. Ce n'était pas le cas. Abbas scrutait le large.

– À ton avis, ça va prendre combien de temps ?

Comme si Stilton devait le savoir parce qu'il était du coin.

– Elle est peut-être partie faire des courses à Berg, suggéra-t-il.

– Et on va rester ici combien de temps ?

– On peut aller l'attendre chez elle.

Ils entendirent le bruit d'un moteur diesel qui approchait. Un canot entra dans la baie et ils virent qu'une femme le pilotait.

– C'est elle ?

– Oui, répondit Stilton en se levant pour aller vers le ponton.

Une écharpe blanche sur les cheveux, Barbro était vêtue d'une salopette imperméable bleu clair. Stilton et Abbas arrivèrent au moment où elle venait de descendre de son canot et en sortait ses courses. Elle sursauta en apercevant Stilton.

– Vous m'avez rapporté le livre ?

– Non.

– Non ? Qu'est-ce qui vous amène ici, alors ?

– Votre petit-fils.

Elle se baissa pour prendre deux autres sacs avant de répondre :

– Vous lui voulez quoi ?

– Pourquoi ne nous en avez-vous pas parlé ?

– Vous ne m'avez pas posé la question. Tout ce qui vous intéressait, c'était de savoir si Stellan avait d'autres enfants. Il n'en avait pas. Que me voulez-vous maintenant ?

Stilton lui barra la route.

– Comment s'appelle votre petit-fils ?

– Erik.

– Eklind ?

– Oui. Pourquoi ?

Stilton sortit son mobile pour joindre Mette. Barbro prit ses courses et repartit. Stilton fit signe à Abbas de la suivre.

– Olsäter !

– Allô, c'est moi. Le petit-fils s'appelle Erik Eklind.

– Eklind ? Pas Adolfsson ?

– Adolfsson ?

– Oui.

– Un instant.

Il rattrapa Barbro.

– Mais qu'y a-t-il encore ?

– Erik Eklind, il ne se fait pas appeler Adolfsson aussi ?

– Ici, son nom de famille est Eklind, mais quand il est parti en ville, il est devenu bizarre et il a commencé à se faire appeler Adolfsson.

Barbro arriva à son tricycle à moteur stationné devant l'épicerie fermée.

– C'est la même personne, dit Stilton à Mette.

Olivia était debout en face de Mette assise à son bureau. Sa réaction lui fit comprendre ce que Stilton avait répondu.

– Erik Adolfsson est le petit-fils de Barbro ?

Mette opina et continua sa conversation.

– Nous tenons notre meurtrier, Erik Adolfsson. Nous sommes allés chez lui, il n'y était pas. Demande à Barbro si elle sait où il peut se trouver.

– D'accord, je te rappelle.

Mette raccrocha et regarda Olivia.

– Adolfsson.

– Un des pseudonymes du fil de Jian.

– Comment avons-nous pu le rater, bon Dieu !

Mette ne jurait qu'exceptionnellement, et Olivia se dit que quelqu'un allait passer un mauvais quart d'heure.

Elle espérait que ce ne serait ni Bosse ni Lisa.

Barbro avait rangé ses sacs de provisions dans la remorque et était déjà en selle lorsque Stilton et Abbas revinrent à sa hauteur.

– Barbro !

– Oui.

– Vous savez où Erik se trouve actuellement ?

– Non. Pourquoi voulez-vous le savoir ? Pourquoi me posez-vous toutes ces questions ? Vous n'êtes pas de la police, non ? Contrairement à la fille qui était avec vous.

Stilton estima qu'il n'avait plus à la ménager.

– Erik est soupçonné d'avoir commis trois meurtres, répondit-il tout de go.

Il s'attendait à une réaction du même ordre que celle de la fois précédente, mais il fut déçu. Barbro ne manifesta aucune émotion.

– La Criminelle nous a envoyés, reprit-il. Elle recherche Erik. Vous savez où il est ?

– Il habite à Bagarmossen, déclara Barbro sur un ton presque solennel.

– Nous sommes au courant, mais il n'est pas chez lui. Y a-t-il un autre endroit où il aurait l'habitude d'aller ?

– Pas à ma connaissance. Il vient parfois ici, mais c'est plutôt rare. Il a une chambre dans la maison.

– On peut la voir ?

– Elle est fermée à clé. Personne n'a le droit d'y entrer.

– On va quand même le faire, étant donné les circonstances.

Barbro le regarda, puis Abbas, et dut conclure que toute opposition serait vaine.

Ses connaissances en matière de perquisition étaient visiblement limitées.

– Montez, leur dit-elle.

Ils s'installèrent dans la remorque. Abbas prit les sacs de provisions sur ses genoux, et Barbro démarra. Juste avant que le tricycle à moteur ne s'engage sur le chemin, Stilton vit que le Baron-bouilleur, assis devant son seuil, hochait la tête.

Le trajet fut rapide. Barbro évita les épaves du jardin et gara le tricycle devant l'entrée. Stilton et Abbas descendirent au moment où Clark arrivait.

– Tu les as trouvés où ? demanda-t-il à Barbro.

– Au village. Ils pensent qu'Erik est un meurtrier. Tu peux allumer le chauffage dans mon bureau ?

Elle entra la première dans la maison, les bras chargés de sacs, suivie par Stilton et Abbas, qui nota la décoration particulière, comme Olivia l'avait fait lors de sa visite.

– Où est la chambre d'Erik ? demanda Stilton.

– C'est en haut, fit Barbro en désignant l'étage.

Stilton et Abbas montèrent l'escalier l'un derrière l'autre. Stilton jeta un coup d'œil par-dessus son épaule et vit Barbro chuchoter quelque chose à Clark avant de les rejoindre.

– C'est la pièce du fond. Mais elle est fermée à clé, et je ne l'ai pas.

Stilton arriva le premier devant la porte et s'effaça pour laisser la place à Abbas qui sortit un canif de sa poche. Il titilla la serrure qui céda au bout de quelques secondes. Ce n'était pas la première fois que Stilton le voyait à l'œuvre. Il ouvrit la porte.

– Personne n'a le droit d'entrer là, je l'ai déjà dit.

Stilton se retourna. Barbro était à quelques mètres de lui.

– Même pas vous ?

– Cela fait des années que je n'y ai pas mis les pieds.

– Pourquoi personne ne peut y entrer ?

– Parce que c'est une pièce privée.

– Mais c'est votre petit-fils. Ce n'est que sa chambre.

– Ce n'est plus mon petit-fils depuis longtemps. Il a tellement changé.

Stilton vit qu'elle baissait les yeux vers le plancher. Il franchit la porte de la chambre, Abbas sur les talons.

Il ne leur fallut que quelques secondes pour comprendre en partie le sens de ce qu'elle venait de dire. Ce n'était pas une chambre d'enfant, mais celle d'un adulte obsédé par la violence.

Les murs étaient décorés de drapeaux de divers mouvements fascistes, et le tapis représentait une croix gammée qui allait d'un bord à l'autre. Les étagères et la table étaient chargées d'armes, anciennes et modernes. Un crâne peint en noir était accroché devant la fenêtre.

– Parfois, la pomme tombe loin de l'arbre.

Barbro dit cela debout dans l'embrasure de la porte, les yeux tournés vers Stilton et non vers l'intérieur de la chambre. Soit elle est déjà entrée ici et savait à quoi s'attendre, soit ce qu'elle voit ne la surprend pas, pensa Tom.

– Comment ça ?

– Erik a grandi ici, avec moi et je l'ai élevé conformément aux idéaux de Stellan.

– Cela ne se remarque pas, répondit Stilton en balayant la pièce du regard.

– Pourtant, jusqu'à son adolescence, cela se voyait. C'était un enfant renfermé, il ne parlait pas beaucoup, mais il était gentil et obéissant. Il a changé ensuite.

– De quelle façon ?

– Ses idéaux ont changé. Pourquoi et comment, je l'ignore. Il partait souvent et restait longtemps absent. Chaque fois qu'il revenait, nous nous comprenions un peu moins. Qui a-t-il tué ?

Elle posa la question comme si elle ne doutait pas que son petit-fils fût un meurtrier, comme si c'était une conséquence logique de son évolution. Si elle était émue, elle n'en montrait rien.

– Deux enfants et une femme, répondit Stilton. Du moins c'est ce que nous croyons.

Il guetta sa réaction. Elle n'en eut pas.

Abbas était debout devant un petit bureau collé au mur de la fenêtre. Il fit signe à Stilton de venir et lui désigna une liasse de papiers sur la table. La première feuille avait l'apparence d'une couverture avec le titre suivant : *« A European Declaration of Independence by Andrew Berwic. »*

– Breivik, dit-il.

Stilton hocha la tête. À côté de la liasse se trouvait un cahier intitulé « Directives pour le nouveau royaume ». Il s'apprêtait à le prendre lorsqu'un grand bruit résonna au-dessous d'eux. Stilton et Abbas baissèrent les yeux vers le plancher.

– C'est Clark qui allume le poêle dans mon bureau.

Ils l'entendirent ensuite nettement tousser deux fois. La pièce est très mal insonorisée, pensa Stilton. Il réalisa qu'on pouvait tout comprendre de ce qui se disait au rez-de-chaussée.

– Erik était ici quand vous m'avez lu les lignes de la main ?

– Je ne m'en souviens pas, il va et vient. Euh… vous avez raison, il était ici.

– Dans cette chambre ?

Stilton alla à la fenêtre et poussa le crâne noir. Il regarda vers le bas et vit le perron à gauche. C'était là qu'Olivia et lui avaient parlé de Rödlöga.

– Erik a-t-il son propre bateau ?

– Oui, un vieux canot à moteur Ockelbo.

L'énigme était résolue.

Les contractions de Jenny qui avaient commencé une heure plus tôt se rapprochaient. La douleur la faisait hurler et l'homme l'avait à nouveau bâillonnée. Il ne voulait pas l'entendre.

Elle ne faisait plus de bruit à présent.

– Je me demande si ce sera un garçon ou une fille. Moi, je préférerais que ce soit un garçon. Son grand-père serait sans doute d'accord avec moi. Il n'a qu'une seule fille, et un garçon prolongerait la lignée masculine, pour ainsi dire. Je suis sûr que cela le fera plus souffrir de perdre un petit-fils. Qu'en pensez-vous ?

Jenny essaya de répondre quelque chose, mais le ruban adhésif l'en empêcha.

– Vous voulez un cadeau ? fit l'homme. Tendez la main et vous en aurez un.

Elle les serra l'une contre l'autre.

– Si vous tendez la main, j'enlèverai le bâillon.

Elle se tortilla. Ses pensées tournaient à toute vitesse dans sa tête, les douleurs, la voix de l'homme, les odeurs… Elle parvenait à peine à respirer.

– Tendez la main maintenant.

Elle le fit, le bras tremblant. Elle ouvrit lentement la main et sentit deux petites choses se poser sur sa paume.

– Vous savez ce que c'est ?

Elle fit non de la tête.

– Une paire d'yeux bruns. Pour la poupée, pour qu'elle puisse voir à nouveau. Bon, je vais vous enlever la bande adhésive, si vous me promettez de ne plus hurler. D'accord ?

Jenny fit oui de la tête. Il décolla l'adhésif de sa bouche, mais lui laissa le bandeau. Elle inspira profondément, une fois, puis deux, sous le regard attentif de l'homme.

– On a presque fini.

Elle tourna la tête en direction de la voix, et essaya de dire quelque chose.

– Pourquoi faites-vous ça ? arriva-t-elle à balbutier.

– Vous voulez vraiment le savoir ?

– Oui.

Il y eut un silence. Jenny sentit qu'il s'approchait et se recroquevilla sur elle-même.

– Je vais vous raconter une histoire, dit-il, d'une voix plus douce, celle d'un petit garçon qui a grandi avec sa grand-mère. Sa maman s'était noyée et son grand-père avait disparu quand il était enfant. Personne ne lui avait jamais dit qui était son père. Il en était très triste, comme de l'absence de sa mère et du fait que sa grand-mère n'était pas très gentille avec lui, ou plutôt qu'elle ne s'occupait pas beaucoup de lui. Mais un jour, quand il est devenu grand, sa grand-mère est venue dans sa chambre et lui a appris que sa mère ne s'était pas noyée, mais qu'elle s'était suicidée. Il lui demanda pourquoi et elle lui répondit que c'était parce que son père, c'est-à-dire le grand-père du garçon, avait disparu. Sa grand-mère lui donna une lettre écrite par sa mère avant qu'elle ne se suicide. Une lettre d'adieu qui rendit le garçon devenu adulte encore plus triste. Sa grand-mère s'en rendit compte et lui expliqua alors que son grand-père n'avait pas disparu comme tout le monde le croyait, mais qu'il avait été tué par des gens méchants et que c'était de leur faute si sa mère avait mis fin à ses jours. Le garçon qui était devenu adulte en fut fou de rage. Il en voulait surtout à ces gens méchants qui étaient la cause de toute la tragédie et de la tristesse de sa vie. Il décida qu'ils souffriraient autant que lui.

L'homme se tut. Jenny entendit un bruit de papier.

– Voilà la lettre que sa mère a écrite.

Elle sentit du papier frôler sa main, et elle la retira.

Au même moment, elle perdit les eaux.

*

Les deux femmes d'un certain âge descendirent du bateau-taxi dans le port de Långvik. Aditi paya, c'était elle qui avait voulu faire le voyage.

Elle tourna les yeux vers le chemin après les maisons en bois et commença à marcher. Judith la suivit. Elles n'avaient pas beaucoup parlé pendant la traversée à cause du bruit du moteur qui les contraignait à élever le ton. L'homme à la barre aurait pu les entendre, ce qu'elles ne souhaitaient pas.

Elles étaient à présent entourées de silence et Judith profita du passage dans la forêt pour demander à son amie :

– Que comptes-tu lui dire ?

– Je ne sais pas, je veux d'abord la voir, et voir sa réaction quand elle comprendra qui je suis.

– Elle sera choquée.

– Il n'y a rien de sûr, Barbro est une énigme. En tout cas, elle l'était, mais elle a pu changer.

– Tu crois qu'elle savait ce que Stellan faisait ? Avec toi ?

– Aucune idée.

– Mais elle l'aurait accepté ?

Aditi ne lui répondit pas.

La forêt était plus dense, mais il faisait encore jour. Elles ne marchaient pas très vite. Bien des années auparavant, elles avaient souvent pris ce chemin, avec d'autres jeunes ou parfois à deux, en allant vers le port ou en en revenant, avec des provisions ou le courrier, mais presque toujours sans parler aux personnes extérieures à la communauté. Barbro et Stellan ne voyaient pas d'un bon œil les conversations avec ceux qui n'étaient pas des leurs.

Aujourd'hui, elles suivaient leurs propres traces disparues.

– Je te suis vraiment reconnaissante de m'avoir accompagnée, dit Aditi, les yeux baissés vers le sillon d'herbe au milieu du chemin. Je ne sais pas comment tout ça va finir.

Judith la prit par la taille, comme autrefois, quand elles étaient jeunes et persuadées qu'elles allaient changer le monde.

Pour le meilleur.

Le temps avait passé. À présent, Judith savait qu'Aditi, la forte Aditi, avait besoin de son soutien et de sentir ce qui les liait, de percevoir sa force, au moins pour le moment.

*

Barbro avait redescendu l'escalier avant Stilton et Abbas. Elle s'était résignée à ce qu'ils lui avaient dit, à la nécessité d'une perquisition de la chambre d'Erik et peut-être même de toute la maison.

Elle leur avait dit qu'elle ne s'y opposerait pas.

Elle prit les sacs à provisions qu'elle avait laissés en bas de l'escalier pour les emporter dans la cuisine.

Les deux hommes échangèrent un regard, un peu désorientés. Ils avaient accompli la mission que Mette leur avait confiée. Que devaient-ils faire maintenant ? Partir pour Rödlöga ?

– Tu veux te faire dire ton avenir ? demanda Stilton à Abbas, le visage impassible.

– Me faire dire mon avenir ?

– Oui, Barbro est chiromancienne, et elle est très forte. Elle fait ça dans une pièce derrière la bibliothèque.

– Elle t'a dit le tien ?

– Oui.

– Et c'était comment ?

– Super. Elle a vu que j'avais tiré un jeune Arabe du caniveau pour le remettre sur de bons rails. Incroyable, non ?

Abbas le regarda.

– Et elle a aussi vu que cet Arabe avait tiré du ruisseau une épave SDF ?

Stilton comprit que la voyance ne l'intéressait pas.

– Voilà quelqu'un, fit une voix atone derrière eux.

Ils se retournèrent. Debout dans la bibliothèque, Clark tendait le doigt vers le jardin.

– Barbro ! Il y a quelqu'un qui vient.

Stilton et Abbas tournèrent les yeux vers le jardin. Deux femmes d'âge mûr s'approchaient de la maison. Elles se tenaient par la taille. Ils ne les connaissaient pas. Barbro sortit de la cuisine, un tablier sur ses vêtements, et elle regarda dehors à son tour.

– C'est qui, celles-là ?

– Elles veulent peut-être faire appel à vos services, suggéra Stilton.

Barbro ôta son tablier et se tourna vers Clark.

– Le feu est allumé dans ma pièce ?

– Oui.

Elle se recoiffa de la main, puis alla ouvrir la porte d'entrée. Stilton et Abbas restèrent devant la fenêtre. Barbro sortit sur le perron et sourit aux deux femmes.

– Bienvenue !

Aucune des deux ne lui répondit. Elles passèrent devant la vieille balançoire et s'approchèrent du perron.

Dire exactement à quel moment cela se produisit est difficile, mais avant que les deux visiteuses n'arrivent à l'escalier, Barbro comprit. L'absolue invraisemblance de cette rencontre dépassait son entendement.

– Linnea ?

Sa fille s'était suicidée trente-sept ans auparavant, à l'âge de quinze ans. Maintenant, une femme aux longs cheveux blonds, comme ceux de sa fille, avec les mêmes yeux en amande, avançait vers elle. Mais il n'y avait pas que cela.

Il y avait aussi quelque chose qui n'avait rien à voir avec une quelconque ressemblance physique, quelque chose que ressent une mère au plus profond d'elle-même.

Elle avait reconnu sa fille.

Debout au pied de l'escalier, Aditi regardait sa mère. Judith s'était arrêtée à quelques pas d'elle.

– Bonjour, Barbro. Judith est avec moi, dit Aditi en la désignant. Elle faisait partie de la communauté. On peut entrer ?

Barbro avait la bouche grande ouverte. Elle n'avait pas encore assimilé l'impossible, mais elle fit un pas de côté. Sa main esquissa un geste imprécis.

– Merci, dit Aditi qui monta les marches.

Judith avança et leva les yeux vers Barbro qui était aussi immobile qu'une statue. Judith passa devant elle pour entrer dans la maison.

Aditi traversa le vestibule et aperçut Stilton et Abbas debout près d'une fenêtre.

– Vous habitez ici ?

– Non. Qui êtes-vous ?

– Je suis la fille de Barbro.

Stilton se dit que les deux femmes n'étaient pas venues pour connaître leur avenir. C'étaient elles que Mette avait rencontrées tout à l'heure. L'une des deux était la mère d'Erik Adolfsson, le meurtrier.

– Nous sommes ici sur ordre de la Criminelle.

– Pouvez-vous attendre dehors ?

Le ton d'Aditi était aimable, mais ferme. Stilton acquiesça d'un hochement de tête et fit un signe à Abbas. Les deux hommes quittèrent la pièce et croisèrent Barbro qui y entra comme si elle était en transe.

Stilton s'arrangea pour qu'Abbas le précède et il laissa la porte entrouverte. Il comptait écouter leur conversation. Il tira à lui un tabouret de bois et s'assit à peu de distance de l'entrée.

Abbas descendit dans le jardin.

Aditi se rendit dans le salon, suivie par Judith qui observait le langage corporel d'Aditi. Elle vit le regard circulaire glacial qu'elle porta sur la pièce, aussi intense qu'un laser irradiant la haine.

Pour l'instant, Aditi n'avait pas besoin de soutien.

Barbro entra à son tour et s'immobilisa près de la porte. Pendant le court trajet depuis le perron, elle avait presque assimilé le fait que sa fille était vivante. Linnea vivait ! Elle était ici ! Les sentiments qui montaient en elle s'exprimèrent soudain. Elle s'élança vers sa fille, les bras ouverts.

– Ne me touche pas !

La voix d'Aditi brisa l'élan de Barbro qui sursauta comme si elle venait de subir une décharge électrique.

– Mais, Linnea ! s'écria-t-elle.

– Je m'appelle Aditi. Linnea est morte. Stellan l'a tuée.

– Stellan ?

– Oui.

– Qu'est-ce que tu racontes ?

Barbro était presque au milieu de la pièce, Judith avait reculé jusqu'au mur. Aditi commença à tourner autour de Barbro, lentement, comme un fauve autour de sa proie.

– Maman.

– Oui ?

La tête de Barbro était immobile, mais son regard cherchait à suivre les mouvements d'Aditi.

– Tu te souviens de ce que tu as dit quand tu as appris que j'étais enceinte ?

– Non, hélas, c'était tellement…

– Moi, je m'en souviens. Je n'avais que quatorze ans, et tu m'as dit que je n'avais qu'à m'en prendre à moi-même.

– Ah bon. Oui, c'était peut-être idiot de ma part, mais…

– Ce n'était pas idiot, c'était cruel. Tu sais pourquoi ?

– Non. Tu ne veux pas arrêter de tourner ? Tu me donnes le vertige…

– Tu as dit ça parce que tu ne voulais pas voir ce qui se passait autour de toi, l'interrompit Aditi. Tu ne voulais pas voir ce que papa faisait.

– Stellan ?

– Oui.

Barbro esquissa un sourire. Elle avait l'habitude d'affronter des gens qui ne comprenaient pas Stellan, qui ne percevaient pas sa grandeur, ceux qui n'étaient pas initiés, qui étaient sceptiques. Elle était attristée que Linnea en fasse désormais partie, mais elle en imputa la faute à cette Judith. Celle-là n'était pas seulement sceptique, c'était une mauvaise personne. Stellan ne l'avait jamais aimée. Elle contestait ses actions, n'avait jamais admis sa divinité et ne cessait d'essayer de fomenter la révolte contre lui.

Et maintenant elle a rempli le cœur de ma fille de haine contre Stellan et contre tout ce qu'il était, se dit-elle. Tout est la faute de

Judith. Mais je vais reconquérir Linnea, il suffit que je lui raconte la vérité.

– Linnea, ma chérie, écoute-moi bien. Stellan était élu. Si quelqu'un t'a affirmé le contraire, c'était dans le but de t'égarer.

Barbro jeta un coup d'œil vers Judith qui soutint son regard.

– Il n'a jamais rien fait qui n'ait une signification supérieure.

Aditi s'arrêta juste derrière elle et se mit à rire. Barbro sursauta.

– Une signification supérieure ? Quelle signification supérieure y a-t-il à s'imposer de force à des femmes ? À part la satisfaction que cela lui apportait ?

– Ce n'est pas la vérité. Tu t'es laissé égarer. Ce n'est pas comme ça que cela se passait.

– Pas comme ça ?

– Non, Stellan était la générosité même, il…

– Il m'a violée et je suis tombée enceinte ! Où vois-tu de la générosité là-dedans ?

Les mots qu'Aditi cracha à la figure de sa mère l'atteignirent comme des pointes acérées. Il lui fallut quelques secondes pour réagir, puis Aditi et Judith assistèrent à la même transformation que celle que Stilton avait vue : ses yeux devinrent noirs.

– Tu mens ! cria-t-elle à Aditi. Ce n'était pas lui. C'était un des autres ! Nils ou Klas ! Ceux qui ont tué Stellan avec celle-là !

Barbro se retourna vers Judith en pointant un doigt tremblant vers elle.

– C'est vous qui avez tout détruit ! Vous, les meurtriers, vous avez tué un saint ! Mais vous serez punis ! La Mère de l'Univers voit tout !

Elle s'avançait vers Judith lorsque la réplique d'Aditi claqua contre sa nuque :

– C'est moi qui l'ai tué, maman. Ce n'est pas eux.

Barbro s'immobilisa et fit volte-face vers Aditi.

– Je lui ai enfoncé le crâne avec une pierre quand il était en train de me violer. C'est moi qui…

– Tu mens ! hurla sa mère.

Le cri de Barbro parvint aux oreilles de Stilton et même à celles d'Abbas qui était assis sur la balançoire. Il se leva et vit que Stilton avait ouvert un peu plus la porte, assez pour voir à l'intérieur de la grande pièce.

Agenouillée sur le plancher, Barbro se balançait d'avant en arrière, les mains sur les oreilles. Debout à un mètre d'elle, Aditi l'observait. Au bout de quelques secondes, elle s'accroupit en face d'elle.

– Stellan était un baratineur et un violeur, dit-elle, presque dans un murmure. Et tu l'as aidé. Tu as dit à Judith qu'il était indispensable qu'elle couche avec Stellan, que c'était la seule façon pour elle d'être touchée par la divinité. Ce n'était que balivernes, des histoires stupides qu'il inventait pour satisfaire ses besoins sexuels. Il n'avait rien de divin. Il s'est même attaqué à moi, sa propre fille.

Barbro redressa la tête et regarda Aditi. Elle ne savait pas d'où venait cette haine qui rendait sa fille capable de lui dire tant de choses terribles et fausses. C'était abominable. Stellan et elle l'avaient pourtant élevée dans la seule vraie foi. Linnea est comme son fils, se dit-elle. Lui non plus n'a jamais compris le message de Stellan. Il remettait en question ce qu'il devait faire, criait et tempêtait quand elle le punissait, sans réaliser que la punition était une purification nécessaire pour recevoir la divinité de la Mère de l'Univers. Non, Erik ne peut pas être le fils de Stellan, parce que s'il l'était, il aurait compris. Exactement comme Linnea aurait compris si elle avait été sa fille. Tout n'était que mensonge.

Barbro sentit la force lui revenir. Stellan l'aiderait à surmonter cela aussi, elle en était certaine. Elle inspira profondément et adressa un doux sourire à sa fille. Il fallait qu'elle fasse preuve d'indulgence.

– Stellan n'était pas un baratineur, dit-elle posément. Et tu n'es pas sa fille.

*

Mette tournait dans son bureau comme un ours polaire frustré. Lisa et Olivia, assises chacune sur une chaise, ne pouvaient que se taire, guidées par leur instinct de conservation. Stilton avait téléphoné pour dire que Barbro Eklind n'avait pas la moindre idée de l'endroit où se trouvait son petit-fils.

Point final.

Mette avait toujours son mobile à la main. De temps en temps, elle l'appuyait contre le mur comme si elle espérait recevoir un message divin de l'autre monde, qui lui indiquerait où était Erik Adolfsson. En réalité, elle le faisait surtout pour se ressaisir. Lisa ayant été présente lorsque Mette avait eu un infarctus lors d'une intervention dans le secteur de Gärdet, elle était un peu plus tendue qu'Olivia. Tout cela pouvait mal finir.

Soudain, Mette eut une illumination.

– Svensson a arrêté Måns Berntsson ce matin ! s'écria-t-elle en pilant devant son bureau.

Elle regarda ses collègues comme si elle se préparait à lancer une bombe.

– Oui, dit Olivia. Je suis au courant.

Svensson lui avait téléphoné avant l'arrestation pour lui rapporter ce que Frans avait dit à l'hôpital la veille à propos des hommes qui l'avaient battu. C'était une maigre consolation pour elle. Elle avait été plus rassérénée d'apprendre que Frans se remettrait sans séquelles. Svensson lui avait aussi transmis son bonjour et Olivia l'avait appelé. Il n'avait pas répondu, mais elle lui avait laissé un message qu'elle avait conclu en lui proposant qu'ils se voient à son retour en Scanie. Frans lui avait immédiatement envoyé un SMS : « Et, par-dessus le marché, on ira aussi boire une bière ? »

– Donc il doit avoir son portable, rugit Mette.

– Quel portable ?

Elle ne le sut pas car Mette était déjà en train d'appeler Svensson. Son téléphone sonna longtemps.

– Allez, décroche, le Concombre !

Lisa jeta un coup d'œil à Olivia en formant le mot « concombre » sur ses lèvres. Svensson répondit au moment où Olivia haussait les épaules.

– Bonjour, c'est Mette. Vous avez confisqué le téléphone de Berntsson quand vous l'avez arrêté ?

– Oui.

– Bien. Tu l'as avec toi ?

– Non, mais je peux aller le chercher.

– Vas-y. Je vais attendre.

Mette éloigna son téléphone de son oreille et se tourna vers ses jeunes collègues.

– Il est allé chercher le téléphone de Berntsson.

– Pour faire quoi ?

La question venait de Lisa qui voyait que Mette allait beaucoup plus vite qu'elle. C'était aussi le cas d'Olivia, mais elle n'avait pas encore terminé sa formation d'enquêtrice judiciaire. Mette n'eut pas le temps d'expliquer car Svensson était revenu.

– Je l'ai.

– Voilà ce que tu vas faire, dit Mette. Trouve le numéro d'Erik Adolfsson, je suis sûre qu'il l'a, et envoie-lui un SMS. Je présume qu'il ne sait pas que Berntsson a été arrêté ce matin. Il croira donc que le message vient de lui.

– Et je lui écris quoi ?

Mette le lui exposa en quelques mots.

– Rappelle quand tu auras fini, dit-elle avant de raccrocher.

Svensson était dans un couloir du commissariat de Höganäs, le téléphone de Berntsson à la main. Il vit que le numéro d'Erik Adolfsson était effectivement enregistré. Il composa le SMS suivant d'un index un peu tremblant : « Suis à Stockholm. Ai besoin te voir vite. Tu es où ? »

Puis il attendit.

Mette lui avait dit d'improviser s'il recevait une réponse.

Après un moment, il lut ceci : « Pas en ville », à quoi il répondit : « Je peux venir te voir ? Urgent ! » Adolfsson écrivit immédiatement : « Non. Suis sur Möja. Je reviens demain. »

Svensson appela aussitôt Mette.

– Sur Möja ? répéta-t-elle d'une voix qui ne trahissait pas son excitation.

*

Aditi et Judith étaient presque arrivées à la porte du bâtiment de l'ancienne colonie de vacances. Stilton se tenait un peu à l'écart sur le perron. Son téléphone vibra dans sa poche au moment où elles sortaient. Il le prit. L'appel venait de Mette.

– Erik Adolfsson est sur l'île ! Jenny Unger est probablement avec lui. Nous sommes en route. Essaie de découvrir où il est, mais sois prudent.

– D'accord.

Stilton raccrocha.

– Erik Adolfsson est sur Möja. Mette va arriver ! cria-t-il à Abbas qui se leva de la balançoire et courut vers lui.

Aditi s'était immobilisée sur l'escalier.

– Il est ici ? demanda-t-elle à Stilton.

– C'est ce que nous croyons.

– Qu'est-il venu faire ?

– Il a kidnappé une femme enceinte et nous pensons qu'il attend qu'elle accouche pour tuer le nouveau-né qui sera le premier petit-enfant de Klas Unger.

Clark était arrivé sur le perron en même temps qu'Abbas. Stilton se tourna vers lui.

– Erik est sur l'île, avec une femme qu'il a enlevée. Vous avez une idée de l'endroit où il peut se cacher ?

– Non.

– Il y a des maisons abandonnées ici ?

– Certainement, mais pas dans le coin.

Stilton connaissait les dimensions de Möja et savait combien l'île était vide à cette période de l'année. Adolfsson pouvait se trouver sur la côte sud, loin d'ici. Mais il était accompagné d'une femme enceinte et ne voulait pas être vu. Il ne pouvait pas prendre le risque de s'approcher d'une zone habitée.

– Il doit être dans un endroit particulièrement isolé.

– La grotte du Russe, dit Aditi, comme pour elle-même.

Stilton se tourna vers elle.

– La grotte du Russe ?

– C'est comme ça qu'on appelait cette grande cavité à proximité du parc naturel de Björndal, un genre de caverne. Elle est presque impossible à trouver si on ne sait pas où elle est.

Elle regarda Clark.

– Erik la connaît ?

– Oui. Il y est allé souvent quand il était enfant.

Aditi se tourna vers Stilton.

– La grotte.

– Vous savez où elle est ?

– Oui. C'est là que mon père m'a violée.

– Vous allez nous guider. Donnez-moi juste une seconde.

Il entra dans la maison.

– Qu'est-ce qu'il est parti faire ? demanda Aditi à Abbas.

– Aucune idée.

Une minute plus tard, Stilton réapparut et descendit les marches du perron.

– Vous restez ici ! lança-t-il à Judith et à Clark en se dirigeant vers le portail du jardin.

Aditi et Abbas lui emboîtèrent le pas.

– Attendez !

Stilton se retourna et vit Clark qui venait vers lui, une lampe torche à la main.

– La nuit va tomber, dit-il en la lui tendant.

– Merci.

– J'aimerais vous accompagner.

– Je crois qu'il vaut mieux que vous restiez ici. Nous ne savons pas où il est, il peut revenir à tout moment.

Clark hocha la tête et Stilton se tourna vers Aditi.

– On peut prendre le tricycle à moteur ?

– Non, il faut passer par la forêt, le long du lac Storsjö, il n'y a que des sentiers, pour autant que je m'en souvienne.

Stilton espéra qu'elle avait bonne mémoire.

*

La grotte du Russe était en réalité une grande cavité dans une falaise basse. Son entrée était étroite, une sorte de faille, mais elle s'élargissait au bout de quelques mètres pour devenir un espace presque carré, haut de plafond, dans lequel le moindre bruit était renvoyé comme un écho par les parois de pierre. Il y avait une seconde ouverture au fond de la grotte. Elle donnait sur l'autre côté.

Elle avait été utilisée de diverses façons par le passé, servant de cachette au début du XVIIIe siècle quand les Russes attaquaient l'archipel, puis de refuge de contrebandiers, de nid d'amour et de terrain de jeux. Du temps de la communauté, Stellan Eklind en avait fait son temple privé, où il emmenait les membres féminins pour les initier à ses rites sexuels.

La femme qui s'y tenait à présent était en plein travail. Accroupi un peu à l'écart, l'homme qui avait joué dans la grotte quand il était enfant observait les violentes contractions qui soulevaient son corps et trouvait le temps long. Il tâta son couteau dans sa poche. L'idée d'une césarienne lui traversa l'esprit. Cela lui permettrait de sortir lui-même le bébé, mais la femme risquait d'en mourir. Ce n'était pas son but. Irrité par ses cris aigus, il eut envie de la bâillonner à nouveau. Mais cela ralentirait peut-être l'accouchement. Tout se terminerait sans doute plus vite si elle pouvait hurler à sa guise.

Il voulait en finir et réaliser la totalité de son programme.

Ensuite, il lui délierait les jambes et disparaîtrait. Elle réussirait bien à trouver son chemin jusqu'à une maison, ce n'était pas son problème.

*

Aditi était en excellente forme physique malgré son âge – elle avait pris soin de son corps pendant toutes ces années, aidée par le yoga. Elle avançait rapidement sur le sentier qui contournait le lac et pour l'instant elle se repérait. Abbas et Stilton, qui portait la lampe torche, la suivaient du mieux qu'ils pouvaient. Bientôt, ils auraient besoin de lumière.

– Il me semble que c'est à gauche, dit-elle quand ils arrivèrent à un embranchement.

– Vous en êtes sûre ?

– Non, cela fait presque quarante ans que je ne suis pas venue ici, et la forêt a beaucoup changé, mais je ne crois pas me tromper. Je peux avoir la lampe ?

Elle l'alluma et s'élança sur le sentier, les deux hommes derrière elle. Stilton s'inquiéta de ce qui se passerait si elle ne retrouvait pas le chemin. L'obscurité serait bientôt complète. Au même moment, il trébucha sur une racine et s'étala de tout son long en jurant. Abbas vint l'aider à se relever.

– Ça va ? demanda Aditi en orientant le faisceau lumineux dans leur direction.

– Oui.

– Vous voulez que je ralentisse ?

– Non, au contraire.

Elle repartit, se retournant de temps en temps pour leur donner un peu de lumière. Soudain elle s'arrêta et leva les yeux vers le ciel.

– Qu'est-ce que c'est ?

Ils s'immobilisèrent tous les trois pour écouter.

– Un hélicoptère, dit Stilton. Probablement de la police. On continue.

*

L'hélicoptère de la police atterrit sur le pré devant l'ancienne colonie de vacances. Deux hommes lourdement armés en sautèrent. L'un d'entre eux aida Mette à descendre, Olivia se débrouilla seule. Deux autres hommes les suivirent.

– Bonjour ! lança Olivia à Judith, debout sur le perron éclairé.

Clark était assis sur les marches. Mette et Olivia s'approchèrent de la maison.

– Où est Stilton ?

– Son copain et lui sont partis avec Aditi qui doit les conduire jusqu'à la grotte du Russe.

– C'est quoi ?

Clark le lui expliqua brièvement.

– Vous savez y aller ?

– Oui, répondit-il en se levant.

– Dans ce cas, vous guiderez l'hélicoptère. Allez-y ! cria Mette.

Clark courut vers l'appareil dans lequel il se hissa avec l'aide d'un des policiers.

Les femmes sur le perron s'accroupirent sous la pression du rotor quand il décolla. Ensuite, Mette se tourna vers Olivia.

– Je veux voir la chambre d'Erik.

*

Le trio progressait moins vite maintenant que l'obscurité était totale. Ils suivaient toujours le sentier dont Aditi pensait qu'il menait à la grotte. Elle était sûre que c'était le bon.

Elle sentait aussi des souvenirs l'envahir. Elle se dirigeait vers un endroit où elle avait vécu des événements terribles qu'elle avait essayé d'effacer mais qui ressurgissaient en elle comme de la bile noire : le visage couvert de transpiration de son père, sa poitrine osseuse, ses mains sur son corps tremblant, la gifle qu'il lui avait donnée quand elle avait crié. Tout lui revenait et elle luttait pour pouvoir continuer à avancer.

La pierre, se dit-elle, il faut que je ne pense qu'à la pierre pointue que j'ai trouvée sous ma main et avec laquelle je l'ai frappé. Elle devait se concentrer sur le bruit du choc, sur la force qu'il lui avait fallue pour le tuer, pour s'enfuir.

Aditi accéléra. Stilton et Abbas faisaient de leur mieux pour suivre son rythme mais ne voyaient pas grand-chose.

– On arrive bientôt ? souffla Stilton.

– Je crois. On devrait, en tout cas.

Elle s'arrêta et éteignit la lampe.

– C'est où ?

– Chut !

Aditi, immobile, écouta. On entendait le ronflement d'un hélicoptère au loin, mais ce qui l'avait fait réagir était un bruit très différent, un long cri de femme, suivi d'un autre.

– Par ici !

Erik Adolfsson s'était levé pour se dégourdir les jambes quand il entendit le bruit qui s'infiltra dans la grotte entre deux hurlements de la femme. Il l'identifia comme celui d'un hélicoptère, mais il lui fallut quelques secondes de plus pour en saisir les implications, réelles ou possibles : il était découvert. Il se précipita jusqu'à l'ouverture, se glissa à l'extérieur et regarda le ciel. C'était un hélicoptère de la police. Au même instant, il aperçut un rai de lumière dans les arbres. Il était piégé. Il retourna à l'intérieur à la vitesse de l'éclair.

Stilton qui avait repris la lampe courait vers l'endroit d'où provenait le cri, talonné par Aditi et Abbas, au milieu des arbres, entre les rochers couverts de mousse. Au bout de quelques minutes, ils arrivèrent à une clairière et s'immobilisèrent. Le silence régnait.

Ils avancèrent. Avec la lampe, Stilton inspecta le sol de l'autre côté.

– C'est ici, souffla Aditi. Donnez-moi la lampe.

Elle la prit et la tourna vers un rocher dans la direction opposée, éclairant une petite ouverture. Elle éteignit.

– Qu'est-ce qu'on fait ? murmura-t-elle.

Ayant vu la chambre d'Erik, Stilton et Abbas pensaient qu'il devait être armé. Comme par réflexe, Abbas désigna l'endroit où il cachait son fin couteau noir. Stilton le remarqua et se tourna vers Aditi.

– Attendez-nous ici, chuchota-t-il. On y va.

Il reprit la lampe et fit signe à Abbas. Les deux hommes traversèrent prudemment la clairière jusqu'à la faille dans la paroi rocheuse. Ils s'immobilisèrent et tendirent l'oreille sans rien entendre. Stilton se glissa à l'intérieur, puis Abbas. Une fois arrivés dans la grande cavité, Stilton alluma la lampe. La grotte était vide.

– Ils ont dû partir par là, dit-il en montrant un trou noir dans la paroi opposée. Qu'est-ce que c'est ? D'autres entrées ?

– Il y en a une autre, étroite, répondit Aditi, qui les avait rejoints quelques secondes plus tôt.

– Elle va où ?

– Sur l'autre côté.

– Il y a deux accès ?

– Oui.

– Abbas, viens avec moi, dit Stilton en avançant à l'intérieur. Aditi, vous restez ici.

– Pourquoi ?

– Parce qu'il est peut-être armé.

– Et comment allez-vous trouver l'anse ? Vous ne savez pas où elle est.

– Quelle anse ?

– Il a dû venir ici en bateau, et probablement pas par Långvik, sinon quelqu'un aurait pu le voir. Il a dû jeter l'ancre dans l'anse la plus proche.

– Où est-elle ?

– À l'ouest. Ce n'est pas très loin.

Jenny était à nouveau bâillonnée et ses cris étaient à peine audibles. Adolfsson ne voulait pas qu'on puisse l'entendre. Il la tenait fermement par le bras, et essayait d'avancer aussi vite que possible. Le sentier était large et plat, mais elle trébuchait à chaque pas et il devait la soutenir.

La distance à parcourir n'était pas longue et ils étaient presque arrivés au rivage.

Elle n'aura qu'à accoucher dans le bateau, se dit-il.

Le trio des poursuivants progressait vers l'anse aussi rapidement qu'ils le pouvaient, avec une certaine prudence, car ils n'étaient pas sûrs qu'Adolfsson s'y dirigeait. Il pouvait être n'importe où, en route vers une autre destination ou se terrer quelque part dans la forêt.

Stilton et ses compagnons n'avaient guère le choix.

Aditi ne connaissait pas cette section de l'île, mais seulement la direction générale à prendre. Ils ne trouvèrent pas la voie la plus directe, le sentier plat et large, mais la lune était de leur côté. Sa lumière bleuâtre sur Möja facilitait leur progression. Grâce à elle, ils n'avaient pas besoin de la lampe torche qui les aurait rendus visibles. Ils couraient tous les trois.

Clark avait indiqué au pilote de l'hélicoptère le trajet jusqu'à la grotte, mais l'appareil avait dû atterrir un peu plus loin car il n'y avait pas de pré assez grand pour l'accueillir. Les policiers firent le reste du chemin en courant. Quand ils arrivèrent à la grotte, elle était vide.

– Vous êtes sûr que c'est ici ? demanda l'un des policiers. Il n'y a pas d'autres grottes ?

– Non, pas à ma connaissance.

– Et on cherche où, maintenant ?

Dès qu'ils atteignirent le rivage, Jenny s'effondra. Ses contractions l'empêchaient de continuer. Adolfsson ne savait que faire. Son bateau jaune était amarré à un pin. Il défit le nœud, se retourna vers la femme allongée sur le sable et comprit qu'il n'arriverait pas à la faire monter dans l'Ockelbo. L'accouchement avait commencé. Il regarda d'abord ses jambes écartées puis la forêt. Le bruit de l'hélicoptère avait disparu. Auraient-ils renoncé ? Il tourna à nouveau les yeux vers Jenny et vit une petite tête apparaître entre ses cuisses. Peut-être réussirait-il à mener à bien son projet.

– La mer est là ! s'exclama Aditi en la montrant entre deux rochers un peu plus loin.

Ils suivirent son regard. Elle ne s'était pas trompée.

– C'est l'anse ?

– Je crois. En tout cas, nous en sommes proches, répondit-elle à Stilton.

Elle avait raison, comme le révéla la voix aiguë d'un nouveau-né qui brisa soudain le silence.

– Bon Dieu !

Stilton courut vers le rivage et Abbas qui le suivait vit qu'il avait un pistolet à la main.

– D'où le sors-tu ?

Abbas haletait.

– De la chambre d'Erik.

Stilton était presque arrivé au bord de l'eau lorsque Adolfsson coupa le cordon ombilical. Il essuya le couteau contre sa veste et le remit dans sa poche. La femme s'était évanouie. Il allait enfin pouvoir terminer son programme. Ensuite, il irait récupérer son bateau, dont il avait lâché l'amarre pendant l'accouchement. Il prit le nouveau-né dans ses mains.

Une voix hurla : « Erik ! » Il sursauta et regarda dans la direction d'où elle était venue, d'abord sans rien voir d'autre que des buissons sombres. Puis il discerna un homme qui courait vers lui, en le pointant d'un pistolet.

– Posez le bébé, dit Stilton, le plus calmement possible.

Abbas et Aditi le suivaient de près. Adolfsson fit un pas de côté, jusqu'à un gros rocher. Le nouveau-né criait. Stilton avança posément le long de la plage, tenant son arme des deux mains, le canon dirigé sur le visage d'Adolfsson.

– J'ai une meilleure idée, dit celui-ci. Lâchez le pistolet et allez chercher mon bateau. Sinon, j'écrase la tête de ce brailleur.

Il souleva le bébé au-dessus du rocher. Stilton s'immobilisa. Il savait de quoi Adolfsson était capable, ce qu'il avait fait aux autres enfants. Il n'hésiterait pas s'il le jugeait nécessaire.

– Lâchez le pistolet.

Stilton réfléchit. Il n'osait pas tirer, pas avec une arme qu'il ne connaissait pas, pas dans cette lumière incertaine, pas contre une cible qui tenait un nouveau-né devant lui. Il la laissa tomber.

Personne ne bougea. Personne ne dit mot.

La lune conférait à la scène l'apparence d'une nature morte morbide.

– Je vais chercher le bateau.

La voix d'Abbas brisa le silence. Stilton le regarda. Il lui faisait entièrement confiance, surtout dans de tels moments. Il connaissait les prouesses que son couteau pouvait accomplir, mais de là à aller chercher le bateau ?

Abbas avança vers l'eau sous les yeux attentifs d'Adolfsson qui ne changea pas de position. Il n'avait qu'un geste à faire pour écraser la tête de l'enfant. Abbas entra dans l'eau, récupéra l'amarre et commença à tirer, le souffle court, en tournant parfois le dos à la plage. Adolfsson qui le suivait des yeux abaissa un peu le bébé, comme s'il était rassuré. Il se tourna vers Stilton. Une lame jaillit et se planta dans le ventre d'Adolfsson.

Il poussa un cri de douleur et hésita assez longtemps pour que Stilton ait le temps d'attraper le nouveau-né. Puis Adolfsson vacilla et arracha des deux mains le couteau noir. Du sang coula sur son pantalon gris clair. Stilton remit le bébé à Aditi au moment où Abbas sortait de l'eau près d'Adolfsson.

– Ne me touchez pas ! lança ce dernier en agitant le couteau.

Il mit une main sur sa blessure et se laissa tomber sur le gros rocher.

– Vous avez tout gâché, balbutia-t-il.

– Posez le couteau, dit Stilton en s'approchant de lui. On va vous emmener aux urgences.

Adolfsson éclata de rire. La baie en renvoya l'écho. Il pressa la lame contre sa gorge.

– Erik !

Le cri venait d'Aditi. Elle fit quelques pas vers lui en tenant le nouveau-né qu'elle avait enveloppé dans son manteau. Stilton s'écarta et pensa, l'espace d'une seconde, que si Erik se tuait, lui en tout cas ne le pleurerait pas.

Aditi se posta à trois mètres d'Adolfsson.

– Arrête, Erik.

– Pourquoi est-ce que je ferais ça ? Qui êtes-vous ?

– Je suis ta mère.

– Ma mère ?

– Oui.

Adolfsson rit à nouveau, un peu moins fort. Puis il regarda Aditi.

– Ma mère est morte. Elle s'est suicidée à l'âge de quinze ans. Et maintenant je vais l'imiter.

– Elle ne s'est pas suicidée.

– Ah bon ? Dans ce cas, pourquoi ai-je sur moi sa lettre d'adieu ?

Sans écarter le couteau de sa gorge, il sortit un papier de sa poche.

– La lettre commence par ces mots, dit Aditi. « Je n'ai pas la force de continuer. »

Adolfsson réagit. Il baissa les yeux vers la lettre. Stilton vit qu'Abbas s'apprêtait à se glisser derrière lui. Il lui fit signe de ne pas le faire.

– « Mon père adoré a disparu et ne revient pas, reprit Aditi. Sans lui, la vie me semble vide de sens. »

Adolfsson suivait des yeux chaque mot de la lettre qu'il tenait devant lui.

– « Je demande pardon à tous ceux à qui j'ai fait du mal. Votre Linnea. » Ensuite, j'ai ajouté un petit…

– Tais-toi ! hurla Adolfsson en jetant la lettre et en se levant.

Personne ne sut ce qu'il comptait faire, car il perdit connaissance. Abbas s'avança jusqu'à lui, récupéra son couteau et le rinça dans la mer avant de le ranger à son endroit habituel.

*

Assise avec Olivia et Judith dans la cuisine de Barbro, Mette régissait la situation. Elle ordonna à Stilton d'attendre là où il était, lui envoya l'hélicoptère de la police, et appela un hélicoptère-ambulance. Le bébé n'était pas blessé, mais souffrait d'hypothermie. Jenny, qui avait repris connaissance, était exténuée après son accouchement brutal.

Mette se tourna ensuite vers Olivia.

– Où est Barbro Eklind ?

– Je n'en sais rien. Dans la pièce où elle lit l'avenir ?

– Elle se trouve où ?

– Viens.

Olivia sortit de la cuisine, Mette sur ses talons. Judith ne bougea pas. Elle voulait être seule pour appeler Liv et lui raconter ce qui s'était passé.

Les deux femmes traversèrent la bibliothèque et ouvrirent la porte du bureau de Barbro. Il était vide. Olivia remarqua l'absence du sablier qui contenait les cendres de Stellan. Pourvu qu'elle n'ait pas fait de bêtise, eut-elle le temps de penser avant de percevoir comme une complainte monotone. D'où venait-elle ? Elle colla une oreille au mur.

– Barbro ?

Pas de réponse. Mais la voix était toujours audible.

– Elle est ici, derrière le mur. Il doit y avoir une autre pièce.

– Comment y entrer ?

– Peut-être par là.

Derrière le poêle en faïence, elle ouvrit une porte qui menait à un débarras, petit et sombre. Barbro n'y était pas. Olivia allait refermer lorsqu'elle aperçut un rai de lumière au ras du plancher. Elle se pencha et appuya doucement sur la cloison qui céda et glissa de côté. Les deux femmes s'y introduisirent, Mette avec plus de difficulté qu'Olivia.

Éclairée par de grands candélabres allumés, la pièce ressemblait à une salle de prière. Ses murs étaient couverts de photos en couleurs de Stellan, et de citations de ses écrits. D'étranges mobiles pendaient du plafond et l'air sentait l'encens.

Barbro était assise au milieu, sur un tapis, le sablier dans les bras. Elle chantonnait sa mélopée en se balançant lentement d'avant en arrière. Sa robe blanche était souillée, et ses longs cheveux, en désordre.

Olivia fit le tour de la pièce des yeux, qui lui parut le pendant de celle d'Erik qu'elle venait de voir. Ce n'était pas le même fanatisme, mais les deux branches du même arbre. Mette s'approcha de Barbro et s'assit non sans difficulté sur le sol face à elle.

– Barbro ?

– Cette pièce est privée.

Elle cessa de chantonner et dirigea un regard vide sur Mette.

– Je comprends, mais nous tenons à vous parler avant de partir.

– Vous avez trouvé Erik ?

– Oui.

– Bien.

Barbro retourna le sablier qu'elle avait dans ses mains et le posa sur le sol à côté d'elle.

– Qu'avez-vous à me dire ?

– Vous ne saviez pas du tout ce que faisait Erik ?

– Non. Nous avons cessé de nous parler quand il était adolescent et qu'il a commencé à désobéir. Il refusait de vivre en suivant les préceptes de Stellan, il a fait plusieurs fugues, et j'ai renoncé à m'occuper de lui. Je lui ai laissé le droit d'aller et venir à sa guise, mais je voulais le voir le moins possible.

– Dans ce cas, comment a-t-il eu l'idée de se venger de Judith, Klas et Nils ? demanda Mette en la regardant.

– C'est ce qu'il a fait ?

– Oui.

Barbro sourit. Olivia s'en étonna.

– Je ne sais pas si vous percevez la gravité de la situation, Barbro, continua Mette. Erik a tué deux petits enfants et une femme.

– Ce n'est pas de ma faute, siffla Barbro. Je ne lui ai jamais dit de tuer des enfants.

– Ce n'est pas non plus ce que nous pensons.

– Je lui ai simplement appris l'automne dernier que Stellan avait été tué et que je connaissais le nom de ses meurtriers. Et que c'était à cause d'eux que sa mère s'était noyée.

– Et vous les lui avez donnés ?

– Oui.

Mette se tourna vers Olivia.

– Pourquoi me regardez-vous comme ça ? Ils méritaient d'être punis.

– C'est ce que vous avez dit à Erik ?

– Bien sûr ! Ce sont eux qui nous ont pris Stellan et Linnea. Il avait le droit de savoir.

– Mais les choses ne se sont pas passées ainsi, non ?

Barbro ne répondit pas. Elle baissa les yeux vers le sablier et se remit à psalmodier. Elle refusait d'accepter la réalité.

Mette l'observa un moment avant de se relever. Poursuivre la conversation ne servirait à rien.

– Vous devriez être plus prudente, lança tout à coup Barbro.

– À quel sujet ?

– Votre diabète.

Mette la dévisagea.

– Votre corps est le temple que la Mère de l'Univers vous a accordé. Votre maladie est une punition parce que vous ne l'avez pas bien traité.

Mette lui adressa un sourire forcé puis elle se dirigea vers l'étroit passage par lequel elles étaient entrées.

– Je pense que nous n'avons plus rien à faire ici.

Olivia opina de la tête.

– J'ai quelque chose à demander à Barbro.

– Je t'attends dehors.

– Vos yeux vous font mal ?

Mette ignora la question de Barbro et quitta la pièce.

– Et que voulez-vous savoir ? Votre avenir ?

Olivia alla s'accroupir près d'elle.

– Non, je veux savoir qui est le véritable père de Linnea.

Le sablier s'était vidé lorsque Olivia sortit de la pièce. Elle rattrapa Mette et Judith dans le jardin, et elles marchèrent toutes les trois en silence jusqu'à la grille. La jeune fille espérait que Mette ne lui poserait pas de question sur la fin de son entretien avec Barbro.

Elle avait besoin de temps pour digérer ce qu'elle venait d'apprendre.

Erik Adolfsson était vêtu de l'uniforme de la prison, une chemise brun clair et un pantalon anthracite. Il portait ses petites lunettes, le couteau n'avait pas atteint de parties vitales et sa blessure avait été soignée. La cicatrice qu'il garderait lui rappellerait ce qui s'était passé, si jamais il avait envie de s'en souvenir.

Il était assis dans une salle d'interrogatoire grise, en face de Mette Olsäter qui l'avait informé des raisons pour lesquelles il était écroué. Il avait tout reconnu. Les preuves étaient amplement suffisantes.

À présent, ils n'attendaient plus que Tom Stilton. Il n'avait pas de rôle officiel dans cette enquête, mais étant donné qu'il avait été en charge de celle sur le meurtre de Jill Engberg, Mette avait décidé que sa participation pouvait se justifier, malgré l'incident avec Eriksson.

Elle savait qu'il ne resterait pas longtemps.

Stilton entra et s'assit à côté de Mette en ignorant Adolfsson.

– Je vous présente Tom Stilton. Vous vous êtes rencontrés sur l'île de Möja. Tom a une question à vous poser.

Celui-ci se pencha en avant, posa ses deux mains sur la table et regarda pour la première fois Adolfsson dans les yeux.

– Pourquoi avez-vous tué Jill Engberg ?

Adolfsson fronça légèrement les sourcils et haussa les épaules.

– Ce n'était pas prévu. Mes amis ont voulu me faire une farce.

Stilton le scruta. Au bout de quelques secondes, il posa les mains sur ses genoux et les crispa sous la table.

– Une farce ?

– Oui, mais elle a mal tourné. Nous fêtions mon anniversaire ce soir-là, au bar du Sheraton. Vers minuit, ils m'ont donné mon cadeau, la clé d'une chambre de l'hôtel Continental, où m'attendait une pute. J'y suis allé, j'ai ouvert, il faisait sombre, la seule lumière venait de la fenêtre, mais j'ai vu qu'il y avait quelqu'un dans le lit. Je m'y suis glissé après m'être déshabillé, mais j'ai remarqué que ses cheveux étaient bizarres, alors j'ai rallumé et j'ai vu que c'était une négresse, toute nue.

– Une femme de couleur.

– Oui. J'ai été bien sûr choqué, et j'ai compris pourquoi mes copains riaient au bar. Ils savaient que je haïssais les nègres. J'ai été terriblement déçu.

– Vraiment ?

– Oui.

– Et vous l'avez tuée ?

– Elle a commencé à me toucher, je ne l'ai pas supporté. Je l'ai étranglée.

Mette vit les veines du cou de Stilton saillir.

– Vous ne l'avez pas seulement étranglée, vous l'avez aussi horriblement mutilée. Pourquoi ?

– Elle était noire, répondit Adolfsson sans changer d'expression, sans cesser de fixer Stilton dans les yeux.

Mette sentit que Stilton était sur le point d'exploser et tendit sa main sous la table pour saisir fermement sa cuisse.

– Qui avait fait venir Jill Engberg à l'hôtel ?

– Axel.

– Sönnerman ?

– Oui.

– Jonas Eriksson était aussi présent ce soir-là ?

– Oui.

Stilton jeta un coup d'œil à Mette, se leva et quitta la salle. Il avait terminé. Elle attendit qu'il referme la porte, puis elle regarda Adolfsson.

– J'ai une autre question. Pourquoi les petits-enfants ?

– Pourquoi je les ai tués ?

– Oui.

– Au début, j'avais pensé tuer cette Judith, une des personnes responsables du suicide de ma mère. Je la surveillais, elle est partie à bicyclette de chez elle et je l'ai suivie.

– Chez les Andersson.

– Oui. Je me suis caché dans la haie, et je l'ai vue jouer dans le bac à sable avec une petite négresse. J'ai deviné que c'était sa petite-fille, probablement une enfant adoptée, et j'ai réalisé que si je supprimais cette Judith, elle ne souffrirait pas vraiment, puisqu'elle serait morte. C'est comme ça que j'ai eu l'idée de tuer la négresse. Pour la faire vraiment souffrir.

Mette observa l'homme en face d'elle. Son visage était impassible.

– Donc, ce meurtre avait pour but de venger ce qui était arrivé à votre grand-père ? Ce qui avait conduit votre mère à se suicider ?

– Oui.

Mette pensa aux mobiles qu'elle avait évoqués avec Olivia la première fois qu'elles avaient parlé du meurtre d'Emelie : « un meurtre commandité, ou une vengeance ». Elle ne s'était pas trompée.

– Mais votre mère ne s'est pas suicidée.

– Non, apparemment pas. Mais je l'ignorais à ce moment-là.

– Donc ce que vous avez fait n'a en réalité aucun sens.

– Si. Ça reste une vengeance contre ceux qui ont tué mon grand-père.

– Votre grand-père a été tué par votre mère au moment où il la violait. Elle l'a tué en le frappant avec une pierre. Aucun des membres de la communauté n'a participé à ce meurtre. Vos actes sont entièrement dépourvus de sens.

Il regarda Mette sans changer d'expression. Puis il enleva ses lunettes et les nettoya avec un pan de sa chemise brun clair.

– Non, car même si mon mobile personnel était erroné, mes actes ont quand même servi un but plus élevé, répondit-il en détournant les yeux.

– Lequel ?

– Créer un espace vital ethniquement homogène. J'ai éliminé trois personnes qui auraient dilué plus encore la race suédoise. Et j'en suis fier.

Il s'interrompit et la regarda droit dans les yeux.

– Vous devriez l'être aussi.

*

Judith et Aditi étaient assises à l'arrière de la voiture que conduisait Olivia. Ce n'était pas seulement par gentillesse qu'elle avait offert de les emmener à Bromma où elles prendraient l'avion pour retourner en Scanie. La curiosité y était pour beaucoup. Elle voulait leur poser quelques questions.

La première concernait la disparition d'Aditi, ou plus exactement la manière dont Linnea était devenue Aditi. Qu'en savait Judith ?

– J'ai mis en scène mon suicide immédiatement après mon accouchement, dit Aditi. Il le fallait, pour ma survie. Judith est la seule personne avec qui j'ai pris contact. Je l'ai appelée après avoir quitté l'archipel. C'est elle qui m'a aidée à partir à l'étranger.

– Vous saviez donc que Linnea n'était pas morte ? demanda Olivia en regardant dans le rétroviseur.

Judith hocha la tête.

– Oui, je le savais. Mais j'étais la seule, je ne l'ai même pas dit à Liv. Elle croit que nous sommes amies depuis notre jeunesse.

Les secrets de famille, se dit Olivia. Que serait la vie sans eux ?

Elle y pensait toujours alors que les deux femmes marchaient, se tenant par la taille, vers le hall des départs de l'aéroport de Bromma. Elle songeait à tous les secrets dévastateurs qu'il y avait dans sa propre vie.

Bientôt, elle aussi allait devoir en révéler un.

*

Mårten avait insisté pour organiser un dîner. Il voulait avoir des invités et faire la fête, il avait envie de briller aux fourneaux. Olivia ! Abbas ! Stilton ! Mette avait essayé de l'en décourager, eu égard à son régime et à sa relation tendue avec Tom, mais avant tout parce qu'ils étaient tous épuisés. « Raison de plus ! Vous avez besoin de vous retaper ! » lui avait-il répondu.

Voilà pourquoi ils étaient rassemblés autour de la table, pour la première fois depuis longtemps.

Mette était particulièrement heureuse de la présence d'Abbas. Mårten et elle l'avaient pris sous leur aile pendant les années sombres qui l'avaient vu passer de criminel à croupier. Cet homme à l'abord difficile était peu à peu devenu un membre aimé de leur famille. Jolene était celle qui avait le plus d'affection pour lui, affection qu'il lui rendait bien. Assise à côté de lui, elle dessinait des images de Marrakech.

Les convives consacrèrent une heure environ à déguster l'oie que Mårten avait cuisinée selon une recette traditionnelle de Scanie, pendant que Mette se contentait d'une salade d'avocats et d'un verre de vin rouge.

Une fois Jolene sortie de table pour aller regarder la télévision, Mårten aborda le sujet d'Erik Adolfsson. Mette et Stilton lui avaient raconté comment l'interrogatoire s'était déroulé et l'avaient qualifié de psychopathe, un terme trop vague pour Mårten. Selon lui, l'âme humaine était bien trop complexe pour s'accommoder d'étiquettes relevant de la vulgarisation scientifique.

Le lien entre sectes religieuses et fascistes lui paraissait bien plus digne d'intérêt.

– Dans les deux cas, le fanatisme est le moteur. Elles attirent le même public, des personnalités faibles, fascinées par des leaders forts, qui désirent accéder à des idées plus élevées, et sont persuadées que leur foi, qu'elle relève du domaine spirituel ou politique, est la seule juste. Le grand-père d'Erik était à la tête d'une secte religieuse, et Erik a été séduit par une secte fasciste. C'est intéressant.

L'attitude des convives indiquait que ça l'était avant tout pour Mårten. Il le remarqua et décida de proposer un toast.

Stilton se tourna vers Mette.

– Comment avez-vous pu rater Adolfsson ?

La question était tout à fait justifiée de la part d'une personne qui n'avait pas entièrement participé à l'enquête.

– Il avait un alibi. Il nous a dit qu'il était à Åland au moment du meurtre d'Emelie, et cela a été confirmé par un de ses collègues qui l'avait accompagné. Il nous a montré les billets et plusieurs selfies qu'ils avaient pris pendant le voyage.

– Oui, et ?

– Le collègue mentait. Les billets avaient été achetés à la bonne date, mais Adolfsson n'avait pas été du voyage. Nous avons commis une grave erreur.

– Qui a failli coûter la vie à un autre enfant, dit Stilton en appuyant là où ça faisait mal, sans même le vouloir.

Peut-être était-ce une réaction inconsciente aux reproches de Mette devant la péniche, ou une simple constatation. Il savait que la police n'est pas parfaite, et que l'erreur est humaine. Il en avait commis plusieurs lui-même.

Il se pencha en avant et mit sa main sur celle de Mette. Elle la retira.

– Le principal est d'avoir réussi à attraper ce monstre, conclut-il.

Mette acquiesça de la tête et Olivia devina que la soirée touchait à sa fin. Elle avait en vain espéré qu'une occasion se présenterait pour lui permettre de faire son annonce.

À présent, elle ne pouvait plus reculer.

– Tom.

– Oui ?

– Tu te souviens que la première fois que nous sommes allés chez Barbro, elle nous a dit que Stellan n'était pas le père de sa fille ?

– Oui.

– L'autre jour, je lui ai demandé de qui il s'agissait.

– Ah bon. Et qui était-ce ?

– Un certain Hans Västerman. Selon elle, un noceur et un séducteur qui faisait des ravages dans l'archipel, une charogne qui s'en prenait à toutes les femmes qui croisaient son chemin. Il est mort dans l'incendie d'une maison sur l'île de Gällnö en 1962, à peu près au moment de la naissance de Linnea.

Elle avait dévoilé le secret : Stilton était le demi-frère d'Aditi, et le monstrueux Erik Adolfsson, son neveu.

Ils comprirent le sens de ce qu'elle venait de dire. Ils savaient tous ce qui était arrivé à Gällnö, l'incendie, et le meurtre par la mère de Tom de l'homme qui l'avait violée, Hans Västerman, le père de Tom.

Tous les regards convergèrent sur lui.

– Tout s'éclaire, dit-il. Cela explique ce que Barbro a raconté sur moi. Tu m'accompagnes à la péniche ? demanda-t-il ensuite à Abbas qui se leva et remercia pour le dîner.

Stilton avait déjà quitté la cuisine lorsque Abbas se retourna pour regarder Olivia.

– Tu viens avec nous ?

– Je ne crois pas que ce soit opportun, je rentrerai seule.

Il acquiesça et sortit.

Olivia partit une demi-heure plus tard. Elle avait dit ce qu'elle avait à dire, et elle l'avait fait devant tout le monde. Elle aurait pu attendre d'être en tête à tête avec lui, mais elle avait voulu agir comme lui le jour où il avait parlé, dans cette même cuisine, de sa mère qui avait été assassinée. Mårten estime sans doute cela inutile, pensa-t-elle, mais tant pis.

Elle s'apprêtait à prendre le bus pour rentrer en ville et passer la nuit chez Lenni. Demain, elle irait chez sa mère et rencontrerait Thomas pour la première fois. L'idée lui plaisait.

Elle sortit son téléphone et appela Jian.

– Bonsoir. J'espère qu'il n'est pas trop tard.

– Non, pas du tout. Je suis au bureau.

– Vous travaillez ?

– Oui et non. Je viens de divulguer l'identité d'Axel Sönnerman sur un forum ouvert, en ajoutant ses commentaires racistes. Pourquoi m'appelez-vous ?

– Je voulais vous remercier. C'est vous qui avez finalement réussi à trouver le nom du meurtrier. Nous n'aurions pas pu sauver l'enfant de Jenny Unger si nous ne l'avions pas eu.

Il y eut un silence. Olivia devina que Jian pensait aux enfants qui n'avaient pas eu cette chance.

– Portez-vous bien, dit Jian avant de raccrocher.

Olivia remit son portable dans sa poche et songea à la cellule raciste, Colère blanche. Un de ses membres était incarcéré pour tentative de meurtre, un deuxième pour trois meurtres, un troisième avait été tabassé, et le dernier dénoncé comme raciste sur le Net. Autrement dit, il n'en reste quasiment rien, pensa-t-elle en marchant vers l'arrêt de bus.

Mette aida Mårten à débarrasser et à faire la vaisselle. La révélation d'Olivia au sujet du père de Tom avait dérangé ses plans. Elle trouvait qu'elle aurait pu choisir un autre moment, pas ce soir, pas dans leur cuisine, pas ce jour où elle était contrainte de révéler quelque chose qu'elle aurait préféré cacher, qui l'embarrassait.

Elle n'avait pas le choix.

Quand Mårten eut donné un dernier coup de torchon à la cuisinière, elle se dit qu'il était temps. Elle avait oublié les différentes manières de le lui annoncer auxquelles elle avait réfléchi pendant ses nuits solitaires.

– Kerouac est mort.

Le regard que Mårten lui adressa était beaucoup plus calme que ce à quoi s'attendait Mette.

– Il est mort comment ?

– Dans l'aspirateur. Je l'ai aspiré. C'était un accident.

– Je n'en doute pas.

– Mais je l'ai retrouvé dans le sac de l'aspirateur. Je l'ai gardé en bas.

Mårten précéda Mette dans la pièce du fond, celle où il écoutait de la musique. Il alluma et regarda autour de lui. Mette s'arrêta dans l'embrasure de la porte et pointa du doigt un des imposants haut-parleurs, sur lequel était posée une grosse boîte d'allumettes.

– Il est là-dedans ?

– Oui.

Mårten s'en approcha, pendant que Mette se mordait la lèvre inférieure. Il s'assit dans son vieux fauteuil en cuir, la boîte à la main, et l'ouvrit ensuite prudemment.

– Ce n'est pas Kerouac, dit-il, après avoir regardé son contenu.

Mette fit un pas dans la pièce.

– Ce n'est pas Kerouac ?

– Non. Kerouac est une araignée de cave, celle-ci est une araignée de maison. Les deux espèces se ressemblent quand on ne s'y connaît pas.

Elle ne le suivait pas entièrement. Que racontait-il ? Une araignée de maison ?

– Donc je n'ai pas aspiré Kerouac ?

– Non. Tu as aspiré Coelho, je l'ai baptisé comme ça, il se promène parfois par ici en faisant le malin.

– Mais où est Kerouac, alors ?

– On va voir !

Il se leva pour mettre un CD de Gram Parsons. Après quelques mesures, Mette vit deux pattes sortir d'une fente du mur, et bientôt le reste du corps de la grosse araignée noire. Kerouac alla jusqu'à son coin favori, tout contre le haut-parleur, où il s'immobilisa.

– C'est bien lui !

Mårten se retourna et prit dans ses bras son épouse époustouflée.

– On se fume un joint ?

*

La péniche rouge foncé était invisible dans l'obscurité depuis la rive de Söder Mälarstrand. La seule lumière sur le pont provenait d'un hublot près de la poupe, la brume qui montait de l'eau enveloppait le quai et le bateau d'un brouillard magique. Un promeneur nocturne aurait pu voir la scène comme sortant d'un tableau hollandais.

Stilton se tenait près du bastingage. Cela faisait quelque temps qu'il était là. Il réfléchissait à Hans Västerman, non pas à l'homme lui-même, mais à sa réputation posthume. Combien d'enfants avait-il eus ? Combien de demi-frères et demi-sœurs lui avait-il donnés ? En réalité, Stilton ne s'en préoccupait pas vraiment, c'était presque une façon d'éviter de penser à autre chose, à ces mots qui s'étaient gravés en lui : « Je croyais que tu conservais quelque chose du policier que j'ai connu autrefois. »

Il posa la main sur la rambarde. Mette avait raison, il était allé trop loin. De plus, il était plus ou moins conscient d'avoir provoqué cette situation. Pourquoi ? Il l'ignorait. Il savait seulement que, soudain, tout était devenu noir. Un noir qu'il avait déjà vécu une fois dans sa vie. À l'époque, il était parti travailler sur une plateforme pétrolière en Norvège. Il pouvait difficilement recommencer aujourd'hui.

Il tourna les yeux vers l'eau, les vagues, Riddarfjärden, et jusqu'à l'hôtel de ville. Ce n'était pas rien, pensa-t-il. Son grand-père aurait parlé de « semi-liberté ».

Le grincement de la porte derrière lui le fit se retourner. C'était Luna. Elle marcha jusqu'au bastingage, tout près de lui.

– Ça fait longtemps que tu es là ?

– Oui, et ça suffit. Justus dort ?

– Oui.

Luna tendit le bras et posa sa main sur celle de Stilton. Elle était chaude.

Remerciements

Nous remercions Camilla Ahlgren pour son assistance généreuse dans nos recherches, Estrid Bengstdotter pour sa lecture méticuleuse et dévouée, Lena Stjernström de Grand Agency, ainsi que Susanna Romanus et Peter Karlsson de Norstedts, pour leur collaboration professionnelle et inspirante.

RÉALISATION : NORD COMPO À VILLENEUVE-D'ASCQ
IMPRESSION : NORMANDIE ROTO S.A.S. À LONRAI
DÉPÔT LÉGAL : AVRIL 2018. N° 109394 (1801184)
IMPRIMÉ EN FRANCE